Mary Wine

Auteure d'une vingtaine de romans, elle s'est spécialisée dans la romance écossaise et a reçu de nombreux prix. Elle a également écrit des livres érotiques.

Dans le lit d'un guerrier

Du même auteur
aux Éditions J'ai lu

TERRES D'ÉCOSSE

Prisonnière de ton cœur
N° 9893

La farouche
N° 10018

LA SAGA McJAMES

1 – Dans le lit d'un inconnu
N° 10414

MARY

WINE

LA SAGA MCJAMES – 2

Dans le lit d'un guerrier

Traduit de l'anglais (États-Unis)
par Lionel Évrard

Titre original
IN THE WARRIOR'S BED

Éditeur original
Brava Books published by Kensington Publishing Corp., New York

Je dédie ce livre à la seule et unique Mama Zini.

Pour les années passées à me guider et m'accompagner dans le crime, à ma chère amie Frieda, capable de jauger n'importe qui d'un coup d'œil et de l'habiller au top de la mode, quelle que soit l'année. Puisses-tu ne jamais oublier combien tu es talentueuse et ce que tu représentes aux yeux de ceux que tu touches. Attention à la cuillère !!!

1

Red Stone Castle, terres du clan McQuade, 1603

— Père écrit que le roi lui permet de quitter la cour.

Bronwyn McQuade tressaillit en entendant son frère annoncer la nouvelle. Elle avait beau s'être caparaçonnée depuis des années pour se protéger du dédain de l'auteur de ses jours, elle n'en appréhendait pas moins son retour. C'était peu dire que son père était un homme dur. En tant que laird, Erik McQuade aimait s'assurer que chaque homme, femme et enfant nés sur ses terres ne puissent oublier son devoir : n'agir que pour améliorer la situation du clan. Et comme elle était sa fille, ses attentes pesaient sur elle plus fortement encore.

— J'espère que son voyage se passera bien...

Keir, le frère de Bronwyn, ne parvenait pas mieux qu'elle à masquer la réalité de ses sentiments. Il serra le poing, faisant craquer le parchemin entre ses doigts. Troisième fils du laird, Keir était souvent relégué à la tâche subalterne de gérer les affaires courantes, tandis que ses frères aînés suivaient leur père dans ses déplacements. Il ne s'en formalisait pas, car il avait l'esprit vif, et chevaucher en compagnie du laird ne constituait pas son seul centre d'intérêt dans l'existence. Leurs deux frères plus âgés, Liam et Sodac, ne vivaient quant à eux que pour les maraudes nocturnes. Leur père ne les en aimait que plus.

Keir secoua la tête en repliant la lettre avant de la ranger dans son secrétaire.

— Au moins, dit-il, Jamie ne le renvoie pas chez lui alors que la neige bloque les routes.

Une ombre passa sur son visage quand il ajouta :

— Non pas que j'aurais blâmé notre monarque pour ça.

Bronwyn ne releva pas. Des années d'entraînement lui avaient appris à tenir sa langue. Erik McQuade ne tolérait chez sa fille unique aucune manifestation d'esprit. En fait, il ne supportait pas davantage de la voir. Une fille n'était d'aucune utilité à ses yeux. Combien de fois l'avait-elle entendu se lamenter qu'il lui faudrait un jour la doter ? Le risque était pourtant limité que cela puisse se produire.

Un soupir de découragement échappa à Bronwyn. Elle avait beau n'aimer personne, le mépris que lui vouait son père l'irritait. Aucun homme portant ses couleurs n'aurait pris le risque de flirter avec elle. Liam et Sodac s'assuraient qu'il en soit ainsi en racontant à qui voulait l'entendre qu'elle n'était qu'une mégère aux humeurs de démone.

— Eh bien, eh bien, petite sœur… intervint Keir. Ne fais pas cette tête-là !

— Quelle tête ? s'étonna-t-elle en battant des paupières.

Son frère fit claquer sa langue contre son palais et répondit, un doigt pointé vers elle :

— Je te connais trop bien pour me laisser berner.

— Ce qui n'est pas le cas de père, répliqua-t-elle. Tu n'as donc aucune raison de me mettre en garde. Il ne verra rien d'autre que ce qu'il veut bien voir.

Keir émit un grognement sourd. Sans doute soulignait-il ainsi qu'elle n'était pas la seule de ses enfants que le laird estimait moins que les autres. Le frère de Bronwyn était un homme imposant, aux mains deux fois plus grandes que les siennes. Son manque d'empressement pour la guerre lui valait les sarcasmes de leur père, mais il n'était pas un lâche. Simplement, il estimait parfois préférable de régler les problèmes autrement qu'à coups d'épée.

— Oui, admit-il. Tu pourrais ne pas avoir tort, pourtant j'ai tout de même lu la détresse dans tes yeux.

Un petit sourire aux lèvres, Bronwyn protesta :

— Mon existence est plus douce que celle de bien d'autres. Garde ta pitié pour ceux qui souffrent vraiment.

Elle n'avait ni envie ni besoin qu'on la plaigne. Le menton fièrement dressé, elle appuya sur une pédale du grand métier à tisser sur lequel elle travaillait afin d'effectuer un autre passage de la navette. Une bonne longueur du plaid des McQuade était déjà enroulée à l'autre extrémité de l'engin. Cette machine, moderne et efficace, constituait une possession de prix, capable de produire un tissu aussi finement tissé que celui qu'on trouvait à Édimbourg.

Pour peu qu'une main habile la manie, bien sûr...

En caressant du bout des doigts la douce étoffe, Bronwyn se laissa aller à sourire. Les rayures mauves, ocre et vertes s'alignaient et se croisaient à la perfection, formant le motif caractéristique de leur clan.

— Tu travailles bien, sœurette...

Elle savoura à sa juste valeur le compliment et remercia son frère d'un sourire tout en appuyant sur la pédale opposée.

— Et toi, renchérit-elle, tu n'as pas ton pareil pour gérer et faire fructifier nos terres.

Keir haussa un sourcil.

— Je ne suis pas venu chercher des compliments mais te prévenir pour que tu fasses une dernière sortie si tu en as envie... tant que c'est encore possible.

Sur ce, il s'inclina et s'éclipsa dans un tournoiement de son tartan. Plus long dans le dos que sur le devant, celui-ci était retenu à la taille par un large ceinturon. Les épaules de Keir ne manquaient pas de stature ni ses bras de muscles puissants. Même s'il n'aimait pas la guerre, il n'en était pas pour autant moins doué au maniement de l'épée et à l'art du combat que les autres membres du clan.

Pourtant, c'étaient ses capacités intellectuelles qui le rendaient indispensable. Keir ne manquait ni d'audace ni de clairvoyance quand il s'agissait d'investir. Dans son ambition d'amasser toujours plus de richesses, leur père s'était marié trois fois. Cependant, ce qui permettait désormais à la fortune familiale de s'accroître, c'était la gestion avisée de son troisième fils. Le frère de Bronwyn avait tout de suite vu le profit qu'ils pouvaient tirer du métier à tisser sur lequel elle travaillait. Leurs troupeaux de moutons leur fournissaient de la laine à volonté. Depuis, quatre autres métiers semblables au sien avaient été installés dans une longue pièce contiguë à la grande salle. Les femmes du clan qui les actionnaient avaient gagné le droit d'y travailler après avoir produit pendant des années des étoffes plus grossières sur des machines moins sophistiquées.

Être la fille du laird ne signifiait pas qu'elle pouvait bâiller aux corneilles. Bronwyn devrait même passer presque toutes ses journées assise à son banc à présent que l'hiver approchait. Et lorsqu'elle ne ferait pas circuler la navette entre les fils de chaîne, une autre qu'elle s'en chargerait. Pas un métier ne devait rester inoccupé tant qu'il restait un peu de lumière du jour. En une seule année, ils avaient remboursé l'argent qu'ils avaient coûté. Et dès le printemps suivant, Keir attendait les premiers profits.

C'était de cette manière qu'il espérait prouver sa valeur à leur père, mais Bronwyn, elle, n'espérait pas voir reconnaître le rôle qu'elle-même jouait dans cette lucrative activité. Ses mains et ses pieds travaillaient en cadence tandis qu'elle remuait ces sombres pensées. À vingt-trois ans, elle aurait pourtant dû avoir renoncé depuis longtemps à se lamenter du manque d'affection paternelle. D'aussi loin qu'elle se souvenait, il lui avait maintes fois répété, de la manière la plus claire, qu'il n'avait que faire d'une fille, ce en quoi bien des hommes l'approuvaient. C'est pourtant sa pauvre mère, troisième femme du laird, qui avait été le plus à plaindre. Il lui avait fait payer jusqu'à sa mort le fait d'avoir enfanté une fille inutile.

Bronwyn gardait d'elle d'excellents souvenirs. Au cours des sept premières années de son existence, elle n'avait pas manqué de bras pour la câliner ni de baisers déposés sur son front par une mère aimante et ravie de passer du temps avec elle. Au fond, peut-être ne fallait-il pas chercher ailleurs ce qui différenciait les hommes des femmes. Les cuisines bruissaient de ces histoires d'amants délaissant leurs belles dès que celles-ci avaient le ventre plein. Les hommes devaient être incapables d'aimer. Du moins n'aimaient-ils pas les femmes... Erik McQuade aimait ses terres, sa fortune, la maraude et la guerre, cela ne faisait pas l'ombre d'un doute. Mais pour autant qu'elle puisse en juger, il n'avait jamais pu aimer aucune femme.

Sa lutte incessante pour lui plaire, bien qu'inutile, avait pourtant porté ses fruits. Le tissage de Bronwyn était si parfait que nul ne pouvait mettre en doute son habileté. Toute sa vie, elle avait cherché à se perfectionner, dans tous les domaines. Dans ce contexte, le fait de n'être pas courtisée par les hommes était davantage une bénédiction qu'un fardeau. Et si ses frères aînés pouvaient la faire passer pour une mégère, ils n'auraient pu lui bâtir une réputation de fille facile. Qu'elle tienne à sa chasteté pouvait paraître inutile aux yeux de beaucoup puisque son père n'avait nulle intention de la marier, cependant elle tirait une satisfaction personnelle de se savoir innocente et intouchée. En outre, son père pouvait finir par changer d'avis ; qui plus est, elle avait elle aussi sa fierté. Si elle devait un jour se présenter devant l'autel, elle tenait à ce qu'un drap taché de sang puisse pendre au balcon le lendemain de ses noces. Et si c'était ainsi céder au péché d'orgueil, peu lui importait.

Personne n'avait une vie parfaite. Se remémorant les dernières paroles de Keir, Bronwyn sentit son cœur s'affoler. Oui, elle allait saisir l'opportunité de se glisser hors du château avant que son père ne revienne l'accabler de ses paroles blessantes et de ses regards méprisants. Quittant son banc et la salle de tissage, elle gagna rapidement sa petite chambre à l'étage. Celle-ci avait beau ne rien avoir de luxueux, elle constituait son ultime refuge. Après avoir passé un surcot en laine bien chaud et enfilé ses gants, elle regagna le rez-de-chaussée bruissant d'activité et où nul ne lui prêta attention. Les serviteurs, sachant qui payait leurs gages, n'obéissaient qu'au laird et ne cherchaient que ses faveurs.

Bronwyn se rendit aux cuisines, séparées du bâtiment principal, qu'embaumaient des odeurs de nourriture et de pain frais. Debout devant de longues tables, des femmes s'activaient à préparer de la pâtisserie ou à éplucher et trancher des légumes. Novembre et le froid venus, ceux-ci, stockés dans les réserves depuis l'été, devraient être mis à mijoter sur le feu pour redevenir tendres et consommables. La cuisinière les garderait au chaud jusqu'à l'heure du coucher, puis les réserverait pour la nuit dans de grandes bouilloires pendues dans les cheminées, afin qu'ils puissent servir de base aux repas du lendemain.

Bronwyn n'était pas ici la châtelaine et son père lui avait clairement fait comprendre qu'il n'en serait jamais ainsi. La plupart des servantes ne lui accordaient donc pas même un regard. Elles ne lui étaient pas pour autant hostiles. Elles ne voulaient simplement rien avoir à faire avec la fille du laird que celui-ci tenait en si piètre estime. Bronwyn n'aurait pu les en blâmer. Toute nouvelle épouse qu'il plairait à son père d'introduire dans leur foyer la détesterait au premier regard, uniquement à cause de la perte de revenu qu'elle représenterait s'il fallait un jour la marier.

— Bronwyn...

Elle se tourna vers celle qui venait de chuchoter son nom et découvrit Terri qui lui tendait discrètement un paquet enveloppé d'un linge en jetant autour d'elles des regards méfiants pour s'assurer que nul ne les voyait.

— Merci, Terri... répondit-elle tout bas en le faisant prestement disparaître sous son surcot.

Pour éviter que le geste de la servante puisse lui causer du tort, Bronwyn s'empressa de faire demi-tour. La jeune fille étant l'une des rares amies qu'elle avait à Red Stone, elle faisait en sorte que leur amitié demeure aussi discrète que possible. Terri la connaissait bien et elle avait deviné pour quelle raison elle portait un surcot au milieu de la journée. Le paquet devait contenir un en-cas qui lui permettrait de sauter le repas de midi. Terri évoluait dans les cuisines comme un poisson dans l'eau et réussissait à mettre des aliments de côté sans que personne le remarque.

Rejoindre l'écurie était facile. Bronwyn portait les mêmes vêtements que tout le monde, taillés dans un tissu de chaude et solide laine produite, cardée, filée et tissée sur le domaine. Les luxueux effets n'étaient pas pour elle. Les seules robes en soie qu'il était possible de trouver dans le château de son père étaient stockées dans les malles closes de ses défuntes épouses. Elle n'avait pas même une monture à elle, mais les lads ne l'empêcheraient pas d'en emprunter une. Personne ne se montrait désagréable avec elle. Chacun faisait simplement son possible pour ne pas déplaire au laird.

Les chevaux avaient besoin d'être nourris, soignés, abrités. Leur entretien nécessitait beaucoup d'efforts. Erik McQuade aurait été vert de rage si elle lui avait réclamé une monture pour son seul usage. Et comme elle n'aimait pas perdre son temps, elle ne s'y était jamais risquée.

Sans rien demander à personne, Bronwyn alla chercher une selle et entreprit elle-même de seller une jument. Le vieux Gilly, qui régnait sur l'écurie, la vit faire du coin de l'œil et ne s'offrit pas pour l'aider. En s'efforçant de réprimer un sourire, elle mit les courroies en place et fit en sorte de les assurer solidement sans trop serrer le ventre de l'animal. Lorsqu'elle releva la tête, elle vit le maître d'écurie manifester son approbation d'un hochement de tête qui lui fit chaud au cœur.

C'était Gilly qui lui avait appris à monter et à s'occuper des chevaux. Qu'elle soit une fille ne l'avait pas gêné, plus soucieux qu'il était de veiller à ce que ses animaux soient correctement traités. Mériter son approbation représentait donc beaucoup pour elle, et son envie de sortir faire une promenade à cheval s'en trouva stimulée.

Bronwyn avait soif de liberté, fût-ce pour une seule après-midi. Dans les collines environnantes, elle trouverait nombre de choses à admirer et à savourer. Un air frais et encore chargé de l'odeur du foin coupé, par exemple, en dépit des lourds nuages annonciateurs de neige. Ce fut donc avec un grand sourire qu'elle fit sortir sa monture de sa stalle et qu'elle se mit en selle. Une fois que son père serait revenu, elle ne pourrait plus prendre un moment pour elle-même, de peur de s'attirer ses foudres.

L'hiver était bien sur le point de s'abattre sur eux. De rares flocons tombaient déjà du ciel. Ils fondaient en touchant terre et leur danse dans l'air immobile avait quelque chose de magique qui lui fit battre le cœur tandis qu'elle quittait Red Stone. Dans les collines du pays environnant, Bronwyn n'était plus la fille indésirable d'un laird tout-puissant. Ici, pour peu qu'elle ne renonce pas à rêver, l'espoir que la vie puisse un jour lui sourire lui était permis. Peut-être, après tout, la magie des elfes et des fées n'était-elle pas que rêves de songe-creux ?

Penchée sur l'encolure, Bronwyn lança sa monture au galop. La jument s'exécuta sans rechigner, comme si elle partageait son envie de croire qu'ici leur liberté n'avait plus de limites. Et si ce n'était qu'une illusion, Bronwyn était bien décidée à en jouir quand même.

Sterling Castle, terres du clan McJames

— Cullen McJames ! lança Anne d'un ton sévère. Cesse de jouer avec mon bébé !

Tout en tapotant le dos de son neveu, Cullen dévisagea la femme de son frère qui le foudroyait du regard.

— *Och, lass*… se plaignit-il d'un air indigné. Pourquoi me regardes-tu comme ça ?

— Parce que tu l'as mérité. Ce que tu tiens entre les mains, c'est un bébé, pas un jouet !

Pour toute réponse, Cullen déposa un baiser sur le crâne de Brendan McJames. Le bébé referma sa menotte dans ses cheveux et les porta à sa bouche. Il tirait si fort qu'il dut pencher la tête sur le côté pour le laisser faire.

— Bien joué, mon fils... s'amusa Brodick, comte d'Alcaon. Montre à ton oncle comme tu es fort !

Cullen ne pouvait lui en vouloir. Son frère était tout simplement trop amoureux, et à la vérité, il y avait là de quoi être envieux.

Son adorable femme anglaise arrachait à son frère des regards énamourés qui auraient dû le faire éclater de rire – mais il sentait au contraire une certaine jalousie se faire jour en lui en constatant à quel point ces deux-là avaient besoin l'un de l'autre.

Brodick vint le libérer des assauts de son fils, qu'il leva devant lui pour l'admirer avec une fierté toute paternelle. Le bébé s'agita en gémissant et en produisant des bruits de bouche qui firent soupirer sa mère.

— Il n'arrête pas de manger...

Sa plainte perdit beaucoup de sa crédibilité lorsque Cullen la vit prendre son fils dans ses bras. Ce fut en le regardant avec un sourire radieux qu'elle s'éloigna en direction de l'escalier et de sa chambre. Anne ne voulait pour rien au monde laisser une nourrice allaiter son fils. Tournant le dos aux us et coutumes de son pays d'origine, elle avait choisi de le nourrir elle-même... ce qui rendait Cullen encore plus envieux.

Il n'aurait pas dû en être ainsi, mais il ne pouvait s'en empêcher. Un an plus tôt, l'idée de se marier et de fonder une famille l'aurait fait éclater de rire. Désormais, il posait sur son frère et sa belle-sœur le regard d'un affamé devant un délicieux repas.

Brodick vint s'asseoir à califourchon à côté de lui sur le banc qu'il occupait. À présent que sa femme n'était plus là pour le distraire, il semblait avoir retrouvé ses esprits. Le regard qu'il lui adressait, Cullen le connaissait bien. Depuis que la mort de leur père avait fait de Brodick le laird de leur clan, les deux hommes portaient leur part du fardeau. La rumeur affirmait que la reine anglaise se trouvait à l'article de la mort, et c'était au roi d'Écosse que devait revenir sa couronne. En cette époque troublée, il ne manquait pas d'ambitieux décidés à rafler autant de terre anglaise que possible.

— J'ai reçu des nouvelles de la cour, annonça Brodick en s'emparant d'une pinte sur la table. Le roi a donné leur congé à McQuade et à ses fils.

Cullen se rembrunit. Leur voisin serait donc bientôt libre de piller de nouveau leurs terres à sa guise.

— Ce porc cupide va nous donner du fil à retordre, prédit-il d'un ton lugubre. Il sera à peine revenu qu'il voudra s'en prendre à nos stocks d'hiver.

— C'est bien mon avis.

Sur ce, Brodick laissa planer un long silence. Étonné, son frère se tourna vers lui et le pressa :

— Ce qui veut dire ?

Dans un haussement d'épaules, Brodick répondit :

— Rien, je réfléchissais, c'est tout.

Cullen laissa fuser un rire caustique.

— M'est avis que ton idée est déjà faite.

Brodick le dévisagea longuement avant de reprendre :

— Ma famille semble monopoliser beaucoup ton attention. Tu m'envierais que tu n'agirais pas autrement.

— Et alors ? répliqua Cullen, sur la défensive. Quel mal y a-t-il à cela ?

— Aucun. Je me disais même… qu'il n'est pas plus mal qu'il en soit ainsi.

— Viens-en au fait, frère, avant que je ne me décide à t'extirper à coups de poing ce que tu as derrière la tête ! gronda Cullen, les dents serrées.

— Je me demandais s'il ne serait pas temps de présenter une requête au roi pour un éventuel mariage entre toi et Bronwyn McQuade.

Cullen le dévisagea sans rien dire. Le ton de la conversation n'était plus à plaisanterie. Son frère avait beau être le laird en titre, leur famille demeurait forte parce qu'ils œuvraient de concert à sauvegarder la puissance du clan McJames.

Se frottant le menton, Brodick reprit :

— Ce qui semble certain, c'est que McQuade ne voudra rien entendre si tu lui demandes la main de sa fille.

— D'où la nécessaire intervention de Jamie.

Il était dans l'ordre du possible que le monarque leur accorde cette faveur, ne serait-ce que pour se débarrasser de l'épine que McQuade lui plantait dans le pied avec ses raids incessants. Leur mère avait été promise à leur vieil ennemi, avant que celui-ci ne perde le contrat au profit de leur père lors d'une partie de dés. Depuis, ses hommes ne cessaient de piller leurs terres et de brûler leurs fermes. Il fallait également prendre en compte que d'autres de ses voisins pouvaient avoir la même idée. Chacun savait que McQuade n'avait qu'une fille et que celle-ci était en âge de se marier. Une telle union de raison ne serait pas une première. Combien de lairds avaient-ils déjà consenti à ce sacrifice en vue de garantir la paix sur leurs terres ?

— Ce serait un mariage mutuellement profitable, admit Cullen. D'accord avec toi là-dessus. Je vais y réfléchir.

Son frère acquiesça d'un hochement de tête. Sans rien ajouter, Cullen se leva et traversa la grande salle. La confiance qu'il lui témoignait exerçait sur lui une pression bien plus grande qu'aucun habile discours n'aurait pu le faire. Brodick n'avait pas besoin d'argumenter car il savait que Cullen agirait avant tout pour le bien de tous. En tant que fils du dernier laird, il était de son devoir de placer le bien-être de son clan avant le sien.

Même s'il devait pour cela épouser une mégère.

Cullen franchit sans s'arrêter la porte à double battant menant à la cour intérieure, qu'il traversa d'un bon pas, plongé dans ses pensées. Si fonder une famille constituait une perspective alléchante, lier son sort à celui d'un démon de l'enfer qui lui arracherait probablement les yeux dans son sommeil était beaucoup moins tentant. En digne fille de son père, Bronwyn McQuade devait avoir été élevée pour haïr la moindre goutte du sang des McJames qui coulait dans ses veines. Se marier pour le bien du clan, il n'avait rien contre. Mais se vouer à une vie misérable en épousant une femme qui le détestait...

— Je vais préparer Argyll !

En voyant l'un des palefreniers se précipiter pour seller son cheval, Cullen réalisa que ses pas l'avaient mené à l'écurie sans qu'il l'ait décidé. Il était vraiment dans un sale état, songea-t-il avec un grognement de dégoût, s'il ne savait même plus où il allait...

En un temps record, le garçon revint en menant par la bride Argyll, sans doute l'un des plus beaux chevaux de toute l'Écosse. Cullen leva le bras et caressa l'étalon entre les deux yeux. L'animal s'ébroua doucement en frappant le sol de son sabot.

— Je suis bien d'accord avec toi, murmura Cullen.

Argyll n'aimait rien tant que galoper en pleine nature, et à cet instant, son maître mourait lui aussi d'envie de sentir le vent d'Écosse lui fouetter le visage. En tirant sur la selle, il s'assura qu'elle était correctement fixée puis s'y installa souplement. Argyll manifesta son excitation en piétinant la terre battue de l'écurie. Cullen serra les rênes dans son poing pour le calmer.

— Milord ! s'écria le lad en accourant, une sacoche de cuir au bras.

— Bien, mon garçon ! lança Cullen. J'ai failli oublier.

Cullen fit en sorte que le cheval se tienne tranquille tandis que le lad fixait à la selle la sacoche contenant quelques provisions. Quitter Sterling sans avoir pris cette précaution était le plus sûr moyen pour se retrouver affamé avant le soir. Après en avoir terminé avec sa tâche, le garçon recula promptement. D'un sourire, Cullen le remercia de son efficacité et de son courage. Il lui en fallait, à son âge, pour ne pas craindre les réactions d'un puissant animal qui aurait pu le tuer d'un coup de sabot.

En roulant des épaules, Cullen rajusta l'épée qu'il portait dans son dos, comme il était d'usage dans les Highlands. Puis, tirant d'un coup sec sur les rênes, il rendit sa liberté à Argyll. L'animal se dirigea de lui-même vers la porte principale, gagnant rapidement de la vitesse aux abords d'un des deux passages pratiqués dans la muraille qui ceignait Sterling.

Dès qu'il eut franchi le pont-levis, l'étalon donna toute la mesure de sa puissance, laissant rapidement le château derrière lui. Un vent assez frais portait déjà les rigueurs de l'hiver, mais les flancs des collines conservaient encore leur manteau de verdure.

Faisant corps avec sa monture lancée au grand galop, Cullen oublia momentanément ses soucis. Ceux-ci finirent cependant par s'imposer de nouveau à lui et il dut faire stopper Argyll au sommet d'une colline.

Peu de temps auparavant, il avait déjà dû se rendre dans la vallée qui s'étendait sous ses yeux afin de défendre, en pleine nuit, des fermiers attaqués. Trois nouveaux toits de chaume, d'un jaune plus vif, se distinguaient parmi ceux des bâtiments qui les entouraient, brusque rappel de la soif de revanche des McQuade. La querelle opposant les deux clans avait beau dater de plus de trente-cinq ans, leur laird ne se satisfaisait pas que du pillage et ordonnait à ses hommes de mettre le feu aux fermes qu'ils attaquaient.

Dans ce contexte, n'était-il pas simpliste d'imaginer qu'un mariage suffirait à pacifier la situation ? Épouser Bronwyn ne mettrait un terme au différend qui opposait les deux clans que lorsque le père de celle-ci serait mort.

Serrant les genoux sur les flancs d'Argyll, Cullen traversa la vallée sans se soucier du soleil qui disparaissait à l'horizon. Sur la ligne de crête de la colline suivante, il fit stopper sa monture et se figea, l'oreille aux aguets. Seul le bruit du vent se faisait entendre, mais il lui fallait avoir une certitude. S'il se faisait prendre, les hommes de McQuade seraient trop heureux d'apporter une telle prise à leur laird. Après avoir mis pied à terre, il gravit silencieusement les derniers mètres jusqu'au sommet, se baissa et jeta un coup d'œil au territoire ennemi.

Dans la vallée, en contrebas, il ne distingua que bruyère et grandes herbes couchées par la brise du soir. Parce que ces terres se trouvaient en bordure d'une zone où se succédaient les raids, nul ne se risquait à les cultiver. Au fond, parmi les roches, coulait pourtant un ruisseau assurant une bonne irrigation. Cette terre fertile laissée en jachère constituait un symbole fort de ce que l'inimitié qui les séparait coûtait aux deux clans. Et Cullen doutait fort qu'un mariage puisse venir à bout de tant de haine accumulée.

À supposer que McQuade accepte de donner la main de sa fille unique à un McJames, ce qui n'avait rien d'évident.

Un sourire s'attarda sur les lèvres de Cullen. Il était bien dommage que la jeune femme ne fréquente pas la cour, car la courtiser et gagner son cœur ne lui aurait pas déplu. Cela aurait représenté pour lui un défi bien plus exaltant que de demander au roi d'ordonner leur union.

Naturellement, Jamie n'acceptait pas les mégères à sa cour. Cela suffisait sans doute à expliquer pourquoi Bronwyn n'avait jamais paru en présence de son roi.

L'arrivée d'un cavalier dans la vallée le tira brutalement de sa rêverie. Argyll s'ébroua et dressa la tête pour humer l'air ambiant. Cullen s'empressa de se remettre en selle. Se faire surprendre alors qu'il n'était pas à cheval n'était pas la meilleure des idées.

— Qu'est-ce que tu sens ? murmura-t-il en se penchant sur l'encolure de l'animal. Une jolie jument ?

Argyll piétina le sol et eut le temps de faire quelques pas avant que Cullen ne l'arrête. Il ne pouvait pourtant blâmer son étalon, car sur cette jument qui avait attiré son attention chevauchait une ravissante cavalière qui ne le laissait lui-même pas indifférent.

Il avait toujours été homme à apprécier une jolie femme, et celle-ci avait quelque chose de plus encore. Il n'aurait su dire ce qui monopolisait ainsi son attention. Ce n'était pas son visage. La nouvelle venue n'était pas laide, et on ne pouvait dire non plus qu'elle était une véritable beauté, comme celles qu'il lui arrivait de mettre dans son lit.

C'était sa façon de chevaucher qu'il admirait. Elle donnait l'impression d'être aussi libre que les flocons qui voletaient autour d'elle, et elle semblait trop absorbée pour avoir remarqué sa présence. On aurait pu croire qu'elle n'avait pas un seul souci sur cette terre et qu'elle savait quelle bénédiction c'était. Lui-même sentait s'alléger le fardeau qui pesait sur ses épaules rien qu'à la regarder.

Une natte épaisse rebondissait entre ses épaules, quelques mèches encadraient son visage, ce qui ne semblait nullement la gêner. Le vent porta aux oreilles de Cullen un rire léger. Argyll, les narines frémissantes, se mit à hennir doucement. Dressée sur sa selle, la cavalière s'efforça de calmer sa jument, qui réagissait à la présence de l'étalon en piétinant nerveusement.

— Doucement, ma fille... lui dit-elle. Qu'est-ce qui t'inquiète ainsi ?

Sa voix était aussi séduisante aux oreilles de Cullen que son apparence l'était à ses yeux. Il laissa Argyll dévaler la pente et se rapprocher d'elle avant de tirer sur ses rênes. Il se trouvait sur le territoire des McQuade, à présent, et à n'en pas douter l'inconnue ne serait pas ravie de le trouver là. Pourtant, il était curieux de découvrir comment elle réagirait en voyant un McJames de si près. Les femmes qui paniquaient n'avaient aucun attrait pour lui. Leurs cris lui portaient sur les nerfs.

Affolée par la présence d'Argyll, la jument fit un pas de côté et poussa un hennissement strident. Déséquilibrée, la cavalière, qui montait en amazone, se réceptionna lourdement sur ses deux jambes. Elle n'en parut pas pour autant effrayée et s'empressa de récupérer ses rênes pour forcer l'animal à lui faire face. Elle semblait si menue en comparaison que le spectacle était impressionnant. La jument aurait pu la blesser mais l'inconnue la menait d'une main ferme, refusant de se laisser dominer par elle.

— Doucement... Là...

Ayant repris le contrôle de sa monture, elle redressa la tête et l'aperçut. Cullen vit ses yeux s'arrondir sous l'effet de la surprise. Elle secoua la tête, comme pour conjurer une apparition, mais Argyll fit entendre un long hennissement, lui prouvant que sa présence était bien réelle.

Bronwyn se traita d'idiote et sentit son cœur s'affoler. L'homme qui venait de la surprendre était impressionnant. Les dernières lueurs du couchant faisaient briller la poignée de l'épée qu'il portait dans le dos, et son étalon dominait d'une bonne tête sa jument. Si elle cherchait à s'enfuir, nul doute qu'il l'aurait rattrapée en un rien de temps. Pour ne rien arranger, l'inconnu portait le tartan des McJames. Et comme le père de Bronwyn et ses frères ne cessaient de piller les terres du clan voisin, il n'avait aucune raison de se montrer aimable avec elle. Son corps était bardé de muscles puissants, et ses biceps que découvraient ses manches remontées prouvaient qu'il savait manier cette épée qu'il portait dans le dos. Inquiète de voir surgir les membres de son clan venus se venger, elle observa la crête de la colline mais n'y vit personne. En se mordillant la lèvre, Bronwyn reporta son attention sur le cavalier.

— Le bonjour à vous, *lass*.

L'inconnu s'était exprimé d'une voix profonde et d'un ton enjoué. Les lèvres ourlées d'un sourire amusé, il souleva le coin de son bonnet tricoté pour la saluer. Ses cheveux blonds lui tombaient aux épaules. Une fine tresse, de chaque côté de son visage, les empêchait de retomber dans ses yeux. Il y avait dans son attitude quelque chose de majestueux qui en imposait. Bronwyn rencontrait peu d'hommes susceptibles par la carrure de soutenir la comparaison avec son frère Keir. Celui-ci y parvenait sans difficulté. Des pointes de ses bottes à celles de ses mèches blondes, il émanait de lui une aura de force invincible. Rien de petit ou de faible en lui. En sa présence, elle se sentait fragile et menue, ce à quoi elle n'était pas habituée. Elle avait l'impression que son corps de femme prenait soudain conscience de sa complémentarité avec son corps viril.

— Bonsoir, répondit-elle.

Elle ignorait pourquoi elle lui répondait. Elle avait agi par instinct. Un frisson lui parcourut l'échine. Ses yeux s'arrondirent et ses joues s'empourprèrent. La bouche soudain sèche, elle sentit les pointes de ses seins dressées venir frotter désagréablement contre son corset renforcé.

L'homme, qui la dévisageait sans vergogne, ne pouvait qu'avoir noté qu'elle avait rougi. Elle vit flamber dans ses yeux une lueur de désir. C'était inconvenant, mais une part d'elle-même se réjouissait d'avoir pu susciter cette réaction en lui.

— Une belle journée pour chevaucher, reprit-il.

Ces paroles innocentes la plongèrent dans le plus grand trouble. Bronwyn retint son souffle en leur prêtant une tout autre signification, plus intime. Ses propres pensées la choquaient profondément. Jamais elle n'avait été à ce point consciente de ce qu'un homme pouvait faire à une femme lorsqu'ils se retrouvaient seuls. L'instant était plutôt mal choisi pour ce genre de fantaisie. Elle avait la désagréable impression que l'inconnu était capable de lire dans ses pensées ; du moins le sourire narquois qu'il lui adressa pouvait-il le laisser croire. Quand il reprit son sérieux, elle se sentit obligée de soutenir son regard. Les profondeurs de ses yeux bleus semblaient hantées par une faim dévorante qui, loin de l'effrayer, la troubla davantage encore. Sous son corset, ses mamelons pointaient presque douloureusement.

— Vous ne devriez pas me regarder ainsi, *lass*.

C'était davantage lui-même que Bronwyn qu'il semblait mettre en garde. Elle n'en rougit pas moins jusqu'à la racine des cheveux, car il avait parfaitement raison.

— Je pourrais vous retourner la pareille, répliqua-t-elle.

Un grand sourire fendit son visage, révélant une dentition éclatante.

— Vous seriez en droit de le faire, reconnut-il. Mais de quelle manière dois-je réagir alors que vous vous tenez devant moi, si… appétissante ? Je ne suis qu'un homme.

Et pour une raison qui lui échappait, Bronwyn se sentait plus femme qu'elle ne l'avait jamais été. Il lui semblait que des fleuves de lave dévalaient ses veines et elle ne pouvait se concentrer sur quoi que ce soit. Son corps s'éveillait à un monde de sensations jusqu'alors inconnues. De vagues désirs, qu'elle avait crus enfouis en elle à cause du refus de son père de la marier, ressurgissaient avec force.

— Un homme bien éloigné de ses foyers, se força-t-elle à répondre en observant son tartan aux couleurs – bleu, jaune et orange – des McJames. Je suis une McQuade.

— Je m'en étais douté, reconnut-il. Mais ce n'est pas mon clan qui cherche querelle au vôtre.

Sur ce, il laissa son cheval parcourir la distance qui les séparait. La jument ne protestait plus. Frémissante, elle laissa le grand étalon décrire un cercle autour d'elle. Une excitation comparable à celle de l'animal mettait Bronwyn dans un état de fascination immobile. Elle dut secouer la tête pour tenter de reprendre ses esprits.

— En dépit de cela, reprit l'homme avec un regard chargé de promesses, je crois que nous pourrions bien nous entendre, tous les deux.

— Vous devriez retourner chez vous, conseilla-t-elle. Vous avez raison : ceux de mon clan saisissent le moindre prétexte pour chercher querelle aux vôtres. Ne leur offrez pas l'occasion de reprendre les hostilités.

— Cela vous déplairait ? s'étonna-t-il. Voilà qui me surprend agréablement.

Juché sur son étalon, il n'avait pas cessé de tourner autour d'elle et de sa jument. Bronwyn devait se tordre le cou pour ne pas le perdre de vue. Et lorsqu'il passait dans son dos, son corps se figeait, ses muscles se bandaient dans l'attente de ce qui allait se produire. Jamais elle n'avait réagi de la sorte, en présence de qui que ce soit.

— Que je n'aie aucun désir de voir le sang couler vous surprend ? reprit l'inconnu. Être un McJames ne fait pas nécessairement de moi un être cruel. Quel est votre nom ?

Pour la première fois depuis leur rencontre, Bronwyn sentit la peur lui mordre les tripes, ce qui suffit à mettre un terme à la fascination qu'il exerçait sur elle. En tant que fille du laird, elle constituait une prise de grande valeur. S'être livrée au plaisir de la course jusqu'à chevaucher si loin de chez elle était une folie qu'elle pouvait payer cher. Qui la croirait si elle expliquait que son père ne serait pas disposé à payer une rançon pour la récupérer ? Mais au-delà de l'aspect financier, certains hommes pouvaient considérer que lui voler sa vertu pouvait être une bonne façon de se venger des méfaits de son clan.

— Je ne vous le dirai pas, répondit-elle fermement. Il vous suffit de m'appeler McQuade.

— Je ne suis pas de cet avis, répliqua-t-il. C'est bien trop formel de vous appeler par votre nom de clan. Je veux connaître votre nom de baptême.

— Il vous faudra pourtant vous contenter de m'appeler ainsi. Je ne vous donnerai pas mon prénom.

Il se rembrunit, et Bronwyn s'efforça de rester ferme sur ses positions. Ce flirt inconséquent devenait par trop dangereux. Elle sentait son cœur battre à coups redoublés, et la peur n'était pas seule en cause.

— Si vous vous faites prendre sur nos terres, le prévint-elle, je ne pourrai rien faire pour vous aider.

— Cela vous attristerait-il, *lass* ?

— Non ! répondit-elle sèchement, comprenant qu'il la taquinait. Cela me gâcherait la soirée, à cause du remue-ménage que votre capture ne manquerait pas de susciter chez moi.

Levant un de ses sourcils parfaitement blonds, il se rapprocha d'elle encore et fit passer une jambe par-dessus sa selle pour mettre pied à terre. Bronwyn sentit son ventre se manifester de la plus étrange des façons en le voyant atterrir souplement devant elle. Elle ne s'était pas trompée à son sujet : il était doté d'un physique impressionnant.

— Les choses pourraient se dérouler autrement, dit-il en la fixant au fond des yeux. Peut-être pourrais-je tenter ma chance avec vous si je sens que je ne vous laisse pas indifférente…

— Sottises ! protesta-t-elle. Cessez de vous amuser à mes dépens. Je ne vous dirai pas mon nom. Vous êtes un inconnu pour moi. Je n'éprouve rien d'autre à votre égard que des sentiments parfaitement chrétiens.

— Vraiment ? fit-il mine de s'étonner.

— Vraiment.

Il lui adressa un nouveau sourire, aussi éclatant mais bien plus calculateur que le précédent.

— De quoi avez-vous peur ? demanda-t-il. Que je puisse surgir chez vous et vous enlever si j'apprends de qui vous êtes la fille ?

Tout en tenant les rênes de sa monture d'une main ferme, il s'était encore rapproché d'elle. Il émanait de son visage déterminé une autorité prouvant qu'il était habitué à donner des ordres. Ses qualités de meneur semblaient inscrites dans sa chair, dans tout son être. Il paraissait évident que rien ne l'empêcherait de mettre sa menace à exécution s'il lui prenait l'envie de l'enlever. De même, son arrogance ne faisait aucun doute. Consciente que cela rajoutait à son charme et au trouble qu'il suscitait en elle, Bronwyn battit des paupières et détourna le regard pour ne pas se trahir.

— Assez de taquineries ! s'insurgea-t-elle. Nous ne sommes ni l'un ni l'autre des enfants.

— Oui, approuva-t-il. J'avais remarqué ce détail.

Se sentant rougir de plus belle, Bronwyn se maudit de sa réaction. Il la toisa de pied en cap et elle vit ses traits se durcir. Elle avait beau n'avoir pas rencontré un homme qui la regardait ainsi, son corps comprenait intuitivement ce que signifiait l'expression qu'elle avait surprise sur son visage. Fascinée, elle ne put que soutenir fixement son regard.

— Dites-moi comment vous vous appelez, insista-t-il.

Il s'était exprimé à voix basse et d'un ton enjôleur, mais sa détermination n'avait pas faibli. De peur que sa voix ne la trahisse, Bronwyn secoua négativement la tête. Elle ne pouvait se permettre de lui révéler quel effet dévastateur sa présence et son insistance avaient sur elle. En plus d'un guerrier, cet homme était un chasseur.

— Jamais de la vie, trouva-t-elle le courage de répondre. Vous vanter, au coin du feu, en buvant votre whisky, d'être capable d'enlever une femme peut vous sembler attrayant, cependant ces pratiques d'un autre âge ne donnent pas d'unions profitables. Nous ne savons rien l'un de l'autre.

— Voilà qui pourrait changer si je vous jetais en travers de ma selle pour vous ramener chez moi. Nous aurions alors tout le temps nécessaire pour faire connaissance.

Sa suggestion lui procura un choc, pourtant ce qui la choqua bien davantage, ce fut le frisson d'excitation qui s'empara d'elle à cette idée. Lentement, comme s'il tentait d'apprivoiser un animal sauvage, l'homme tendit le bras et lui caressa doucement la joue.

— Je vous fais rougir, constata-t-il.

Bronwyn s'empressa d'échapper à son contact, honteuse du plaisir que cette caresse lui procurait, et plus honteuse encore d'avoir envie d'y goûter encore.

— Vous n'y êtes pour rien, mentit-elle.

Pour réduire encore la distance qu'elle maintenait entre eux, il s'avança d'un pas.

— Je ne vous crois pas, répliqua-t-il. Et vous ne pourrez m'empêcher de chercher à le vérifier.

Son obstination commençait à agacer Bronwyn.

— Êtes-vous en train de me dire que vous iriez jusqu'à me déshonorer pour satisfaire l'impulsion d'un instant ? s'enquit-elle d'un air de défi. Lorsqu'elle rentre chez elle, on considère qu'une femme enlevée est définitivement souillée. Votre besoin de fanfaronner vaut-il cela ?

— Qu'est-ce qui vous fait croire que je vous rendrais aux vôtres ? demanda-t-il. Peut-être est-ce le mariage que j'ai en tête…

Bronwyn éclata de rire. Elle eut la satisfaction de le voir lui adresser un sourire penaud, comme s'ils étaient deux enfants et qu'elle l'avait surpris à tirer sur sa tresse.

— Comme si un homme pouvait se marier uniquement pour l'attraction qu'il éprouve envers une femme ! objecta-t-elle. Vous vous conduiriez comme un idiot, et votre famille se chargerait de vous le signifier.

— Vous n'avez peut-être pas tort, reconnut-il. Mais l'idée ne m'en paraît pas moins alléchante.

L'étalon se mit soudain à ruer en fouettant l'air de ses antérieurs. Affolée, la jument recommença à s'agiter en décrivant un cercle au bout de sa longe. Redressant la tête, Bronwyn découvrit avec horreur les hommes de son père les observant depuis la crête. Leurs cris portés par le vent lui parvinrent lorsqu'ils découvrirent en compagnie de qui elle se trouvait. En hâte, elle mit le pied à l'étrier et poussa sur sa jambe pour se mettre en selle. Avec l'aide de la main que l'inconnu venait de poser sur son séant pour l'y aider, agrippant fermement l'une de ses fesses, elle y arriva plus vite que prévu.

— Vous ne manquez pas de toupet ! protesta-t-elle en le foudroyant du regard.

Sans se repentir le moins du monde, il lui adressa un sourire éblouissant et expliqua :

— C'est pour que vous puissiez garder un petit souvenir de moi, puisque je n'ai pu vous voler un baiser.

— Vous vous imaginez que je vous aurais laissé faire ?

Arquant un sourcil doré, il précisa posément :

— C'est bien pour cette raison que je comptais vous le voler, *lass*…

De nouveau très agitée, la jument de Bronwyn piaffait de plus belle. Elle réussit à la calmer en jouant de ses rênes, et lorsqu'elle reporta son attention sur l'inconnu, elle le vit observer d'un air farouche les hommes du clan McQuade qui galopaient pour les rejoindre. En un seul mouvement fluide et puissant, il se remit en selle, rajusta la poignée de son épée dans son dos et serra les flancs du puissant animal entre ses cuisses. L'homme était un guerrier, cela ne faisait aucun doute et il était aussi un McJames...

— Il me faudra visiblement attendre pour savoir qui vous êtes, constata-t-il en laissant ses yeux courir une dernière fois sur elle. À mon grand regret.

— Dépêchez-vous de partir ! le supplia-t-elle en surveillant du coin de l'œil l'approche des siens.

En soulevant son bonnet pour la saluer, il ajouta :

— À la prochaine fois, douce McQuade...

Son regard s'attarda un long moment encore sur les lèvres de Bronwyn avant qu'il fasse enfin volte-face avec sa monture. Il planta ses genoux dans les flancs de l'étalon, qui gravit la pente raide sans le moindre effort apparent. L'homme paraissait ne faire qu'un avec l'animal, semblable à quelque créature de légende à la force herculéenne. Au sommet de la colline, il lui lança un dernier regard. Elle crut le voir sourire, mais n'aurait pu en être certaine à cette distance.

Les hommes de son père l'entourèrent. Leurs cris et leurs insultes eurent tôt fait de la ramener sur terre.

— Tu es donc devenue folle, de tenir compagnie à un McJames ?

Son frère Liam cracha par terre avant d'ajouter, le doigt pointé vers elle :

— Et à Cullen McJames, par-dessus le marché !

Cullen McJames ?

— Cela ne peut pas...

Ses paroles moururent sur ses lèvres. D'eux-mêmes, les yeux de Bronwyn se portèrent sur la crête où le cavalier avait disparu. La réputation du frère du laird des McJames n'était plus à faire. Ne pas lui révéler son nom l'avait sans doute sauvée.

— Tu me dégoûtes ! lança Liam. Jamais je n'aurais imaginé que tu puisses trahir ton clan !

Brutalement tirée de ses pensées, Bronwyn soutint vaillamment son regard chargé de mépris et protesta :

— Je n'ai trahi personne ! Je ne connais pas cet homme. J'ignorais même son nom jusqu'à ce que tu me le révèles. Comment aurais-je pu le reconnaître alors que je ne l'ai jamais vu ?

— Ce n'est pas l'impression que j'ai eue.

Liam cracha de nouveau sur le sol, imité par plusieurs des hommes qui l'accompagnaient. Tous la considéraient d'un air réprobateur. Tous la condamnaient. Bien que blessée dans sa fierté, Bronwyn savait qu'il ne servait à rien d'argumenter avec Liam et ses hommes. Tous le suivaient d'un bloc et se rangeaient à ses avis : il était le fils aîné du laird, destiné à lui succéder.

Quant à elle, bien que fille indésirable et non désirée, elle n'était pas décidée à se laisser salir sans réagir. Peut-être trouvait-elle ce courage dans la rencontre qu'elle venait de faire avec un homme hors du commun. En soulevant son bonnet pour la saluer, lui au moins lui avait témoigné du respect.

— Je ne le connaissais pas, répéta-t-elle fermement. Nous nous sommes rencontrés par hasard. Je n'avais pas rendez-vous avec lui.

Après avoir manœuvré sa monture pour rejoindre sa sœur, Liam la gifla violemment.

— Épargne-nous tes mensonges ! s'écria-t-il. Je sais ce que mes yeux ont vu !

Sans lui laisser le temps de répondre, il lui arracha les rênes de sa jument des mains et l'entraîna dans son sillage. Ainsi rejoignirent-ils la troupe qui les attendait. Les regards que lui jetèrent les cavaliers semblèrent aussi cuisants à Bronwyn que la gifle qu'elle venait de recevoir, et pourtant c'était la colère qui dominait en elle. À bien y réfléchir, la supériorité de Cullen McJames lui apparaissait clairement. Aucun McQuade ne pouvait se mesurer à lui. Cela n'avait rien à voir avec la largeur de ses épaules, mais plutôt avec la franchise de son regard, et avec le fait qu'il se gardait de lancer des accusations à la légère.

Elle ne pouvait nier qu'elle le trouvait séduisant. Cullen McJames était, de loin, l'homme le plus attrayant qu'elle eût rencontré.

— Catin !

Le père de Bronwyn ne leva pas la main sur elle. Il se contenta de lui jeter le contenu de sa pinte de bière dessus. Un lourd silence planait dans la grande salle de Red Stone. Chacun retenait son souffle au spectacle du laird exerçant sa vengeance sur sa fille. Nul n'aurait osé intervenir. Erik McQuade régnait en maître despotique sur son clan.

— C'est comme ça que tu me remercies ? poursuivit-il. Alors que je t'ai offert gîte et couvert depuis que ta mère a mis au monde une fille inutile ?

— Je n'avais pas rendez-vous avec lui, dit-elle.

Assis sur une estrade dominant la pièce à l'une de ses extrémités, son père pointa un doigt sur elle. Elle se tenait devant lui comme une criminelle face à son juge.

— Tu voudrais me faire croire que Cullen McJames est venu se balader sur mes terres par hasard ? Et tu prétends également que ça ne s'est pas produit, que tu ne t'étais pas arrangée avec lui, sachant que j'étais à la cour ?

Liam et Sodac émirent un ricanement sarcastique.

— Je ne mens pas ! se défendit Bronwyn. Il n'y a jamais eu le moindre arrangement entre nous.

Son père se mit à rire, d'un rire qui trahissait davantage l'amertume et la colère que l'amusement.

— Alors explique-nous pourquoi il avait la main sur tes fesses, intervint Liam, décidé à l'enfoncer.

Le laird la dévisageait à présent comme il aurait pu le faire d'une infecte vermine.

— Depuis quand le laisses-tu abuser de toi, garce ? insista-t-il d'une voix cinglante.

— C'est faux ! répliqua-t-elle avec véhémence. Je ne le connaissais pas ! Il n'est pas mon amant !

L'injustice qui lui était faite la mettait hors d'elle. Elle avait beau savoir que son père ne l'avait pas aimée, elle ne l'aurait pas cru capable de la salir ainsi, au risque de faire rejaillir la honte sur tout le clan.

— Bronwyn ne ment pas, père, assura Keir d'une voix ferme. Je ne l'ai jamais entendue proférer de mensonge.

Erik McQuade fusilla son fils cadet du regard.

— Comment oses-tu te dresser contre moi ?

Keir ne broncha pas. Il s'avança vers l'estrade sans se soucier de l'hostilité que lui témoignaient les membres du clan rassemblés. S'arrêtant devant son père, il lui adressa un bref hochement de tête en guise de salut.

— Je ne fais que souligner un fait, père, répondit-il. Ma sœur ne se livre pas au mensonge. Si elle dit qu'elle n'avait pas rendez-vous avec le jeune McJames, je la crois. Sa moralité ne fait non plus aucun doute pour moi. Je ne l'ai jamais vue mal se conduire avec un homme.

La fureur de leur père explosa d'un coup. Il se dressa d'un bond, éructant de rage, et lança sa pinte vide sur Keir. Celle-ci n'eut pas le temps de l'atteindre à la poitrine : il la détourna de la main comme un insecte importun. Confronté à l'ire paternelle, il demeura imperturbable devant le laird, dont le visage virait au cramoisi.

— Pourquoi le sort s'acharne-t-il sur moi ? éructa Erik en menaçant le ciel d'un poing vengeur. Pourquoi a-t-il fallu qu'il m'encombre d'une fille inutile et d'un fils qui a le courage de me tenir tête et ne veut pas se battre !

Comme sous le coup d'une subite inspiration, le laird se redressa et balaya la salle du regard.

— Nous retournons à la cour, annonça-t-il.

L'index pointé sur Bronwyn, il poursuivit :

— Et toi, tu m'accompagnes. Jusqu'à ce que le soleil se lève, que quelqu'un ôte cette catin de ma vue !

Un bruit de bottes se fit entendre sur le dallage de pierre lorsque plusieurs hommes s'empressèrent de lui obéir. Keir les prit de court dans un tournoiement de son kilt.

— Personne d'autre que moi ne la touchera ! lança-t-il d'un air menaçant.

Puis, s'adressant au laird :

— Père, je suis au regret d'être en désaccord avec vous.

Erik McQuade tressaillit comme s'il venait de recevoir une gifle. Il se laissa retomber dans son fauteuil, blanc de rage. Ses lèvres remuèrent mais il ne put prononcer la moindre parole. Sans plus s'occuper de lui, Keir se tourna vers sa sœur et lui saisit doucement l'avant-bras. Reconnaissante de son aide, elle se laissa entraîner vers la sortie.

— Ce n'est que le début de ton calvaire, la prévint-il tout bas.

— Je le sais.

Et Bronwyn ne pouvait rien faire pour y remédier. Elle se sentait pareille à une feuille tombée dans un ruisseau et ballottée par les flots. Le courant l'emportait et elle n'avait aucun moyen d'éviter les rochers sur lesquels elle risquait de s'écraser. Pour seul réconfort, elle avait le soutien de son frère, dont elle redoutait les conséquences. Jamais leur père ne pardonnerait cette offense.

— Tu n'aurais pas dû faire ça, lui reprocha-t-elle.

Keir grogna sourdement et répondit :

— C'était une question d'honneur. C'est quand cela lui coûte qu'un homme doit rester ferme sur les principes.

Dès qu'ils se retrouvèrent seuls, Keir s'arrêta et lui fit face. Ses yeux, hérités de sa mère, semblaient aussi noirs que la nuit. Bronwyn eut l'impression qu'ils la sondaient jusqu'au fond de l'âme. Elle ne détourna pas le regard.

Satisfait de ce qu'il lisait en elle, Keir hocha la tête.

— Notre père se laisse aveugler par la haine, ajouta-t-il d'un air dégoûté.

Il se remit en route et Bronwyn le suivit. Elle se sentait soudain étrangère à ces lieux, même si elle y avait grandi et y avait passé toute son existence.

— C'est bien pour cela que tu aurais dû te taire, dit-elle.

— Certainement pas.

Keir n'avait pas élevé la voix, mais cela n'enlevait rien à la force de son propos. Il paraissait inébranlable.

— À quoi bon me rejoindre dans l'opprobre et te condamner aussi à ses yeux ?

En réponse à la question de Bronwyn, son frère secoua la tête et expliqua :

— Je ne serai pas, comme Liam et Sodac, son chien de chasse obéissant. S'il choisit de me détester parce que je refuse de lui lécher les bottes, tant pis. Il ne sera pas dit que je laisserai qui que ce soit m'imposer ses vues.

En dépit du sérieux de la situation, un sourire fleurit sur les lèvres de Bronwyn. Il se transforma en grimace quand la douleur de la gifle assénée par Liam se rappela à elle. Keir, à qui sa réaction n'avait pas échappé, se renfrogna.

— Je pense que la cour pourrait être un bon endroit pour toi, dit-il d'un air pensif. Oui, je crois qu'il est grand temps que tu t'évades de ce château.

— À quel prix ? Je n'accepterai pas de me prêter aux manigances de père pour faire accuser les McJames.

Keir laissa fuser un petit rire sans joie.

— Tu le connais trop bien, s'amusa-t-il. Je pense en effet que c'est exactement ce qu'il a en tête en te traînant à la cour.

Une fois seule dans sa chambre, réfugiée devant le petit feu qui brûlait dans l'âtre, Bronwyn ne put se défaire du mauvais pressentiment qui l'assaillait. L'appréhension, bien plus que la fraîcheur nocturne, la fit frissonner quand elle commença à se déshabiller. Le vent faisait claquer le volet obstruant sa fenêtre. Ses chaussures enlevées, elle sentit le froid des dalles lui mordre la plante des pieds. Pas de luxueux tapis pour elle. Heureusement, une bonne âme compatissante avait eu le courage de lui monter deux baquets d'eau et de les poser près du feu. Au moins ne sentirait-elle pas la bière éventée le lendemain au réveil.

Pour ne rien perdre de la chaleur de l'âtre, Bronwyn se déshabilla aussi près du feu que possible. Bien vite ses vêtements formèrent une flaque de tissu à ses pieds. Elle les enjamba et s'étira. En chemise, elle se dépêcha d'aller laver sa robe dans l'un des baquets, puis elle la disposa sur une chaise devant la cheminée pour la faire sécher. Il ne lui resta ensuite plus qu'à se débarrasser de son corset, tandis que le vent redoublait ses assauts contre le volet, créant une atmosphère irréelle.

En allant se blottir sous ses couvertures, elle sentit son cœur se serrer dans sa poitrine. Elle se félicitait d'avoir fait un tour aux cuisines avant de sortir, car à n'en pas douter personne ne lui apporterait son dîner. Il aurait été tellement agréable de le partager avec Cullen McJames.

Bronwyn fronça les sourcils. Elle ne pouvait empêcher sa mémoire d'imposer à son esprit un portrait plus vrai que nature d'un des ennemis jurés de son père. Son image s'était gravée en elle dans le moindre détail. C'était la première fois qu'elle rencontrait un homme qui attirait autant sa curiosité et son attention. Sachant le combat inutile, elle renonça à résister à l'envie de laisser leur rencontre se rejouer sous son crâne. Autant profiter de ce petit plaisir tant qu'elle en avait le loisir.

Qui pouvait dire de quoi le lendemain serait fait ?

Bien qu'ayant l'impression de se conduire en parfait imbécile, Cullen ne put résister, le lendemain en fin d'après-midi, à retourner sur les lieux de sa rencontre avec l'inconnue du clan McQuade. Et lorsque, juché sur Argyll, il découvrit la vallée en jachère parfaitement vide, il s'en voulut d'avoir espéré qu'il pût en être autrement. Il aurait pourtant dû s'y attendre, mais le désir de revoir celle qui lui avait si bien résisté avait été le plus fort.

Il ne savait même pas qui elle était. Tout ce qu'il savait, c'était qu'elle appartenait au clan McQuade. Il osait à peine imaginer comment leur laird avait pu réagir en apprenant qu'elle lui avait parlé.

La douceur de son visage lui avait tenu compagnie une bonne partie de la nuit. Il aurait pu s'en réjouir s'il n'avait tout ignoré d'elle et si ses chances n'avaient pas été aussi minces de la retrouver un jour.

Enfonçant ses genoux dans les flancs d'Argyll, Cullen tourna le dos à la vallée et manœuvra sa monture en direction de Sterling. Il n'avait pas la patience de se mettre en chasse de la belle inconnue ; il aurait voulu pouvoir la toucher tout de suite. Alors qu'il rentrait chez lui, l'aiguillon du désir ne cessa de le tourmenter, d'autant plus insupportable qu'il n'avait aucune chance d'être assouvi. La seule femme qui avait réussi à capter son attention était une McQuade.

Le destin pouvait être cruel. Il s'amusait parfois à tenter de pauvres mortels en leur faisant miroiter des plaisirs inaccessibles. Mais même le destin devait s'incliner devant la volonté d'un McJames. Cullen n'était pas homme à renoncer à son désir.

Il finirait par apprendre le nom de sa belle. Il s'en faisait la promesse.

2

Des coups frappés à la porte vinrent tirer Bronwyn du sommeil dès l'aube. Elle se redressa en se frottant les yeux et serra ses couvertures contre elle tandis que son frère Sodac entrait sans même un bonjour.

— Père te fait dire de t'habiller et de te rendre à l'écurie. Nous partirons dès que les chevaux seront prêts.

Après l'avoir toisée d'un regard méprisant, il ajouta :

— Keir restera ici. Tu ferais mieux de bien réfléchir à ce qui pourrait lui arriver avant de contredire ton laird devant le roi. Un troisième fils ne peut se passer du bon vouloir de sa famille, dans la vie.

Elle s'étrangla sous l'effet de la surprise. Son frère s'en amusa et ajouta :

— Je ne m'attends pas à ce qu'une femme comprenne comment marche le monde. Alors pèse soigneusement tes paroles, ou mieux encore tais-toi, Bronwyn. Les McJames sont en dette avec nous et nous récupérerons ce qui nous est dû d'une manière ou d'une autre.

Quand Sodac eut refermé la porte derrière lui, Bronwyn frissonna longuement, horrifiée par la malveillance dont elle venait d'être témoin. Le visage de Cullen, qui avait hanté ses rêves, n'aurait pu lui paraître plus différent de celui que venait de lui montrer son frère. Elle n'avait vu dans ses yeux aucune méchanceté, juste le plaisir et l'amusement que lui procurait leur rencontre.

Elle sortit du lit le ventre noué. Oui, Cullen et Sodac n'auraient pu être plus différents l'un de l'autre. Il n'en demeurait pas moins vrai que Keir était soumis au bon vouloir de sa famille. Avec le sens de l'honneur qui était sien, il garderait la tête haute et se laisserait écarter sans broncher. C'était donc à elle de le protéger. Elle ne s'abaisserait pas à mentir, mais elle avait la possibilité de garder le silence. Son père était resté huit mois au palais, sur ordre du roi. Ce dernier, à qui il avait déplu par ses incessantes accusations contre les McJames, l'avait exclu des quartiers de la cour et cantonné dans le plus éloigné des salons de réception. Si la chance était avec elle, peut-être James Stewart refuserait-il de lui accorder audience ?

Bronwyn devait s'accrocher aux plus maigres espoirs qui s'offraient à elle. Il ne servait à rien de s'appesantir sur le sort que son père pouvait lui réserver. À présent qu'il l'avait ouvertement accusée d'être une traînée, Red Stone promettait de devenir un endroit invivable pour elle. Même si personne n'y croyait vraiment, une telle accusation suffirait à faire d'elle une réprouvée. Le fait était qu'il était laird et que Liam lui succéderait par tradition. Les Écritures elles-mêmes voulaient qu'il en soit ainsi.

Elle ne se rongerait pas les sangs en se demandant quelle vie l'attendait à la cour, pas plus qu'elle ne bannirait de sa mémoire sa rencontre avec Cullen McJames. Il paraissait certain qu'elle ne se promènerait plus seule à cheval de sitôt – si on lui permettait même de le faire de nouveau un jour. Elle devrait donc apprécier le peu qui lui serait offert. De toute façon, elle avait ressenti plus d'émotions lors de cette rencontre impromptue que pendant toute une année. Cullen avait éveillé en elle quelque chose dont elle n'avait pas soupçonné l'existence. Il lui suffisait d'y penser pour sentir aussitôt son cœur s'emballer.

Peut-être était-ce mal, de sa part, de se complaire dans ce trouble. Mais pourquoi aurait-elle dû se priver de ce réconfort alors que son propre père la traitait de catin ?

Le voyage jusqu'à la capitale avait beau être long, elle eut à peine le temps de le voir passer tant elle était absorbée dans ses pensées. Les regards glaciaux que lui adressaient les hommes de son père ne l'atteignaient même plus. Elle était bien trop occupée à chercher un moyen de satisfaire son père sans pour autant compromettre les McJames.

Une chose paraissait certaine : elle ne remettrait plus les pieds dans cette vallée. Ce constat lui procura une vive douleur qui lui poignarda le cœur et la prit par surprise. Elle ne pouvait se permettre de se lamenter sur le fait de ne plus revoir cet homme. Il lui fallait éviter toute autre rencontre dont son père pourrait se servir à l'encontre du plus jeune des frères McJames. Qui plus est, sans doute Cullen n'aurait-il de cesse de nuire à travers elle au laird des McQuade quand il apprendrait son identité. Il était un guerrier, aussi dévoué à son clan que le père et les frères de Bronwyn pouvaient l'être.

Et pourtant, la douleur sourde qui se manifestait dans sa poitrine chaque fois qu'elle évoquait mentalement le visage de Cullen était indéniable. Dans cette aventure, son cœur s'était égratigné aux ronces de la réalité.

Il lui faudrait donc faire en sorte que ses souvenirs lui suffisent, conclut-elle en son for intérieur. La famille de Cullen avait plus de raisons encore de détester la sienne que son père n'en avait de haïr les McJames. Comment aurait-elle pu l'oublier ? Personne ne voudrait croire qu'Erik McQuade la détestait presque autant qu'il détestait ses ennemis jurés.

Un petit rire étranglé passa le seuil de ses lèvres glacées. Le sort était vraiment cruel de lui rendre attrayant le seul homme qui ne pourrait jamais être à elle. Une fois que Cullen McJames connaîtrait son nom, il la maudirait.

Bronwyn regrettait à présent de ne pas l'avoir laissé lui voler ce baiser.

La cour du roi d'Écosse était remplie d'hommes richement vêtus qui patientaient pour être reçus. En se laissant entraîner à travers la masse qu'ils formaient vers le salon où siégeait la cour, Bronwyn observa leurs visages étonnés. Des gardes armés empêchaient la horde vêtue de velours de passer la porte sans autorisation royale en bonne et due forme. Tous ceux qui la regardaient semblaient la jauger, comme s'ils cherchaient à évaluer en quoi elle pouvait servir leur cause. Les gardes armés et la foule survoltée cherchant à tout prix à être reçue rendaient l'atmosphère étouffante. Être roi lui sembla soudain un fardeau trop lourd à porter pour un seul homme.

La robe en laine qu'elle portait n'avait rien de luxueux. En la découvrant, les femmes richement vêtues semblaient se demander ce que Bronwyn faisait en ces lieux dans de tels atours. Toutes portaient de somptueux vêtements de velours et de soie, rehaussés d'or, de pierreries et d'argent. Leurs sous-vêtements renforcés d'armatures donnaient de l'ampleur à leurs jupes, si bien qu'elles devaient écarter les bras pour ne pas laisser leurs mains reposer sur les riches étoffes. Perles et bijoux abondaient sur leurs poitrines et dans leurs perruques, et un maquillage chargé achevait de les rendre méconnaissables.

Le père de Bronwyn présenta un parchemin d'allure officielle et les gardes, à la grande surprise de Bronwyn, les laissèrent pénétrer dans le salon d'apparat. Un murmure désapprobateur parcourut la foule de ceux qui attendaient en vain d'être reçus, mais Bronwyn, plongée dans un nouvel océan de visages inconnus, avait perdu tout intérêt pour eux.

À l'autre extrémité de la grande salle se tenait le roi. Des musiciens jouaient dans les galeries surplombant la pièce. Certains des courtisans étaient en train de danser, et elle ne reconnut pas les pas. C'était cependant un plaisir d'entendre la musique : elle était rare à Red Stone, car son père refusait de dépenser le moindre argent pour de telles frivolités. Il fallait attendre les foires de printemps pour qu'arrivent des musiciens sur les places des villages, dans le sillage des marchands.

Le roi soudain se figea.

— McQuade...

Sa voix tonna dans la salle et imposa le silence. Seul le père de Bronwyn parut ne pas remarquer la menace dont elle était porteuse. Sans se laisser impressionner, il marcha droit jusqu'au monarque, devant lequel il s'inclina, ce qui laissa James Stewart de marbre.

— Je croyais t'avoir donné congé, dit-il d'un ton glacial.

Bronwyn se sentit tirée par le bras et trébucha. Cela faisait des années que son père ne l'avait pas touchée, et elle ne s'était pas attendue à ce qu'il la pousse devant lui.

— Oui, répondit-il. Et je suis rentré chez moi pour découvrir que Cullen McJames avait fait de ma propre fille sa catin !

Cette déclaration déclencha un tumulte dans la salle. Bronwyn en eut le souffle coupé et dut affronter les femmes qui la dévisageaient, les yeux plissés, cachant derrière leur éventail en dentelle d'acerbes condamnations. Quelques hommes allèrent jusqu'à lui sourire d'un air équivoque, sans rien masquer de leurs intentions. Elle sentit la sueur perler à son front tandis que son cœur s'emballait. Le roi lui-même la contemplait sans aménité.

— Dans mes appartements, McQuade ! lâcha-t-il sèchement. Tout de suite !

Manifestement, le monarque était mécontent. Il quitta la pièce d'un pas rapide, immédiatement suivi par ses gardes. Le bruit des conversations se fit assourdissant. Chacun tendait le cou pour mieux apercevoir Bronwyn.

— À présent, tu comprends ce qu'il en coûte de me trahir, marmonna son père.

Il l'entraîna par le coude vers le fond de la salle, derrière le trône. Deux gardes royaux y stationnaient de chaque côté d'une porte monumentale abondamment sculptée. Dès qu'ils en eurent franchi le seuil, celle-ci fut refermée derrière eux dans un claquement sourd qui fit sursauter Bronwyn. Les mains croisées dans le dos, le roi faisait les cent pas dans la pièce. Derrière lui, un groupe de serviteurs se tenait prudemment à l'écart.

— J'espère pour toi que tu vas pouvoir justifier cet esclandre ! lança-t-il au laird des McQuade. Ma patience a des limites, et j'en ai plus qu'assez de tes tentatives pour salir le nom des McJames.

— En rentrant chez moi j'ai surpris Cullen McJames sur mes terres, expliqua Erik.

Le roi cessa ses déambulations et chercha son regard.

— C'est bien vrai ? insista-t-il.

— C'est un fait. Il avait rendez-vous avec ma fille, l'infâme bâtard ! Mes deux fils en ont été témoins alors que nous venions à peine d'arriver sur nos terres.

Le roi reporta son attention sur Bronwyn, et son père la fit prudemment passer derrière lui.

— Je l'ai amenée ici pour que vous puissiez lire sur son visage la honte qui l'assaille, poursuivit Erik. Je ne lui permettrai pas de répandre ses mensonges nauséabonds en votre présence.

— Laisse-moi juge de ce que je dois entendre, dit le roi en s'asseyant dans un fauteuil richement orné.

Mais il ne permit pas à ses visiteurs de l'imiter. Il dévisagea Liam et Sodac, le torse bombé, la mine farouche et les yeux luisants de leur soif de vengeance – tout le portrait de leur père. Le souverain posa enfin les yeux sur elle et la dévisagea en demandant :

— Et toi, Bronwyn McQuade ? Qu'as-tu à dire ?

— Je vous l'ai dit ! intervint vivement son père. Elle n'est qu'une garce à la bouche pleine de mensonges !

— Et moi je t'ai dit de ne pas m'ordonner ce que j'avais à faire ! répliqua le roi en le foudroyant du regard. Je suis fatigué de t'entendre en permanence dénigrer tes voisins. Et plus encore fatigué d'entendre tes voisins se plaindre de toi et de tes méfaits. J'ai en ma possession trois requêtes solidement argumentées qui suffiraient pour te mettre au cachot les chaînes aux pieds tel un vulgaire voleur, et tes outrances ne plaident pas en ta faveur !

— Cullen McJames se trouvait sur mes terres ! s'entêta le père de Bronwyn. Il se fait passer devant vous pour un petit saint et un martyr, en réalité c'est une canaille qui a abusé de ma fille et l'a déshonorée !

Il criait à présent. Les gardes qui flanquaient le roi firent un pas en avant, la lance pointée vers Erik McQuade, qui battit en retraite en s'inclinant obséquieusement.

— Est-ce vrai, Bronwyn ? demanda le roi.

Elle était obligée de lui répondre. Nul ne pouvait se permettre d'ignorer une question du roi d'Écosse. L'avenir – et peut-être même la vie – de Keir était en jeu. Ne sachant comment dire la vérité sans contrarier son père, Bronwyn se cantonna dans un silence prudent.

— Vous voyez ? triompha Erik. La honte l'étouffe !

— Je t'ai déjà dit que je t'avais assez entendu, trancha le roi avec un geste méprisant de la main. Qu'on les fasse sortir, lui et ses fils. Bronwyn reste.

— Elle est ma fille !

— Et l'un de mes sujets ! J'entendrai ce qu'elle a à me dire, même si je dois te faire jeter dehors pour qu'elle puisse s'exprimer. Ta fille doit avoir pris les leçons de savoir-vivre qui te font défaut, car contrairement à toi elle a l'intelligence de ne pas enrager en ma présence.

La voix du roi, tranchante et impérieuse, fit taire les fanfaronnades du laird. Les gardes royaux se mirent en mouvement, les pointes acérées de leurs lances menaçant les ventres du père de Bronwyn et de ses frères. Ces derniers lui lancèrent un regard noir, comme s'ils la rendaient responsable de l'accès de colère du monarque.

— Votre Majesté, intervint-elle humblement, puis-je vous prier de ne pas faire sortir ma famille ?

Les gardes se figèrent dans l'attente de la réponse du roi. Celle-ci tomba comme un couperet.

— Non.

Il n'y eut plus la moindre hésitation de la part des hommes en armes. Ils refoulèrent rapidement le père et les frères de Bronwyn hors des appartements royaux. La double porte se referma derrière eux avec un bruit sourd.

— À présent, réponds à ma question, reprit le roi. Qu'est donc Cullen McJames pour toi ?

— Un inconnu, répondit-elle sans hésiter.

S'adossant à son siège, le monarque la fixa au fond des yeux d'un air sévère et insista :

— Ton père affirme pourtant que tu as été surprise en sa compagnie.

— Je me promenais à cheval et il se trouvait au sommet d'une colline quand je suis entrée dans la vallée. Nous avons discuté, c'est tout. J'ignorais même son nom jusqu'à ce que mon père me le révèle.

— Cette rencontre a eu lieu sur les terres de ton clan ?

— À la frontière. Nous nous trouvions tous deux en bordure de nos terres respectives.

Le roi soupira longuement, manifestement contrarié.

— Combien d'hommes se trouvaient avec lui ?

— Aucun.

James Stuart poussa un grognement qui ressemblait fort à un rire. Une lueur fit flamber son regard et il la toisa de la tête aux pieds.

— Cullen savait-il qui tu étais ?

Bronwyn se sentit rougir.

— J'ai refusé de le lui dire. Il portait le plaid des McJames…

Cette fois le roi s'esclaffa ouvertement.

— Cullen porte toujours les couleurs de sa famille, dit-il. Écossais jusqu'au bout des ongles et fier de son nom… Et il ne manque pas de culot, pour s'aventurer sur les terres de ton clan sans personne pour assurer ses arrières.

Bronwyn n'aurait pu le contredire sur ce point.

Il lui avait suffi de l'évoquer pour que le souvenir de leur rencontre émerge aussitôt de sa mémoire. Cullen avait sans hésiter franchi la distance qui les séparait, sûr de lui et se moquant du risque d'être découvert. Voyant que le roi la dévisageait, elle baissa les yeux pour masquer l'excitation qui l'avait gagnée.

— T'a-t-il touchée ?

— Non !

Elle aurait dû s'exprimer avec davantage de retenue en présence du monarque, mais les accusations de son père avaient blessé sa fierté.

Plissant les yeux, le roi insista :

— Es-tu toujours vierge ?

Bronwyn écarquilla les yeux. L'homme avait beau être roi, elle ne s'était pas attendue à une telle question de sa part. Cela la mit d'autant plus en colère que sa moralité et sa conduite avaient toujours été irréprochables.

— Je le suis ! assura-t-elle d'un air de défi.

Un sourire s'épanouit lentement sur le visage du roi, qui ne suffit pas à apaiser Bronwyn. Tout comme celui que lui avait adressé Cullen, ce sourire cachait quelque chose. Elle sentit son estomac se serrer en attendant ce qui allait suivre.

— Ton père t'a-t-il déjà promise en mariage ?

Cette question, une nouvelle fois, la déstabilisa, même si ce n'aurait pas dû être le cas. Elle fixa le sol tandis qu'une voix enfantine résonnait dans la salle.

— Papa... je veux votre bénédiction pour aller dormir.

De derrière une tenture placée au fond de l'estrade sur laquelle était assis le roi, une petite fille venait d'émerger. Habillée d'une fine chemise de nuit et d'un bonnet de dentelle ouvragé, la fillette avait encore les joues rondes et les grands yeux de l'enfance. Ses poignets et son col s'ornaient de dentelles précieuses. Bronwyn fut frappée de voir un ouvrage ayant nécessité tant d'heures de travail sur un vêtement aussi commun. La chemise elle-même était taillée dans un tissu précieux. L'ensemble était digne d'une princesse.

— Elizabeth, ma rose ! lança James Stewart d'un ton radouci. Où est donc ta nourrice ?

En un instant, le roi venait de se transformer en père aimant sous les yeux de Bronwyn. Quand elle fut devant lui, il prit la fillette sur ses genoux et celle-ci lui passa les bras autour du cou.

— S'il vous plaît, papa, ajouta-t-elle, suppliante. Tous les enfants ont droit à la bénédiction de leurs parents avant d'aller au lit. C'est mon précepteur qui me l'a dit.

— Tu es une brave petite fille d'apprendre aussi bien tes leçons.

Fascinée, Bronwyn vit le monarque déposer un baiser sur le front de l'enfant. Elle aurait souhaité détourner les yeux mais elle en était incapable. Pas une fois dans sa vie son père ne l'avait embrassée. Le roi ayant remarqué l'attention dont il était l'objet, elle s'empressa de regarder ailleurs.

— Je te présente ma fille, Elizabeth, qui devrait être au lit, dit-il.

Après avoir gentiment tapoté la joue de l'enfant, il la remit debout et la confia à l'un des gardes qui la prit par la main pour la faire sortir. Manifestement, la princesse était coutumière de ces incursions.

— Je lis dans tes yeux que ton père n'a pas dû avoir ce genre de bonté pour toi, constata-t-il.

D'un air pensif, le roi s'adossa à son siège sans cesser de la regarder. Bronwyn préféra tenir sa langue.

— Inutile de le nier, reprit-il avec un geste impatient de la main. J'ai vu de quelle façon tu nous regardais, ma fille et moi, comme s'il ne t'était jamais venu à l'idée qu'un père puisse manifester ainsi son affection.

C'était la stricte vérité, qui lui serrait la gorge, l'empêchant presque de respirer.

— Voyez-vous, Majesté, parvint-elle difficilement à répondre, mon père aime beaucoup ses fils.

Cette prédilection n'avait rien d'exceptionnel. Henry VIII, roi d'Angleterre, avait sacrifié six femmes dans sa quête de fils.

— Quel âge as-tu ? demanda le roi.

— Vingt-trois ans.

— Personne autour de moi n'a pu me le préciser, constata-t-il d'un air désabusé. On peut dire que ton père a réussi à te cacher aux yeux de tous.

Puis, s'adressant aux gardes par-dessus son épaule :

— Faites entrer de nouveau sa famille.

À l'intention de Bronwyn, il ajouta :

— Tu peux aller attendre dehors. J'ai quelques petites choses à dire à ton père.

Ce fut avec soulagement qu'elle s'inclina devant le roi et quitta la pièce. Si elle ne se trouvait plus en présence du monarque, elle ne risquait plus de commettre quelque maladresse susceptible de nuire à Keir.

Les gardes ouvrirent les portes devant elle et invitèrent son père et ses frères à entrer. Elle poussa un soupir de soulagement lorsqu'elles se refermèrent derrière elle. Une mer de regards inquisiteurs l'entourait. Le grand salon était à présent moins bruyant que lorsqu'elle y était entrée. Désormais les femmes chuchotaient entre elles derrière leur éventail en l'épiant du coin de l'œil comme si elle avait été la dernière des dernières. Certains hommes ne se privèrent pas de lui adresser des sourires d'invite, et il y en eut même pour lui faire un clin d'œil grivois.

Grâce à des années d'expérience, elle parvint à ne pas se laisser troubler et à garder la tête haute. Pourtant Bronwyn ne put s'empêcher de tressaillir lorsqu'une lady murmura, assez fort pour qu'elle puisse l'entendre :

— Souillée, la blanche colombe…

— McQuade, tu es un homme impitoyable.

Pour mieux en imposer, James Stuart s'était réinstallé sur son trône. Pour une fois, le laird des McQuade ne s'insurgea pas. En fait, il était bien trop calme. Cette nouvelle docilité, qui ne lui ressemblait pas, éveilla la suspicion du roi.

— J'ai besoin de réfléchir, reprit-il. Tu resteras à la cour jusqu'à ce que je te permette de la quitter.

— L'hiver est là, fit valoir McQuade.

Le roi laissa fuser un ricanement et répliqua :

— Merci de m'en informer, même si j'ai des yeux pour voir. C'est toi qui as décidé d'entreprendre ce voyage. Je ne t'ai donné congé que pour te retrouver dans mon antichambre quelques jours plus tard. Alors autant que tu restes, puisque c'est apparemment ce que tu désires.

James agita la main devant lui et conclut :

— Laisse-moi, maintenant. Tu auras accès à la cour si tu amènes ta fille avec toi. Dans le cas contraire, tu feras tapisserie dans le grand salon. Et n'oublie pas : tu as tout intérêt à être là quand je te ferai convoquer.

McQuade ouvrit la bouche et la referma bien vite quand il vit les gardes royaux empoigner leur épée. Après s'être incliné bien bas, il sortit et hâta le pas en voyant sa fille faire face à la foule des courtisans de James, qu'il fendit sans ralentir l'allure. Bien des hommes le saluèrent au passage, tandis que les femmes faisaient la révérence eu égard à sa position.

Il était bien le laird d'un clan puissant. Un homme que l'on devait craindre et respecter. Peu lui importait de quelle manière ce respect lui était offert. Seul comptait le fait qu'il le soit à temps.

Comme tant d'autres résidences de la noblesse dans la capitale, celle des McQuade avait été fermée pour l'hiver, aussi les serviteurs furent-ils désarçonnés de voir le laird et son entourage s'y présenter. Bien vite, on retira les toiles qui avaient été disposées sur les meubles pour les protéger. Des lampes furent allumées en hâte tandis que les servantes remettaient leurs coiffes pour aller faire les lits.

— Arrange-toi pour disparaître de ma vue, fille.

Bronwyn n'avait jamais été aussi heureuse de devoir obéir à son père. En hélant d'un geste une jeune servante, il ajouta à son intention :

— Logez-la dans la petite chambre.

— Hum... bien, milord.

La jeune fille esquissa une révérence maladroite. Ces instructions paraissaient la déstabiliser, pourtant elle ne perdit pas de temps et se dirigea vers l'escalier après s'être munie d'une chandelle. Bronwyn la suivit jusqu'au premier étage. Il y en avait encore un, mais elle la précéda jusque dans une minuscule pièce, au fond d'un corridor. Du coin de l'œil, la servante l'observait, curieuse de découvrir celle qui n'avait jamais mis les pieds dans cette maison. Tous savaient que le laird avait une fille, même si nul ne l'avait vue. Dans la plupart des familles nobles, Bronwyn aurait été placée à la cour afin d'y côtoyer les hommes les plus puissants, dans l'espoir de faire un beau mariage. À la place, son père l'avait traitée de traînée devant la cour réunie et la reléguait à présent dans la « petite chambre ».

Comment s'étonner que les domestiques puissent n'y rien comprendre ? Elle-même ne savait qu'en penser.

En plus d'être minuscule, la chambre qui lui était attribuée ne possédait pas de cheminée et ne comportait qu'une petite fenêtre fermée par un volet intérieur. La servante se servit de sa chandelle pour allumer la mèche d'une lampe posée sur l'unique table de la pièce. Puis, après avoir salué en inclinant la tête, elle s'en alla.

On avait roulé la paillasse afin de la protéger de la poussière. Dans un coffre placé sous la fenêtre, Bronwyn trouva de quoi faire son lit. Tout en s'activant à cette tâche pour s'occuper les mains, elle ne put empêcher son esprit de vagabonder. « *Souillée, la blanche colombe…* »

Elle n'aurait jamais imaginé que quelques mots puissent faire aussi mal. L'accusation résonnait encore et encore en elle, jusqu'à lui donner mal à la tête. *Je ne suis pas souillée !* Elle aurait voulu crier la vérité, mais qui l'aurait crue alors que son père lui-même était venu affirmer le contraire jusque dans le palais du roi ?

Des larmes débordèrent de ses paupières, qu'elle essuya d'un revers de main. Son père ne méritait pas qu'elle se laisse aller au chagrin. Bronwyn refusait de pleurer à cause de lui. Ayant achevé son lit, elle entreprit de se déshabiller. À part la lampe qui éclairait la pièce, il n'y avait rien d'autre sur la table. Tout était mis sous clé lorsque le laird désertait la maison pour l'hiver.

Au moins disposait-elle de l'intimité que lui procurait la porte close. Il existait en effet encore des maisons dépourvues de couloirs pour desservir les différentes pièces. La possibilité d'entrer dans l'une d'elles sans avoir à passer par les autres répondait à une nouvelle mode.

Lorsqu'elle n'eut plus que sa chemise sur le dos, Bronwyn éteignit la lampe. La pièce était si petite qu'elle n'avait pas à s'inquiéter de pouvoir retrouver son lit dans le noir… Sans feu pour la réchauffer, il y faisait très froid. Elle ne sentait plus ses pieds glacés sur le plancher. Elle alla rechercher sa jupe en laine et l'étendit sur le lit avant de se glisser dedans. Peut-être n'en faudrait-il pas plus pour l'empêcher de grelotter.

Elle ferma les yeux pour trouver le sommeil, mais tout occupée qu'elle était à remâcher sa rancœur, celui-ci fut long à venir. Elle n'était pas « souillée », quoiqu'elle aurait préféré l'être : ainsi son père aurait-il pu lui aussi goûter à la honte qu'il n'avait pas hésité à répandre sur son nom.

Erik McQuade épiait les réactions de ses fils.

— Vous me trouvez trop dur, maugréa-t-il.

Liam évita son regard, mais Sodac ne prit pas cette peine. Le laird lut dans ses yeux l'indécision qui l'habitait.

— La terre est la seule véritable richesse d'un homme, reprit-il. Ne permettez pas qu'elle vous file entre les mains. Ne vous mariez que pour elle. L'argent, lui, peut être gagné grâce au travail de vos gens.

Erik marqua une pause et s'assura qu'aucune oreille indiscrète ne se trouvait dans les parages avant d'ajouter :

— Écoutez-moi bien, fils. L'héritage que je vous laisserai est plus important que celui que m'a laissé mon propre père. J'ai travaillé dur pour qu'il en soit ainsi et je ne permettrai pas que la moindre parcelle de terre soit soustraite au clan McQuade. Votre sœur n'est qu'une femme, née pour répondre aux besoins des hommes. Le fait qu'elle soit ma fille n'y change rien.

Ses fils acquiescèrent à ses paroles d'un hochement de tête, mais Liam objecta, d'une voix incertaine :

— Était-il vraiment nécessaire de la salir publiquement ?

— C'était indispensable. À présent, Jamie ne pourra plus faire pression sur moi pour que je lui trouve un mari. Les terres en quoi consiste sa dot lui viennent légalement de sa mère. Par décret royal, elles sont attachées à sa descendance de sexe féminin. Il n'existe aucun moyen de contourner ce problème. Pour que ces terres restent nôtres, Bronwyn ne doit pas se marier. Ce que je lui impose n'est guère différent de ce que je réclame de vous : force et endurance. Dans l'année qui vient de s'écouler, on m'a fait bien trop de propositions la concernant.

McQuade émit un bref ricanement et ajouta :

— Elle n'est qu'une femme, et je ne m'attends pas à ce qu'elle ait l'endurance de rester vierge sans mon aide. Les femmes sont par nature de faibles créatures. Quand leur ventre est mûr et les y pousse, elles iraient chercher un amant au péril de leur vie... C'est pour cette raison que je me suis assuré qu'aucun homme portant nos couleurs ne puisse s'intéresser à elle. Si ma fille enfante un jour, les terres reviendront à son rejeton, qu'il soit légitime ou non.

Liam et Sodac gardèrent le silence mais la culpabilité ne se lisait plus sur leurs visages. Lui-même avait fait en sorte depuis longtemps de tuer dans l'œuf tout sentiment qu'il aurait pu éprouver pour sa fille. Il avait épousé sa mère pour mettre la main sur les terres qu'elle apportait en dot plus que pour son noble patronyme, et n'avait découvert qu'après coup que celles-ci reviendraient à ses descendants de sexe féminin après sa mort. Il était allé consulter quelques-uns des plus savants docteurs en lois du royaume qui tous lui avaient confirmé que cette disposition ne pouvait être contournée. Même si ce n'était pas fréquent, l'héritage de certaines femmes de lignage royal passait parfois par leur descendance féminine.

Il était donc vital pour le clan que Bronwyn reste vieille fille. Si elle ne se mariait pas et n'enfantait jamais, les terres héritées de sa mère resteraient propriété des McQuade. L'avoir déshonorée devant la cour devrait suffire à mettre un terme aux offres de mariage qui avaient commencé à affluer.

— Quand je ne serai plus là, reprit Erik, il sera de votre devoir de veiller sur elle pour l'empêcher de se marier.

Ce que l'on pouvait penser de lui importait peu à Erik McQuade. Grâce à lui, les propriétés du clan s'étaient étendues de manière spectaculaire. Il s'était marié trois fois pour qu'il en soit ainsi. Peu importait la réputation d'une femme en regard du bien qui en résultait pour tout un clan.

— Oui, père ! répondirent ses fils dans un bel ensemble.

D'un hochement de tête satisfait, McQuade leur signifia son approbation.

L'affaire était donc entendue. En tant que laird, il était de son devoir d'assurer la prospérité et la puissance de son clan. Un jour, les McQuade seraient plus puissants que ces satanés McJames. Le sacrifice de Bronwyn n'était qu'un moyen supplémentaire pour accomplir ce dessein.

Bronwyn s'agitait dans son lit. Cullen chevauchait vers elle. Dans le refuge de ses rêves, elle le voyait clairement. Il était si beau qu'il ne pouvait être vrai. Elle ne parvenait pas à détourner le regard de son visage, fascinée qu'elle était par l'appétit sensuel qui faisait briller ses yeux.

Une vague de chaleur se manifesta au creux de son ventre. Elle gagna peu à peu ses seins, qu'elle finit par embraser jusqu'à leurs pointes dressées. Elle s'agita de plus belle dans son sommeil en secouant la tête.

Cullen allait la rejoindre.

Aucun homme ne l'avait regardée comme il le faisait. Sans doute était-ce inconvenant, pourtant c'était irrésistible. Il y avait en elle un désir puissant d'aller vers lui et de découvrir ce qu'il fallait faire pour apaiser cette faim que trahissait son regard. Tout son épiderme était en feu à présent. Son cœur battait à tout rompre. Incapable de s'en empêcher, Bronwyn leva une main en direction de celle que Cullen tendait vers elle.

Elle se réveilla en sursaut et ouvrit grands les yeux. Surprise de sentir son cœur cogner dans sa poitrine, elle se redressa sur son séant, le souffle court, un voile de sueur sur le front. Dans son agitation, sa chemise avait remonté jusque sur ses hanches. Le frottement du tissu contre sa peau hypersensible et les pointes dressées de ses seins lui était insupportable. La sensation lui semblait si étrange que machinalement elle porta les doigts à l'un de ses mamelons en se demandant si elle rêvait encore. Ce contact suffit à provoquer une avalanche de sensations dans tout son corps.

La fraîcheur de l'air nocturne finit par la faire frissonner. Bronwyn se blottit sous les couvertures et les ramena jusqu'à son menton. Il lui fallut se coucher en chien de fusil pour bénéficier de la chaleur supplémentaire procurée par sa jupe.

Comment un rêve pouvait-il sembler aussi réel ? Plus intrigant encore, comment un homme qu'elle n'avait rencontré qu'une fois pouvait-il l'envoûter au point que dans son sommeil son corps réagisse de cette manière ? C'était à croire que le destin avait décidé de la maudire. Avant qu'elle ne se décide à faire cette promenade, tout avait été simple pour elle. Désormais, son corps lui-même semblait décidé à ajouter contre son gré une charge à un fardeau déjà lourd à porter. Elle n'avait pas besoin du désir que lui inspirait Cullen McJames, et moins encore de se languir des caresses d'un homme.

Les larmes qu'elle avait vaillamment tenté de combattre étaient de retour. Alors que le vent faisait claquer son volet, elle ne put les retenir plus longtemps.

Comme elle aurait aimé n'avoir jamais rencontré Cullen McJames...

3

Sterling

— Je jure devant Dieu que si je n'ai plus à rencontrer le moindre messager royal, je mourrai en homme heureux !

Sa tirade achevée, Cullen prit place à côté de son frère à la table d'honneur de la grande salle. Brodick avait décidé d'y prendre ses repas après avoir ramené son fils à Sterling, et c'était une décision qu'il approuvait. C'était à cette table qu'en compagnie de leur père ils avaient coutume de briser le pain quand ils formaient encore une famille. Après la mort de celui-ci, ils avaient pris l'habitude de manger avec leurs hommes. Ce n'est que lorsque le nouveau laird avait fondé sa propre famille que la table d'honneur avait retrouvé ses hôtes.

— D'accord avec toi, assura Brodick en lui adressant un regard noir. Mais il semble bien que ce soit pour toi que ces messagers ont fait le déplacement.

Cullen observa une nouvelle fois les quatre hommes qui venaient d'arriver. Même s'ils portaient les couleurs de Jamie, ils se conduisaient bien mieux que les derniers émissaires envoyés par le roi.

— Vraiment ? s'étonna-t-il.

— Vraiment.

Brodick rompit une miche de pain en deux. Après en avoir refendu l'une des moitiés, il offrit un morceau à sa femme. Anne était assise à côté de lui, leur fils babillant gaiement sur ses genoux. Brendan était fort occupé à se faire les dents sur un linge noué, et ses petits yeux brillants enregistraient avec intérêt tout ce qui l'entourait.

— Eh bien, Jamie attendra que je me sois rempli le ventre ! décida Cullen.

Et il tendit le bras jusqu'au centre de la table pour y saisir un morceau d'agneau rôti à la pointe de son couteau. L'idée de battre la campagne pour satisfaire aux caprices d'un roi ne l'enchantait guère. À présent que son frère était marié et père de famille, il était à craindre que le monarque n'ait décidé de reporter son attention sur lui.

Dans ces conditions, le mariage apparaissait comme une perspective de plus en plus tentante, surtout avec la neige qui menaçait de tomber. Le roi et sa cour se trouvaient à deux bonnes journées de chevauchée de Sterling.

Le visage de l'inconnue du clan McQuade s'imposa soudain à son esprit. Tout en mâchant, il goûta quelques instants à cette fantaisie mentale avant de se mettre à rire pour lui-même en réalisant ce qu'il lui faudrait faire pour la mettre dans son lit. Puisque c'était une McQuade, il lui faudrait se résoudre à l'enlever. Son sexe tressaillit sous son tartan tant cette perspective l'excitait, même si la raison lui dictait que ce n'était pas la meilleure chose à faire. Si elle avait été une McKorey ou une McAllister, la jeter en travers de sa selle pour la ramener chez lui aurait pu à terme se révéler bénéfique pour les deux familles. Mais une McQuade…

S'il l'enlevait, jamais plus elle ne pourrait revoir les siens – et il était incapable d'infliger une telle cruauté à quiconque, même dans l'intérêt supérieur de son clan. Il savait pourtant que nombre d'hommes ne se montraient pas aussi prévenants. En Écosse, bien des mariages se concluaient dans la précipitation, et l'épousée faisait souvent l'objet de pressions pour être amenée à s'agenouiller devant l'autel.

— J'espère que le roi ne te rappelle pas à la cour.

Anne et son caractéristique accent anglais ne réussirent pas à le tirer de ses pensées matrimoniales. Hochant la tête distraitement, il songea qu'il lui fallait une promise qui apporterait quelque chose à son clan. En tant que frère du laird, il se devait d'épouser une femme à la dot considérable, ou dont la famille serait influente.

Mais si l'inconnue se révélait être Bronwyn McQuade… Cullen secoua la tête afin de chasser cette idée. La jeune femme qu'il avait rencontrée portait une simple robe en laine. Sa propre sœur, qui n'avait aucune coquetterie, était mieux habillée. Ce ne pouvait être elle. En observant du coin de l'œil les émissaires royaux, il songea pourtant qu'aucune jeune femme ne s'aventurait si loin de chez elle sans être escortée, dans un pays où les enlèvements étaient aussi communs que les hommes en kilt. Une fille de laird, elle, pouvait avoir cette audace. Son père étant retenu à la cour, nul n'aurait pu s'opposer à Bronwyn si elle avait commis cette imprudence. Et celle qu'il avait rencontrée avait obstinément refusé de lui dire son nom.

— À quoi ressemble Bronwyn McQuade ?

L'espace d'un instant, un grand silence se fit à table. Druce, le cousin de Cullen, consulta Brodick du regard. Celui-ci lui répondit d'un haussement d'épaules.

— J'imagine qu'aucun d'entre nous ne le sait vraiment, répondit Druce. Les rumeurs font d'elle une harpie d'une laideur repoussante ou une beauté digne d'un prince.

— Pourquoi cherches-tu à le savoir ?

Brodick avait posé la question d'un ton détaché – un peu trop détaché au goût de Cullen.

— Pour rien, maugréa-t-il. Je réfléchis, c'est tout.

Druce sourit de plus belle, ce qui donna à Cullen l'envie de le frapper. Il n'aurait su dire pourquoi, mais que l'on puisse s'amuser de sa belle inconnue le mettait hors de lui.

— Puisque vous semblez tous deux penser que je devrais l'épouser, dit-il, il me semble normal de chercher à savoir à quoi elle ressemble.

Druce eut un petit ricanement et répliqua :

— D'autant plus qu'on ne te laissera sûrement pas l'opportunité de la courtiser.

— McKorey a deux sœurs, fit valoir Cullen en dardant sur son cousin un œil noir. L'une comme l'autre ferait une bonne épouse. Et cela nous rapprocherait des McKorey.

— Si tu as de l'appétence pour les jeunes dames sophistiquées… Ces deux-là sont demoiselles d'honneur de la reine Anne. Je te conseille de réviser tes pas de danse et ton manuel de savoir-vivre avant de t'approcher d'elles.

— Ne serait-il pas temps que tu prennes toi aussi une épouse, Druce ? riposta Cullen en l'examinant d'un œil critique. Je ne suis pas le seul à pouvoir forger de nouvelles alliances pour le bien de notre clan.

En voyant leur cousin faire grise mine, Brodick se mit à rire et approuva :

— Voilà qui est bien dit !

Druce pesta pour la forme, comme chacun d'eux le faisait quand il était la cible des affectueuses taquineries qu'ils s'envoyaient mutuellement. La seule personne à table qui ne se mêlait pas à ce badinage, c'était Bonnie, la sœur d'Anne. Toujours très calme, la jeune fille n'en observait pas moins avec une acuité de faucon ce qui se passait autour d'elle. À seize ans, elle résidait dans la demeure de son beau-frère plutôt que chez son père parce qu'elle avait été mariée par procuration à un homme violent et dangereux. Cette union avait été arrangée par Philipa, l'épouse du père d'Anne, dans une tentative désespérée pour que celle-ci rentre en Angleterre avant la naissance de son fils, et pour que Brodick ne sache jamais qu'Anne n'était pas la fille légitime de son noble voisin qu'il avait cru avoir épousée. Anne et Bonnie avaient été conçues par le comte de Warwickshire avec sa maîtresse, la seule femme que cet homme aimait vraiment. Même si la comtesse était morte à présent, le mariage par procuration demeurait valide aux yeux de la loi. Aussi avait-il été décidé que Bonnie resterait auprès de sa sœur à Sterling, hors de portée de son indésirable mari.

Conscient que c'était lui qu'elle regardait, Cullen soutint le regard de Bonnie. Il frissonna quand leurs regards se croisèrent, comme il y était désormais habitué. La sœur d'Anne avait le don de double vue.

Anne faisait tout son possible pour que cela ne se sache pas, mais il ne faisait pas l'ombre d'un doute pour lui que, lorsqu'elle le regardait ainsi, elle voyait jusqu'au fond de son âme. Nul ne pouvait tomber systématiquement aussi juste en prédisant des événements à venir, et Bonnie s'était chargée d'en faire la démonstration depuis deux mois qu'elle vivait avec eux. Cullen comprenait pourquoi sa belle-sœur tenait à cacher ce don miraculeux. Il ne manquait pas au sein de l'Église d'hommes intolérants pour y voir la marque du diable.

Au bout d'un moment, Bonnie s'adressa à lui d'une voix basse et monocorde.

— Vous devez vous rendre à la cour.

La tablée devint silencieuse. Bonnie se mordit la lèvre quand elle s'aperçut que ses paroles avaient attiré l'attention, mais ses yeux bleus demeurèrent fixés sur lui.

— Très bien, j'irai, répondit Cullen.

Un autre frisson lui remonta l'échine. Soudain, Bonnie baissa les yeux, coupant le lien qui s'était établi entre eux. Délaissant son assiette à moitié pleine, elle se leva et leur fit une révérence avant de s'éclipser. Cullen n'avait plus faim non plus. Le visage de l'inconnue du clan McQuade s'imposa de nouveau à lui. Il s'inscrivait de manière si réaliste dans son esprit qu'il lui semblait qu'il n'aurait eu qu'à tendre la main pour le caresser. Il devait y avoir plus d'un millier de femmes à porter les couleurs de son clan, et il sentait d'instinct qu'elle n'était autre que Bronwyn McQuade. Tout le monde ne pouvait ainsi se promener à cheval pour le plaisir. Son père devait avoir de l'argent, sans quoi sa monture n'aurait pas eu si fière allure. Il savait au fond de ses tripes avoir raison, et le frisson qui l'avait secoué s'était mué en un ardent désir de la retrouver. Se levant soudain, il annonça à son frère et à son cousin :

— Je pars pour la cour.

Puis, lançant à Druce un regard noir, il ajouta :

— Peut-être en reviendrai-je avec la permission du roi d'épouser Bronwyn McQuade.

Avec un grognement amusé, son cousin répliqua :

— Cela ne te servira pas à grand-chose. J'ai entendu dire qu'elle ne quittait jamais les terres de son père.

Tournant la tête, Cullen observa son frère.

— Raison de plus de demander à Jamie ce qu'il pense de cette idée, argumenta-t-il. Inutile d'espérer gagner autrement la bénédiction du vieux McQuade...

Et que le vieux McQuade aille au diable ! Cullen était las des incursions, des raids, des représailles. Épouser la fille de son pire ennemi était une tradition si ancienne que nul ne s'en rappelait plus l'origine.

Naturellement, il lui faudrait pour l'épouser enlever Bronwyn, et jouer ce bon tour à McQuade n'était pas pour lui déplaire.

Brodick se leva à son tour et pointa l'index sur lui.

— Rien ne se fera sans la permission du roi ! objecta-t-il sévèrement. Je n'ai pas envie de me faire tirer l'oreille par Jamie parce que tu as décidé de faire la nique à McQuade.

Druce parut déçu, et Cullen l'était encore bien davantage que lui. Son frère dardait sur lui un regard sévère, qui n'avait cependant rien de personnel. Brodick faisait de son mieux pour s'assurer que prospère le clan McJames et il partageait quant à lui cet idéal.

C'était pour cette raison qu'il se rendait à la cour. Et il était bien décidé à en revenir avec la permission d'épouser sa belle inconnue.

Et que le vieux McQuade aille au diable !

Cullen n'avait pas l'intention de patienter. Il avait l'esprit bien trop agité pour attendre l'aube pour se rendre à la cour. Ce ne serait pas la première fois qu'il chevaucherait de nuit. Un besoin d'agir s'était emparé de lui et l'impatience lui échauffait le sang.

Il s'obligea néanmoins à prendre le temps d'inspecter son épée. Après l'avoir tirée de son fourreau, il examina la lame d'un œil critique. Il ne fallait pas négliger cette tâche. Son arme l'avait tiré d'affaire lors de bien des combats. S'assurer de son bon état constituait une priorité.

Cullen ne pouvait en effet se défaire de l'impression qu'une confrontation l'attendait. Son esprit était en alerte et tous ses muscles bandés. Il pouvait presque entendre son cœur battre à ses oreilles.

Après avoir rengainé l'épée, il passa rapidement un pourpoint en cuir et fixa l'arme dans son dos. Des plaques de métal avaient été insérées entre la doublure en laine et le cuir épais teint en marron foncé de manière à en faire une cuirasse. Cette nuit-là, le vêtement le protégerait surtout des premiers frimas de l'hiver. Son ceinturon gardait son kilt fermement serré autour de sa taille, et ses bottes, en bon cuir fourré de laine de mouton, s'arrêtaient juste en dessous du genou. Coiffant un bonnet tricoté, Cullen saisit ses gants et s'apprêta à sortir après avoir mouché la chandelle.

Il gravit une volée de marches pour rejoindre le niveau principal. Sterling possédait six tours en tout, reliées entre elles par d'épaisses murailles. Des lanternes en étain éclairaient la porte de chacune des tours et le rempart d'enceinte tous les trente pas. Des fentes pratiquées dans les parois permettaient à la lumière de se diffuser tout en réduisant les risques d'incendie.

Une silhouette solitaire se tenait près de la porte menant à la cour intérieure. Les jupons prouvaient qu'il s'agissait d'une femme. Cullen fit encore quelques pas et reconnut Bonnie.

La curieuse sensation qu'il avait éprouvée à table refit surface. En lui tendant un petit paquet carré semblable à un oreiller, elle le fixa droit dans les yeux.

— Vous devriez prendre ceci, dit-elle.

Dans la pénombre à peine atténuée par les lanternes, cette scène avait un aspect irréel. L'Église apprenait à se méfier de ce que la nuit pouvait recéler de mauvais, mais Cullen la respectait, car un homme devait garder ses sens en éveil s'il ne voulait pas finir six pieds sous terre.

— Qu'est-ce que c'est ? s'enquit-il.

Bonnie secoua la tête en lui fourrant le paquet dans les bras.

— Vous en aurez besoin tôt ou tard, expliqua-t-elle. Ne le déballez pas avant.

Le petit paquet était doux au toucher. Bonnie l'avait enveloppé dans un tissu de laine et avait pris soin d'en coudre les bords.

— Placez-le dans la sacoche de votre selle, conseilla-t-elle. Autrement, vous pourriez l'oublier.

Perplexe, Cullen fronça les sourcils en s'efforçant de deviner où la jeune fille voulait en venir. De nouveau, elle secoua la tête, et cette fois, un sourire ourlait ses lèvres.

— Vous n'êtes pas charitable de me taquiner alors que m'attend une nuit glaciale de chevauchée, plaisanta-t-il.

Un rire léger et délicat monta des lèvres de Bonnie.

— Vous n'aurez pas froid, car vous ressentez vous aussi l'appel. N'est-ce pas ?

Cullen retrouva instantanément son sérieux.

— C'est un fait, *lass*. Je ne le nierai pas.

Bonnie leva la main pour le saluer et conclut :

— Faites bon voyage, Cullen.

Son cheval l'attendait déjà dans la cour. Cullen rejoignit son cousin et prit les rênes qu'il lui tendait. Druce tenait fermement de son autre main ceux de sa propre monture.

— Quand t'ai-je invité à te joindre à moi ? s'étonna-t-il.

Druce se mit en selle et lui adressa un sourire narquois.

— Tu ne l'as pas fait, répondit-il. J'ai toujours dit que tu étais un peu lent d'esprit…

— Moi, j'ai toujours dit que tu parlais trop.

Druce le suivit quand Cullen se mit en route. À leur tour, leurs hommes respectifs se mirent en branle derrière eux. Le frère de Cullen avait beau être le laird, lui-même n'était pas dépourvu de titres. Il demeurait à Sterling parce que cela les rendait plus forts. Il n'était pas réellement surpris de voir Druce l'accompagner. Son père et le sien avaient été frères, aussi son cousin avait-il été élevé dans le même respect des valeurs familiales que lui et Brodick. Ils étaient tous des McJames, et c'était ce qui les rendait puissants. Druce disposait de son titre et de ses propres terres, pourtant il n'était pas décidé à y demeurer pour en profiter. Qu'il refuse de retrancher ses possessions de celles du clan rendait celui-ci plus fort et Cullen suivait son exemple. Ses terres resteraient aux McJames.

Et il se mettait en route pour conquérir une femme qui à son tour augmenterait la richesse du clan. Il ne le faisait pas que par devoir, et cela aussi était un fait indéniable…

Résidence des McQuade, Édimbourg

Tu dois te rendre à la cour aujourd'hui avec nous.

Liam venait de transmettre à Bronwyn les ordres de leur père d'une voix moins méprisante qu'à son habitude. De manière étrange, on aurait dit qu'il la jaugeait, ce matin… ou qu'il la prenait en pitié. Après avoir passé quinze jours en réclusion, elle découvrait que ce manque d'intérêt n'était pas pour lui déplaire. Retourner à la cour, où elle était sûre d'être accueillie dans l'opprobre général, ne l'enthousiasmait guère. Au fur et à mesure que les jours s'écoulaient, elle avait pu espérer que son père s'estimait satisfait de sa vengeance.

Manifestement, ce n'était pas le cas.

— Pour quoi faire ? s'étonna-t-elle. Cela n'a aucun sens.

Bronwyn se fichait que Liam puisse prendre ombrage de ses paroles. Se rendre au palais était une corvée pour elle. Elle préférait laisser son père agir à sa guise sans en être témoin. Elle ne pouvait changer le sang qui coulait dans ses veines, et elle n'avait pas envie de finir par se détester.

— Tiens-toi prête à partir dans une heure, conseilla son frère pour toute réponse.

Bronwyn était sur le point de refuser. Liam demeurait devant elle, dans l'expectative, attendant qu'elle s'exprime. Il n'en fallut pas davantage pour la décider à se taire. Au moins, elle avait le pouvoir de le laisser dans l'ignorance de ce qu'elle pensait. En butte au silence qui s'éternisait, Liam finit par répéter :

— Dans une heure.

— Tu l'as déjà dit.

Bronwyn le regarda avec satisfaction sortir en poussant un grognement de frustration. Il était si facile à manipuler ! Elle se disait parfois que son frère aîné ne serait pas ravi de savoir combien cela lui plaisait de lui tenir tête, ce qui ne faisait que la satisfaire davantage encore.

Hélas, elle retomba bien vite sur terre.

Être dans l'obligation de paraître à la cour lui donnait la nausée. Le porridge à moitié mangé qui se trouvait devant elle avait soudain perdu tout intérêt. Elle se leva et quitta la petite cuisine où elle s'était attablée. De retour dans sa chambre, elle trouva sur sa table une brosse, ainsi qu'une bassine et un broc d'eau, de part et d'autre desquels étaient disposés un pain de savon et une serviette. Sans doute devait-elle remercier l'une des servantes de ces attentions, car il était certain que s'il n'en avait tenu qu'à son père, elle aurait dû aller se les procurer elle-même.

En soupirant, elle versa de l'eau dans la bassine. Il ne servait à rien de sombrer dans l'amertume.

Comme sa mère le lui avait souvent répété, la vie n'était pas juste et les hommes étaient avides. Le laird des McQuade ne voudrait jamais se séparer d'une partie de son or, pas même pour sa fille. Ayant achevé de se laver le visage, elle apprécia la sensation de fraîcheur sur sa peau. Le savon était parfumé d'un soupçon de romarin porte-bonheur. S'emparant de la brosse, Bronwyn la passa longuement dans ses cheveux. Et dès qu'elle eut achevé de se recoiffer et de faire sa natte, elle se dirigea vers la porte. Elle n'avait aucune raison de s'attarder dans cette pièce. Son père pouvait médire d'elle, mais Bronwyn McQuade n'était pas une couarde. Elle savait qu'elle n'avait rien à se reprocher, et elle était décidée à affronter la tête haute ceux qui prétendaient le contraire.

Cullen ne perdit pas de temps. Il ne fit halte à la maison de ville des McJames que pour se débarrasser de la crasse du voyage. Les servantes s'empressèrent de faire chauffer de l'eau et de tirer d'un coffre une tenue propre. Ni lui ni Brodick n'avaient le goût de rester à la cour plus que nécessaire, aussi les prenait-il au dépourvu, et en un rien de temps tout fut prêt. Un pourpoint en laine à sa taille ainsi qu'une chemise et un tartan propres demeuraient en réserve à son intention. Une paire de souliers neufs et un bonnet orné sur le côté d'une broche aux armes des McJames complétaient sa mise.

Rasé de près, il se souvint en pénétrant dans le hall d'accueil du palais royal pourquoi il n'aimait pas la cour. Les nobles lui jetaient des regards en biais sans cesser d'échanger à mi-voix des remarques qu'il préférait ne pas entendre. Le doute n'était pas permis : ce qu'ils disaient de lui n'était pas à son avantage. La cour était ainsi, pleine d'intrigues et de suspicion. Les ragots nourrissaient les ambitions de bien des courtisans vêtus de velours. Dans leurs pantalons bouffants en soie qu'aucun Écossais digne de ce nom n'aurait accepté de porter, ils ressemblaient à des comédiens s'agitant sur les planches. La plupart des hommes portaient davantage de pierres précieuses serties sur leurs vêtements de cour que les courtisanes n'en avaient autour du cou.

Cullen ne s'était jamais autant senti à l'aise dans son tartan et son pourpoint en laine. Passementeries précieuses et brillantes babioles étaient faites pour les femmes. Un homme qui avait constamment à dégainer l'épée pour défendre ses terres ne pouvait qu'en être gêné. Certains portaient des pantalons si ridiculement rembourrés qu'ils en étaient gênés dans leurs mouvements. Quelques-uns tenaient même entre leurs doigts gantés des mouchoirs bordés de dentelle. Des invertis, à n'en pas douter : la moitié d'entre eux devaient avoir des amants.

Les dames lui semblaient tout aussi repoussantes. Elles se blanchissaient tellement le visage que nul n'aurait pu deviner la couleur de leur peau. Un épais fard rouge recouvrait leurs lèvres et le haut de leurs joues. Certaines avaient même collé sur leur face des mouches en forme de petites étoiles ou de croissants de lune. Leurs robes consistaient en amoncellements de luxueuses étoffes mises en forme par des armatures, de telle manière que tout ce qu'il y avait de séduisant dans le corps féminin devenait méconnaissable. Seuls leurs seins, mis en valeur par leurs corsets et semblait-il prêts à jaillir de leurs décolletés plongeants, demeuraient visibles.

Cullen préférait de loin Bronwyn sur son cheval.

Il serra les dents, agacé par l'obsession qu'elle devenait pour lui. Aucune femme n'aurait dû monopoliser ainsi ses pensées alors qu'il n'avait pas goûté à ses baisers. Cela devenait irritant, il n'y avait pas d'autre mot. Il existait d'autres jeunes femmes susceptibles de devenir de parfaites épouses pour lui. Puisqu'il se trouvait à la cour, peut-être pouvait-il en profiter pour jeter un coup d'œil sur quelques-unes d'entre elles.

— McJames junior ! s'exclama un homme près de lui. Je ne m'attendais pas à te revoir cette année.

Alarik McKorey lui offrit sa main en guise de salut. Voisin des McJames au sud de leurs terres, l'homme était un allié de longue date contre les McQuade. Lui aussi ne portait en guise de vêtement que de la bonne toile de laine écossaise sans fantaisies ni colifichets. Au milieu de tous ces courtisans avides de faveurs, il faisait plaisir à voir.

— J'ai décidé que j'avais passé suffisamment de temps loin de tes deux charmantes sœurs.

Raelin, l'une des sœurs de McKorey, l'observait par-dessus son éventail en dentelle. Son visage n'était pas peint et seule une touche de rouge maquillait ses lèvres. Cette vision rafraîchissante incita Cullen à lui sourire. Oui, leur union serait profitable à leurs deux clans, s'il l'épousait.

— Mes hommages, Raelin.

Les yeux plissés, elle le dévisagea d'un air dégoûté, puis elle attrapa sa sœur par le bras et l'entraîna loin de lui sous le regard réprobateur de leur frère.

— Que se passe-t-il, Alarik ? s'étonna Cullen. J'ignorais avoir offensé tes sœurs...

Et manifestement, quels qu'aient pu être ses torts, tout le monde semblait au courant car les murmures allaient bon train autour d'eux.

— Je leur avais pourtant conseillé d'attendre ta version de l'histoire, répondit-il d'un air gêné. Je sais combien les McQuade constituent depuis longtemps une plaie pour toi.

— De quoi parles-tu donc ? s'agaça Cullen. Je n'ai rien fait dont je doive m'excuser auprès de mes amis !

Alarik ne lui répondit pas. Alors que les murmures redoublaient autour d'eux, il reporta son attention sur ce qui se passait derrière Cullen. Celui-ci se retourna et aperçut à l'entrée du salon celle qu'il n'avait vue qu'une fois et qui depuis hantait sa mémoire. Il fut satisfait de constater que son intuition ne l'avait pas trompé. Comme elle se tenait à côté de McQuade, elle ne pouvait être que sa fille.

Mais pourquoi faisait-elle si triste figure ?

Cullen observa longuement son visage livide, aux lèvres pincées et décolorées. Son menton tremblait à peine, si peu qu'il aurait pu ne pas le remarquer. Bronwyn McQuade offrait un contraste frappant avec celle qu'il avait rencontrée, et son expression était loin d'être avenante.

Le visage dépourvu de tout maquillage, elle ne portait qu'une simple robe en laine boutonnée jusqu'au cou. Aux plis qui la marquaient, on devinait que celle-ci sortait d'une armoire. À la cour, une telle tenue semblait aussi déplacée que le visage maussade qu'elle arborait. Lui-même avait pris soin de faire repasser son pourpoint afin de ne pas paraître devant son roi dans une tenue négligée.

Les murmures augmentèrent encore dans la pièce quand on se rendit compte qu'il l'observait. Bronwyn, qui ne l'avait pas encore vu, se tourna et écarquilla les yeux en le découvrant. Cullen sentit une vague de chaleur se répandre en lui, soudaine et incontrôlable. Seule la fugitive lueur qu'il vit briller dans le regard de la jeune femme la lui rendit supportable. Il fut tiré de ses pensées par les commérages des courtisans qui parvenaient à ses oreilles.

« Peut-être le roi les forcera-t-il au mariage… Elle est souillée… Pourquoi épouser celle qui a déjà été sienne ? »

Serrant les poings, Cullen demanda à Alarik :

— Vas-tu enfin me dire ce qui leur prend ?

Se penchant vers lui, son ami répondit :

— McQuade t'accuse d'avoir déshonoré sa fille.

Le regard de Cullen se reporta aussitôt sur Bronwyn. Se mêlait à sa colère un désir si puissant qu'il ne savait exactement ce qui l'emportait en lui. Il lui fallut faire appel à tout son sens de la discipline pour rester calme et ne pas rejoindre Bronwyn afin de lui faire dire en personne ce qu'elle lui reprochait.

Telle père, telle fille…

Le détestait-elle vraiment au point de ternir sa propre réputation avec un tel mensonge ?

— Faites place au roi !

Cet appel fit taire aussitôt tous les murmures dans la pièce. En se retournant, Cullen découvrit Jamie qui venait à lui. Tous les courtisans s'inclinaient cérémonieusement. Lui-même inclina la tête en signe de déférence.

— Cullen McJames, mon ami ! s'exclama le roi. Je suis heureux de te voir.

Les langues ne se délièrent que lorsque James Stewart et Cullen furent suffisamment loin pour ne pas entendre ce qui se disait. Bronwyn, elle, n'en perdit pas une miette.

Elle s'efforçait de ne pas y prêter attention, pourtant sa fierté refusait de se soumettre et sa souffrance était grande. Son père était donc décidé à ne rien lui épargner. À côté d'elle, lui demeurait stoïque.

— Tu peux rentrer, lui annonça-t-il enfin en lui faisant face pour la toiser sévèrement. Je te ferai reconduire à Red Stone dès demain matin.

Dieu pouvait bien lui en vouloir, elle n'était pas décidée à se plier sans broncher à la volonté paternelle comme le réclamaient les Écritures. Tout son être s'y refusait. Un père digne de ce nom ne l'aurait pas traitée ainsi. Pour elle, il n'était que l'homme à qui légalement elle appartenait, et c'était sans la moindre pitié qu'il exerçait ce droit de propriété. Selon la loi, même les vêtements qu'elle portait étaient à lui. Nul ne se serait risqué à intervenir, à le défier pour prendre le parti de sa fille.

— Votre rapacité ne connaît donc aucune limite.

Bronwyn s'était exprimée à voix basse, de manière à ne se faire entendre que de sa famille. Au regard outragé que lui adressait son père, elle répondit par un autre chargé de tout le mépris qu'elle lui vouait.

— Osez me contredire, reprit-elle d'une voix blanche, et confirmez ainsi que vous êtes un menteur. Vous ne me déshonorez aux yeux de tous que pour éviter d'avoir à me doter. Je ne suis pas si simple d'esprit que je ne puisse le comprendre.

Elle eut la surprise de le voir se troubler brièvement.

— Je suis le laird, se justifia-t-il en se reprenant bien vite. Je fais ce que je dois faire pour le bien de notre clan. Ton rôle est de m'obéir. Et ne t'avise pas de me maudire pour ça, fille !

— Ce n'est pas nécessaire. Votre avarice est votre malédiction, et vous vous l'infligez vous-même.

Après l'avoir toisé une dernière fois sans aménité, Bronwyn tourna les talons. Tous les regards se fixèrent sur elle tandis qu'elle quittait le salon d'accueil du palais royal, le pas digne et la tête haute. Elle n'était pas souillée. Elle savait son honneur sauf. Tous les ragots du monde n'y pourraient rien changer.

Erik McQuade frissonna longuement, saisi par ce qui venait de se passer.

— Suis-la ! ordonna-t-il à Sodac.

Il lui était difficile d'ignorer la peur qui s'était emparée de lui et faisait trembler sa voix. Il secoua la tête dans l'espoir de chasser cette appréhension et ajouta à l'intention de son fils aîné :

— Suis-la toi aussi, et assure-toi qu'elle reste dans sa chambre. Fais-toi aider si nécessaire.

Cet ordre parut surprendre Liam, qui protesta :

— Sodac est bien de taille à s'occuper de Bronwyn !

— Ne t'y fie pas, fils ! Elle est loin d'être inoffensive.

Conscient des oreilles indiscrètes qui les entouraient, Erik entraîna rapidement ses fils vers la sortie. Une fois dans le hall d'entrée, il alla se réfugier avec eux dans une alcôve sombre et déserte, à l'écart de la foule.

— Que cela me plaise ou non, dit-il à mi-voix, je ne peux nier que Bronwyn est ma fille. Fils, je ne saurais trop vous conseiller de ne jamais relâcher votre surveillance sur votre sœur. Je la crois capable d'essayer de survivre à sa honte en épousant un parvenu des classes moyennes. Un de ces marchands ambitieux sauterait sur l'occasion d'épouser la fille d'un laird. Vous pouvez charger qui vous voulez de la surveiller, c'est vous qui avez le plus à gagner au fait qu'elle ne s'échappe pas. Bien des hommes, n'ayant rien à perdre, seraient même prêts à lui venir en aide rien que par pitié.

La mine renfrognée, Liam reconnut :

— Je n'avais pas pensé à ça.

— Tu aurais dû ! répliqua son père en les toisant d'un air sévère. Je vous l'ai dit l'autre soir : faites en sorte qu'elle ne se marie pas, ou vous devrez dire adieu à une partie de nos terres. Vous ne devez jamais perdre cela de vue. Nous devons la reconduire à Red Stone dès demain et l'y garder cloîtrée.

— Elle pourrait peut-être glisser de son cheval ? suggéra Sodac, un sourcil arqué.

— Non, répondit Erik. Le fruit de son travail alimente nos coffres. Encore une chose que vous devez apprendre, fils : ne rien laisser perdre. Bronwyn peut être utile comme n'importe quelle autre servante. Rien ne m'aurait été plus facile que de l'étouffer dans son berceau si c'était sa mort que je voulais.

— Et ses terres ? insista Liam.

— Elles restent nôtres tant qu'elle ne se marie pas. En outre, mon mariage avec sa mère aurait été dissous si nous n'avions pas eu d'enfant vivant. J'avais besoin de Bronwyn puisque sa mère n'a pas été capable de me donner de fils.

McQuade observa ses fils l'un après l'autre d'un air grave avant d'ajouter :

— Déshonorer Bronwyn aux yeux de toute la cour devrait éviter que ne me soient faites d'autres offres de mariage valables. Et s'il en arrive tout de même, je peux toujours les refuser en arguant du fait qu'elle n'est plus vierge. Aucun des hommes de notre clan ne prendra le risque de fricoter avec elle. Une fois qu'elle sera de retour à Red Stone, l'Écosse entière aura oublié que j'ai une fille.

Un petit rire satisfait lui échappa avant qu'il n'ajoute :

— Et la meilleure, c'est que je vais faire porter le chapeau à Cullen McJames. Si ce qu'il dit est vrai, il le portera sans même avoir eu le plaisir de la connaître charnellement. Une douce revanche pour les ennuis qu'il m'a causés.

Liam et Sodac en rirent avec lui, mais Erik reprit bien vite son sérieux.

— Allez-y, maintenant ! leur ordonna-t-il. Avant qu'il ne lui prenne l'envie d'aller trouver refuge au sein de la guilde des tisserands.

Il regarda ses fils s'empresser de lui obéir, prêts à mettre leurs pas dans les siens pour garder chacun des arpents de terre du clan. La satisfaction qu'il en concevait chassa la frayeur qui l'avait saisi quand sa fille s'était rebellée. Par sa bouche, nul doute que c'était le fantôme de sa femme qui s'était exprimé, lui reprochant sa conduite. Le spectre pouvait à présent regagner sa tombe. Il n'était tout de même pas responsable du fait qu'aucun fils ne soit venu bénir leur union ! Il n'avait épousé cette femme que pour ses terres, et il avait bien l'intention de faire tout son possible pour les garder.

McQuade regagna l'entrée du salon royal, mais les gardes l'empêchèrent d'entrer. L'ordre donné par le roi avait été respecté à la lettre, et chaque fois qu'il s'était présenté au palais sans sa fille, il avait fait antichambre. Les hommes d'importance avaient leur entrée à la cour et il avait besoin d'être vu comme un laird puissant, capable d'approcher le roi. Les apparences faisaient tout.

— N'avez-vous pas vu ma fille à mes côtés ce matin ? leur reprocha-t-il d'un air hautain.

Les gardes se consultèrent du regard. L'un d'eux hocha la tête de manière presque imperceptible et les lances se décroisèrent devant lui, à la grande satisfaction d'Erik. Les protestations, derrière lui, de ceux qui se voyaient refuser l'entrée le firent sourire.

En émergeant des ténèbres de l'alcôve que McQuade et ses fils venaient de déserter, Raelin McKorey secoua la tête longuement. Au palais, nul n'était jamais à l'abri d'oreilles indiscrètes. C'était une leçon qu'elle avait apprise durant le premier mois qu'elle avait passé au service de la reine. Une personne avisée gardait pour elle ses pensées et ne se livrait à personne de peur que ses paroles ne puissent se retourner contre elle. Elle attendit un long moment encore avant de se présenter à son tour à l'entrée du salon royal. Les gardes la laissèrent y pénétrer sans la moindre hésitation. Elle les en remercia d'un sourire timide, car elle avait également appris que se ménager les bonnes grâces des gardes royaux pouvait être utile. Il y avait cependant une ligne à ne pas franchir dans les relations qu'une femme entretenait avec les hommes. Une maladresse pouvait s'avérer fatale, car nul ne pouvait maîtriser les ragots ni leur survivre. Et il suffisait qu'une jeune femme porte un peu trop attention à un homme pour se voir aussitôt condamnée.

Comme Bronwyn McQuade venait de le vérifier...

Raelin soupira en songeant qu'elle aurait dû prêter davantage attention aux arguments de son frère. Elle était plus qu'heureuse de l'apprendre, car Cullen McJames était un homme bon, et il était juste dommage qu'il s'intéresse à ce point à Bronwyn McQuade. Elle avait pu le constater de ses propres yeux. Tandis qu'elle se frayait un chemin dans la foule à la recherche de Cullen, une pointe de jalousie se fit jour en elle. Aucun homme ne lui avait adressé un regard pareil à celui qu'il avait lancé à sa belle à travers la salle remplie de courtisans. Bronwyn avait à n'en pas douter bien de la chance. Au moins les ragots devraient-ils se taire dès que ces deux-là seraient mariés, car il n'y avait pas d'autre solution à présent.

— Elle est bien la fille de son père, aucun doute là-dessus ! Et comme son père décidée à nuire aux McJames coûte que coûte...

Se retournant pour faire face au roi, Cullen ajouta :

— Seule ma main l'a touchée !

— Ce qu'elle m'a elle-même confirmé.

Les paroles du roi suffirent à désamorcer sa colère. Incapable de comprendre de quoi il retournait, Cullen secoua la tête et s'étonna :

— Vraiment ?

— Vraiment, répondit James Stuart. C'est son père qui prétend le contraire.

Cullen laissa fuser un rire narquois et reprit :

— Inutile, je suppose, de vous rappeler que le même homme mentait déjà la dernière fois que vous nous avez convoqués ici, mon frère et moi, pour une plainte imaginaire contre notre clan.

— Je ne l'ai pas oublié, assura Jamie.

Le roi alla s'asseoir, invitant d'un geste Cullen à faire de même. Une telle invitation était un privilège, pourtant il n'était pas décidé à en profiter.

— Il n'en demeure pas moins que McQuade a lancé cette accusation devant toute la cour, reprit le monarque. Et mes courtisans l'ont prise pour argent comptant. Il ose prétendre que tu as fait d'elle ta catin.

Un grognement s'échappa des lèvres de Cullen sans même qu'il s'en aperçoive. Il comprenait à présent pour quelle raison Bronwyn lui avait paru livide. La cour s'était repue de ses malheurs.

— C'est complètement idiot ! s'exclama-t-il. Pourquoi McQuade voudrait-il ruiner ainsi la réputation de sa fille ?

— Parce que c'est un porc insatiable, répondit le roi. Les filles ont cet inconvénient de devoir être richement dotées pour faire de beaux mariages.

Cullen dévisagea longuement le roi. Puis sa colère prit le dessus et il se mit à faire les cent pas dans la pièce. Il se rappelait soudain combien libre et vivante Bronwyn lui était apparue le jour de leur rencontre. Son visage radieux, ses yeux étincelants lui avaient fait croire à une apparition. La jeune femme qu'il avait aperçue quelques instants plus tôt n'était plus que l'ombre de celle dont il gardait un si vif souvenir.

Cet amer constat amplifia sa colère. Il n'était pas homme à haïr, et c'était bel et bien une véritable haine qu'il vouait désormais au vieil ennemi de son clan.

— McQuade est une menace, constata-t-il froidement.

Un petit rire échappa au monarque, qui répondit :

— Voilà un constat que je fais souvent, mon ami. Les McJames ne sont pas les seuls à subir ses agissements. McKorey ne décolère pas depuis que j'ai autorisé McQuade et ses fils à reparaître à la cour. McAllister doit être en train de rédiger une lettre au vitriol pour me faire part de son mécontentement de voir cet homme bénéficier des avantages d'un laird alors qu'il se comporte comme un chef de bande pillant ses voisins.

Cullen secoua la tête d'un air compatissant.

— Vous ai-je déjà dit que je n'aimerais pas être à votre place ? demanda-t-il.

— Il m'arrive souvent de ne pas aimer y être non plus.

Jamie offrit à Cullen une pinte de bière qu'il refusa d'un signe de tête, ce qui fit rire son hôte.

— Tu ferais bien de te méfier, Cullen, fit remarquer Jamie. Tu sembles avoir cette fille dans la peau.

Cullen se rembrunit et protesta :

— N'ai-je pas de raisons d'être furieux quand mon nom a été traîné dans la boue ?

— Si, pourtant tu ne me feras pas croire que c'est l'unique raison pour laquelle tu voudrais étriper McQuade. Je t'ai vu, tout à l'heure : tu la déshabillais des yeux.

Cullen se garda bien de répondre. Étant donné qu'il ne comprenait pas lui-même ce qui se passait en lui, il aurait été bien en peine de l'expliquer au roi.

— Je ne nie pas que je l'ai trouvée... intéressante quand nous nous sommes rencontrés, expliqua-t-il d'une voix songeuse. Elle n'a pas voulu me dire son nom. À présent, je sais pourquoi.

Cullen oublia tout de la présence du roi et de ses gardes et s'abîma dans ses pensées. Combien il aurait aimé revoir Bronwyn sans que ses frères et son père soient là pour les séparer... Elle avait rougi en sa présence. Leurs différends familiaux mis à part, il avait suffisamment éveillé son intérêt pour que ses joues virent à l'écarlate. À cette idée, il sentit son sexe tressaillir sous son kilt.

Agitant une main devant lui, James conclut :

— Je ne veux pas savoir à quoi tu penses. Rappelle-toi seulement que le meurtre est un crime et un péché capital. Nul n'y peut rien, pas même un roi. Il va te falloir trouver un moyen de t'arranger avec McQuade sans le passer au fil de ton épée. Tu es libre de t'en aller.

Cullen inclina la tête avant de tourner les talons.

— Je pourrais ordonner à son père de la placer à la cour, suggéra soudain Jamie derrière lui.

— Ne faites pas ça ! s'exclama Cullen en se retournant, faisant voleter son kilt.

La vivacité de sa réaction l'étonna lui-même. Les gardes observèrent le roi du coin de l'œil. Celui-ci se contenta de sourire.

— Quelle véhémence ! constata-t-il, malicieux. Je suis curieux de savoir quel genre de fille a élevé un tel homme.

En haussant les épaules, Cullen lui rendit son sourire.

— Puisque tout le monde est convaincu que je l'ai déjà faite mienne, dit-il, je pourrais faire en sorte que ces langues de vipères, pour une fois, cessent de proférer des mensonges. En faisant savoir que vous approuvez cette union...

Le visage du roi se fit pensif. Dans l'attente de la décision du monarque, Cullen se figea et cessa de respirer.

— Tu as ma permission de l'épouser, décréta-t-il enfin. À condition qu'elle s'agenouille devant l'autel de son propre chef. Elle n'est pas comme son père et ses frères. Je ne permettrai pas qu'elle soit forcée au mariage.

— J'ai donc votre permission ?

— Oui, avec tous mes vœux de bonheur. Promets-moi que vous ne donnerez pas mon nom à votre premier-né. Il y a déjà bien trop de James en Écosse, de nos jours.

« *Elle n'est pas comme son père et ses frères.* »

En se remémorant les paroles du roi, Cullen songea que cela restait encore à vérifier. Les dents serrées, il sortit des appartements du roi. Les éventails s'agitèrent à son passage et des vagues de murmures firent frémir la foule. Sa colère s'en trouva décuplée et ce fut à grands pas qu'il gagna la sortie. Un mot – une insulte – lui parvint aux oreilles :

— Canaille...

Piqué au vif, Cullen poussa un grondement sourd.

Son honneur bafoué exigeait qu'il passe à l'action sans attendre. McQuade s'était trompé s'il s'était imaginé pouvoir répandre de telles calomnies sans subir de représailles. L'homme le connaissait bien mal.

Un McJames préférait mourir plutôt que d'affronter le déshonneur. Cullen allait livrer un combat que McQuade n'oublierait jamais. Il quitta le palais d'un pas décidé. Il n'était plus temps de réfléchir. Il était temps d'agir.

— Tu es complètement fou…

Druce fit tourner sa bière dans sa pinte et ajouta :

— Je dois avoir ma responsabilité dans l'histoire. Je n'aurais pas dû te taquiner avec elle.

— Je l'ai rencontrée.

Druce se redressa sur son siège.

— Tu plaisantes, protesta-t-il, manifestement surpris. Ne me dis pas que les accusations de son père sont fondées.

— Je ne l'ai pas déflorée !

Il s'était exprimé avec véhémence, car il avait dû se justifier trop souvent au cours de cette journée pour garder son sens de l'humour.

— Nous nous sommes rencontrés par hasard, expliqua-t-il. Nous avons parlé, et ses frères nous ont surpris.

Cullen n'avait cure du regard dubitatif que lui adressait son cousin. Avoir envie de Bronwyn n'était pas un péché.

— Je ne l'ai pas touchée, se justifia-t-il néanmoins.

— Pour le moment.

Druce ne le taquinait pas. Il n'y avait plus aucune trace d'amusement dans son regard. Plongé en pleine réflexion, il examinait l'affaire sous toutes ses coutures, en quête de la bonne décision à prendre.

— Oui, pour le moment, admit Cullen.

Il n'était pas un menteur, et ce fut sans ciller qu'il soutint le regard de son cousin. Il désirait Bronwyn. Il avait même suffisamment envie d'elle pour l'enlever. C'était le genre de sujet qui revenait souvent lorsque les hommes se retrouvaient entre eux. Quant à lui, il n'aurait jamais cru désirer un jour suffisamment une femme pour passer à l'acte. Mettre tout son charme dans la balance et séduire l'élue de son cœur lui ressemblait davantage.

— Dis-moi, reprit Druce, pensif. Est-ce à cause de ton honneur bafoué que tu veux faire ce dont on t'accuse ?

C'était une bonne question, à laquelle Cullen ne pouvait répondre. Il n'était sûr que d'une chose : il allait enlever Bronwyn, ou mourir en essayant.

— Tu es conscient que le sang va couler si tu fais ça.

En réponse à la remarque de son cousin, Cullen ricana.

— Le sang coule chaque année par la faute de son père qui accuse le mien d'avoir volé sa promise, objecta-t-il. Au moins, cette fois, le sang coulera pour une bonne raison.

— McQuade sera dans une rage noire.

En soutenant fermement son regard, Cullen répliqua :

— Il aurait dû y penser avant de m'accuser devant toute la cour réunie d'avoir défloré sa fille. C'est mon droit de la traîner devant l'autel. C'est la seule chose qui me permettra de laver mon honneur.

— Tout ceci est très vrai, convint Druce, mais c'est toi qui devras supporter une épouse qui pourrait demeurer récalcitrante. Tes amis comprendraient que tu ne prennes pas un tel risque.

— Tous les nobles de ce royaume ne sont pas mes amis.

Comme si l'affaire était entendue, Cullen glissa un poignard dans sa botte.

— Rien ne se répand plus vite que la calomnie, ajouta-t-il. On va faire de moi un homme sans honneur sans la moindre preuve. Je dois étouffer cette rumeur dans l'œuf.

Sans rien ajouter, il dégaina son épée et en vérifia le fil, s'absorbant entièrement dans cette tâche. Druce le regarda faire en silence.

— Si c'est ta décision, je suis avec toi, annonça-t-il en le voyant rengainer son arme.

Il alla se munir de sa propre épée et poursuivit :

— Au fait, McKorey m'a laissé entendre que lui et quelques-uns de ses hommes resteraient en faction non loin de la résidence McQuade, cette nuit.

En réponse à son regard étonné, son cousin précisa :

— McKorey a autant de raisons de vouloir se venger de cette famille que les McJames. McQuade pille ses terres aussi souvent que les nôtres. Je me suis même laissé dire qu'Alarik envisageait lui aussi de demander au roi la permission d'épouser Bronwyn.

— Elle sera mienne !

L'Écosse tout entière n'aurait plus ensuite qu'à oublier que Bronwyn McQuade était née d'un sale menteur qui ne supportait pas d'avoir perdu sa promise trente-cinq ans plus tôt par sa propre faute. La mère de Cullen ne s'en était jamais plainte. Elle avait aimé son époux jusqu'au jour où une blessure au cours d'une bataille lui avait coûté la vie. Il ne s'était pas écoulé un an avant qu'elle le suive dans le trépas. Leur amour avait été si fort que même la mort n'avait pu les séparer.

Cullen refusait d'envisager que Bronwyn et lui ne puissent faire un mariage heureux. Son frère n'avait-il pas trouvé l'amour en épousant une Anglaise ? Sans compter que Druce avait vu juste : son orgueil blessé ne le laisserait en paix que lorsqu'il aurait fait le nécessaire pour laver son honneur. McQuade l'accusait d'avoir souillé une vierge innocente. Il méritait que sa fille lui soit enlevée pour épouser son pire ennemi.

Quant à Bronwyn, elle s'y ferait. Il devait laver la tache qui salissait son honneur et il était déterminé à retourner l'opinion en sa faveur. Les ragots les plus virulents se transformeraient en louanges aussitôt qu'il aurait enlevé Bronwyn et fait d'elle son épouse devant Dieu. S'il n'agissait pas ainsi, il lui serait difficile de trouver un beau parti tant sa réputation aurait été ternie par les mensonges de McQuade. Aucune famille honorable ne voudrait en son sein d'un supposé coureur de jupons.

L'affaire était donc entendue et il n'avait en définitive pas le choix : Bronwyn McQuade devait devenir sa femme.

4

Elle était prisonnière.

La bouche sèche, Bronwyn observait du coin de l'œil les hommes chargés de la surveiller. Elle n'était pas habituée à devoir se méfier des siens. Jamais il ne lui était venu l'envie de fuir, pourtant cette envie la tenaillait à présent que son propre clan la retenait captive dans la résidence de ville des McQuade.

Elle soupira et fit le tour de la salle à manger. Elle se sentait si nerveuse que cela confinait à l'anxiété. Rien de précis ne justifiait cette sensation, mais elle ne pouvait s'en défaire. Si bien que même si elle n'avait aucune envie de dormir, elle finit par se réfugier dans sa petite chambre pour échapper à ses frères. Leurs regards évoquaient ceux de rongeurs affamés.

Hélas, la pièce était trop petite pour lui permettre de faire les cent pas. Elle pouvait à peine en faire huit avant de rencontrer un mur et de devoir se retourner. Le volet était resté ouvert durant la journée afin de laisser un peu d'air circuler dans la maison. Un bruit d'eau s'écoulant attira son attention et elle se rendit à la fenêtre.

En contrebas, deux torchères de métal éclairant l'arrière-cour flanquaient la porte de la cuisine. Une rampe inclinée donnait accès à celle-ci. Elle permettait de rouler les barriques les plus lourdes à l'intérieur autant que de laisser l'eau des bains s'écouler dans un caniveau. Un mur percé d'une porte barricadée par une épaisse barre en bois fermait l'arrière de la propriété. Les commerçants et fournisseurs qui s'y présentaient pouvaient s'annoncer en actionnant une cloche. Seuls le maître et ses invités utilisaient la porte principale, et la porte de service, jugée suffisamment sûre, n'était pas gardée.

Observant dans le caniveau le filet d'eau que la lueur des torches faisait luire, Bronwyn soupira et songea qu'un bain lui ferait peut-être du bien. Au moins serait-ce toujours mieux que d'essayer de dormir… puisque dans ses rêves Cullen l'attendait.

Un frisson la secoua. Elle se sentit rougir violemment. Cette façon qu'avait sa chair de s'émouvoir alors qu'il n'était même pas présent devenait embarrassante. Avec un grognement de dégoût, Bronwyn saisit sa brosse et défit sa natte. Elle devait s'efforcer d'oublier cet homme. Ceux qui faisaient bonne garde sur elle s'étaient chargés de l'informer de ce qui l'attendait. Son père comptait bien la faire vivre sous son toit jusqu'à ce qu'elle quitte ce monde. Située au cœur des terres du clan, la forteresse de Red Stone n'avait jamais été assiégée, et encore moins envahie.

En proie à une profonde tristesse, Bronwyn se brossa les cheveux, qui retombèrent autour d'elle en une coulée de soie couleur miel. Deux larmes s'échappèrent de ses yeux. Aucun mari ne la verrait jamais se préparer ainsi pour la nuit. Cette pensée lui fit mal. Peut-être avait-elle gardé un secret espoir qu'elle pourrait un jour se marier, mais celui-ci n'était plus de mise. La main toute-puissante de son propre père l'avait anéanti. Et dire que certaines auraient tant voulu être filles de laird !

Il ne servait à rien de se lamenter. Ce qui était... était.

Dans son maigre bagage, elle mit la main sur une chemise et des bas. Avoir la sensation d'être propre serait agréable. Peut-être même parviendrait-elle à s'endormir après son bain ? Elle ouvrit sa porte et jeta un coup d'œil dans le couloir, l'oreille aux aguets. Aucun craquement de parquet ne se fit entendre. Bronwyn referma doucement sa porte et gagna sur la pointe des pieds l'escalier de service, que n'utilisaient que les domestiques.

Elle prit garde en le descendant, car il était raide et mal éclairé. Il débouchait directement dans la cuisine, où deux servantes assises à une table papotaient en travaillant. L'une pétrissait une boule de pâte, l'autre tranchait des poireaux. Toutes deux se levèrent à son arrivée.

— Bonsoir, mademoiselle.

Seule la plus âgée s'était exprimée. La plus jeune se contentait d'observer sans cesser de pétrir sa pâte.

— Je pensais prendre un bain, annonça Bronwyn.

La jeune servante s'essuya les mains à son tablier et alla faire chauffer un chaudron d'eau.

— Dois-je pousser le feu ? s'enquit-elle.

Bronwyn déclina l'offre d'un signe de tête. Elle voulait se faire aussi discrète que possible pour ne pas attirer l'attention. Avoir échappé à la surveillance constante dont elle était l'objet constituait une maigre consolation à laquelle elle tenait.

— Inutile de gâcher du bois, répondit-elle.

La servante hocha la tête d'un air approbateur. L'hiver allait d'un jour à l'autre recouvrir la cité d'un cocon de neige et de glace. Se montrer prodigue des réserves en bois n'était pas raisonnable. Bronwyn n'était pas de ces nobles dames qui se prélassaient dans un bain bouillant en faisant brûler pour leur seul confort des fortunes en bûches. Cela n'avait jamais été son style, tout simplement parce qu'on ne le lui aurait pas permis, et elle ne s'en plaignait pas. Elle était robuste et le travail de ses mains contribuait au bien-être de tous à Red Stone. Contrairement à ses frères qui exigeaient le respect que leur valait leur statut, elle ne comptait que sur ses propres qualités pour mériter le sien.

Un bruit d'eau la tira de ses pensées. Tournant la tête, Bronwyn vit qu'une gouttière en bois déversait directement de l'eau dans une cuve installée près de la porte. Quand le récipient fut à moitié plein, la servante remit en place une pièce de bois en travers de la gouttière. Par une fenêtre, celle-ci donnait sur l'extérieur. Sans doute était-elle reliée à une réserve d'eau de pluie située sous les toits. Une telle installation représentait un luxe des plus modernes.

Il ne restait plus qu'à attendre que l'eau soit chaude, et elle en profita pour se déshabiller et préparer sa brosse et un pain de savon. Lorsque de la vapeur commença à s'élever du chaudron d'eau chaude, les servantes utilisèrent de grandes louches pour compléter l'eau du bain. Bronwyn empoigna le bas de sa chemise et acheva de se dévêtir. Déjà, les servantes étaient retournées à leur tâche sans plus s'occuper d'elle. Leur présence ne la gênait pas : il était rare de pouvoir se baigner en toute intimité.

Après s'être assise dans la cuve d'eau tiède, Bronwyn commença à se savonner. Elle se sentait curieusement consciente de la caresse de l'eau sur sa peau. Ses mamelons lui semblaient beaucoup plus sensibles qu'à l'accoutumée. Tout son corps paraissait s'éveiller dans l'attente d'elle ne savait quel événement. Cela n'avait aucun sens, et pourtant, quand elle se rinça les cheveux, l'eau qui coulait sur ses joues la fit frissonner de plaisir.

Lorsqu'elle se leva, la fraîcheur nocturne assaillit sa peau nue et mouillée, mais elle n'avait pas froid. Elle se sentait vivante, intrépide et libre. Tandis que ses joues s'empourpraient violemment, elle s'empressa de saisir le drap de bain et de se sécher. Son sang se ruait dans ses veines et une envie malicieuse de se complaire dans les pensées troubles que Cullen suscitait en elle la tenaillait.

Après tout, songea-t-elle, puisqu'on l'avait déjà chargée du poids de ce péché, pourquoi n'en pas goûter le fruit ? D'un haussement d'épaules, elle chassa cette tentation. Il ne lui servirait à rien d'ajouter à la malchance l'idiotie.

Longuement, Bronwyn frictionna ses cheveux dans la toile pour en chasser autant d'eau que possible. Puis, après s'être saisie de sa chemise, elle la passa et s'empara de sa brosse, qu'elle fit longuement glisser dans sa chevelure en allant se camper devant le feu. Bientôt, sous l'effet de la chaleur, l'ourlet de sa chemise se mit à ondoyer autour de ses genoux et ses cheveux secs prirent du volume.

Elle adorait se sentir propre. L'Église pouvait réprouver ce genre de vanité, elle aimait la sensation que lui procurait sa peau lavée après un bain. Dans un soupir, Bronwyn prit ses bas et les enfila, ainsi que ses bottines, qu'elle laça rapidement pour regagner sa chambre. La nuit, dans les maisons, les rats en maraude rendaient hasardeux les trajets les mieux connus. Dans les conditions de promiscuité de la grande cité, la vermine devenait intrépide pour survivre. Marcher pieds nus contribuait en outre à disséminer les maladies. Red Stone, de ce point de vue, était plus propre.

Un courant d'air la fit frissonner quand la porte donnant sur l'arrière-cour s'ouvrit soudain. Ce ne fut cependant pas le bruit de l'eau du bain ruisselant sur la rampe d'accès qu'elle entendit mais le petit cri d'une des servantes qui la fit sursauter. Elle s'apprêtait à se retourner pour voir ce qui se passait quand un corps dur et inflexible se plaqua contre son dos et l'en empêcha.

Bronwyn se débattit malgré la peur qui l'assaillait. Un grondement monta dans sa gorge, que fit taire une main ferme plaquée rudement sur sa bouche. Les dernières lueurs du feu qui s'éteignait firent étinceler la lame d'un poignard lorsque celui-ci alla se ficher dans un pied de table, manquant de peu le mollet de la plus jeune servante.

— Pas un bruit ! menaça une voix d'homme. Sinon, le prochain poignard ne manquera pas sa cible...

Elle avait instantanément reconnu ce timbre riche et profond. C'était la voix de Cullen McJames. La peur céda aussitôt le pas à la colère. Les yeux écarquillés, tétanisée par la frayeur, la servante observait le poignard qui vibrait encore. Bronwyn rua de plus belle pour se libérer. La rage qui l'animait la rendait plus forte. Surpris par sa résistance, son agresseur perdit brièvement prise. Elle en profita pour mordre la paume qui la bâillonnait.

Cullen grogna sourdement. Sa main ne quitta les lèvres de Bronwyn que pour empoigner ses cheveux. Lui tirant la tête en arrière, il fit taire le cri qu'elle s'apprêtait à pousser en lui fourrant un mouchoir dans la bouche. Plus grand et plus fort qu'elle, il la poussa sans ménagement vers la table contre laquelle il la plaqua, s'allongeant de tout son poids sur son dos.

— Imaginez ma surprise de vous trouver dans la cuisine, *lass*, lâcha-t-il, à peine essoufflé. Et moi qui pensais devoir vous chercher dans toute la maison !

Bronwyn ne parvint à cracher le mouchoir que pour sentir un épais lien de cuir s'insinuer entre ses dents entrouvertes. Cullen eut vite fait de le nouer derrière sa nuque et de vérifier qu'il l'empêcherait effectivement de se servir de sa langue. Sentir son souffle contre son oreille la rendait plus folle de rage encore. Elle ne supportait pas d'avoir été si facilement réduite à l'impuissance.

— Doucement, *lass*, protesta-t-il en la sentant se cabrer sous lui. Je ne voudrais pas vous faire de mal.

Des ombres s'agitaient autour d'eux. En tournant la tête sur le côté, Bronwyn vit des hommes ligoter les deux servantes trop terrifiées pour réagir ou pousser le moindre cri. Leur intrépidité et leur assurance achevèrent de la mettre hors d'elle. Tout en s'efforçant de crier malgré son bâillon, elle rua follement entre la table et son ravisseur. Celui-ci, après avoir poussé un juron en gaélique, lui enserra les poignets au bas du dos d'une seule main de fer.

— Je vous aurai prévenue, Bronwyn.

Aucune trace d'énervement dans le son de sa voix. Rien qu'une inflexible détermination. Elle sentit qu'il lui attachait solidement un autre lien de cuir autour des poignets, puis des avant-bras. Il avait dû se redresser pour ce faire, et ses jambes enserrant les siennes ne lui laissaient aucune liberté. Dans sa lutte vaine pour lui résister, elle se cognait la tête contre la table, ce qui ne l'empêchait pas de recommencer.

— Quel tempérament !

Elle le maudit mentalement en surprenant dans le ton de sa voix une nuance de désir. Comment osait-il ? Avec l'énergie du désespoir, elle se raidit tellement qu'elle eut l'impression que tous ses muscles allaient lâcher. Derrière elle, Cullen fit passer ses mains le long de ses hanches, avant de poursuivre par l'intérieur de ses cuisses. Choquée, Bronwyn sentit son cœur battre follement dans sa poitrine. La fine toile de sa chemise ne l'empêchait nullement de percevoir sur sa peau la chaleur de ses paumes. Après avoir serré les jambes de Bronwyn l'une contre l'autre, il lui attacha les jambes au niveau des genoux avec un autre lien de cuir.

Enfin, satisfait de son œuvre, il se redressa, la laissant libre de faire de même. Se relevant vivement, elle lui cogna le menton du haut de son crâne. Elle eut la satisfaction de l'entendre grogner, malgré la douleur qu'elle-même éprouva à la tête à la suite du choc. Une dernière fois, il l'immobilisa sous lui et lui glissa à l'oreille :

— Assez, *lass* ! Vous allez vous faire mal sans me gêner le moins du monde.

Il demeura un long moment ainsi, courbé au-dessus d'elle, pour lui faire sentir sa puissance, le pouvoir qu'il avait sur elle. La colère de Bronwyn atteignit des sommets, et elle ne lui était d'aucun secours contre lui.

— Tu joueras avec elle plus tard, Cullen, lança une voix d'homme. Pour l'instant, dépêchons-nous de quitter cette maison.

Celui qui venait de s'exprimer achevait de ligoter la plus âgée des servantes à un pied de table.

— Oui, approuva Cullen. La fortune nous a souri. Inutile d'attendre qu'elle se retourne. J'ai ce que je voulais.

Sur ce il se redressa, libérant Bronwyn. Après lui avoir promptement fait faire demi-tour, il ploya les jambes et la chargea sur son épaule comme il aurait pu le faire d'un sac de blé. Elle se sentit humiliée par la facilité avec laquelle il disposait d'elle à son gré.

C'est trop facile... Beaucoup trop facile pour lui !

Refusant de capituler, elle se remit à gigoter de plus belle, relevant la tête. Elle tendit le cou, les muscles endoloris. Tout ce qu'elle y gagna fut un aperçu des deux servantes ligotées chacune autour d'un pied de table. Rien ne se trouvait à portée qu'elles auraient pu renverser pour donner l'alerte. La table était trop lourde pour qu'elles puissent la bouger. Sauf imprévu, elles ne seraient découvertes qu'à l'aube... bien trop tard pour que les ravisseurs de Bronwyn puissent être rattrapés.

Un profond désespoir s'empara d'elle quand elle sentit la fraîcheur nocturne mordre sa chair à peine couverte. De nouvelles ombres apparurent pour aider Cullen à la faire passer de l'autre côté du mur qui, vu du haut de sa fenêtre, lui avait pourtant semblé infranchissable. Elle entendit les chevaux avant de distinguer leurs formes massives dans l'obscurité de la ruelle qui longeait l'arrière de la résidence de son père. Elle empestait des odeurs d'eaux usées qui s'y écoulaient avant de rejoindre l'égout principal. Sans effort, on la hissa sur le dos d'une monture.

— Quel dommage que vous m'ayez forcé à vous ligoter ! se lamenta Cullen. Maintenant, vous allez devoir voyager dans cette position.

Elle devina au ton de sa voix que cela l'amusait bien plus que cela ne le désolait. Un nouvel effort pour se démener ne lui apporta que l'humiliation de l'entendre rire. Elle était pliée en deux sur sa selle, les jambes pendant d'un côté et la tête de l'autre. En réponse à un clappement de Cullen, l'étalon se mit en mouvement, ses sabots soulevant des gerbes d'eau sale. Bronwyn redoubla d'efforts pour attirer l'attention, mais aucun bruit ne se fit entendre qui aurait pu laisser supposer que leur fuite avait été découverte.

Au bout d'un moment, la main puissante de son ravisseur la repoussa contre sa monture. L'afflux de sang à la tête lui donnait le tournis. Aussi longtemps qu'elle le put, elle résista à l'évanouissement qu'elle sentait venir. Puis elle sentit la maîtrise de son corps lui échapper et les ténèbres de l'inconscience se refermer sur elle.

Alerté par la soudaine immobilité de sa captive, Cullen lui caressa le dos pour la provoquer. Comme elle ne réagissait pas, il laissa sa main s'aventurer jusqu'à ses fesses, qu'il caressa doucement sans provoquer davantage de protestations. À vrai dire, il ne s'était pas attendu à la surprendre au sortir du bain, et la blancheur de sa chemise attirait par trop l'attention à son goût. Une femme ligotée jetée en travers de sa selle ne pouvait passer inaperçue. Dans un coin sombre où nul ne pouvait les voir, il fit arrêter Argyll et se tourna vers son cousin.

— Couvre-la avec ça, lui conseilla celui-ci.

Druce lui tendait une longueur de tartan aux couleurs des McJames. Redressant Bronwyn contre lui, il fit en sorte de l'envelopper autant que possible dans la pièce de tissu. Au moins, dans cette position, donnait-elle simplement l'impression de dormir, ce qui n'avait rien d'étonnant sur une route en pleine nuit.

Alarik McKorey le regarda faire d'un air renfrogné.

— Tu as intérêt à la traiter correctement, McJames ! maugréa-t-il. Ne me fais pas regretter de t'avoir aidé…

— Je te dois une fière chandelle, McKorey ! répondit Cullen d'un ton jovial. Je ne l'oublierai pas.

Alarik hocha la tête avant de s'éloigner dans la rue sur sa monture, suivi de ses hommes. Cullen attendit qu'ils aient pris un peu d'avance avant de se mettre en route à son tour avec Druce et leur escorte. Dès qu'ils eurent laissé la ville derrière eux, ils ne ménagèrent pas leurs montures pour couvrir autant de distance que possible avant le lever du soleil. Regagner les terres du clan McJames avant l'aube constituait à présent un impératif vital et tous ceux qui le suivaient le savaient. Seul se faisait entendre le bruit des sabots dans la poussière. Un mince croissant de lune leur offrait juste assez de lumière pour faciliter leurs plans.

Le corps totalement relâché, la tête posée contre son épaule, Bronwyn ne bronchait pas. De temps à autre, Cullen posait sa main contre son cœur pour s'assurer qu'il battait toujours. Une intense satisfaction emplissait alors le sien.

Elle était sienne. Pour laver leur honneur. Pour garantir la paix entre leurs clans. Et pour le reste de leurs existences.

5

Bronwyn s'éveilla et s'étonna de sentir que son lit bougeait sous elle. Puis elle fronça les sourcils en prenant conscience qu'un lien de cuir lui mordait les commissures des lèvres. Ce n'était pas tout… Un bras d'homme la retenait, et une main ferme était posée sur sa hanche d'une manière bien trop familière. Alors la mémoire lui revint. Elle ouvrit les yeux et serra les dents autour du lien de cuir qui la bâillonnait. Les lueurs roses de l'aube dans le ciel lui firent comprendre qu'elle avait dormi toute la nuit. Un grondement sourd monta de sa gorge. Comme en écho, un autre, trahissant l'amusement, se fit entendre dans la poitrine musclée contre laquelle sa joue reposait, attisant sa colère.

La main qui s'attardait sur la hanche de Bronwyn se porta à son menton. Son ravisseur l'avait installée sur sa selle en amazone, tout contre lui. Dans cette position, l'une de ses hanches était complètement engourdie. Doucement, Cullen força sa tête à se tourner vers lui et capta son regard.

— Bonjour, Bronwyn.

Ces quelques paroles trahissaient sa satisfaction. Pour toute réponse, elle mordit le cuir qu'elle avait en bouche. En riant doucement, Cullen caressa sa joue du bout des doigts et ajouta :

— Je crains de ne pouvoir vous enlever ceci avant que nous soyons arrivés.

Il glissa un doigt sous le bâillon pour s'assurer qu'il ne l'entravait pas trop durement. Cette précaution la stupéfia. Cet homme ne l'avait-il pas enlevée ? Tournant la tête, elle libéra son menton. Ce fut d'une voix pleine de détermination qu'il ajouta :

— Il nous faudra attendre pour discuter de tout cela. Mais vous ne m'empêcherez pas de vous toucher.

Bronwyn poussa un grognement de défi et se refusa à le regarder. Il était trop séduisant pour qu'elle s'y risque.

À cette minute, elle détestait son propre corps, ses sens, qui la trahissaient ainsi. Il lui était intolérable de trouver le moindre intérêt à son ravisseur. Il lui fallait coûte que coûte se reprendre et ignorer à quel point il la troublait. Après tout, Satan lui-même avait été un ange avant de déchoir.

La nuit cédait rapidement du terrain. Au grand jour, elle vit qu'ils avaient quitté la ville. Les herbes étaient roussies par les premières gelées le long des bas-côtés rocailleux. Bronwyn ne sentait plus ses doigts de pieds gelés au fond de ses bottines. Étant donné qu'elle ne portait que sa chemise et ses bas, le reste de son corps ne valait guère mieux. Son ravisseur avait pris la précaution de l'envelopper dans un plaid qui lui couvrait même la tête, ce qui ne l'empêchait en rien de geler. Un long frisson la parcourut. Cullen lui frictionna la hanche pour la réchauffer, comme s'il n'y avait rien de plus naturel au monde, comme s'il en avait le droit. Ce droit, songea-t-elle en déglutissant péniblement, il l'avait pris.

Elle émit un long soupir et se laissa aller au désespoir. Chaque minute qui s'écoulait scellait davantage son sort. Elle avait échappé à un père qui la considérait comme sa propriété pour devenir la possession d'un homme qui avait toutes les raisons de la détester à cause du sang qui coulait dans ses veines. C'était parfaitement désespérant...

Le visage de Keir flotta un instant dans l'esprit de Bronwyn et elle songea qu'elle ne verrait peut-être plus son frère. Pire encore, peut-être aurait-elle à apprendre sa mort s'il s'engageait dans un combat pour la récupérer. Leur père ne manquerait pas cette occasion de se déchaîner une fois encore contre le clan McJames. Le sang allait couler, et cette perspective suffisait à la rendre malade.

Alors qu'elle remuait ces sombres pensées, le soleil acheva de se lever. Bronwyn fit en sorte, en se décollant de lui, de ne plus sentir le cœur de Cullen battre contre son épaule. Hélas, chaque pas du cheval la ramenait contre lui, si bien qu'elle finit par renoncer. Dans ces conditions, il lui devint difficile d'ignorer l'odeur de la peau de son ravisseur. Elle n'avait jamais remarqué qu'un homme pouvait sentir différemment d'un autre, ni qu'une simple odeur puisse se révéler si troublante. Raison de plus pour se tenir sur ses gardes.

Cullen fit soudain stopper sa monture.

— Nous y voici, *lass*.

Droit devant eux s'élevait une tour de pierre claire qui prenait sous les rayons du soleil levant une teinte dorée.

— Bienvenue à White Tower ! s'exclama à son intention l'homme qui les suivait.

Il contempla avec une fierté manifeste l'édifice entouré d'un haut mur d'enceinte. Sa situation privilégiée, au sommet d'une colline, en faisait une redoutable forteresse.

Sans rien ajouter, l'homme éperonna sa monture. Cullen caressa une fois de plus la hanche de Bronwyn et elle le foudroya du regard, ce qui ne le perturba pas le moins du monde. Non seulement il n'avait pas honte, mais il paraissait en outre convaincu d'être en droit de la toucher ainsi. Tant de détermination la fit frissonner.

— Mon cousin Druce est seigneur de White Tower, dit-il. La forteresse qui défend l'accès aux terres de notre clan.

Bronwyn détourna le regard, préférant lui dissimuler à quel point elle avait peur. De nouveau, Cullen lui saisit le menton afin de capter son regard.

— Autant que vous le compreniez tout de suite, dit-il. Aucun homme, ici, ne vous aidera à quitter les terres du clan McJames.

Incapable de proférer la réplique cinglante qui lui était spontanément venue aux lèvres, Bronwyn gronda de rage. Elle n'avait pas besoin d'aide. Il n'était pas le seul à savoir se débrouiller pour obtenir ce qu'il voulait.

— Je suppose que cela signifie que vous n'êtes pas d'accord avec moi.

Perceptible dans le ton de sa voix, l'amusement faisait pétiller ses yeux bleus.

— Il est bon de savoir que pour ce qui est du tempérament vous ne serez pas une déception pour moi.

Sa conclusion le fit rire, et il ne perdit pas davantage de temps à soliloquer. Bronwyn sentit son corps se durcir contre elle tandis qu'il serrait entre ses genoux les flancs de sa monture. Le puissant animal parcourut la distance qui les séparait de la tour à une vitesse stupéfiante. Ils franchirent bientôt le pont-levis donnant accès à la cour intérieure, pleine d'hommes et de femmes au travail. Des regards curieux se tournèrent vers eux, et nul ne sembla s'offusquer de la voir ainsi ligotée et bâillonnée. Au contraire, bien des hommes sourirent en voyant Cullen se faire aider de son cousin Druce pour descendre Bronwyn de cheval. Les couleurs vives du tartan des McJames que tous portaient – bleu, jaune, orange – éclataient de manière presque douloureuse à ses yeux. Et celui qui ne la couvrait qu'à peine glissa à terre dès qu'elle se retrouva debout, la laissant en chemise sous les yeux de tous…

Un gémissement de détresse lui échappa. Le tissu de sa chemise était fin, et le soleil suffisamment éclatant pour révéler les courbes de son corps.

— Attendez un peu, *lass*.

Druce se porta à son secours. Ramassant le tartan à ses pieds, il fit de son mieux pour l'en couvrir. Comme il ne pouvait l'attacher, le vêtement persista à lui tomber sur les chevilles.

Cullen mit fin aux efforts de son cousin en la prenant dans ses bras pour la soulever. Et tandis que la brute l'emportait à grands pas en direction du perron, des hourras s'élevèrent de la masse rassemblée de ses hommes.

Ainsi la fit-il pénétrer dans le bâtiment, avec un sourire conquérant. Bronwyn, rouge de honte, était tout à fait certaine à présent de le détester.

— Bâtard !

L'insulte avait jailli des lèvres de Bronwyn dès que son bâillon lui avait été enlevé.

— Voilà pourquoi votre père me hait tant, expliqua son ravisseur sans s'offusquer. Je suis parfaitement légitime. C'est dans les règles que mon père a gagné ma mère aux dés contre votre père, et dans les règles qu'il l'a épousée.

— Arrogant fils de voleur !

Cette fois, Cullen émit un claquement de langue agacé.

— Mesurez vos paroles, *lass*, conseilla-t-il en dégainant un poignard. Si vous m'énervez, je pourrais décider de vous laisser ficelée comme une volaille prête à rôtir.

Bronwyn se mordit la lèvre pour ne pas répliquer, et ce n'était pas l'envie qui lui en manquait. Non seulement elle était frigorifiée, mais ses bras lui faisaient mal et elle atteignait les limites de son endurance. S'il ne la détachait pas, elle allait se mouiller tel un nouveau-né et se couvrir de honte.

— Si la perspective d'une captive empestant vous tente, maugréa-t-elle, continuez comme cela.

L'expression d'amusement qui s'attardait sur le visage de Cullen disparut instantanément. Il lui saisit les poignets et elle sentit la froideur de la lame de son poignard contre sa peau. D'un coup sec, il trancha le lien. Il fit de même avec celui qui entravait les genoux de Bronwyn avant même qu'elle ne libère complètement ses mains.

— Je vous laisse un instant, annonça-t-il.

Bronwyn le regarda d'un air sévère s'éclipser. Elle aurait voulu répliquer mais les besoins naturels de son corps passaient avant tout le reste. Il était véritablement humiliant de devoir dépendre à ce point de lui. Cependant, conclut-elle pour elle-même, c'était toujours mieux que de mouiller sa chemise.

Une fois sortie de l'alcôve dans laquelle se trouvait le cabinet d'aisance, elle prit le temps d'examiner la chambre. Celle-ci était meublée d'un grand lit fermé par des tentures afin de garantir à ses occupants un nid douillet. Les toilettes, séparées du reste de la pièce par une porte, se trouvaient en surplomb de manière à remplir une barrique située dessous, qui devait être vidée régulièrement. C'était assurément une installation plus sophistiquée qu'un pot de chambre, que l'on ne trouvait pas dans tous les châteaux. En examinant de plus près l'agencement de la maçonnerie, Bronwyn comprit que le cabinet constituait un ajout récent.

Outre le lit, deux grands fauteuils au piètement en X avaient été installés devant la cheminée. Leur assise matelassée et leurs larges accoudoirs semblaient gage de confort, et leur taille inhabituelle rappela à Bronwyn à quel point Cullen était physiquement imposant.

Sa chemise flottait autour de ses genoux quand elle marchait, ce qui lui fit prendre conscience qu'elle était à demi nue. Le fin tissu était presque transparent et à la nuit tombée, lorsqu'un feu brûlerait dans l'âtre, il le deviendrait tout à fait. N'ayant d'autre choix que de se couvrir, elle ramassa sur le sol le plaid dans lequel elle avait voyagé. Son motif et ses couleurs la firent frémir.

Jamais elle n'aurait imaginé tenir un jour entre ses mains le tartan des McJames. Accepter de le porter instituait une intimité entre elle et celui qui le lui avait donné. Alors qu'elle ne lui avait pas accordé le moindre baiser, c'était en quelque sorte reconnaître ses droits sur elle. Idiote ! se morigéna-t-elle. Ce n'est pas le moment de songer à l'embrasser... Pourquoi fallait-il que ses pensées prennent un tour aussi indécent ?

La porte s'ouvrit dans un grincement de gonds. Bronwyn aurait voulu jeter le plaid en signe de défiance, mais la part la plus raisonnable d'elle-même lui rappela qu'elle se retrouverait ainsi quasiment nue. Entre sa fierté et sa pudeur, elle devait choisir : impossible de ménager les deux.

Résolument, elle jeta à terre le plaid des McJames.

Le visage de Cullen affichait un masque impénétrable. Il tint la porte ouverte pour permettre à une servante d'entrer. Les yeux ronds, celle-ci contemplait le tartan abandonné comme s'il s'était agi d'une bible odieusement profanée. En hâte, elle alla déposer sur une table le plateau qu'elle tenait en main et se retourna vivement pour aller ramasser la pièce de lainage abandonnée. Elle-même était habillée d'un tartan identique. C'était la marque de son clan, qu'elle arborait fièrement. Avant qu'elle ait pu le ranger, Cullen le lui prit des mains. La jeune fille esquissa une rapide révérence et s'empressa de déguerpir.

Cullen referma la porte derrière elle dans un bruit sourd. En serrant dans son poing le plaid de son clan, il la toisa de pied en cap, comme pour la réprimander de son insolence. Bronwyn refusa de se laisser intimider et garda la tête droite. Il n'était pas son père, ni son frère, ni un membre de son clan. Cullen McJames était son ravisseur et en tant que tel, il ne méritait que son mépris.

— Vous avez perdu la tête, McJames ! lui reprocha-t-elle amèrement. Se trouver une femme en l'enlevant est une pratique barbare qui devrait appartenir au passé.

— Je pourrais vous retourner le compliment, dit-il en arquant un sourcil. C'est vous qui perdez l'esprit si vous imaginez que je pourrais ne rien faire alors que votre père m'accuse d'être une canaille qui n'hésite pas à déshonorer les filles de ses voisins.

— Vous prétendez donc m'avoir traînée jusqu'ici par orgueil, pour défendre votre honneur ?

En brandissant le plaid devant lui, il répliqua :

— N'est-ce pas ce que vous venez de faire en refusant de porter ceci alors que vous n'avez qu'une chemise sur le dos ?

Après avoir jeté rageusement le tartan sur le dos de l'un des fauteuils, il ajouta :

— À moins qu'il ne soit dans vos habitudes de montrer vos charmes aux hommes…

— Certainement pas ! s'insurgea-t-elle.

Bronwyn regretta aussitôt la vivacité de sa réaction, qui prouvait à quel point les accusations de son père l'avaient blessée. Cullen n'avait pas besoin de le savoir, et découvrir qu'ils avaient un point commun ne l'aidait en rien. Étant donné qu'il l'avait enlevée, il ne pouvait devenir son allié.

— Pourtant, plutôt que de porter les couleurs de mon clan, insista-t-il, vous préférez me laisser voir la pointe de vos seins.

Bronwyn croisa les bras sur sa poitrine. Elle réalisa que ce faisant, elle ne cachait plus la tache sombre de son pubis que le tissu léger laissait transparaître. Elle se tourna vers le lit, repoussa la courtepointe et défit un drap.

— Quand nous nous sommes rencontrés, argumenta-t-elle, je n'ai même pas voulu vous dire mon nom !

Cullen grogna sourdement.

— Et j'ai passé bien des nuits à me demander qui vous étiez, reconnut-il.

— Tant mieux !

Sans cesser de soutenir le regard de son ravisseur, Bronwyn s'enveloppa dans le drap. Il ne lui laissa pas la moindre intimité et la regarda tout du long se débattre pour sauvegarder ce qui pouvait l'être de sa pudeur.

De nouveau, il arqua un sourcil, mais cette fois un sourire retroussait ses lèvres et faisait pétiller ses yeux.

— Cela vous plaît de savoir que je me suis creusé la tête pour savoir quelle femme vous êtes ? s'étonna-t-il.

Bronwyn s'abstint prudemment de répondre. Il utilisait ses propres paroles contre elle. De son côté, elle n'aurait pas imaginé qu'il ait pu, comme elle, avoir le sommeil troublé par cette rencontre.

— Cela n'a aucun sens ! protesta-t-elle en croisant de nouveau les bras. Redevenez raisonnable et cessez je vous prie ce petit jeu que vous jouez avec moi !

Elle n'aimait pas le ton suppliant que sans y penser elle avait adopté. Cullen reprit aussitôt son sérieux, et ce fut d'un air grave qu'il déclara en soutenant son regard :

— Je vous assure, Bronwyn, que ce n'est pas un jeu. J'ai la ferme intention de vous épouser.

Surprise, elle ne put retenir un petit cri. L'homme ne manquait décidément pas d'aplomb !

— Vous ne me ferez pas croire que ce n'est pas un jeu, rétorqua-t-elle vertement. Vous autres hommes ne reculez jamais devant une partie de bras de fer qu'il vous faut à tout prix gagner. Je ne suis pas la première femme à servir de trophée dans la bataille que se livrent deux hommes – ou deux clans.

Bronwyn secoua la tête et se radoucit, dans l'espoir que cela pourrait l'amadouer.

— Renoncez à cette folie, Cullen. Renvoyez-moi chez moi. Mon père ne changera pas. Même pas pour moi.

Surtout pas pour moi...

Red Stone demeurait son seul foyer et elle n'avait nulle part ailleurs où aller. Mieux valait encore un diable qu'elle connaissait que celui qui lui faisait face. Un mari avait le droit de battre sa femme. À Red Stone, elle avait son frère Keir, et un travail qu'elle appréciait. Cullen pouvait fort bien l'enfermer dans une tour en ne lui laissant que le strict minimum pour la maintenir en vie.

En quelques souples enjambées, il l'eut rejointe. Cette soudaine proximité entre eux bloqua son souffle dans sa gorge. Leur différence de taille devint évidente lorsqu'elle dut lever la tête pour le regarder. Bronwyn se sentait trop consciente de sa présence, de la vulnérabilité dans laquelle elle se trouvait, du peu qu'elle portait, et de l'envie qui l'assaillait de sentir ses mains sur sa peau. D'instinct, elle recula, sans même penser à ce qu'elle faisait.

Cullen s'arrêta en la voyant battre en retraite. Un pli soucieux apparut sur son front lorsqu'il s'excusa :

— Désolé de vous avoir fait peur, Bronwyn.

Cela n'avait rien d'une parole en l'air. Venant d'un homme que son père traitait d'ennemi, cette sollicitude la surprit. Une évidente sincérité se lisait dans ses yeux, qui le rendait plus séduisant qu'elle n'était prête à le reconnaître. Mais comment aurait-elle pu faire confiance à un homme qui l'avait enlevée à sa famille ? Pour lui, elle n'était qu'un trophée, rien de plus.

— Je ne vous épouserai pas, décréta-t-elle.

C'était la seule arme qui lui restait. Confronté à cette menace, Cullen plissa les yeux et répliqua :

— Dans ce cas, vous devrez accepter que notre premier-né soit baptisé comme un bâtard.

Bronwyn vit rouge. Sa main se leva avant qu'elle n'ait eu le temps de penser à son geste. La gifle atteignit Cullen en pleine face, ce qui ne l'empêcha nullement de continuer à sourire, augmentant sa colère.

— Quelle chose détestable à dire à une femme ! lança-t-elle. C'est la mère que l'on traite de catin quand un enfant naît hors des liens du mariage.

— C'est bien pour cette raison que j'insiste pour que nous nous mariions avant que cet enfant soit conçu.

Cullen marqua une pause, laissa son regard descendre jusqu'au ventre plat de Bronwyn, et conclut :

— Si vous refusez de m'épouser, vous n'aurez qu'à vous en prendre à vous-même quand les ragots feront de vous une femme de mauvaise vie.

Bronwyn se figea. L'homme était bien trop rusé à son goût, et elle n'était pas prête à se laisser piéger.

— Je n'ai pas plus l'intention de porter votre enfant que de vous épouser, assura-t-elle. Pour quelle raison pensez-vous que j'ai refusé de vous dire mon nom ? Vous ne m'intéressez pas – pas le moins du monde !

Pour faire bonne mesure, elle posa les poings sur ses hanches, en une attitude bravache qu'elle n'avait pas les moyens d'adopter. S'il était décidé à la prendre contre son gré, elle ne pourrait rien faire pour l'en empêcher. Ce qui ressemblait à un soupçon de désappointement se fit jour en elle. Elle n'aimait pas envisager que Cullen puisse être capable de la violer. Ce qui était parfaitement ridicule, étant donné qu'il n'avait pas hésité à l'enlever. Elle n'avait aucune raison d'espérer de lui quoi que ce soit de bon. Autant s'attendre au pire : ainsi, elle ne serait pas déçue.

— Pas le moins du monde ? répéta-t-il, les lèvres retroussées en un de ses sourires exaspérants. Pourtant, il m'a bien semblé que vous rougissiez, quand nous nous sommes rencontrés au bas de cette colline. Tout comme vous rougissez à présent.

Bronwyn couvrit ses joues de ses mains et les trouva brûlantes.

— Ce n'est rien, mentit-elle. Rien d'autre que la colère.

— C'est bien plus que cela.

Il tendit la main en un geste si rapide qu'elle trébucha en essayant de s'y soustraire. Les mains plaquées sur la froide surface de pierre, elle se figea contre le mur qui lui coupait à présent toute retraite. Fermement, mais avec une parfaite maîtrise de la force dont il était capable, Cullen écarta le drap et posa une main en coupe contre un de ses seins, dont il caressa du bout de son pouce la pointe durcie.

— Si vous n'êtes pas intéressée, susurra-t-il, comment se fait-il que votre corps réagisse ainsi ?

Son autre main se posa à plat contre le mur, achevant de l'emprisonner. Bronwyn sentit sa chair la trahir et se retint à grand-peine de gémir de plaisir. Comment un contact aussi ténu pouvait-il susciter le torrent de sensations qu'elle sentait déferler en elle ?

D'une voix étranglée, elle se força à protester :

— C'est juste que je suis transie de froid, espèce d'idiot ! Vous m'avez enlevée alors que je m'apprêtais à me mettre au lit.

Que Dieu lui pardonne, elle mentait.

— Croyez bien que cela ne m'avait pas échappé, dit-il d'un ton amusé. Et que c'est un spectacle que j'ai apprécié.

Un sourire sensuel fleurit lentement sur ses lèvres pleines avant qu'il ajoute :

— Cela m'a maintenu excité toute la nuit, de vous savoir presque nue contre moi, sous le plaid des McJames.

— Voilà exactement le genre de propos que pourrait tenir une canaille ! railla-t-elle. Vous n'avez donc aucune décence ?

Sa voix manquait de conviction à ses propres oreilles. Bronwyn se sentait peu à peu fléchir. Sa vie à Red Stone n'avait rien d'enviable, et il était certain qu'aucun homme portant les couleurs de son père ne l'avait jamais fait rougir.

— C'est vous qui refusez de m'épouser, fit-il valoir. La plupart des gens estimeront que je me conduis en honnête homme en insistant pour que nous passions devant l'autel avant que la tentation ait raison de nous.

Cullen rit doucement et se pencha vers elle. Bronwyn se sentit fondre de désir quand son souffle caressa son visage. Sa lèvre inférieure se mit à trembler. Ses yeux se portèrent sur cette bouche qui s'approchait de la sienne. Il lui tardait de découvrir à quoi ressemblerait un baiser.

— Laissez-moi vous réchauffer, murmura-t-il. C'est avec plaisir que je le ferai.

La voix rauque de Cullen était lourde de troublantes promesses. Du bout de son pouce, il caressa une dernière fois son mamelon. Puis, la main qu'il avait posée contre le mur enserra la nuque de Bronwyn. Les siennes allèrent se poser sur sa poitrine en une vaine tentative de résistance.

Il s'empara de sa bouche avant qu'elle ait le temps de protester. Il goûta ses lèvres du bout de la langue avant de l'insinuer dans sa bouche. Les doigts qu'il avait glissés dans ses cheveux maintenaient sa tête en place. Cullen pencha la sienne sur le côté pour approfondir le baiser. À sa grande surprise, Bronwyn se rendit compte qu'elle s'y prêtait avec passion. Trop de signaux contradictoires se bousculaient en elle, trop de sensations à décrypter. Profitant de ce qu'elle avait décollé le dos du mur, Cullen posa son autre main au creux des reins de Bronwyn. Sous ses paumes, elle sentait son cœur battre. Cullen l'attira contre lui. Ses lèvres pressèrent les siennes avec plus de force, les incitant à s'ouvrir, en quête d'une plus grande intimité encore. Elle ne cherchait plus à comprendre pourquoi ce baiser l'affolait. Elle n'aspirait plus qu'à y répondre, à goûter aux lèvres de Cullen comme il goûtait aux siennes.

Un petit gémissement s'échappa de leurs lèvres unies, puis Bronwyn se retrouva de nouveau adossée au mur. Cullen avait posé ses mains de chaque côté de sa tête, l'emprisonnant sans la toucher. Une lueur menaçante faisait luire son regard. Il ressemblait ainsi à un prédateur n'attendant plus qu'un geste de sa proie pour fondre sur elle.

Pourtant, il semblait aussi troublé et pantelant qu'elle l'était elle-même. Sans même y penser, elle posa les doigts sur sa poitrine et sentit battre son cœur à coups redoublés. Ses yeux bleus ne quittèrent pas les siens, le temps qu'ils reprennent tous deux leur souffle. Le pouls de Bronwyn avait adopté un rythme plus normal, même si le désir qu'il avait si bien su allumer en elle, nourri par la délicieuse odeur de sa peau, continuait de la tenailler.

Elle ne comprenait pas ce que cette odeur éveillait en elle, mais c'était un fait – troublant, choquant, mystérieux – qu'elle la trouvait attirante. Quant au désir qu'elle devinait dans le regard de Cullen, il la comblait. Savoir qu'elle le troublait autant qu'il la troublait lui-même faisait sa fierté.

— Accepterez-vous de m'épouser, Bronwyn McQuade ?

La part d'elle-même qui s'était désolée à la perspective de ne pas se marier aurait voulu lui répondre « oui », mais la raison continuait de lui dicter sa conduite. Elle ne voulait pas n'être qu'un autre rebondissement dans une bataille sans fin. Cullen ne tenait tant à l'épouser que pour porter un rude coup à son vieil ennemi, et celui-ci n'aurait de cesse que de se venger en versant le sang.

Et peut-être même celui de Cullen...

Cette situation la replongeait dans des affres qui l'avaient tourmentée toute sa vie. Le meilleur choix à faire, c'était celui qui causerait le moins de dégâts.

— Vous m'avez enlevée, répondit-elle en soutenant vaillamment son regard. Ce n'est pas une bonne base pour construire une union solide.

Sa réponse lui valut un rire désabusé. Cullen serra les poings, et elle refusa de se laisser intimider.

— Qu'auriez-vous préféré d'autre ? s'enquit-il. Que je me présente à la porte de votre père et que je lui demande la permission de vous faire la cour ?

Les yeux plissés, il lui adressa un regard de pure convoitise avant d'ajouter :

— Ou que nous continuions à nous voir secrètement aux confins des terres de nos deux clans ?

— Jamais de la vie ! répondit-elle un peu trop vivement. C'était une folie de ma part. Je n'aurais pas dû faire ça. Je ne suis plus d'âge à me conduire comme une enfant.

Bronwyn plongea sous son bras, mettant fin à leur tête-à-tête sans qu'il s'y oppose. Elle ne voulait pas qu'il puisse surprendre la souffrance que devait trahir son regard. D'une voix sourde, elle ajouta :

— Les ennuis que m'a valus cette première rencontre me suffisent amplement.

— Oui ! approuva Cullen, d'un ton qui trahissait sa colère. Je ne vous le fais pas dire. Comment se fait-il que la cour soit convaincue que j'ai abusé de vous ?

Bronwyn sentit ses joues s'enflammer.

— Je n'ai jamais dit une chose pareille ! s'écria-t-elle.

— Vous n'avez pas élevé d'objection quand votre père a prétendu que je l'avais fait !

Choquée qu'il puisse la soupçonner de s'être prêtée à cette mascarade, Bronwyn resta un moment silencieuse avant de pouvoir protester :

— Je... je n'ai pas pu le faire. Le roi a convoqué mon père dans ses appartements dès qu'il a lancé l'accusation.

— Ce n'est qu'un sale menteur ! s'emporta-t-il en pointant sur elle un doigt vengeur. Écoutez-moi bien, madame. Il est hors de question que je supporte sans réagir ce déshonneur. Nous allons nous marier, et c'en sera fini de cette farce. Les ragots devront se taire. Aux yeux de tous, nous aurons régularisé notre situation, ce qui est pardonnable. Ni vous ni moi ne porterons plus cette tache.

Bronwyn comprit alors que Cullen McJames avait plus de noblesse en lui qu'aucun homme qu'elle eût connu. Elle resta un long moment à le dévisager sans rien dire et finit par détourner les yeux en secouant la tête. Cullen faisait tout son possible pour la forcer à l'épouser. Une fois que ce serait fait, il pourrait commencer à se servir d'elle pour se venger. Elle ne savait rien de sa véritable nature et personne n'aurait pu lui dire à quoi s'en tenir. Suivre son instinct et lui faire confiance revenait à faire un dangereux pari sur l'avenir s'il s'avérait qu'il se jouait d'elle. Une fois qu'elle serait sa femme, la loi et l'Église seraient avec lui.

— Mon père avait prévu de me cloîtrer à Red Stone, annonça-t-elle d'une voix monocorde. Laissez-le parvenir à ses fins, cela suffira à éteindre le scandale.

— Pas de mon point de vue !

Sous ses yeux, Cullen se transforma en ce guerrier qu'au premier regard elle avait deviné en lui. Les pouces crochetés dans son ceinturon, il bomba le torse. Les manches de sa chemise roulée aux épaules révélaient les muscles saillants de ses bras. La poignée de son épée dépassant de son épaule gauche achevait de le rendre plus menaçant encore. Il ne restait plus rien sur son visage de la tendre sollicitude qu'il lui avait manifestée plus tôt. Son expression ne trahissait rien d'autre qu'une détermination sans faille.

— Vous ramener chez vous ne lavera en rien mon nom et celui de mon clan, reprit-il. En tant que laird, votre père aurait dû savoir quelles conséquences entraîneraient ses calomnies. S'il s'attendait à ce que je supporte l'opprobre sans réagir, il ne pouvait se tromper davantage.

— Cette querelle vous oppose à lui, pas à moi, objecta Bronwyn.

Son visage de pierre s'adoucit l'espace d'instant.

— Je n'en suis pas plus responsable, dit-il. Je n'étais pas né quand votre père a commencé à chercher querelle au mien.

— C'est bien pourquoi il est inutile d'espérer y remédier. Mon père ne changera pas, quoi que nous puissions faire vous et moi. Autant éviter d'offenser Dieu en prononçant des vœux qui ne seraient pas sincères.

Cullen se renfrogna.

— Je ne le répéterai pas, Bronwyn, prévint-il. Ne mettez jamais en doute mon intégrité. Si je fais une promesse, vous pouvez être sûre que je la tiendrai.

Il s'était exprimé avec tant de détermination qu'il était tentant de le croire. Combien de femmes auraient tout donné pour avoir un mari dévoué ? Sans parler des filles-mères qui se désespéraient de se marier pour donner une légitimité à leur enfant. Pourtant, il était illusoire d'imaginer que Cullen s'était entiché d'elle. S'il voulait l'épouser, c'était pour de tout autres raisons.

— Je ne vous servirai pas de moyen de pression contre mon père, décréta-t-elle fermement. Il y a eu suffisamment de sang versé dans nos deux clans. Je ne veux offrir à personne un prétexte pour partir en guerre au printemps.

Cullen eut un petit rire sarcastique.

— Manifestement, constata-t-il, vous avez besoin d'un peu de temps pour vous faire à votre nouvelle situation. Ce que je vous offre, c'est l'opportunité de mettre un terme aux combats autant qu'aux commérages.

L'expression de son visage se fit inflexible quand il ajouta :

— C'est ce que je veux, et je l'obtiendrai. D'une manière ou d'une autre. Je vous épouserai quand vous serez décidée. Que ce soit avant ou après que vous soyez passée entre les mains de la sage-femme.

Tournant les talons, il gagna la porte, qui grinça une fois de plus sur ses gonds.

— Votre repas est sur ce plateau, précisa-t-il sur le seuil. N'importe quelle servante pourra vous indiquer où trouver la salle d'eau. Si vous essayez de quitter cette tour, vous serez aussitôt conduite dans la chambre où je dors.

— Pourquoi cela ? s'étonna-t-elle, les yeux écarquillés.

De nouveau, elle vit flamber une lueur de désir au fond de ses yeux.

— Pour que je puisse vous tenir chaud comme un mari doit le faire, répondit-il. Je vous suggère d'y réfléchir avant de tester la vigilance des hommes de mon cousin.

Cullen la détailla tout entière du regard une fois de plus, s'attardant sur sa poitrine dont les mamelons pointaient sous la fine chemise.

— Ou plutôt non, se reprit-il. Vous m'avez assez obsédé depuis que nous avons fait connaissance. Inutile d'écouter vos arguments, mieux vaut vous prouver par l'exemple à quel point vous vous trompez.

— Vous n'en ferez rien !

Il lui répondit d'un ricanement. Son regard luisait de sombres promesses qui lui firent battre le cœur plus fort.

— Je ne vous épouserai pas, Cullen McJames.

Cela sonnait à ses propres oreilles davantage comme un vœu pieu que comme une certitude. Avec un petit sourire satisfait, il sortit de la chambre et conclut :

— Et moi, je vous assure du contraire, Bronwyn. Je ne permettrai à aucun homme de salir mon nom. Pas même votre père. Les McQuade vont apprendre qu'un McJames ne se laissera pas déshonorer par leur faute. Votre père a cru bon de porter sur la place publique la nouvelle d'une union entre nous ? J'entends bien le prendre au mot. Et ça, c'est une promesse que je vous fais !

La porte se referma derrière lui dans un bruit sourd qui ébranla Bronwyn. Sterling était la résidence officielle du comte d'Alcaon, Brodick McJames, l'unique frère de Cullen. Celui-ci avait épousé une Anglaise qui lui avait amené en dot davantage de terres encore, suscitant la colère d'Erik McQuade et lui fournissant le prétexte de nouveaux raids. Il lui semblait douteux que Brodick autorise son frère à la ramener chez elle, mais elle devait s'accrocher au mince espoir que le comte voudrait éviter tout nouvel ennui avec son vindicatif voisin. Hélas, elle n'y croyait pas trop. Il était plus vraisemblable que le comte déciderait de l'affamer pour la forcer à passer devant l'autel.

Songer que rien de tout cela ne serait arrivé sans la rapacité sans limites de son père la remplissait de dégoût. À cause d'une partie de dés perdue trente-cinq ans plus tôt, elle se retrouvait captive dans un château inconnu, n'ayant rien d'autre à porter que sa chemise.

Les hommes… songea-t-elle amèrement.

Les femmes n'étaient pour eux que des jouets dont ils usaient pour parvenir à leurs fins. Le cœur lourd, elle lutta – en vain – pour ne pas verser les larmes qui affluaient à ses yeux. Celles-ci coulèrent librement sur ses joues tandis qu'elle observait la chambre qui lui servait de prison, à la recherche d'une quelconque solution. Il n'y en avait pas. Son père aussi bien que Cullen ne voulaient rien d'autre que la faire danser, telle une marionnette, au bout des fils qu'ils agitaient, avec en ligne de mire l'or qu'elle pouvait leur apporter.

Le fait que son propre corps semblait à présent décidé à la trahir n'arrangeait rien. Bronwyn croisa les bras en un futile effort pour se réconforter. Son épiderme tout entier se rebellait contre elle, s'éveillait à de nouvelles sensations et n'aspirait plus qu'aux caresses de Cullen. Ses aréoles, stimulées par l'infime contact de la chemise, restaient dures et tendues. Ses seins eux-mêmes semblaient avoir enflé et être devenus sensibles.

Cette attente mystérieuse se répandait dans tout son être et jusqu'entre ses cuisses. Il ne lui était encore jamais arrivé d'éprouver du désir pour un homme. Bien sûr, elle avait entendu parler de ce besoin irrépressible qui poussait les filles les plus obéissantes à se glisser au cœur de la nuit pour l'assouvir coûte que coûte.

La luxure...

Bien des sermons l'avaient mise en garde contre ses ravages. Combien de fois avait-elle secoué la tête avec commisération en entendant les servantes et les filles de cuisine évoquer leurs béguins. Elle s'était toujours demandé comment elles pouvaient être assez sottes pour courir ainsi à leur perte. L'amour était un piège que dénonçait l'Église. Shakespeare lui-même en parlait dans ses pièces de théâtre. Il fallait croire qu'à présent elle était punie par sa propre chair pour avoir jugé autrui.

Ses larmes redoublèrent. Bronwyn détestait pleurer, mais elle se sentait incapable de contenir les émotions qui la submergeaient. Même si cette chambre était plus confortable que celle qu'elle occupait à Red Stone, le fait de se trouver dans une maison étrangère, loin de chez elle, ne faisait qu'accentuer son désarroi. Pleurer ne faisait que souligner l'impuissance qui était la sienne. D'un geste rageur, elle essuya les larmes sur ses joues et s'efforça de se reprendre. Elle refusait d'avoir à endurer son sort sans pouvoir rien faire pour maîtriser sa propre destinée.

Après tout, elle était une McQuade ! Son frère Keir était un homme digne de respect. Aussi supporterait-elle son sort et ferait-elle tout pour retrouver la vie qu'elle menait avant son enlèvement, quand bien même celle-ci n'était pas parfaite. Rester et se résigner supposait de faire le pari que Cullen McJames n'était pas comme ses frères Liam et Sodac. Elle aurait été folle d'imaginer qu'un guerrier tel que lui n'agissait pas avant tout pour le bien de son clan. Aussitôt qu'ils seraient arrivés à Sterling, il y avait fort à parier qu'elle serait enfermée comme la prisonnière qu'elle était. Une cérémonie de mariage ne serait rien d'autre que l'ultime chaîne qui la garderait claquemurée dans la forteresse de l'ennemi intime de son père. Erik McQuade incendiait et pillait les fermes des McJames. Dans ces conditions, comment quiconque au sein de ce clan aurait-il pu l'aimer ? Comme il le lui avait avoué, Cullen l'avait enlevée pour laver son honneur, rien de plus. Et puisque dans cette aventure personne d'autre qu'elle ne disait la vérité, autant faire tout son possible pour chercher à s'enfuir. Elle pouvait s'en remettre à Dieu, mais elle doutait fort qu'un ange allait apparaître pour la libérer. Le nombre de femmes forcées par le passé d'épouser leur ravisseur en Écosse était là pour le prouver.

Sa décision était prise : si elle voulait retrouver la liberté il lui fallait la reprendre. Elle s'inquiéterait ensuite de savoir ce qu'elle voulait en faire.

Bronwyn alla inspecter la porte. Celle-ci était équipée d'une barre de renfort qui permettait de la bloquer de l'intérieur. À quoi cela lui servirait-il de le faire ? La main sur la poignée, elle hésita un instant. Elle ne devait pas s'attendre à pouvoir quitter facilement la cour intérieure, surtout habillée d'une chemise. Si elle voulait réussir, il lui fallait planifier son évasion.

Prise de remords, Bronwyn alla examiner le contenu du plateau. Elle était trop en colère pour avoir de l'appétit. Elle ramassa le quignon de pain et le morceau de fromage qui s'y trouvaient pour aller les cacher sous ses oreillers. Puis elle alla ouvrir la porte et sortit. Trouver une robe allait se révéler plus difficile, et elle était prête à relever le défi.

Elle ne capitulerait pas. Ni maintenant ni jamais.

Cullen avait grand besoin de repos même si son corps, lui, semblait n'avoir aucune envie de dormir. Sous son kilt, son sexe bandé en témoignait.

Dans la cuisine, il rejoignit Druce qui prenait un bain.

— Par tous les saints ! s'exclama celui-ci. Tu ressembles à un diable…

— La ferme, Druce, maugréa-t-il. Je ne suis pas d'humeur à supporter tes sarcasmes.

Dans un retentissant bruit d'éclaboussures, son cousin se versa un plein bol d'eau sur la tête et s'offusqua :

— C'est comme ça que tu me récompenses d'être resté en selle toute la nuit et d'avoir renoncé à mon plaid ?

Cullen n'avait pour l'heure qu'une envie : étrangler Bronwyn. Il se força néanmoins à se montrer plus amène.

— Je t'en remercie, assura-t-il. Cette femme me rend fou. Elle est l'entêtement incarné.

Druce se mit à rire et s'exclama gaiement :

— Et dire que vous vous demandez, toi et Brodick, pourquoi je ne me marie pas ! Trouvez-moi une femme docile et je l'épouserai.

En délaçant ses bottes, Cullen secoua négativement la tête. Ce n'était pas une femme docile qu'il voulait. Il ne s'était certes pas attendu à un tel entêtement de la part de Bronwyn quand il avait envisagé de l'épouser, et loin de le rebuter, son caractère entier lui plaisait. Plus que jamais il avait envie d'elle, et il avait suffi d'un baiser pour que son sexe bandé ne le laisse plus en paix.

Après s'être fait couler un bain froid dans la cuve voisine de celle occupée par Druce, il se dévêtit rapidement et s'y plongea sans prendre la peine d'ajouter de l'eau chaude. Druce étouffa un gloussement, avant d'éclater de rire quand Cullen lui lança un regard noir. Il lui jeta un pain de savon que Cullen attrapa au vol. Consciencieusement, il entreprit de se savonner, dans l'espoir d'oublier cette tyrannique partie de son anatomie qui ne le laissait pas en paix. Il ne lui était jamais arrivé d'être aussi dur, du moins quand la dame ayant suscité son intérêt ne se trouvait pas près de lui.

— Elle dit qu'elle refuse de m'épouser, maugréa-t-il.

Et cela lui faisait mal, ce qui le surprenait quelque peu. Il n'était pas sûr de ce qu'il ressentait pour Bronwyn. Laisser son orgueil à portée de ses griffes constituait une expérience étrange et quelque peu déstabilisante.

— Elle n'est pas la première femme enlevée à répondre ainsi la première fois qu'on lui pose la question.

Druce avait repris son sérieux.

— L'enlèvement n'est pas la partie la plus difficile, poursuivit-il. C'est convaincre l'élue qui réclame toute l'habileté d'un homme.

Cullen versa de l'eau sur sa tête pour se laver les cheveux. Il aimait être propre. La moitié des nobles, à la cour, n'appréciaient pas comme lui les vertus d'un bon bain et empestaient davantage qu'un tas de fumier.

Bronwyn, elle, sentait bon. Et ses lèvres avaient une saveur délicieuse...

Après avoir achevé de se rincer, Cullen se dressa dans l'eau froide, sans que celle-ci ait calmé ses ardeurs. Embrasser Bronwyn n'avait sans doute pas été très avisé. À présent qu'il avait goûté à sa bouche, trouver le sommeil n'allait pas être chose aisée. Elle lui avait rendu ce baiser avec une timidité qui prouvait son inexpérience, et cet instant fugitif où elle s'était efforcée maladroitement de l'imiter continuait de lui échauffer les sens. Tout compte fait, aucune expérience érotique ne lui avait jamais semblé aussi douce et excitante.

Rapidement, il prépara son tartan sur la table prévue à cet effet. Les pieds en étaient plus longs d'un côté. Ainsi, l'inclinaison du plateau facilitait l'habillage, de même que les chevilles en bois insérées au milieu qui retenaient le ceinturon. La plupart des hommes plissaient leur kilt au pied de leur lit, mais Druce avait trouvé plus astucieux de faire construire cette table.

En le voyant boucler d'un geste sec son ceinturon, son cousin s'étonna :

— Tu ne vas pas te coucher ?

Cullen fit la grimace. Il n'aurait pas demandé mieux que de rejoindre Bronwyn dans son lit – mais pas dans le sommeil.

— Pas maintenant, répondit-il.

Druce se mit à rire doucement et entreprit à son tour de plisser son tartan. Plutôt que de faire les frais de son hilarité, Cullen préféra quitter la pièce.

En se dirigeant vers la porte principale, il songea avec mauvaise humeur que Bronwyn McQuade avait eu raison de son sens de l'humour. Debout sur la plus haute marche du perron, il observa l'activité qui se déployait dans la cour intérieure tandis que le soleil atteignait l'horizon.

Aussitôt qu'il aurait réussi à dompter la demoiselle, se promit-il, il faudrait qu'il s'applique à redevenir lui-même. Un sourire rêveur se dessina sur ses lèvres quand lui revint en mémoire de quelle manière elle s'était pressée contre lui quand il l'avait embrassée. Oui, songea-t-il, venir à bout de ses réticences allait être un plaisir pour lui.

— Vous n'allez tout de même pas rester comme ça !

Bronwyn se raidit, en butte à la curiosité de la doyenne des servantes présentes. Celle-ci secouait la tête d'un air désapprobateur, foudroyant du regard les deux plus jeunes qui lui murmuraient de ne pas s'occuper d'elle.

— Vous n'avez donc pas de cœur, s'insurgea-t-elle, de la laisser déambuler en chemise en plein novembre !

Avec un claquement de langue agacé, elle poursuivit :

— Reprenez-vous, mon enfant. Inutile de rôder tel un spectre. Chacun sait qui vous êtes. Je m'appelle Lydia. Voyons si nous pouvons trouver quelque chose à vous mettre sur le dos.

— Je vous en serais reconnaissante.

Lydia lui répondit d'un sourire en évaluant sa taille d'un œil connaisseur. Quand Bronwyn l'eut rejointe dans la cuisine, un sourire éclaira son visage.

— Vous devez avoir à peu de chose près la même taille que Murain, dit-elle. Elle doit mettre au monde son premier-né le mois prochain, et il y a longtemps qu'elle ne rentre plus dans ses vêtements.

Manifestement satisfaite d'elle-même, Lydia hocha la tête et conclut :

— Retournez dans votre chambre. Je vais demander à quelqu'un de vous porter quelques affaires appartenant à Murain. Inutile de laisser les hommes vous voir ainsi.

Bronwyn acquiesça d'un hochement de tête et se garda de lui répondre. Elle avait effectivement besoin de ces vêtements, et se mettre à dos cette femme en insultant son clan risquait de la braquer contre elle. Tournant les talons pour regagner sa chambre, elle s'arrêta devant l'une des grandes fenêtres qui permettaient à la lumière du jour de pénétrer à profusion dans la cuisine. De véritables vitres en verre, serties de plomb, équipaient celles-ci. Une telle installation dans les communs témoignait du souci qu'avait le laird du confort de ses serviteurs. À Red Stone, de simples volets en bois restaient ouverts par beau temps. Lorsqu'il pleuvait, ils demeuraient fermés et chacun devait se contenter de rares sources de lumière.

Le bâtiment des cuisines faisait face à l'écurie. Elle y vit Cullen en train de panser son étalon d'un geste sûr. Il y avait de la tendresse dans les soins qu'il lui prodiguait – cette même tendresse qu'elle avait par moments vue briller dans ses yeux en sa présence.

Le père de Bronwyn ne s'occupait pas lui-même de sa monture, pas plus que ses deux fils préférés. Ils estimaient de leur droit que d'autres se chargent de ce qui était à leurs yeux une basse besogne.

Un sourire s'attardait sur les lèvres de Cullen, identique à celui qu'il arborait quand ils s'étaient rencontrés. En lui subsistait un gamin facétieux qui aimait jouer. Mais il était également un homme endurci, à la volonté de fer.

— Arrêtez de le déshabiller des yeux ! lui reprocha Lydia d'un ton malicieux qui fit glousser les servantes.

Elle vint se placer derrière elle et lui posa les mains sur les épaules avant d'ajouter :

— Bien que je doive admettre que je comprends votre fascination pour celui-ci – un régal pour les yeux !

Les gloussements redoublèrent autour d'elles.

— Non, prétendit Bronwyn. Pas pour moi.

En entendant Lydia rire de plus belle, elle reporta son attention sur ce qui se passait dans la cour. Si elle voulait s'enfuir, elle devait observer ce qui l'entourait. L'écurie était vaste et nombre d'hommes et de chevaux se trouvaient devant. Même à travers la fenêtre, elle entendait travailler un maréchal-ferrant. Par une porte ouverte, un alignement de pourpoints et de manteaux négligemment jetés sur les lisses supérieures des stalles attira son attention. Sans doute ces vêtements restaient-ils là en cas d'attaque nocturne, prêts à être enfilés par les hommes à peine sortis du lit de fortune qu'ils déroulaient sur le sol de la grande salle.

Bronwyn songea aussitôt à la longueur de tartan qu'elle avait laissée dans sa chambre et une idée se fit jour en elle. Si elle ne risquait pas de passer inaperçue en tant que femme, personne n'irait empêcher un jeune lad de sortir.

— Ce n'est pas ce que racontent vos yeux, ajouta Lydia en lui serrant doucement les épaules. Regagnez votre chambre, maintenant. Cette chemise est bien trop fine. Vous tremblez comme une feuille.

C'était effectivement le cas, elle ne l'avait pas remarqué. Bronwyn se mordilla la lèvre inférieure et jeta un dernier coup d'œil à Cullen. Elle fut tentée de demander à Lydia quel genre d'homme il était, mais cette femme était une McJames, qui prendrait sûrement fait et cause pour un membre éminent de son clan.

Par l'étroit escalier de service, Bronwyn regagna l'étage où se trouvait sa chambre. Elle se sentit soulagée en fermant la porte derrière elle. La faim fit gronder son ventre, pourtant elle s'abstint de toucher au pain et au fromage qu'elle avait cachés. Il restait cependant un bol de porridge sur le plateau, qui avait refroidi pendant que Cullen se trouvait avec elle dans la pièce.

Pendant qu'il était occupé à t'embrasser...

Bronwyn haussa les épaules, agacée par ses pensées. Elle se souvenait avec précision de la façon dont sa bouche avait caressé la sienne. Elle n'avait pas oublié comment il avait goûté sa lèvre inférieure sous sa langue, comme il aurait pu le faire d'un vieux whisky. Plongée dans ses souvenirs, elle tressaillit. Simultanément, sa peau s'embrasa et son cœur se mit à battre plus vite. Ce frisson d'attente fiévreuse qu'elle avait déjà ressenti revint la tourmenter, plus fort et plus excitant encore.

Après avoir récupéré le tartan des McJames, elle alla le cacher sous l'oreiller avec la nourriture qu'elle avait mise de côté. Elle refusait d'écouter la voix de la raison qui lui dictait de renoncer à son projet. L'Église réprouvait les femmes qui s'habillaient en hommes, mais le strict respect des Écritures n'allait pas l'aider à sortir de ce guêpier. Nombreux étaient ceux qui pensaient qu'une femme travestie en homme était possédée du démon. Bronwyn balaya résolument ces idées. Puisqu'elle n'avait pas d'autre choix, il lui fallait essayer. Avant que Cullen se mette en tête de revenir lui échauffer les sens.

Bronwyn mangea le porridge en dépit de son manque de saveur. Au moins celui-ci était-il garni de morceaux de fruits qui le sucraient un peu. Elle se serait obligée à le manger s'il avait eu un goût de cendres. Ne pas perdre ses forces était la clé pour arriver à ses fins. Un ventre vide pouvait la conduire à sa perte.

Elle ne devait pas laisser son corps s'affaiblir. Cullen saisirait l'opportunité pour la plier à ses volontés. Même si le jeune garçon qui survivait en lui la fascinait, c'était l'homme inflexible qu'il était devenu qui la menaçait. Son propre corps la trahissait quand il la touchait. Certes, le père de Bronwyn la détestait, mais il ne pouvait réduire son esprit à l'impuissance comme Cullen le faisait d'un baiser.

Elle n'accepterait pas de devenir sa proie. Il ne lui restait rien d'autre que le sentiment d'être elle-même, et si ce n'était pas grand-chose, elle refusait d'y renoncer à cause du désir que cet homme lui inspirait.

Peut-être, après tout, ferait-elle mieux de ne pas rentrer à Red Stone. La tentation d'échapper aux griffes de son père subsistait en elle, même si la voix de la raison lui dictait que ce n'était pas une bonne idée. La vie n'était pas facile à ceux qui n'avaient pas de clan. Si elle retournait seule à Édimbourg, elle pouvait fort bien échouer dans une maison de passe ou, pire encore, sur un bateau en partance pour les pays de l'Islam. La loi des musulmans leur interdisant de réduire en esclavage leurs coreligionnaires, les chrétiens se vendaient chez eux à prix d'or.

Il lui fallait surtout éviter la cour. Son père pourrait l'y retrouver, et le roi pouvait ordonner qu'elle épouse Cullen. Les hommes étaient ainsi : ils se servaient des femmes pour régler leurs comptes.

Après avoir achevé son maigre repas, Bronwyn alla s'allonger et tira les tentures du lit pour refouler la lumière. En dépit des soucis qui se bousculaient sous son crâne, elle se força à dormir. Tout autant qu'une alimentation normale, un sommeil régulier lui donnerait la force dont elle aurait besoin pour s'enfuir.

6

— Ah ! Voilà qui est déjà beaucoup mieux, se réjouit Lydia en examinant le résultat de ses efforts. Il n'est pas nécessaire que vous restiez à demi nue toute la journée. Je suis sûr que le laird veillera à vous fournir des vêtements.

— Le laird ? s'étonna Bronwyn. Je croyais que c'était son frère aîné, le laird...

— Oh ! Bien sûr, Brodick est laird McJames. Parce qu'il avait deux fils, leur père n'a jamais voulu intégrer aux terres du clan celles apportées en dot par leur mère. Cullen McJames est laird Lampart et bénéficie du titre de baron de plein droit.

Avec un claquement de langue agacé, Lydia s'employa à ajuster l'une des manches de la robe taillée dans une belle toile de laine verte que Bronwyn venait de revêtir. Celle-ci était trop légère pour l'hiver à venir, mais avoir une bonne robe à sa taille constituait une chance inespérée. Chaque vêtement était taillé sur mesure et la plupart des femmes n'avaient que deux robes, qu'elles ne remplaçaient que lorsque celles-ci étaient usées. Leur confection demandait du temps, et il fallait souvent s'y atteler après une journée de travail déjà rude.

— Vous remercierez Murain de me permettre de porter sa robe, insista Bronwyn.

Cela fit sourire Lydia, qui répondit :

— Le jeune McJames lui a déjà fait envoyer une pièce d'or. Elle lui sera plus utile qu'une robe qu'elle ne pourra pas porter avant l'année prochaine.

Cette robe allait permettre à Bronwyn de sortir, de tenter de s'approcher de l'écurie, mais savoir que Cullen l'avait payée lui faisait regretter de ne pouvoir refuser de la porter. Elle s'en voulut aussitôt de sa réaction. Les hommes n'étaient pas les seuls à laisser l'orgueil les guider.

Elle porterait donc cette robe sans se soucier de ce qu'elle avait coûté à Cullen McJames. Après tout, c'était à cause de lui qu'elle n'avait rien à se mettre sur le dos. Elle ne se sentirait pas non plus reconnaissante envers lui. Puisqu'elle était retenue contre son gré, il était de son devoir de n'avoir que mépris pour son ravisseur.

En dépit de ces fermes résolutions, Bronwyn ne pouvait s'empêcher d'être impressionnée par son geste, qu'elle approuvait. Elle se mordilla la lèvre, assaillie par la culpabilité. Elle se conduisait comme une idiote. Le temps lui était compté pour s'échapper de cette place forte aux confins des terres des McJames. À Sterling, cela lui serait beaucoup plus difficile, et elle n'aurait que peu de chances de regagner les terres de son clan avant que Cullen ne l'ait rattrapée sur son puissant étalon.

— Je ne suis pas surprise que vous ignoriez tout de son titre, reprit Lydia. Ces deux frères sont unis comme les doigts de la main. Cela rend le clan plus fort qu'ils ne se disputent pas entre eux, comme tant d'autres le font dès que leur père a quitté ce monde.

Machinalement, Bronwyn acquiesça d'un hochement de tête. Elle n'aurait pas été étonnée que Liam et Sodac se disputent l'héritage de leur père à sa mort. Keir devait le redouter lui aussi. Sans doute était-ce pour cela qu'il avait fait en sorte de garder la main sur les investissements et sur les livres de comptes à Red Stone. Liam et Sodac auraient été bien sots de se débarrasser de lui alors qu'il faisait rentrer l'argent dans les caisses à flot continu. Chaque laird recevait des rentes de ses fermiers, et il fallait un esprit avisé pour faire fructifier ce capital. Sans Keir, leurs frères verraient leur fortune décliner sérieusement.

Un long gargouillement monta de son ventre vide.

— Allons manger, suggéra Lydia. Il est presque l'heure du dîner.

— Avec plaisir, répondit-elle.

Bronwyn n'allait pas manquer cette occasion de quitter sa chambre…

Lydia passa devant elle, la mena au bas de l'escalier et lui fit traverser plusieurs grandes pièces. L'odeur de la viande grillée fit gargouiller son ventre de plus belle, ce qu'elle s'efforça d'ignorer. Bientôt, la plupart des habitants de White Tower allaient se presser vers la grande salle pour ne pas rater le dernier repas chaud de la journée. Le dîner était toujours servi de manière qu'il reste suffisamment de lumière du jour après le repas pour tout ranger. Les chandelles et le bois de chauffage constituaient des ressources précieuses qu'il valait mieux économiser, aussi se levait-on avec le soleil pour se coucher avec lui.

Soudain, une cloche se mit à sonner et fit écho le long des murs de pierre.

— Vous voyez ? lança Lydia. Le dîner est servi. Et ça sent bon, ce soir.

Lui saisissant fermement le poignet, elle ne lui laissa pas une chance de s'éclipser comme elle en avait eu l'intention. Bronwyn posa les yeux sur ses doigts, luttant contre l'envie de se libérer. Cela ne lui aurait servi à rien. Autant laisser croire à la servante qu'elle était trop effrayée pour se rebeller.

La grande salle de White Tower était une vaste pièce rectangulaire. Haute de plafond, elle était ceinte de galeries desquelles tombait une douce musique parmi les tables qui se garnissaient rapidement. Bronwyn s'émerveilla d'un tel raffinement. La musique était un luxe, que l'on réservait habituellement aux jours de fête et aux grandes occasions.

Aux grandes occasions...

Elle écarquilla les yeux tandis qu'un grand silence se faisait dans la salle à leur entrée. Des hommes se tournèrent vers elle pour l'examiner sans dissimuler leur curiosité. Ils furent nombreux à lui sourire et à lever leur pinte à sa santé. Lydia s'avança d'un bon pas, mais Bronwyn renâcla à la suivre en voyant qui se trouvait à la table d'honneur.

Cullen et Druce y avaient déjà pris place. Près d'eux se tenait un évêque dans sa courte aube blanche, coiffé du chapeau noir à bout carré de sa fonction. La croix en or qu'il portait en sautoir disait son appartenance à l'Église réformée d'Écosse. Sous l'impulsion de James Stuart, les évêques s'affirmaient en leaders de la communauté chrétienne. Ils détenaient leur pouvoir par décret royal, et il n'était pas avisé de contester leur autorité.

Leur intervention était notamment requise pour la rédaction et la signature d'un contrat de mariage, se souvint Bronwyn en remarquant l'anneau sigillaire que l'homme d'Église portait à la main droite.

Elle se figea aussitôt, mettant Lydia dans l'obligation de la traîner derrière elle ou de la lâcher. Surprise, la servante se tourna vers elle. Bronwyn ne regardait que Cullen, qui lui souriait en soulevant son bonnet. Sa tenue était bien plus élégante que celles dans lesquelles elle l'avait vu jusqu'alors, ce qui tendait à confirmer ses intentions. Elle détesta soudain cette robe qui la rendait présentable. Aucun homme de Dieu ne serait venu jusque dans sa chambre si elle y était restée en chemise.

— Évêque Shaman, lança Cullen à voix haute, laissez-moi vous présenter ma future épouse.

Les hommes de Druce poussèrent une ovation en levant leurs pintes de bière. Frissonnant de rage, Bronwyn se sentit devenir écarlate. L'évêque lui fit signe d'approcher. Sous peine de passer pour une mauvaise chrétienne, c'était une invitation qu'elle ne pouvait ignorer. Elle finirait au pilori si elle l'offensait.

Se mordant la lèvre, Bronwyn se força à avancer. Se retrouver tête et mains coincées dans le collier d'infamie n'avait rien d'une perspective réjouissante. Les condamnés au pilori devaient purger leur peine par tous les temps. Souvent, on les fouettait pour s'assurer que la réprobation dont ils faisaient l'objet s'inscrive dans leur chair. On menait femmes et enfants au spectacle du supplice, afin que tous sachent ce qu'il en coûtait de défier l'autorité de l'Église. Naturellement, tout ceci serait fait pour son bien, dans le but de purger son âme et de lui faire comprendre quelle était sa place, pour que Dieu ne soit pas offensé par son manque d'humilité.

Dans un royaume où les clans régnaient de manière absolue sur leurs terres ancestrales, l'Église constituait une autorité fédératrice que nul ne pouvait défier. Le roi lui-même ne se serait pas opposé à un évêque en public.

Cullen McJames ne combattait pas à la loyale, songea-t-elle amèrement. Elle avait raison de ne pas lui faire confiance. Après avoir semé le trouble en elle avec un baiser volé, il abattait avec cet évêque une carte maîtresse. Un mariage célébré sous de tels auspices serait indissoluble. Cullen et son frère pourraient s'en prévaloir pour réclamer au roi que sa dot leur soit versée. Et pendant ce temps, on la tiendrait à l'écart, cloîtrée dans une tour, gardée en vie uniquement pour le plus grand profit des McJames. Il était également un fait qu'elle n'aurait pas à survivre très longtemps – quelques années tout au plus – avant que le clan de son époux puisse faire main basse sur une partie des possessions de son père.

Cullen n'aurait qu'à coucher une fois avec elle pour consommer leur union. Ensuite, il serait libre d'aller couvrir de ses baisers quelque beauté de son clan – une femme qui n'aurait pas le sang ennemi dans les veines.

Bronwyn serra les dents, surprise par la jalousie qui soudain lui mordait les tripes.

— Venez, maintenant, la pressa Lydia à mi-voix. L'évêque n'est pas un homme que l'on fait attendre.

Dissimulant ses émotions sous un visage neutre, elle se laissa entraîner jusqu'à la table d'honneur, où elle s'inclina respectueusement devant l'homme d'Église. Celui-ci lui manifesta son approbation d'un hochement de tête et se leva. Instantanément, le silence se fit dans la salle et Bronwyn sentit le poids de tous les regards sur elle.

— Le mariage est une sainte institution qui libère du péché, déclara gravement l'évêque Shaman. Toutes les âmes véritablement chrétiennes doivent y aspirer et refuser les tentations de la luxure.

Un murmure approbateur parcourut l'assemblée.

— Joignez-vous à nous, ma chère, poursuivit-il en lui désignant un siège laissé vacant.

Elle s'exécuta, et dès que le serviteur qui lui présentait un siège l'eut repoussé sous la table, Bronwyn se retrouva coincée entre Druce et Cullen. Des servantes se mirent aussitôt à servir à profusion les mets les plus raffinés. Nul n'aurait pu croire qu'elle avait été enlevée et que ce repas de noces était improvisé tant il se déroulait dans les formes. On servit même du vin chaud, des viandes rôties, des fruits confits et du pain aux fruits secs. L'évêque fit honneur au repas, appréciant manifestement le festin.

Bronwyn, malheureusement, ne pouvait en dire autant. Elle trouvait que Cullen triomphait trop facilement à ses dépens. Elle attendit que l'évêque soit engagé dans une conversation animée avec Druce avant de retourner sa colère contre celui qui se tenait fièrement assis près d'elle.

— Je vous avais dit non.

L'expression de son visage avait beau être plaisante, une détermination sans faille se lisait au fond des yeux de Cullen. Elle ne pouvait espérer aucune mansuétude de sa part. Sa face avait beau ne pas être peinte en bleu, c'était un guerrier endurci au combat qu'elle affrontait.

— Et moi, je vous ai assurée du contraire, répliqua-t-il. Dites-moi plutôt comment vous avez prévu d'expliquer à l'évêque que vous refusez de m'épouser.

— Je le lui dirai tout simplement.

Cullen perdit son expression amusée. Ses lèvres formèrent une mince ligne droite tandis que le désir durcissait ses traits.

— Alors je lui répéterai ce qu'a dit votre père devant la cour réunie, reprit-il. Que je vous ai faite mienne.

— C'est un mensonge ! s'insurgea-t-elle à mi-voix.

Mais son cœur battait plus vite à cette idée. Il suffisait d'une parole pour que flambe en elle ce désir qu'il avait si bien su allumer. C'était un véritable poison, une plaie qui s'infectait et la vouait à la damnation.

— Votre père l'a effectivement dit, fit-il valoir. Cette partie-là n'est pas un mensonge.

— Vous n'avez pas...

Elle ne put achever sa phrase, de peur de trahir son trouble. Cela fit sourire Cullen, et ce fut d'un ton chargé de promesses qu'il rectifia :

— Pas encore. Cela viendra.

Sur ce, il lui prit la main et l'emprisonna dans la sienne. Bronwyn comprit aussitôt, en sentant leurs peaux se toucher, à quel point cela lui plaisait.

Cullen se pencha et inclina la tête vers elle. Avec deux doigts, il caressa doucement l'intérieur de son poignet. Elle sentit son souffle se bloquer dans sa gorge, son pouls s'accélérer tandis qu'il caressait sa peau, fine à cet endroit.

— N'en doutez pas, Bronwyn, susurra-t-il. Ce n'est qu'une question de temps. Il y a trop de passion entre nous.

Ses doigts remontèrent lentement jusqu'au creux de sa paume. Un long frisson la secoua et elle dut réprimer un soupir de plaisir. Le visage de Cullen irradiait d'une intense et mâle satisfaction.

— Ce... ce n'est que de la luxure, balbutia-t-elle.

En haussant les épaules, il répondit :

— Elle a toute sa place entre un homme et une femme, mais il s'agit de bien plus que ça. Vous l'avez ressenti le jour où nous nous sommes rencontrés. C'est cela qui vous a fait rougir.

Bronwyn secoua la tête. Cullen se redressa soudain et reporta son attention sur ce qui se passait derrière elle. Un petit rire échappa à Druce, puis à l'évêque. Avec un sentiment d'horreur, elle se tourna vers l'homme d'Église, qui n'avait rien manqué de la scène.

Loin de s'offusquer, l'évêque Shaman semblait ravi. Il claqua des mains dans un bruit sec et les frotta l'une contre l'autre avec un sourire réjoui.

— Allons-y, mes enfants ! lança-t-il. Allons régulariser sans attendre une situation qui n'a que trop duré.

L'évêque se leva sans jeter un regard derrière lui. Un valet attentif recula aussitôt son siège pour le lui permettre. Il y eut autour de la table une certaine effervescence tandis que l'on s'assurait que ses désirs puissent être exaucés. Bronwyn se renfrogna et finit par se lever comme tout le monde.

Cullen ne lui lâcha pas la main – probablement parce qu'il se doutait qu'elle aurait préféré s'enfuir à la cuisine plutôt que de suivre l'évêque pour régler la question du mariage. Pourtant, la tentation était grande de se laisser faire. C'était un démon qui lui rappelait sans cesse à quel point elle aimait être touchée par lui, sentir son odeur, admirer sa beauté. Se soustraire à ce mariage scellerait son sort une fois pour toutes. En retournant chez elle, plus jamais elle ne goûterait aux baisers d'un homme, à moins de donner raison aux commérages en se laissant déshonorer.

Ses yeux se posèrent sur la main de Cullen, à l'endroit où celle-ci enserrait son poignet, fermement mais sans lui faire mal. Une agréable sensation se faisait sentir là où leurs épidermes étaient en contact. Bronwyn ne pouvait prétendre sans mentir qu'elle n'aimait pas être touchée – ou embrassée – par lui.

Elle observa ensuite la manche boutonnée de sa chemise qui, de manière inhabituelle, dépassait de celle de son élégant pourpoint. Elle réalisa alors qu'aucun homme n'avait fait d'efforts d'habillement en son honneur. Elle avait toujours considéré comme une perte de temps toute coquetterie, et elle se sentit soudain quelconque, avec pour seule coiffure une natte dans le dos.

Druce conduisit l'évêque dans son salon de réception privé. Il ne leur fallut pas longtemps pour y parvenir. C'était une pièce confortable dotée d'une grande cheminée. Des tentures de velours habillaient les grandes fenêtres percées le long d'un mur. De tels rideaux étaient dignes d'un roi… Incapable de résister à la tentation, Bronwyn tendit la main et caressa le tissu aussi lisse et doux qu'une joue de bébé.

— Nous y voilà, mes enfants.

L'évêque Shaman appréciait manifestement sa charge et les responsabilités qu'elle lui valait. Il s'était installé dans un fauteuil aux accoudoirs sculptés à leurs extrémités en griffes de lion. Le siège était posé sur un tapis qui l'isolait du dallage de pierre et ajoutait une touche de luxe à la pièce.

Deux clercs qui le suivaient comme son ombre étaient en train d'installer en silence une écritoire sur une table. Ils en tirèrent un encrier et une plume ainsi qu'une feuille de papier. Bronwyn déglutit péniblement en apercevant les derniers accessoires qu'ils en sortirent : un bâton de cire et une chandelle. Après l'avoir insérée dans un bougeoir, le clerc l'alluma et plaça la cire à côté. Sans même sans rendre compte, elle laissa son regard dériver jusqu'à l'anneau sigillaire de l'évêque.

Oui, Cullen McJames était bien un guerrier. Il ne lui laisserait aucune chance de lui échapper, ce qu'elle pouvait comprendre. Après tout, son honneur était en jeu, mais celui de Bronwyn l'était également ! Une vie entière à écouter les sermons de l'Église qui interdisaient de faire honte à ses parents ne s'oubliait pas facilement, même si son père n'était qu'un triste sire. Son indécision était telle qu'elle en oubliait presque de respirer. En jetant un coup d'œil en biais à Cullen, elle tenta de comprendre pour quelle raison elle devait le rejeter. Elle était vraiment partagée, pourtant une certitude l'emportait : elle savait quelle vie serait la sienne à Red Stone. Là-bas, on la respectait, elle y avait des amis. Enfin… peut-être pas des amis, mais des gens qui se montraient gentils avec elle. Elle pouvait aller où elle voulait, obtenir ce dont elle avait besoin. Ici, les plaids bleu, jaune et orange des McJames lui étaient un constant rappel qu'une McQuade ne pourrait compter à Sterling sur aucune sollicitude. Cullen se servirait d'elle pour nuire à ses ennemis, et il ne lui resterait plus qu'à vivre sa vie entière au sein d'un clan qui la détestait. Ces sombres perspectives, même l'attirance qui la poussait inexplicablement vers Cullen ne pouvait les effacer.

— Bronwyn McQuade...

Brutalement tirée de ses pensées, Bronwyn reporta son attention sur l'évêque assis devant elle, qui la dévisageait d'un air sévère.

— Cullen McJames a fait appel à moi, reprit-il, pour que je puisse établir un acte de mariage vous liant à lui.

Il s'exprimait d'une voix grave, s'appliquant à faire peser sur elle le poids de sa considérable autorité.

— C'est un sujet dont il vaut mieux traiter avec mon père, répondit-elle posément.

Cullen ricana et intervint d'un ton exaspéré :

— Ce n'est pas possible et vous le savez parfaitement !

— En fille respectueuse et obéissante, reprit-elle, je dois en référer à mon père. La tradition le veut.

Le menton pointé en avant, elle refusait d'en démordre.

— Il est aussi de tradition de sceller par un mariage une réconciliation entre clans, insista Cullen.

— Exactement !

L'évêque Shaman ponctua sa déclaration en faisant claquer sa main sur l'accoudoir. Ce bruit sec, qui avait quelque chose de définitif, la fit sursauter.

— Il est parfois nécessaire, reprit-il en levant une main en l'air, de se dispenser de certaines traditions pour le plus grand bien de tous.

Bronwyn sentait le piège se refermer sur elle.

— Je ne peux me marier sans l'autorisation de mon père, s'obstina-t-elle néanmoins.

— Vous voulez dire que vous ne le *voulez* pas, rectifia Cullen en s'approchant d'elle, fier de sa victoire annoncée. C'est bien pour cela que je vous ai enlevée.

La détermination dont il faisait preuve attisa la colère de Bronwyn. Elle ne se laisserait pas manipuler sans réagir. Sa vie ne représentait peut-être pas grand-chose, pourtant c'était la sienne. Elle n'accepterait pas de lui servir de trophée, ni de baume sur son honneur meurtri.

— Je refuse d'épouser un homme dont la seule intention est de m'utiliser contre les miens ! décréta-t-elle.

À ces mots, l'expression de Cullen changea ; non qu'elle s'adoucît, mais la détermination fit place à l'expression d'un désir sans fard.

— Qui vous dit que c'est ma seule intention ? demanda-t-il d'une voix douce et profonde. C'est pour tout autre chose que je vous désire, Bronwyn.

Elle sentit ses joues s'embraser. Machinalement, elle s'humecta les lèvres. Les yeux de Cullen se reportèrent instantanément sur sa bouche, la faisant frissonner.

L'évêque Shaman s'éclaircit bruyamment la voix. Pour une fois, ce furent les joues de Cullen qui s'embrasèrent. Tel un gamin penaud, il lui adressa un regard coupable. Son humilité fut de courte durée. En hochant la tête, il haussa les épaules et conclut :

— Vous voyez pourquoi il me tarde de l'épouser.

— Je le vois tout à fait clairement, en effet.

Et l'homme de Dieu, contrairement à ce qu'elle aurait pu croire, ne désapprouvait en rien ces projets. Une lueur malicieuse flambait dans son regard et un sourire entendu flottait sur ses lèvres. D'un geste, il prévint ses assistants de se tenir prêts. L'un d'eux plongea la plume dans l'encrier et la posa sur le papier.

— Nous allons nous mettre d'accord et établir ce contrat, annonça l'évêque. Ensuite, j'entendrai vos vœux.

Cullen et Druce acquiescèrent d'un hochement de tête. Bronwyn, quant à elle, secoua négativement la sienne. Cullen poussa un grondement sourd qui traduisait son impatience, cependant ce fut l'évêque qui passa à l'offensive.

— Vous refusez le lien sacré du mariage ? s'étonna-t-il en se penchant pour la fixer de son regard perçant. Je ne me suis jamais rendu sur les terres des McQuade. Votre père est-il chrétien ?

À présent, c'était une véritable frayeur qui s'emparait de Bronwyn. Le terrain devenait dangereux pour quiconque ne voulait pas finir en prison sous l'accusation de sorcellerie. L'Église attendait d'elle qu'elle accepte l'union honorable proposée par Cullen pour se laver du péché que son père l'avait accusée d'avoir commis. Refuser d'épouser celui que l'on soupçonnait de l'avoir déshonorée revenait à préférer l'immoralité. L'évêque pouvait ordonner qu'on la fouette jusqu'à ce qu'elle se repente de ses péchés. Mais si elle se résolvait à épouser Cullen, ce dernier pouvait fort bien ne pas supporter qu'elle soit la fille de son ennemi et la battre.

Cullen et son cousin Druce savaient exactement ce qu'ils faisaient en lui menant une guerre sans merci pour la forcer à prononcer ses vœux devant l'autel. *Au moins ne t'a-t-il pas violée...*

En fixant Cullen, elle songea qu'il aurait pu lui réserver pire sort que de la confronter à un évêque faisant si peu de cas d'elle. Il pourrait utiliser sa supériorité physique pour s'imposer entre ses cuisses et la forcer sans même un baiser pour lui rendre la chose plus supportable. Ce ne serait certes pas la première fois qu'une union serait consommée de manière si brutale. Cette retenue dont il faisait preuve apaisait un peu la colère qu'elle ressentait.

Une nouvelle fois, l'évêque Shaman s'éclaircit la voix.

— Expliquez-vous, Bronwyn McQuade ! s'impatienta-t-il. Êtes-vous chrétienne, oui ou non ?

Elle s'inclina respectueusement et fixa le sol, tête basse, afin de rassembler ses idées. Ce n'était pas le moment de s'appesantir sur les mérites de Cullen McJames...

— Oui, Votre Grâce, répondit-elle. Je suis chrétienne.

L'évêque joignit les mains devant lui sans cesser de la dévisager.

— Dans ce cas, demanda-t-il, pourquoi ne voulez-vous pas vous agenouiller devant moi et prononcer les vœux qui vous vaudront la clémence et le pardon du Seigneur ?

— Parce que je n'ai péché avec aucun homme. Je suis pure et je n'ai nul besoin de me marier.

— Votre père l'a affirmé devant des centaines de témoins ! intervint sèchement Cullen.

Bronwyn le foudroya du regard. En n'admettant pas qu'il ne l'avait pas touchée, il la mettait en danger.

Cullen continuait à resserrer le piège autour d'elle. En s'adressant à l'évêque, il ajouta :

— Et sa réputation n'est pas la seule à être en jeu. Le nom des McJames est entaché lui aussi. Je ne pourrai me mettre en quête d'une autre promise sans que l'accusation lancée par son père me poursuive. Quelle famille acceptera de voir sa fille courtisée par la canaille que je suis censé être ? Seul notre mariage réglera le problème.

Bronwyn secoua la tête longuement.

— C'est un péché pour une fille de désobéir aux ordres de son père, se justifia-t-elle. Une violation d'un des saints commandements.

Cullen la dévisagea un instant avec une expression qui la fit frissonner.

— J'ai la permission du roi de vous épouser, dit-il.

— Cela ne se peut pas !

Il fallait que cela ne le soit pas, car autrement tout était perdu. Le père de Bronwyn était contraint d'obéir au roi.

— Assez ! intervint l'évêque avec autorité.

Il caressa longuement sa barbe grise en la dévisageant, puis en dévisageant Cullen.

— L'autorisation du roi fait que la bénédiction de votre père n'est plus nécessaire, reprit-il. Nous devons prendre en considération que les commérages ne cesseront pas sans un mariage en bonne et due forme. Autant répandre le bon exemple chrétien, même si vous n'avez pas fauté. Sans négliger le fait que ce mariage mettra fin aux affrontements entre vos deux clans.

Il marqua une pause avant de conclure :

— J'approuve ce mariage et je vous marierai.

Horrifiée, Bronwyn s'entendit protester :

— Je ne l'épouserai pas !

L'évêque plissa les yeux et la considéra durement.

— Il en va du salut de votre âme, madame.

Elle s'efforça désespérément de trouver un prétexte pour l'apaiser sans se retrouver mariée sur-le-champ.

— Naturellement, Votre Grâce. Je voulais simplement dire que je ne suis pas dans l'état d'esprit adéquat pour prononcer ce soir des vœux sacrés.

Le clerc qui écrivait fronça les sourcils et leva sa plume. Le front ridé par l'étonnement, l'évêque incita d'un geste Bronwyn à poursuivre.

— C'est juste que… ajouta-t-elle dans un soupir. Je me suis réveillée ce matin bâillonnée et ligotée. Je ne l'ai pas oublié et la colère me domine toujours.

Elle baissa humblement le menton et conclut :

— Ce n'est pas l'état d'esprit idéal pour prononcer des vœux sacrés. J'ai besoin de temps pour me préparer et pour… pardonner.

Bronwyn dut se forcer à prononcer ce dernier mot. En s'empourprant de plus belle, Cullen lui jeta un regard furieux. Pour ne pas trahir aux yeux de l'évêque le désir que son ravisseur lui inspirait, elle s'empressa de détourner les yeux. L'ecclésiastique détenait le pouvoir de la marier à sa guise, et tous ceux qui assistaient à la scène jureraient que c'était de son plein gré qu'elle y avait consenti. Une fois le sceau de cire apposé sur le contrat, elle se retrouverait irrémédiablement mariée, aux yeux de la loi comme à ceux de l'Église. Cullen pourrait se prévaloir de ce document pour exiger du roi que le père de Bronwyn s'acquitte de la dot qu'il lui devrait. La bataille légale qui en découlerait durerait des années, à moins que James Stuart ne décide d'appuyer la décision de son évêque. Le roi tenait à ce que l'Écosse soit pacifiée en prévision de son accession au trône d'Angleterre. Faire des évêques le fer de lance de son pouvoir était un moyen de s'assurer que l'Église du royaume lui resterait fidèle.

— Bien parlé ! approuva l'évêque. Et cela témoigne de la sincérité de vos sentiments chrétiens. Il faut faire pénitence et se présenter en toute humilité devant Dieu.

— Seul un mariage rapide empêchera les siens de tenter de la récupérer ! intervint Cullen d'un ton pressant. Cela pourrait provoquer un bain de sang, Votre Grâce.

— Voilà qui ne changerait pas, répliqua Bronwyn. Cela fait des années que mon père lance des raids contre vous !

Un sourire triomphant apparut sur les lèvres de Cullen.

— C'est bien pour y mettre un terme qu'il nous faut nous marier au plus vite, assura-t-il.

— C'est tout à fait vrai, approuva l'évêque.

Il prit une ample inspiration et vida d'un coup ses poumons avant d'ajouter :

— Je vous marierai demain. Après la première messe.

La plume se mit à gratter de nouveau le papier. Ce bruit infime fit à Bronwyn l'effet d'un coup de canon annonçant son exécution. Elle sentit le sang refluer de son visage.

— Je suis d'accord. Demain matin.

Cullen était furieux, cela s'entendait au ton de sa voix. Bronwyn lui jeta un coup d'œil et fut impressionnée par la détermination qui émanait de lui. Tel était le guerrier que son père avait dû affronter au combat. Il n'y avait plus rien d'aimable, ni même de civilisé dans son expression. Il ne restait à cette minute aucune trace du garçon facétieux qu'elle avait perçu en lui. Il ne restait que la résolution farouche et inébranlable d'arriver coûte que coûte à ses fins.

Après une rapide révérence, Bronwyn quitta la pièce. Son cœur battait si fort qu'elle avait l'impression qu'il allait s'échapper de sa poitrine. Le souffle court, elle se mit à courir le long du corridor. Elle n'eut pas atteint le suivant qu'une main saisit son poignet, brisant son élan.

Un cri monta de sa gorge mais ne franchit pas le seuil de ses lèvres. Celles de Cullen se plaquèrent sur les siennes avec urgence. Sans la moindre douceur, il la prit dans ses bras et l'attira contre lui, pressant son corps dur contre le sien en lui donnant un baiser passionné. D'une main experte, il empoigna sa nuque, penchant sa tête afin que leurs bouches s'épousent intimement. Bronwyn sentit une vague de chaleur se répandre en elle. Les mains pressées contre la poitrine de Cullen, elle ne put résister à l'envie de sentir sous ses doigts ce qui ne pourrait jamais être à elle. Le besoin de savoir à quoi ressemblait le contact de sa peau nue contre la sienne était le plus fort.

Cullen mit fin au baiser dès qu'elle eut satisfait son envie. Il respirait de manière précipitée, et elle sentait sous ses doigts son cœur battre à coups redoublés. Il posa sa main sur la sienne, les yeux brillants de désir, pour qu'elle ne puisse la retirer.

— Vous serez mienne, Bronwyn ! lança-t-il d'une voix rauque. J'en fais le serment !

Sa détermination ne faisait aucun doute, pourtant l'amour-propre de Bronwyn se rebella. Elle tenta de le repousser. Cullen demeura ferme sur ses jambes, ne lui laissant aucune chance de lui échapper. La facilité avec laquelle il parvenait à la réduire à sa merci froissait son orgueil.

— Tout ce que vous allez réussir à faire avec ce projet de mariage, reprocha-t-elle, c'est provoquer mon père.

Il se mit à rire et rectifia :

— C'est bien plus qu'un projet ! En ce moment même, l'évêque est en train d'apposer son sceau sur notre contrat de mariage. Vous allez vivre votre dernière nuit de vierge.

— Vous présumez donc que je le suis ?

Son expression changea. Le visage sombre, il lâcha sa main et déposa une caresse sur sa joue qui la fit frissonner.

— Ne dites pas des choses pareilles, *lass*, murmura-t-il d'un ton désapprobateur. Une vierge mérite d'être traitée avec égard la première fois qu'un homme la touche. Ne dites pas de mensonges qui pourraient m'inciter à oublier que vous méritez cette tendresse. Ma patience a des limites.

— Vous oubliez que vous vous êtes conduit comme une brute avec moi ! railla-t-elle. Drôle de tendresse...

Bronwyn avait l'impression de se conduire comme une mégère. Elle ne pouvait s'empêcher de lui lancer des paroles blessantes. Elle désespérait de pouvoir se protéger de lui, car il voyait trop clairement en elle, bien plus que nul ne l'avait jamais fait. D'un autre côté, ses paroles lui laissaient espérer qu'il n'avait pas l'intention de la maltraiter. Au fond d'elle-même, elle ne demandait pas mieux que d'y croire, d'espérer qu'il était bien l'homme dont elle avait rêvé.

Mais la réalité ne ressemblait jamais aux rêves.

— Je ne fais usage d'une force raisonnable que pour venir à bout de vos résistances, se justifia-t-il. Il ne tient qu'à vous que cela cesse. Soyez sûre que je ne vous laisserai pas m'échapper.

— Vous voulez dire qu'il ne tient qu'à moi de vous céder ? Convoquer un évêque pour m'agenouiller de force devant l'autel, ce n'est pas me laisser libre de décider. N'allez pas imaginer que je vous épouse de mon plein gré.

Bronwyn le repoussa violemment. Comme Cullen ne la retenait pas, elle partit en arrière et sa tête alla heurter le mur dans un bruit mat.

Cullen laissa fuser un claquement de langue agacé.

— Vous devez cesser cette résistance insensée ! lâcha-t-il en la toisant avec détermination. C'est fini, maintenant.

Son expression se radoucit quand il ajouta :

— Demain vous serez ma femme. Ce mariage est une bonne chose, et pas que pour nous. Bien des gens en profiteront.

Bronwyn sentit la culpabilité l'assaillir. Se pouvait-il qu'il ait raison ? Le jour où cesseraient les hostilités entre les deux clans serait à marquer d'une pierre blanche. Malheureusement plus d'une fille de laird avait consenti au mariage dans de telles conditions pour voir finalement la haine triompher. Les

Écossais ne renonçaient pas facilement à leurs dettes d'honneur.

— Je ne sais que penser, s'entendit-elle avouer.

La situation était trop compliquée. Trop d'éléments étaient à prendre en compte. Trop de facteurs pouvaient intervenir. Elle se sentait si seule qu'elle en avait le vertige. Il ne restait rien de son assurance habituelle.

— Je sais ce que c'est, assura Cullen.

Le gamin joueur qu'il pouvait être faisait une timide apparition. Elle sentit s'affoler ce creux en elle qui ne demandait qu'à espérer. Ignorant ce besoin de réconfort qui constituait sa pire faiblesse, Bronwyn s'écarta du mur avant de commettre la folie de lui céder. Sans doute n'aurait-elle pas à regretter l'heure qu'il lui faudrait pour la séduire, mais au lever du soleil, elle ne pourrait attendre aucune pitié pour ce qu'elle aurait fait, ni d'elle-même ni des siens.

— Je crois que... qu'il vaudrait mieux que je me retire, balbutia-t-elle en évitant son regard.

Cullen acquiesça d'un hochement de tête.

— Puisque vous avez convaincu l'évêque que vous aviez besoin de cette nuit pour accepter votre sort, il est temps de rejoindre votre chambre.

Elle se mit en marche, et il la suivit. Bronwyn sentit ses cheveux se dresser sur sa nuque. Chaque pas lui coûtait et le flux de son sang faisait bourdonner ses oreilles. Elle grimpa l'escalier sans que Cullen renonce à la suivre. Un voile de sueur se formait sur son front, qu'elle essuya d'un revers de main. Enfin, la porte de sa chambre lui apparut tel un refuge attendu, mais le bras de son ravisseur vint lui en barrer l'accès avant qu'elle ait pu l'ouvrir.

— Ne quittez pas votre chambre, *lass*, dit-il d'une voix menaçante. Sans quoi, je n'aurai d'autre choix que de faire le nécessaire pour vous garder.

Piquée au vif, Bronwyn le foudroya du regard et parvint *in extremis* à réprimer la réplique cinglante qui lui venait. Il étrécit les yeux et, comme elle ne disait rien, il retira son bras.

— Je vois que nous nous comprenons.

— Vous êtes parfaitement clair, dit-elle d'une voix blanche de colère. Il n'y a aucun doute là-dessus.

Le bruit que fit la porte en se refermant derrière elle procura à Bronwyn un intense soulagement, mais rien n'aurait pu la dissuader de s'enfuir de White Tower. Elle n'en était plus à se bercer d'illusions : c'était à présent de sa propre faiblesse qu'elle cherchait à se protéger. Le désir que Cullen éveillait en elle devenait incontrôlable, la poussait à le provoquer pour qu'il la touche.

C'était un jeu dangereux, elle le savait. À Red Stone, elle avait vu bien des servantes s'y livrer, et cela finissait rarement bien. Même celles qui parvenaient à se faire épouser de leur amant d'un soir quand leur ventre se gonflait devaient se résigner à vivre auprès d'époux mécontents dans de tristes foyers.

Elle était maintenant avide des caresses de Cullen et de ses baisers, et cette dure vérité lui donna la force de rester éveillée jusqu'à ce qu'un silence complet se soit abattu sur le château endormi pour la nuit. Rapidement, elle se défit de sa robe verte et sortit de sous son oreiller sa réserve de nourriture et le tartan des McJames. Le lit lui arracha un regard d'envie. Elle se reprit et alla à l'extrémité de celui-ci plisser le plaid.

Après avoir arraché une bande de tissu au bas de sa chemise, elle en fit un ceinturon improvisé qu'elle glissa sous le tartan et entreprit de le nouer autour de sa taille. Les hommes utilisaient des ceinturons en cuir, mais il faudrait bien que cela suffise. Quant à ses cheveux, elle ne put faire grand-chose d'autre que glisser sa natte sous sa chemise.

Tout était silencieux et tranquille dans le corridor quand elle y jeta un coup d'œil par la porte entrebâillée. Elle prit garde de refermer la porte sans faire un bruit et se dirigea à pas de loup vers l'escalier. Un courant d'air s'insinuant sous son kilt improvisé lui arracha un frisson. Comment les hommes faisaient-ils pour rester jambes nues ?

Au rez-de-chaussée, des veilleuses brûlaient dans des lanternes en fer en cas d'urgence. Dès qu'elle eut mis le pied dehors, le noir se fit. Le plafond nuageux empêchait la lune d'éclairer la cour intérieure, facilitant ses projets. Des hommes montaient la garde en haut des tours, mais leurs torches n'éclairaient pas suffisamment pour la trahir.

L'hiver était vraiment arrivé, cette fois, car une couche de neige fraîche recouvrait la terre battue, que Bronwyn regarda avec horreur. Chacun de ses pas serait visible. Plus effrayante encore était la perspective de devoir s'enfuir par ce temps. Ceux qui commettaient la folie de s'aventurer sur les routes de nuit et à pied alors que tombait la neige le payaient souvent de leur vie.

Prenant son courage à deux mains, Bronwyn fit un premier pas. Son pied s'enfonça jusqu'à la cheville et une sensation de froid intense se communiqua presque aussitôt à ses orteils à travers le cuir de sa chaussure. Sans en tenir compte, elle se força à faire un pas de plus. Son souffle faisait naître un panache de buée dans l'air nocturne, et sa tenue légère ne lui offrait qu'une faible protection contre la morsure du froid. Alors qu'elle se dirigeait vers l'écurie, elle se mit à frissonner de plus belle, et ce fut les pieds trempés qu'elle y parvint. Les doigts tremblants, elle tenta d'actionner la poignée de la porte. Une main d'homme vint se poser sur la sienne, la recouvrant et l'immobilisant complètement.

— Je vous avais pourtant prévenue, Bronwyn.

7

Cullen se colla au dos de Bronwyn. Sa chaleur se communiqua à elle à travers leurs vêtements et la fit frissonner. Tandis que sa main gardait la sienne prisonnière, de son autre bras il lui ceintura la taille. Elle sentit son souffle lui chatouiller l'oreille quand il ajouta :

— Je dois reconnaître que je suis heureux que vous ne m'ayez pas écouté.

— Laissez-moi !

Sa protestation, à sa grande honte, trahissait son trouble autant que son soulagement.

— Jamais ! s'exclama-t-il.

Cullen la lâcha un instant de manière à la retourner contre lui pour lui faire face. Dans l'obscurité, il ressemblait à une grande ombre penchée sur elle. Elle sentit la pointe de ses seins durcir sous le bandeau qui les comprimait et une drôle de sensation naître au creux de son ventre. Son visage était à peine visible dans la pénombre. Pourtant, elle aurait juré n'avoir jamais vu plus bel homme. Il était à ses yeux l'incarnation de la force et cela la rendait folle.

— Je ne vous laisserai pas m'échapper, Bronwyn, reprit-il. Et je vais me faire un plaisir de vous le prouver.

Agrippant sa taille à deux mains, il la souleva comme si elle ne pesait rien. Il la serra contre lui de ses bras solides, la taille hissée au niveau de ses épaules. Bronwyn se raidit comme une planche en un ultime effort pour lui résister, mais Cullen n'eut qu'à faire demi-tour brusquement pour que sa tête et ses jambes retombent. D'un bras, il entoura fermement ses cuisses. Les mains plaquées contre ses reins, elle tendit ses bras pour se redresser, mais il la fit rebondir contre son épaule, lui coupant le souffle.

— Assez, Bronwyn ! s'énerva-t-il. Avouez-vous vaincue. Je ne veux pas me battre avec vous.

— Je sais très bien ce que vous voulez de moi !

Brinquebalée contre son dos, elle ne put donner à sa protestation la puissance nécessaire.

Cullen eut rapidement rejoint les marches du perron et les gravit plus vite encore. À peine eut-elle le temps d'apercevoir le dallage du rez-de-chaussée éclairé par les veilleuses que déjà il l'entraînait dans l'escalier. Une porte grinça sur ses gonds et fut refermée d'un coup de pied.

Bronwyn poussa un cri de frayeur quand il la projeta en l'air d'un coup d'épaule. Sans effort, il la rattrapa comme il aurait pu le faire d'une enfant, un bras glissé sous ses genoux, l'autre dans son dos. Il la garda ainsi un instant contre lui avant de la lancer sur un lit – sur *son* lit.

Il ressemblait à un de ces guerriers dont on se racontait les exploits en cuisine, dont la raison d'être résidait autant dans le rapt que dans le pillage. Loin d'en être effrayée, Bronwyn se sentait excitée. La sombre expression qui durcissait les traits de Cullen à cette minute aurait dû la terrifier, pourtant elle n'avait pas oublié que chaque fois qu'il aurait pu abuser de sa force, il s'était dominé. Sans trop savoir pourquoi, en dépit de toutes les raisons qui la poussaient à ne pas s'y risquer, elle en était venue à lui faire confiance.

— Oui, reprit-il. Vous savez ce que je veux, mais si j'avais eu l'intention de vous faire mal, je vous aurais prise dès le premier jour sans tenir compte de vos sentiments.

Un rire sarcastique sortit des lèvres de Bronwyn.

— Me traîner devant un évêque, c'est tenir compte de mes sentiments, selon vous ? Ce n'est pas mon avis. Tout ce qui vous intéresse, c'est de pouvoir faire une requête au roi pour récupérer ma dot !

Le sommier grinça lorsque Cullen, après avoir bondi vers le lit, vint sans ménagement s'allonger au-dessus d'elle, la pressant contre le matelas de tout son poids. Il agrippa ses poignets plus fort qu'il ne l'avait jamais fait et les immobilisa de chaque côté de sa tête.

— J'aurais pu également vous déflorer ce matin pour m'assurer que vous acceptiez de m'épouser ce soir, dit-il. Je ne l'ai pas fait.

Il glissa un genou entre les siens, l'obligeant à écarter les cuisses, avant d'ajouter :

— Même à présent je pourrais vous faire mienne sans avoir à me soucier de votre plaisir. Je ne le ferai pas.

Sur ce, il se releva souplement. Après être allé se poster au pied du lit, il saisit l'une des jambes de Bronwyn à la cheville et entreprit de délacer sa bottine. Le visage assombri par le mécontentement, il lui maintenait fermement le pied. D'un coup sec, il retira la chaussure et l'envoya voler à travers la pièce.

— J'aurais dû vous les confisquer, maugréa-t-il.

En quelques gestes rapides, il eut tôt fait de renouveler l'opération de l'autre côté. Dans la clarté rougeâtre du feu qui mourait dans l'âtre, Bronwyn surprit une lueur de triomphe dans ses yeux. Elle était trop sous le choc pour protester. Pourquoi s'attardait-il à la déshabiller au lieu de prendre sans autre forme de procès ce qu'il convoitait ?

Dès qu'il eut lâché son pied, elle se mit à genoux sur le lit et lança d'un ton de défi :

— Cela ne m'aurait pas arrêtée !

Cullen verrouilla son regard au sien et répliqua :

— C'est bien pour cela que je continuerai de vous tenir à l'œil.

Il déboucla son ceinturon d'un coup sec. Le tartan soigneusement plissé glissa. Il le rattrapa et le déposa au dos d'une chaise. Sous le pan de sa chemise qui tombait un peu au-dessus des genoux, ses jambes étaient nues. En les découvrant, Bronwyn réalisa qu'il s'était lancé à sa poursuite sans prendre le temps d'enfiler ses bottes.

— Vous avez plus de courage que bien des hommes, constata-t-il. Je vous ai enlevée pour laver l'affront fait à ma famille, mais c'est parce que je n'ai jamais rencontré de femme comme vous que je souhaite vous garder.

Le compliment la surprit.

— Vous ne me connaissez pas, ou à peine, protesta-t-elle faiblement. N'importe quelle femme placée dans la même situation réagirait comme moi. Cela n'a rien d'extraordinaire.

— Il y a plus que cela. Je l'ai tout de suite senti, le jour où nous nous sommes rencontrés et où nous ignorions le nom l'un de l'autre. Il y avait juste un homme, une femme, et l'attirance qui est tout de suite née entre nous.

Cullen empoigna sa chemise aux épaules et la fit passer par-dessus sa tête. Bronwyn retint son souffle en découvrant son torse. Dans la lueur rougeâtre de l'âtre, chaque muscle se dessinait nettement. Ce fut son sexe dressé qui acheva de lui couper le souffle.

— Appelez ça désir ou luxure, Bronwyn, mais j'ai bien l'intention de vous faire mienne, conclut-il. Et sans tarder…

En le voyant la rejoindre, elle eut un mouvement de recul qui n'empêcha nullement Cullen de tirer d'un coup sec sur son ceinturon improvisé, qui céda sans peine.

— J'en arriverais presque à regretter de devoir vous enlever ceci, dit-il en lui retirant son kilt de fortune. J'aime voir mes couleurs sur vous.

Bronwyn se recula autant qu'elle le put et vint buter contre la tête de lit. Au moins sa chemise la couvrait-elle jusqu'aux genoux.

— Laissez-moi ! protesta-t-elle. Vous pouvez me violer, cela ne changera rien à ma détermination de ne pas vous épouser.

Le visage de Cullen se durcit.

— Je veux vous épouser, pas vous violer. J'ai certes dû vous enlever, mais pas une fois je ne vous ai touchée sans maîtriser ma force.

Il s'était exprimé d'un ton chargé de reproches qui fit tiquer Bronwyn.

— Je sais.

Elle n'avait pu retenir cet aveu, car rien n'était plus vrai. Les yeux baissés, elle se sentait écartelée entre deux tentations contradictoires. Une part d'elle-même voulait croire qu'il ne lui ferait pas de mal et ne la forcerait pas, une autre lui soufflait qu'elle ne devait attendre aucune compassion de la part d'un McJames.

— Dites-moi que vous m'épouserez demain matin.

Elle était tentée d'accéder à sa demande. À la faveur de la nuit qui les entourait, l'excitation sensuelle qui renaissait en elle la poussait à capituler. Dans la lueur des braises, il était tentant d'imaginer que les luttes de clan n'avaient plus d'importance. Et debout devant elle, nu comme au premier jour, se tenait le seul homme qui l'eût jamais tentée.

— Je... je ne...

Bronwyn plaqua sa main sur sa bouche, dans un ultime réflexe, refusant de trahir ses émotions. Le lit tangua quand Cullen vint s'y agenouiller. D'un geste fluide et sûr, il l'attira contre lui. L'une de ses mains se posa sur sa nuque. Il la força doucement à incliner la tête sur le côté, afin que ses lèvres soient prêtes à recevoir un baiser. Le sentir tout contre elle était si délicieux qu'elle se mit à trembler.

— Peut-être préférez-vous que je vous prouve d'abord que je suis de taille à être votre époux ?

Il y avait un soupçon de moquerie dans le ton de sa voix, mais pas seulement. Elle y percevait de la tendresse aussi.

— Je ne suis pas homme à ignorer un défi, reprit-il.

Glissant sa main sous le tissu de sa chemise, il empoigna l'une de ses fesses et la pressa contre lui.

Bronwyn sentit la barre dure et chaude de son sexe tout contre son ventre.

— Je vous promets de faire de mon mieux pour vous satisfaire, susurra-t-il. Jamais je ne vous violerai, douce Bronwyn. Je ferai tout pour vous séduire.

Bronwyn laissa échapper un petit gémissement lorsque ses lèvres se posèrent sur les siennes. Il l'embrassa avec douceur, titillant ses lèvres du bout de la langue avant de se frayer un chemin dans sa bouche. La main qui lui enserrait la nuque la maintenait toujours, et Bronwyn n'avait aucune envie de se soustraire à ce baiser. Chaque point de contact entre eux lui procurait un indicible plaisir. Son épiderme s'éveillait à des sensations qu'il n'avait jamais ressenties jusque-là.

En s'efforçant de l'imiter, Bronwyn tenta de lui rendre son baiser.

— Oui, *lass*... approuva-t-il. Comme cela... continuez.

Sa voix, rauque de désir, la rendit plus entreprenante. Elle laissa ses mains glisser le long des bras de Cullen, savourant la douceur de sa peau, sa chaleur, et la fermeté des muscles qu'elle recouvrait. En l'entendant gémir à son tour de plaisir, Bronwyn écarquilla les yeux.

— Cela vous étonne ? s'amusa-t-il en lui souriant. J'aime que vous me caressiez.

Sa main remonta lentement le long de son échine. Elle se cabra contre lui, s'offrant sans restriction à ses caresses.

— Tout comme vous aimez que je vous caresse, ajouta-t-il dans un souffle.

Il se montrait si déterminé dans son entreprise de séduction que Bronwyn sentait sa résolution fléchir.

Aussi n'émit-elle pas de protestation et le laissa-t-elle faire lorsque, après avoir saisi l'ourlet de sa chemise, il l'en débarrassa en un tournemain. Elle réprima un murmure de protestation quand il s'écarta légèrement d'elle.

— Ça, c'est un péché ! lança-t-il d'un ton de reproche.

Cullen fixait le bandeau qui lui comprimait la poitrine. Il entreprit de le lui enlever et ajouta :

— C'est même un grave péché de travestir un corps aussi magnifique...

Les seins de Bronwyn, libérés de toute entrave, avaient repris leur forme naturelle, lui procurant un soulagement intense. Cullen prit chacun d'eux en coupe entre ses mains et les massa doucement.

— Je rêve d'y goûter depuis notre rencontre au bas de cette colline, confia-t-il d'une voix troublée.

Comme dans un rêve, elle le sentit la prendre dans ses bras et l'allonger en douceur sur le lit. De nouveau, ses mains se posèrent sur ses seins, ses pouces caressant les mamelons dressés. Le souffle coupé, Bronwyn s'arc-bouta sur le matelas pour mieux se prêter à ses caresses.

Et lorsque ses lèvres se posèrent enfin là où ses doigts venaient d'officier, elle ne put retenir un petit cri étranglé. Pourtant, Cullen ne s'en tint pas à ce baiser brûlant. Il aspira dans sa bouche le bourgeon de chair qu'il titilla sans merci du bout de la langue. Bronwyn frissonna de tout son corps tandis qu'une source de chaleur intense naissait au creux de son ventre, qui s'écoulait jusque dans son sexe. Une envie folle d'autres caresses, qui se seraient aventurées plus bas, s'était emparée d'elle. Cullen ne la déçut pas.

Sa main descendit lentement le long de son ventre. Du bout de la langue, il goûta une dernière fois à son mamelon avant de passer à l'autre. Ses doigts se mêlaient à présent aux boucles de son pubis. Incapable de s'en empêcher, elle se tortilla dans l'attente anxieuse de cette caresse qu'elle désirait par-dessus tout. Pour une raison qui lui échappait, elle semblait en avoir un besoin vital.

Ses cuisses étaient déjà légèrement écartées. Cullen fit remonter son genou le long de sa jambe pour parfaire sa conquête. Car c'en était une, et ainsi se concluait ce qui avait commencé lorsqu'à la frontière des terres de leurs clans il lui avait demandé son nom. Sans cesser de caresser sa toison pubienne, il se redressa au-dessus d'elle. Leurs regards se croisèrent dans la pénombre. Le feu mourant n'éclairait presque plus, ce qui n'empêcha pas Bronwyn de lire dans son regard le désir qu'elle lui inspirait.

Lorsqu'elle sentit enfin ses doigts s'aventurer entre ses cuisses, Cullen l'embrassa fougueusement. Elle lui rendit ce baiser avec autant de passion, entièrement livrée au désir impérieux qui la dominait. Il était à présent allongé sur elle, l'emprisonnant avec douceur.

Bronwyn se laissa aller à crier quand sous ses doigts Cullen trouva la petite éminence de chair au sommet de son sexe. La première caresse qu'il y déposa lui fit un tel effet qu'elle tenta d'y échapper, mais il la maintenait fermement.

— Vous aimez cela, Bronwyn ? s'enquit-il avec un petit rire satisfait. Je vous jure que sous peu, ce sera mieux encore.

Et il tint promesse.

Un voile de sueur perla au front de Bronwyn quand il commença, avec une habileté diabolique, à stimuler son clitoris. Ses lentes caresses circulaires lui procuraient un plaisir intense qui trouvait un écho dans son entrejambe. Chaque minute de cette douce torture contribuait à rendre plus impérieux le désir qui lui mordait les tripes. Pour la première fois de son existence, elle avait la sensation d'un grand vide en elle, qui aspirait à être comblé. Non sans un certain trouble, elle réalisa alors que son corps avait été conçu pour accueillir ce membre durci qui palpitait contre sa cuisse.

Et elle mourait d'envie.

— Assez joué, Cullen !

Elle ne reconnut pas la voix rauque et sensuelle qui venait de s'exprimer, mais elle n'aurait pu être davantage en accord avec elle...

— Douce Bronwyn... répondit-il. Il est grand temps de cesser ces petits jeux.

Il se dressa au-dessus d'elle, écartant ses cuisses autour de ses hanches, et présenta l'extrémité turgescente de son sexe à l'entrée du sien. Il s'immobilisa dans cette position un long moment pour l'observer, offerte sous lui, puis il la pénétra lentement avec un soupir de satisfaction.

Elle était hélas trop étroite, et le besoin qu'elle ressentait de l'accueillir en elle n'y changeait rien. Sous la poussée de son sexe, la gêne qu'elle ressentait se faisait douloureuse. Elle frémit longuement quand le brouillard de sensations délicieuses qui lui obscurcissait l'esprit ne suffit plus à atténuer la douleur.

— Faites-moi confiance, dit-il en se figeant au-dessus d'elle. Je ne prends aucun plaisir à vous faire souffrir. Et je jure de ne jamais vous faire mal si je peux l'éviter.

Il se pencha sur elle, s'appuyant suffisamment sur ses avant-bras pour éviter de lui faire supporter tout le poids de son corps. Elle se trouvait à sa merci, incapable d'échapper à la prochaine poussée.

Se retirant doucement, il s'introduisit de nouveau en elle. Elle planta ses ongles dans ses épaules et il serra les dents, autant pour résister à la douleur qu'à l'envie de la pénétrer profondément. Il devait faire appel à tout son sens de la discipline pour se retenir. Plus que jamais, il était déterminé à résister à l'urgence de la faire sienne. Et pour la première fois de son existence, il comprenait en quoi la virginité importait. Bronwyn n'avait connu aussi intimement aucun homme avant lui. Ce constat lui fit tourner la tête lorsque, d'un brusque coup de reins, il acheva de la dépuceler. Il la sentit se raidir sous lui. Retenant son souffle, elle se mordit la lèvre pour résister à la douleur. Deux larmes glissèrent sur ses joues. Elle n'émit pas un cri, pas une plainte.

— Maintenant, promit-il, ce ne sera rien d'autre que du plaisir.

Bronwyn battit des paupières et s'efforça de se détendre. Réalisant qu'elle était en train de le griffer jusqu'au sang, elle décrispa ses doigts sur les épaules de Cullen. Avec un luxe de précautions, il commença à aller et venir en elle. Comme il le lui avait promis, la douleur refluait. Et au fur et à mesure que le roulement de ses hanches se faisait plus intense, elle sentit le feu du désir renaître au creux de son ventre. Penché sur elle, il l'embrassa. Sans hésiter, elle entrouvrit les lèvres et accueillit sa langue dans sa bouche. Ses mains lui caressèrent lentement les épaules, et c'étaient de loin les caresses les plus excitantes qu'il eût jamais reçues. Douces et hésitantes, sincères.

Il vit les larmes sur ses joues et les embrassa, en faisant naître de nouvelles par ce geste de tendresse. De la brûlure initiale, il ne restait qu'un vague souvenir dans sa chair, une douleur ténue tandis que son corps se moulait au sien. Plus encore, chaque nouvelle poussée de son sexe en elle lui procurait un plaisir accru. Bientôt, d'instinct, elle fit en sorte de l'accentuer encore en roulant des hanches.

— C'est bien, *lass*, l'encouragea Cullen.

Elle devina au ton pressant de sa voix qu'elle lui donnait autant de plaisir qu'il lui en procurait lui-même. Ce constat la rendit plus audacieuse. Elle joua du bassin avec plus d'ardeur encore et le dévisagea attentivement. Il avait les traits tendus. Un muscle palpitait sur sa mâchoire. Le corps de Bronwyn semblait ne plus lui appartenir. Le plaisir gagnait tout son être et s'intensifiait dans cette zone où leurs deux corps se mêlaient. Elle aurait voulu se mouvoir sous lui plus vite, le sentir s'introduire plus loin encore.

Cullen semblait partager la même urgence. Il avait immobilisé sa tête en crispant un poing dans ses cheveux. Son souffle était aussi court et pantelant que le sien. Leurs corps se jetaient l'un contre l'autre. Elle s'accrochait à lui dans l'espoir insensé de le sentir plus proche.

Bronwyn ferma les yeux et s'arc-bouta sur le matelas, indifférente à la faible douleur qu'il lui occasionnait en lui tirant les cheveux. Elle était trop occupée à sentir grossir au creux de son ventre cette bulle de plaisir, qui enfla jusqu'à éclater. La déflagration qui en résulta la plongea dans une extase si violente qu'elle lui ôta la faculté de penser. Son esprit virevolta dans un chaos de sensations indicibles qui lui semblèrent durer une éternité. L'intensité de ce qu'elle ressentait était si grande qu'elle ne put la contenir et qu'elle dut l'extérioriser en un long cri.

Elle ouvrit les yeux en entendant Cullen lui faire écho par un grognement sourd. Tandis qu'il se ruait en elle avec une urgence proche du désespoir, de violentes secousses ébranlèrent le lit. Elle sentit ses doigts se crisper autour de son crâne. Un long gémissement rauque monta de ses lèvres quand, les yeux clos et la tête rejetée en arrière, il se vida longuement de sa semence.

Lorsque Bronwyn finit par reprendre ses esprits, un frisson la secoua. Ce qui venait de se produire était définitif. Aucun retour en arrière ne serait possible, désormais. Son esprit aurait voulu se rebeller contre ce qu'impliquait le fait de sentir Cullen si intimement uni à elle, mais son corps repu de plaisir l'empêchait de réagir. Elle se sentait plus satisfaite qu'elle ne l'avait jamais été. Savoir qu'il lui fallait le payer au prix de sa virginité ne l'inquiétait pas assez pour l'empêcher de sombrer dans une douce torpeur. La tension des quelques jours qui venaient de s'écouler l'avait épuisée, et Cullen la réconfortait. C'était tout ce dont elle avait besoin.

Après avoir roulé sur le côté, il la prit dans ses bras. Lovée contre lui, elle laissa reposer sa tête contre sa poitrine. Bercée par le battement régulier de son cœur, elle se sentit glisser dans le sommeil.

Ce fut à peine si elle eut le temps de l'entendre murmurer :

— Ne vous inquiétez pas. Je vous tiendrai chaud.

En prononçant ces paroles, Cullen sentit le corps de Bronwyn se détendre entre ses bras. Il était lui-même aussi comblé qu'accablé de fatigue, mais il tenait à savourer la douceur de cet instant unique où elle acceptait de baisser sa garde auprès de lui. Il ne doutait pas que le lendemain elle aurait retrouvé toute sa combativité. Pour le moment, elle dormait entre ses bras et il était décidé à tenir parole en lui tenant chaud.

Oui, ce moment-là méritait bien qu'il lui sacrifie un peu de son sommeil.

Bronwyn s'éveilla à l'aube et se frotta les yeux, même s'il n'entrait que peu de lumière dans la pièce. En jetant un coup d'œil à la fenêtre dans laquelle s'encadrait un hivernal ciel gris, elle se demanda où elle se trouvait. Les tentures du lit n'ayant pas été tirées, elle avait le nez froid. Pourtant, son corps se gorgeait de la chaleur que lui communiquait l'homme allongé tout contre elle.

— Bonjour, *lass*.

En la retenant fermement contre lui, Cullen l'empêcha de sauter au bas du lit comme elle en avait eu le réflexe. Son bras verrouillé autour de sa taille la maintenait prisonnière. Les souvenirs de la nuit affluèrent d'un coup à sa mémoire, dans le moindre détail. À son entrejambe, une sourde douleur lui confirmait qu'elle n'avait pas rêvé.

— Je suppose qu'à présent le débat est clos, ma fille, et que vous n'aurez plus aucune objection à prononcer vos vœux de mariage ?

Bronwyn reconnut avec horreur la voix de l'évêque Shaman. Tournant la tête, elle l'aperçut au seuil de la chambre. Druce McJames se tenait à côté de lui, tout sourire, et son sourire s'élargit encore lorsque leurs regards se croisèrent. Elle sentit son visage devenir écarlate comme en plein soleil un jour d'été. Alignées derrière les deux hommes se tenaient Lydia et trois autres femmes – pas de jeunes servantes, plutôt des matrones expérimentées venues examiner leurs draps.

Une atmosphère de jubilation émanait de tout ce petit monde, qui la rendit nauséeuse. Bronwyn se sentait plus impuissante encore que lorsque Cullen l'avait arrachée de force à la maison de son père.

Lydia entra d'un pas déterminé dans la pièce et lança :

— On se lève, à présent ! Il est temps de s'habiller pour le mariage. On m'a dit que votre mère n'était plus de ce monde, c'est donc moi qui vous mènerai à l'autel.

S'emparant de la chemise de Bronwyn abandonnée sur le sol, elle la secoua vigoureusement. Pendant ce temps, les servantes empoignèrent la literie et la rabattirent, sans se soucier du fait qu'elle et Cullen se retrouvaient ainsi exposés nus aux yeux de tous. Et pour ne rien arranger, quand elle voulut se dérober aux regards, cette brute qui prétendait l'épouser l'en empêcha en l'immobilisant contre lui.

Bronwyn tourna la tête pour le foudroyer du regard mais ne trouva qu'une détermination inébranlable dans le sien. D'une voix tout aussi déterminée, il lui dit :

— Il n'y aura aucun doute sur le moment où j'ai pris votre innocence, Bronwyn.

Cullen se leva souplement et s'arrangea pour l'entraîner avec lui. En voyant le drap qu'ils venaient de quitter, elle poussa un cri que couvrit le rire satisfait de Lydia. Une tache sombre maculait le milieu du lit. Cullen la laissa enfin libre de ses mouvements. Aussitôt, elle se trouva cernée par un aréopage de femmes qui l'examinèrent sous toutes les coutures, lui faisant même lever les bras pour ne rater aucun endroit de son corps.

L'évêque observait toute cette agitation. Au moins Druce faisait-il en sorte de détourner le regard pour ne pas la voir nue. Il s'approcha du lit et se pencha pour examiner le drap en hochant la tête d'un air approbateur, puis, d'un geste sec, il l'arracha du lit et annonça :

— Je m'occupe de ça.

Il marcha à grands pas jusqu'à la fenêtre, fit passer d'une secousse le drap à l'extérieur et en coinça l'extrémité sur le rebord. En contrebas, dans la cour, de virils hourras ne tardèrent pas à se faire entendre. Bronwyn sentit sa gorge se serrer si fort qu'elle en eut du mal à respirer.

— Je vous attends tous deux dans la chapelle avant le petit déjeuner, conclut l'évêque.

Il s'était exprimé d'un ton bien trop léger pour que la fierté de Bronwyn n'ait pas à en souffrir. Elle lui lança un regard noir, qui engloba ensuite tous ces hommes qui complotaient pour bâtir une cage autour d'elle. Par le recours à la force et aux lois de l'Église, elle se retrouvait pieds et poings liés, à leur merci.

— Je ne me marierai pas ! lança-t-elle d'un ton cinglant.

Cullen, qui avait déjà passé sa chemise, se rembrunit et lui adressa un regard noir.

— Bronwyn... prévint-il sèchement.

— Je vous l'ai dit : je ne vous épouserai pas et je n'ai pas changé d'avis. Pas même à présent que vous avez commis ce dont mon père vous a accusé.

Le menton fièrement dressé, elle ajouta :

— Simplement, vous méritez à présent la réputation que les commérages vous font...

— Accuseriez-vous cet homme de vous avoir violée, Bronwyn McQuade ?

La voix de l'évêque avait claqué comme un fouet.

— De votre propre aveu comme de toute évidence, reprit-il, il a pris votre virginité. Criez-vous au viol ?

Un grand silence se fit dans la chambre. La tension était à son comble. Cullen la dévisagea, impassible, dans l'attente de sa réponse. Elle ne devait pas chercher à le ménager. L'accuser de viol lui ferait gagner du temps. L'évêque devrait surseoir à leur union. Pour ce faire, elle devrait mentir, et cela lui était impossible alors qu'il l'avait traitée avec tant de tendresse et de respect.

— Non, répondit-elle enfin. Il n'y a pas eu viol.

L'évêque Shaman poussa un grognement. S'adressant aux femmes qui l'avaient inspectée, il demanda :

— Y a-t-il des traces de violence ?

Toutes trois secouèrent négativement la tête, et l'une crut bon d'ajouter :

— Pas même un petit bleu, Votre Grâce.

L'ecclésiastique hocha la tête et reporta son attention sur Bronwyn.

— Vous avez passé la nuit avec cet homme, Bronwyn McQuade. Vous lui avez fait cadeau de votre innocence hors des liens sacrés du mariage, et ce faisant, vous avez enfreint les lois de l'Église. Vous vous marierez donc au plus vite pour le salut de vos âmes autant que pour donner le bon exemple à la communauté chrétienne.

Bronwyn s'éloigna à reculons en secouant la tête, ramassant au passage sa chemise dont elle se couvrit. L'évêque marqua sa réprobation d'un grognement.

— Persistez dans votre attitude et je vous condamnerai au pilori jusqu'à ce que vous vous repentiez ! menaça-t-il. Il est peut-être permis de prendre ses aises avec la morale sur les terres de votre père. Chez les McJames, la loi de l'Église est respectée.

Il retourna sa mauvaise humeur contre Cullen et ajouta :

— Et vous, mon fils ? Êtes-vous décidé à m'obéir ? Je vous attends dans la chapelle.

— J'y serai dès que je me serai habillé, promit-il.

Sa docilité lui valut un hochement de tête approbateur. Puis, après avoir lancé à Bronwyn un dernier regard glacial, l'évêque quitta la pièce, son aube noire flottant derrière lui.

— Bien ! se réjouit Druce en se frottant les mains. Je vous suggère à présent de vous habiller, *lass*. Il fait trop froid aujourd'hui pour affronter le pilori en chemise, même si la vue ne manquerait pas de charme...

Lorsqu'une servante se mit à rire bruyamment à ce trait d'humour, Bronwyn vit rouge. Ramassant l'une de ses chaussures, elle la lança sur Druce, qui l'évita sans peine.

— Arrêtez de vous moquer de moi ! protesta-t-elle. Je vous souhaite de tomber un jour amoureux d'une femme qui ne voudra pas de vous !

Ce fut au tour de Cullen de se mettre à rire. Les yeux pétillants de malice, il incita les femmes présentes à quitter la pièce et répliqua :

— Comme si une telle chose était possible. Si un jour une femme dit non à mon cousin, nous n'aurons qu'à l'enlever, comme nous l'avons fait pour vous.

De rage, elle lui jeta son deuxième soulier à la tête. Il n'eut aucun mal à détourner le projectile avec le bras, puis il vint sans attendre l'attraper par les hanches et se mit à tourner vivement sur lui-même. Il s'arrêta un instant plus tard, la main posée sur sa tresse pour lui maintenir la tête.

— Assez, maintenant ! décréta-t-il en la reposant à terre. Il y a deux pieds de neige dans la cour. Je détesterais vous voir claquer des dents au pilori le jour de nos noces.

— Vous ne feriez rien pour l'empêcher ! gémit-elle en s'efforçant en vain de se libérer. Vous n'avez amené cet évêque ici que pour me tourmenter.

— Oui. Sachez que je n'aime pas perdre. Votre père ne se fera pas facilement à l'idée de cette union, je le sais très bien. Mais Jamie se rangera à l'avis d'un de ses évêques.

Il la relâcha et se pencha pour ramasser sa bottine avant de conclure :

— Si vous avez dans l'idée de défier l'Église, je vous suggère de vous chausser avant d'aller au pilori.

— Brute !

Il ne plaisantait plus. C'était le désir qui faisait à présent pétiller ses yeux.

— Je promets de vous réchauffer quand nous aurons prononcé nos vœux, dit-il. Avant ou après le pilori : libre à vous, Bronwyn McQuade. Soyez assurée que quel que soit votre choix, vous serez ma femme.

Cullen alla ramasser son plaid et son ceinturon sur le siège où il les avait laissés la veille. Puis, les posant sur son épaule, il se dirigea vers la porte.

— Je vous préviens ! lança-t-elle dans son dos. Je serai pour vous la plus détestable des femmes. Je vous en fais la promesse.

Sans se retourner, il lui lança un regard brûlant par-dessus l'épaule et la parcourut des yeux, s'attardant sur ses seins dont la pointe dressée se devinait sous la chemise.

— Je suis sûr du contraire, répliqua-t-il. Vous avez en vous des réserves de passion qui feront de vous une épouse selon mes vœux. Il est compréhensible que vous ne me fassiez pas confiance, Bronwyn. Il faudra du temps pour que nous apprenions à nous connaître. S'il est une chose dont je suis certain, c'est que notre couche ne restera pas glacée.

— Oh ! s'exclama-t-elle avec colère. Comptez sur un homme pour imaginer que la luxure suffit à un couple...

Parvenu sur le seuil, Cullen se tourna vers elle et haussa les épaules en lui souriant tel un gamin facétieux.

— Ce n'est pas un si mauvais point de départ que ça.

Redevenant sérieux, il enchaîna :

— C'est en tout cas déjà mieux que de m'appesantir sur le fait que votre famille ne reculerait devant aucune vilenie pour salir mon nom ou me passer au fil de l'épée.

Sur ces paroles, Cullen la laissa. Le bruit de la porte se refermant derrière lui fit à Bronwyn l'effet d'un coup de tonnerre. En proie à un sentiment d'horreur, elle erra sans but autour de la pièce. Le vent froid que laissait entrer la fenêtre aux volets ouverts lui glaçait les jambes. À l'extérieur, le drap ensanglanté claquait comme une oriflamme proclamant sa défaite.

Ce qui s'était passé la nuit précédente n'était pas un viol, même si son père ne se serait pas gêné pour le prétendre. C'était à se demander si elle était véritablement sa fille, car elle ne pouvait quant à elle mentir aussi effrontément que lui. Savoir qu'un père n'est pas un exemple à suivre est une charge lourde à porter. Cullen, lui, était exemplaire en tout point.

Bronwyn se raidit tandis que ce constat s'imposait à elle. En dépit de toutes les raisons qu'elle avait de ne pas lui faire confiance, elle ne pouvait nier que l'homme qui l'avait enlevée était digne d'admiration. Si elle n'était pas née McQuade, l'épouser aurait pu devenir pour elle une perspective heureuse. Au lieu de cela, elle ne pouvait que s'inquiéter de ce que le printemps suivant réserverait aux deux clans. À n'en pas douter, le sang coulerait, des deux côtés. Son père allait accuser Cullen de viol, et nul dans son clan ne chercherait à vérifier la chose auprès d'elle. Toute cette affaire sordide serait de nouveau étalée aux yeux de la cour.

Ce n'était pas cela qu'elle redoutait mais le tempérament querelleur de ses frères, leur goût pour les raids nocturnes qui leur permettaient de se défouler. Les fermiers du clan McJames allaient souffrir, de même que les hommes de son père qui le suivaient au combat. Cullen lui-même pouvait en faire les frais.

Quant à son propre sort, elle n'osait y songer. Comment serait-elle traitée, cet hiver-là à Sterling, où elle ne serait qu'une McQuade prisonnière dans la forteresse ennemie ? Un homme pouvait jouer à l'agneau immaculé devant un évêque et tomber le masque aussitôt celui-ci parti. Cullen désirait avoir un enfant. La battrait-il si elle ne tombait pas enceinte assez vite à son gré ? Lèverait-il la main sur elle si elle avait le malheur de lui donner une fille ? Ferait-il...

Bronwyn décida de ne pas s'appesantir sur ces sombres cogitations, sous peine de se mettre à pleurer. Elle alla se camper devant la fenêtre et observa le paysage recouvert d'un manteau blanc. Le pilori se dressait dans un coin de la cour intérieure. Chaque forteresse en possédait un. C'était un châtiment plus civilisé que le fouet, et plus rapide que de l'affamer jusqu'à ce qu'elle capitule. Elle aurait voulu s'imaginer que le pilori ne la ferait pas plier, mais il ne servait à rien de se bercer d'illusions. Le froid, tôt ou tard, aurait raison de sa bravoure.

Tout comme le plaisir a eu raison de ta volonté cette nuit.

Quelques coups frappés contre sa porte la tirèrent de ses pensées. Lydia apparut dans l'entrebâillement, la robe verte dans les bras.

— J'aurais aimé avoir quelque chose de plus élégant à vous proposer pour vos noces, dit-elle.

Elle pénétra dans la chambre, suivie d'une servante porteuse d'un broc d'eau chaude, qu'elle alla verser dans une cuvette en bois posée sur une table. En la voyant faire, Bronwyn songea qu'elle n'aurait jamais bénéficié d'autant d'attentions à Red Stone. Pour autant, cela ne signifiait pas qu'une vie meilleure l'attendait à Sterling.

Lydia entreprit de défaire la natte de Bronwyn et de brosser ses cheveux. En proie au doute, elle se laissa faire. Quand elle lui présenta la robe verte, elle refusa de la passer. Lydia écarquilla les yeux.

— Alors qu'allez-vous porter ? s'étonna-t-elle. Vous n'allez tout de même pas vous marier en chemise !

— Il veut épouser une captive ? répondit-elle. Eh bien, il m'aura telle qu'il m'a enlevée ! Autant qu'il comprenne tout de suite que je n'amène rien d'autre que ma chemise dans cette union.

Elle prit soin cependant de se bander les seins pour les masquer et de passer ses chaussures. Puis, après avoir pris une ample inspiration, elle se mit en route vers la chapelle où l'attendait son futur époux.

8

Le tout nouvel époux de Bronwyn n'était pas satisfait de sa conduite, comme en témoignaient ses traits crispés. Tandis qu'on leur servait le petit déjeuner, elle lui sourit aimablement. Lorsqu'elle constata que Druce n'avait pas perdu son appétit, elle n'eut plus faim. Voyant qu'elle regardait fixement sa nourriture sans y toucher, Cullen finit par s'énerver.

— Assez, Bronwyn ! Nous n'arriverons à Sterling que tard ce soir, vous devez prendre des forces. Faites donc une trêve jusqu'à ce que nous soyons rentrés à la maison.

En l'entendant évoquer cette maison où elle ne serait qu'une intruse, quoi qu'il puisse en dire, Bronwyn se laissa gagner par la panique. Elle s'efforça de n'en rien laisser paraître et saisit sa cuillère. À contrecœur, elle goûta au bol de porridge qui se trouvait devant elle. Il était encore à peu près chaud, et son estomac lui en fut reconnaissant.

La vitesse à laquelle un événement bouleversant une vie entière pouvait se produire continuait de la stupéfier. Une demi-heure à peine avait suffi pour les marier. En rougissant, elle songea que son dépucelage avait duré bien plus longtemps... parce que Cullen s'était préoccupé de son plaisir à elle autant que du sien ; il fallait lui rendre cette justice. Il pouvait se montrer sévère, voire cassant, cependant ce n'était pas une brute, même si elle avait pu l'accuser d'en être une. Combien d'épouses récalcitrantes n'avaient eu droit en s'opposant à la volonté de leurs époux qu'à leurs coups ?

Cullen, lui, avait pris soin de la séduire, songeat-elle en rougissant de plus belle. Au lieu de chercher à vaincre son opposition par la force ou la persuasion, il l'avait combattue sur le terrain des sens, jusqu'à ce qu'elle soit trop aveuglée par le désir pour lui résister.

— J'aime vous voir rougir.

Bronwyn laissa retomber sa cuillère dans son bol en entendant Cullen s'adresser à elle. Perdue dans ses pensées, elle avait baissé sa garde. Cette fois, il ne paraissait plus fâché contre elle. Il lui souriait d'un air espiègle, les yeux scintillants d'une joie malicieuse... ce qui le rendait plus séduisant – et plus dangereux – encore.

— Jamais une femme ne me paraît aussi ravissante que quand elle rougit à cause de moi.

Voyant qu'elle s'apprêtait à répliquer, il dressa une main devant lui et ajouta :

— Pitié, Bronwyn ! Épargnons-nous une ultime querelle à la table de mon cousin.

— Vous présumez que je m'apprêtais à vous chercher querelle ?

Bronwyn sentit le rouge qui lui enflammait les joues se communiquer à son cou. C'était exactement ce qu'elle s'était apprêtée à faire.

— Ce que je présume, répliqua-t-il, c'est que vous ne sous-estimez pas ma détermination, tout comme je ne sous-estime pas la vôtre.

Bronwyn eut un petit rire amusé. Elle n'y pouvait rien : sa façon de la taquiner lui plaisait. En lui adressant un clin d'œil, son nouveau mari conclut :

— Dois-je comprendre que nous sommes pour une fois d'accord sur quelque chose ?

— Je suppose que vous le pouvez.

Cullen se leva et lui saisit le poignet. D'une ferme traction, il l'aida à se relever.

— Le temps ne sera pas notre allié aujourd'hui, dit-il. Autant nous mettre en route tout de suite.

En émettant un long et strident sifflement, il gagna la sortie de la grande salle sans lui lâcher le poignet. Ses hommes se levèrent précipitamment pour le suivre, nombre d'entre eux attrapant au passage des miches de pain pour les fourrer sous leur pourpoint en prévision du voyage.

Ils ne s'arrêtèrent que sur le perron. Leurs montures les attendaient dans la cour intérieure, où il ne restait du manteau neigeux qu'une mare de boue. Le vent s'engouffra sous la chemise de Bronwyn, la faisant frissonner. Le sursaut d'orgueil qui l'avait poussée à se marier seulement vêtue de sa chemise allait sans doute beaucoup lui coûter.

Le grand étalon que montait Cullen dressa la tête en l'air et hennit doucement, comme pour l'accueillir.

— Je ne vous ai pas présenté Argyll.

Cullen l'entraîna jusqu'à sa monture, dont il flatta le museau après avoir vérifié que son harnachement n'était pas trop serré. Un tel geste prouvait qu'il portait une attention personnelle au cheval, incapable qu'il était de s'en remettre totalement pour cela à ceux qui le servaient.

— C'est un très bel animal, reconnut-elle.

Il aurait été difficile de prétendre le contraire. Des étalons d'une telle qualité étaient aussi rares que coûteux.

— Et un très bon ami, renchérit Cullen.

Il ne lui avait pas lâché le poignet. En la voyant lever l'autre bras pour caresser Argyll, il précisa :

— J'ai demandé qu'on vous selle une jument.

L'avertissement était perceptible dans sa voix. Derrière Argyll, Bronwyn repéra un cheval plus petit. La longueur de tartan qu'on lui avait donnée avait été déposée sur son encolure. La différence de taille entre les deux bêtes était impressionnante, mais savoir qu'elle aurait sa propre monture pour voyager était réconfortant.

Sa main fut soudain libérée lorsque Cullen tendit les bras pour récupérer un paquet dans sa sacoche de selle. D'un air intrigué, il dégaina un poignard qu'il portait dans sa botte et s'en servit pour tenter de l'ouvrir.

— Qui a eu la bonne idée de coudre ce paquet ? s'étonna Bronwyn.

Son agacement l'amusait. Manifestement, découdre un ourlet n'était pas dans ses habitudes...

— Ma jeune belle-sœur, répondit-il. C'est elle qui m'a donné cela, j'ignore pourquoi. À vrai dire, je l'avais oublié.

— Sans doute dois-je me sentir flattée de vous avoir à ce point distrait...

Cullen marqua une pause et releva la tête.

— C'est ma foi vrai ! approuva-t-il, les yeux brillants.

Bronwyn haussa les épaules et se rembrunit.

— Inutile que cela vous monte à la tête, maugréa-t-elle.

En riant doucement, il revint à sa tâche en cours.

— Nous sommes à peine mariés depuis une heure et vous voilà déjà en train de me dire ce que je dois faire, s'amusa-t-il.

Les derniers points cédèrent. Cullen rengaina son poignard et tira un vêtement plié du paquet défait. Après l'avoir secoué pour le déployer, il le tint à bout de bras et l'examina. Il s'agissait d'un surcot en laine aux manches longues et évasées pour que l'on puisse y maintenir ses mains au chaud. Il se boutonnait jusqu'au cou et était taillé de manière à faciliter la monte. Glacée comme elle l'était, Bronwyn se sentit réchauffée rien qu'à le regarder.

— Bonnie m'a expliqué que j'en aurais besoin.

Ayant dit cela, Cullen reporta son attention sur elle. En voyant ses yeux se fixer sur sa poitrine, elle comprit que les pointes de ses seins durcies par le froid devaient être visibles, en dépit du bandeau.

— Et apparemment, reprit-il, elle ne se trompait pas.

— Qui est cette Bonnie pour vous donner des vêtements qui lui appartiennent ?

Le doute s'insinuait en elle. Avait-il à Sterling une maîtresse qui attendait impatiemment son retour ? Une femme de son clan auprès de qui il pourrait retourner à présent qu'il avait rempli son devoir conjugal ?

— La sœur de ma belle-sœur, expliqua-t-il. Et elle est trop jeune pour justifier les affreux soupçons qui vous viennent à l'esprit.

D'un geste ample, il fit tournoyer le surcot et le déposa sur les épaules de Bronwyn. Elle mourait d'envie de glisser ses bras transis de froid dans les manches, mais son orgueil la poussait à refuser cette concession.

— Ne vous braquez pas, reprit-il. Vous allez mettre votre santé en péril. Bonnie me l'a donné à votre intention.

— Votre frère était-il au courant de votre projet ?

— Oui.

En se résignant à enfiler le vêtement, Bronwyn poussa un soupir de soulagement. C'était un vrai bonheur de le sentir peser sur ses épaules et la réchauffer. Cullen vint avec une satisfaction évidente boutonner en partie le surcot et caresser du dos de la main la toile de laine épaisse et de bonne qualité dans laquelle il était taillé.

— Soyez en colère contre moi autant que vous le désirez, dit-il. Il me plaît d'avoir pu vous fournir ce manteau.

Son visage se durcit un instant quand il ajouta :

— Parce que vous êtes mienne.

— Comme vous ne cessez de me le répéter.

— J'espère qu'ainsi vous vous en souviendrez. Ne m'obligez pas à devoir vous courir après lors de ce voyage.

Une certaine tendresse tempérait la dureté de sa voix. Bronwyn se contenta de soutenir son regard sans ciller, se refusant à lui répondre par le geste ou la parole. Il était déjà assez humiliant d'être sa captive, elle n'avait aucune intention de se montrer en plus docile.

Avec un grognement désapprobateur, il lui désigna d'un geste sa monture et enchaîna :

— Comme il vous plaira, madame. Mais soyez assurée que je vous tiendrai à l'œil comme je vous l'ai promis.

Un page vint amener sa jument à Bronwyn. Sans lui laisser le temps de se mettre en selle, Cullen l'attrapa par la taille et la jucha sur sa monture. L'arrogance dont il faisait preuve attisa aussitôt sa colère.

— Ne soyez pas si fanfaron, Cullen McJames !

Elle n'en était pas moins troublée qu'il puisse la désirer et être fier qu'elle soit sienne. Elle aurait pourtant dû haïr cela, mais Bronwyn n'avait jamais su se mentir. Une part d'elle-même appréciait d'être devenue la femme de Cullen McJames. En la gratifiant de ce sourire de gamin facétieux qui lui était coutumier, il feignit de s'étonner :

— Ne pas être fier de vous avoir pour femme ? Pourquoi n'en serais-je pas heureux ? C'est bel et bien un homme fier que vous avez devant vous ce matin.

Sur ce, il se mit en selle sans lui laisser le temps de répliquer. Dressant son poing en l'air, il s'écria :

— À Sterling !

Il prit la tête du convoi, qui passa bientôt les portes de la forteresse. Plusieurs étendards portant ses armoiries et celles de son frère claquaient au vent. Parmi les hommes de Cullen, on donna à Bronwyn la place d'honneur, ce qui lui fit chaud au cœur. Elle aurait simplement aimé croire qu'un tel traitement de faveur continuerait de lui être accordé une fois qu'ils seraient arrivés à destination.

Le voyage fut long et pénible. Avant midi, Bronwyn serrait déjà les dents pour le supporter, peu habituée qu'elle était à rester si longtemps en selle et moins encore à se sentir endolorie à l'entrejambe.

Elle s'essaya à monter en amazone d'un côté jusqu'à ce que sa hanche droite soit complètement engourdie. Elle passa ensuite à l'autre côté et put ainsi endurer quelques heures de plus. Avant même que les tours de Sterling soient en vue, elle ne savait plus que faire pour rester en selle.

Il faisait un froid glacial et le surcot ne suffisait pas à lui tenir chaud. Lorsqu'il lui fut impossible d'en supporter davantage, elle se résigna à s'enrouler dans la longueur de tartan aux couleurs des McJames posé devant elle, sans négliger d'en recouvrir sa tête. En regardant la neige tomber paresseusement sur eux, Bronwyn songea qu'il était facile de trouver ce spectacle magique quand on l'observait à la fenêtre d'une pièce chauffée. Si elle avait réussi à s'enfuir comme elle le voulait, combien de temps aurait-elle résisté dans ces conditions ? Sans doute pas longtemps.

Cette pensée ne lui fut d'aucun réconfort. En fin de journée, les tours de Sterling apparurent au loin et les hommes de Cullen laissèrent éclater leur joie. Ils étaient heureux de rentrer chez eux, et tandis que le convoi gravissait la côte menant à la forteresse, fief du comte d'Alcaon, des cloches se mirent à sonner sur les remparts en guise de bienvenue.

Bronwyn fit stopper sa monture et observa le château, composé d'une série de tours reliées entre elles par de solides murailles. Les bannières bleu et or pendues aux créneaux indiquaient que le comte était en résidence. Elle avait si souvent entendu parler de cet endroit qu'il avait acquis pour elle une dimension presque mythique. Elle n'aurait jamais imaginé le voir un jour ; il semblait bien à présent qu'elle ne le quitterait plus.

— Il fait trop froid pour s'attarder dehors, *lass*.

Cullen, qui venait de s'arrêter à sa hauteur, la saisit par la taille après lui avoir gentiment fait ce reproche. Il la souleva sans effort et elle atterrit en selle devant lui. Le choc qui en résulta raviva les souffrances de son corps meurtri, mais la chaleur qu'il lui communiqua les lui fit oublier. Il était aussi chaud qu'un four. La main qui la retenait contre lui caressa doucement son flanc.

— Je n'avais pas réalisé que vous aviez si froid, dit-il d'un ton de remontrance.

Éperonnant sa monture, il se remit en route.

— Je ne suis pas la seule à devoir souffrir du froid, lui fit-elle remarquer.

Cullen dressa une main devant lui pour lui montrer son gant en cuir et répliqua :

— Mes hommes et moi sommes préparés pour supporter cela.

— Dans ce cas, évitez à l'avenir d'aller enlever d'autres femmes chez elles. On laisse rarement le temps à une captive de se préparer un bagage.

Cullen franchit la porte ouverte de la forteresse et fit son entrée dans la cour intérieure. Des gens s'étaient massés sur le perron pour les attendre. D'autres se montraient aux fenêtres aux volets ouverts en dépit du froid.

— C'était pour moi une grande première, confia Cullen en reprenant le fil de leur conversation. Pardonnez mon inexpérience. Mais je mentirais en disant que je regrette.

Alors qu'il arrêtait sa monture, Bronwyn protesta :

— Cessez donc de vous vanter !

Elle se glissa au bas du cheval sans son aide et s'enfonça jusqu'aux chevilles dans la couche de neige qui recouvrait la cour. Au moins ses pieds engourdis l'empêchaient-ils de sentir la morsure du froid. Ses chaussures étaient certes en cuir, mais leurs tiges ne lui arrivaient qu'à la cheville. Elles étaient prévues pour des temps plus cléments. Cullen et ses hommes, eux, portaient de grosses bottes qui leur arrivaient aux genoux, et dont les coutures avaient été imperméabilisées à la cire.

Bronwyn reporta son attention sur les McJames qui l'observaient depuis le perron et se mit à frissonner. Rester debout dans la neige après un tel voyage n'était pas ce qu'il y avait de mieux à faire, pourtant elle demeura immobile, à trembler de plus belle.

— Venez, *lass*, que je vous présente votre nouvelle famille.

Cullen tenta de l'entraîner en glissant un bras autour de sa taille, mais ses genoux s'entrechoquèrent et ses jambes refusèrent de lui obéir. C'était particulièrement frustrant. Elle fit une nouvelle tentative, qui lui permit cette fois d'avancer de quelques pas avant que ses genoux ne lâchent.

— Et vous vouliez vous enfuir par ce froid !

Cullen la souleva de terre en la prenant dans ses bras. Des murmures s'élevèrent, et plus d'un sourire apparut sur les lèvres de ceux qui les observaient. Manifestement, elle fournissait à tous ces gens une distraction bienvenue par une froide soirée d'hiver...

— Cela ne m'aurait pas arrêtée, maugréa-t-elle. J'aurais continué à marcher, même dans la neige.

Il fronça les sourcils, mais étant donné qu'ils arrivaient en haut des marches, il ne répliqua pas. Le comte et son épouse se tenaient sur le seuil de la tour, à l'abri. Brodick McJames étudia Bronwyn d'un œil critique. Cullen ne la reposa pas à terre, même quand elle se mit à gigoter.

— Je vous présente Bronwyn McQuade, ma femme.

Un sourcil arqué, le comte s'étonna :

— Ta femme ?

— Nous avons échangé nos vœux ce matin, en présence de l'évêque Shaman et de Druce. Notre cousin a accroché lui-même le drap nuptial à notre fenêtre.

— Reposez-moi ! ordonna Bronwyn en lui donnant un coup de poing dans le bras.

La femme de Brodick, Anne, s'étonna en l'examinant de plus près :

— Pourquoi est-elle si peu habillée ?

Cullen eut un haussement d'épaules et se décida enfin à reposer Bronwyn. De nouveau, ses jambes parurent sur le point de la trahir, et elle prit sur elle pour rester debout.

— Oh, ça... répondit Cullen d'un ton insouciant. Il se trouve que j'ai dû l'enlever au sortir de son bain.

Cet humour déplacé lui valut un regard noir de la part de Bronwyn. Anne écarquilla les yeux, choquée.

— C'est complètement *barbare* ! protesta-t-elle.

Son accent anglais donnait plus de poids à l'accusation.

— Et aussi complètement inconscient, par ce temps ! Elle est à moitié gelée.

— J'ai prévu de la réchauffer personnellement.

La réplique de Cullen fit gronder Bronwyn de rage. Anne, elle, tapa du pied sous ses jupons. Le comte avait beau s'y efforcer, il parvenait mal à réprimer un sourire complice.

— Vous êtes aussi lamentables l'un que l'autre ! lança la femme du laird en fusillant celui-ci du regard.

Puis elle se tourna vers Bronwyn et ajouta :

— Je crois qu'il me revient de vous offrir l'hospitalité.

Après s'être brièvement inclinée, elle poursuivit :

— Si vous voulez bien me suivre, nous allons vous faire couler un bon bain chaud.

Anne se retourna pour lancer à Cullen, qui plastronnait toujours, un regard vengeur.

— Nous verrons ensuite combien il lui reste de doigts de pied après le traitement que tu lui as fait subir !

Les deux hommes perdirent instantanément le sourire. Perplexe, Cullen reporta son attention sur Bronwyn et la jaugea d'un air inquiet. Elle était ennuyée qu'il s'en fasse pour elle, car elle était plus robuste que la comtesse ne le croyait. Et pour une raison qui lui échappait, elle était satisfaite que Cullen l'ait deviné.

— C'est moi qui ai refusé de porter la robe que l'on m'a fournie à White Tower, expliqua-t-elle.

— Pourquoi ? demanda Anne, incrédule.

— Parce qu'il m'a enlevée. J'ai accepté de l'épouser, puisque je n'avais pas le choix, dans l'état où il m'a trouvée. Pour bien lui faire comprendre que je n'apporterai rien d'autre dans un tel mariage que ce qu'il a volé.

Bronwyn claquait des dents – en parlant elle ne pouvait plus les serrer. Cullen fonça sur elle et la souleva entre ses bras avant qu'elle ait pu s'insurger.

— Reposez-moi ! ordonna-t-elle.

— Non.

Il s'avançait à grands pas dans le hall, indifférent aux regards que l'on braquait sur eux du seuil de chaque porte.

— Anne a raison, reprit-il. Vous êtes gelée, et c'est ma faute.

— Marcher me réchauffera.

Il lui adressa un autre de ces regards inébranlables dont il avait le secret et répliqua :

— Vous mettre dans un bain chaud au plus vite aussi.

Consciente qu'ils étaient épiés, Bronwyn retint sa langue.

— Vous ne me traitez pas de brute ? s'étonna-t-il.

— Je le devrais.

Elle ne le ferait pas en présence de tant de témoins. L'homme était aussi orgueilleux qu'elle l'était, mais il n'était pas imbu de son propre pouvoir comme l'était son père. Le respect qui lui était témoigné, il tenait à le mériter. Et c'était quelque chose qu'elle admirait, même s'il lui en coûtait de l'admettre.

Ils entrèrent dans une grande salle remplie de tables flanquées de bancs. Une table plus luxueuse et entourée de chaises trônait sur une estrade à l'une des extrémités de la pièce. Les cuisines devaient se trouver derrière, de manière que la nourriture puisse être servie sans avoir le temps de refroidir.

Cullen lui fit franchir une porte, et aussitôt l'air ambiant devint merveilleusement chaud. Ses joues, qui redevenaient sensibles, commencèrent à lui piquer. Le bout de son nez, par contraste, lui parut plus froid.

— Vous ne l'avez pas fait, constata Cullen.

Après l'avoir reposée à terre, il la tint contre lui et lui saisit le menton pour l'inciter en douceur à relever la tête. Les yeux dans les yeux, il ajouta :

— Et j'aimerais savoir pourquoi.

Bronwyn s'agita. Son regard était bien trop perçant.

— Je ne l'ai pas fait, c'est tout, maugréa-t-elle. Même si cela vous semble difficile à croire, je ne suis pas une harpie par nature. Vous êtes ici chez vous. Je garde mes reproches pour quand nous serons seuls.

Figé sur place, Cullen garda le silence. Peut-être ne la croyait-il pas, ou peut-être était-il étonné par sa réponse.

— Ne m'aviez-vous pas promis un bain chaud ? s'impatienta-t-elle.

— C'est vrai.

Il la relâcha, et la femme du laird fit son entrée dans la salle d'eau où il l'avait conduite, en compagnie d'une jeune femme qui lui ressemblait beaucoup.

— Cullen, sors d'ici, lança Anne.

— Pas question ! grommela-t-il.

Les mains sur les hanches, Anne s'impatienta :

— Ne me parle pas sur ce ton ! Nous nous occuperons d'elle, Bonnie et moi. Entre femmes. Si j'ai besoin d'aide, j'irai faire appeler ta sœur.

Le regard de Bronwyn se posa sur Bonnie – et celle-ci était bel et bien une jeune fille. Un frisson de soulagement la traversa avant qu'elle n'ait pu le dissimuler. Cullen sourit et dit :

— Ma femme t'est reconnaissante pour ce surcot que tu lui as offert, Bonnie.

Dans un haussement d'épaules, Anne répliqua :

— Il y a dehors deux pieds de neige ! Elle aurait été aussi reconnaissante si ç'avait été une couverture puant le cheval ! Assez, maintenant. Déguerpis, avant qu'il ne lui vienne l'idée de t'enseigner les bonnes manières. J'avoue que ce n'est pas l'envie qui me manque de lui donner un coup de main !

Elle poussa Cullen et il feignit de trébucher en arrière.

— Méfiez-vous, Bronwyn, railla-t-il. Anne mène Sterling d'une main de fer.

— Alors, répliqua-t-elle avec une feinte innocence, vous devriez lui témoigner davantage de respect.

— Bien parlé ! approuva Anne en hochant la tête. Cullen ? Il me semble que ton frère pourrait avoir quelques petites choses à te dire…

— J'en ai peur, en effet, admit-il en se renfrognant.

Après avoir longuement dévisagé Bronwyn, il reprit :

— Je n'oublie pas que vous n'avez pas répondu à ma question. Nous verrons cela plus tard.

Sur ce, il fit volte-face dans un tournoiement de son kilt et sortit de la pièce. Bronwyn regrettait amèrement de le trouver si séduisant. Elle ne put s'empêcher de s'attarder sur ses larges épaules jusqu'à ce qu'il ait disparu.

— Que voulait-il savoir ? s'enquit Bonnie, qui était assez jeune pour ne pas refréner sa curiosité.

Anne tenta de la mettre en garde d'un regard, mais la jeune fille n'y prêta pas attention.

— Il voulait savoir pourquoi je ne l'ai pas insulté, répondit Bronwyn en s'asseyant sur un tabouret pour ôter ses chaussures. Bien malin qui pourrait dire pourquoi un homme pose de telles questions.

Le cuir était détrempé et glacé par endroits. Ses doigts gourds ne l'aidaient pas à s'acquitter de sa tâche.

Un bruit d'eau s'écoulant se fit entendre tandis qu'une cuve commençait à se remplir. Il y en avait trois, qu'une gouttière en bois reliée au mur du fond alimentait en eau. Sans doute existait-il dans ce mur une cuve chauffée par les foyers de la cuisine situés derrière. La pluie ruisselant sur les toits devait s'y accumuler, et la neige et la glace y glisser et y fondre en hiver. Cet aménagement ingénieux permettait de prendre des bains quelle que soit la saison.

— Qui peut comprendre ce qui se passe dans la tête d'un homme ? renchérit Anne.

Elle s'adressait à sa sœur, mais Bronwyn ne pouvait qu'approuver. Elle dut aussi la laisser délacer et enlever ses chaussures pour elle. Elle avait redouté qu'être une McQuade dans l'antre des McJames lui soit pénible à vivre. La femme anglaise du comte d'Alcaon avait dû connaître de bien pires problèmes d'acclimatation. Les craintes qu'elle avait pu nourrir pâlissaient à côté de ce qu'avait dû subir Anne en épousant Brodick McJames.

Après avoir achevé de la déchausser, celle-ci redressa la tête et lui confia en souriant :

— Il m'arrive souvent de me demander ce que Brodick peut avoir en tête quand il me pose certaines questions.

À cette tentative pour briser la glace, Bronwyn répondit en lui rendant brièvement son sourire, puis elle s'activa à se déshabiller.

— Je suis heureuse que Cullen ait pensé à vous donner le surcot.

Bonnie s'exprimait avec la spontanéité de la jeunesse. Traversant la pièce, elle vint prendre le vêtement des mains de Bronwyn.

— Cela signifie-t-il que tout le monde ici était d'accord avec ce projet de m'enlever à ma propre famille ?

Il aurait sans doute été préférable de garder pour elle cette épineuse question, mais elle lui avait échappé. Bonnie en resta stupéfaite. Anne poussa un soupir. Après s'être penchée pour saisir l'ourlet de la chemise de Bronwyn, elle la lui fit passer par-dessus tête.

— Les accusations de votre père ont forcé Cullen à passer à l'action, expliqua-t-elle ensuite. Je dois reconnaître que ce n'était pas la première fois qu'était évoqué ce projet de vous enlever.

Après l'avoir dévisagée, elle ajouta gravement :

— Et par différents hommes, tous décidés à faire en sorte que cessent les raids menés par votre père.

Bronwyn entra dans la cuve et grimaça quand l'eau chaude commença à faire effet sur ses doigts de pied glacés. Tout son corps était perclus de douleurs, pourtant la pire souffrance était morale, et il lui était difficile de ne pas céder à l'autoapitoiement.

— Bien des mariages sont conclus pour moins que ça, intervint Bonnie.

Sa voix avait perdu sa gaieté. Surprise, Bronwyn reporta son attention sur elle, car il était rare qu'une personne aussi jeune paraisse à ce point marquée par l'existence. Les yeux brillants de larmes contenues, la jeune fille poursuivit :

— J'ai été mariée de force par ma marraine pour obliger ma sœur à retourner en Angleterre. Mon mari est un homme… terrifiant.

— Vous êtes très jeune pour être mariée.

Bronwyn se sentit assaillie par un sentiment de culpabilité en réalisant à quel point son sort était préférable à celui de Bonnie. Il avait suffi à la jeune fille de penser au mari qu'on lui avait imposé pour devenir blême de peur.

— Bien trop jeune, approuva Anne avec fermeté. Il est inutile de continuer à le craindre, il ne posera jamais les mains sur toi. J'irai moi-même te mettre à l'abri dans les Highlands pour l'en empêcher s'il le faut.

Le silence retomba dans la pièce, seulement troublé par les bruits du bain. Ne sachant que dire, Bronwyn s'absorba dans le lavage de ses cheveux. Une douce odeur de savon l'environnait à présent. Elle fit la grimace en se rappelant qu'elle n'avait pour tout vêtement que sa chemise, pour le moins défraîchie au bout de trois jours.

Sans faire durer son bain plus que nécessaire, Bronwyn se releva dès qu'elle eut achevé sa toilette. Anne vint lui donner une serviette. Être servie par la maîtresse de maison elle-même était assez inattendu et représentait le summum de l'hospitalité.

— Merci.

Alors que la comtesse lui souriait en réponse, une autre femme fit son entrée. Celle-ci, plus âgée, portait une robe en laine et le tartan des McJames retenu à l'épaule par une broche en cuivre.

— J'ai apporté quelques affaires pour elle, annonça-t-elle. Et puisque l'hiver est là, nous mettrons une des servantes au travail demain pour coudre le reste.

La nouvelle venue examinait Bronwyn avec attention. Le regard qu'elle posait sur elle n'était pas très chaleureux, ce qu'elle pouvait comprendre, étant donné les dissensions qu'avait causées entre les deux clans la rapacité de son père. Anne et Bonnie étaient anglaises et n'avaient pas eu à souffrir des nombreuses pertes occasionnées au fil des ans par les raids incessants des McQuade. Cette femme, elle, n'avait rien oublié. Bronwyn, en butte à l'intensité de son regard, se surprit à frissonner, mal à l'aise.

— Je m'appelle Helen, annonça-t-elle en approchant d'elle. Séchons ces cheveux, vous allez attraper froid.

Contrairement à ce qu'elle craignait, Helen se montra aimable avec elle. Bronwyn songea qu'elle était trop épuisée pour s'inquiéter de l'avenir. Pour le moment, elles étaient entre femmes, dans un climat de complicité féminine qu'il était agréable de partager. Dans un monde régi par les hommes, chaque membre de la gent féminine pouvait douter. Elle n'était pas seule dans son cas, ce qui était un réconfort.

Bronwyn alla s'asseoir devant le feu et se brossa les cheveux jusqu'à ce qu'ils soient secs et aient repris leur volume. On lui avait donné une chemise propre et Anne vint poser sur ses épaules le surcot pour qu'elles puissent quitter ensemble la salle d'eau.

— Vous ne pouvez pas porter ça, constata la comtesse en désignant du regard les chaussures trempées.

— Je n'en ai pas d'autres, répondit Bronwyn.

— Détrompez-vous, intervint Helen en posant à côté de ses pieds nus une paire de chaussons. Vous êtes la femme d'un McJames, désormais. Il pourvoira à vos besoins.

Sans rechigner, Bronwyn enfila les chaussons fourrés qui lui gardaient les pieds au chaud. Elle suivit Anne dans un dédale de halls et de corridors sans poser de questions. Son esprit était trop occupé et elle n'avait de toute façon pas d'autre choix que de suivre son hôtesse. « *Vous êtes la femme d'un McJames, désormais.* » Elle n'aurait su dire ce qui la troublait le plus : d'être mariée, ou de l'être à un McJames ? Un frisson lui parcourut l'échine quand elle prit conscience que la nuit était tombée. Les volets intérieurs obstruant les fenêtres avaient été soigneusement fermés. De loin en loin, des lanternes en étain éclairaient les lieux.

Un autre constat acheva d'aggraver son trouble. Même s'ils avaient déjà consommé leur union, c'était la nuit de noces de Bronwyn qui commençait. Cullen allait l'attendre. À cette idée, elle se sentit rougir. On la conduisait jusqu'à une chambre où tout le monde savait qu'elle ne ferait pas que dormir aux côtés de son mari. Il était étonnant de penser qu'une demi-heure devant un évêque suffisait à faire de ce qui lui était interdit auparavant une obligation. Beaucoup appelaient cela le « devoir conjugal ». Quant à elle, elle avait apprécié de devoir s'y plier. Qu'était-ce donc ? Une fatalité pour une femme ? Un péché ?

Un besoin...

Cette fois, elle se sentit rougir jusqu'à la racine des cheveux en songeant à l'acte lui-même. Elle connaissait plusieurs mots pour le désigner, certains plus vulgaires que d'autres. De quelque manière qu'on l'appelle, elle avait apprécié cette intimité nouvelle avec Cullen. Un déferlement de pur plaisir avait balayé son âme. Savoir que c'était à présent ce qui était attendu d'elle représentait une tentation difficile à ignorer. Puisque de toute façon celui qui était devenu son mari était parvenu à ses fins avec elle, la tentation était grande de cesser toute résistance et de profiter des délices sensuelles qu'il avait à lui offrir.

L'Église ne trouverait rien à y redire, il n'en irait pas de même pour son clan. S'en souciait-elle vraiment ? Elle n'en était plus aussi sûre que deux jours plus tôt. Le dilemme la fit se mordre les lèvres.

Anne venait de faire halte devant une large porte. Après l'avoir ouverte, elle invita Bronwyn à entrer. Des bougies allumées sur une table dispensaient une lumière chaude et accueillante. Un feu brûlait dans l'âtre, ajoutant au confort.

— Je me souviens à quel point ma première nuit à Sterling a pu me paraître misérable et solitaire, confia Anne avec gentillesse. Croyez-moi, faites confiance à Cullen pour y remédier.

En allant se poster sur le seuil, elle ajouta :

— Nous nous retrouverons demain au petit déjeuner.

— Merci.

Sachant que sa réponse manquait de spontanéité, Bronwyn n'avait fait que la murmurer. Elle ne tenait pas à se montrer discourtoise, et le mensonge n'était pas une seconde nature pour elle.

La comtesse ne s'attarda pas. La porte refermée derrière elle, Bronwyn se retrouva seule dans la chambre. Celle-ci était grande et en partie arrondie, puisque logée dans une tour. Les fenêtres étaient obstruées par des tentures. Saisie par la curiosité, elle alla palper le riche tissu de velours et étouffa un petit cri en découvrant que de véritables vitres enchâssées dans des filets de plomb protégeaient la pièce des intempéries tout en laissant passer la lumière. Le châssis était même monté sur des gonds qui permettaient à la fenêtre de s'ouvrir afin d'aérer les lieux. Du bout des doigts, elle toucha le carreau, s'émerveillant de sa surface froide et polie. La largeur de ces ouvertures était un luxe, car elles occasionnaient inévitablement une déperdition de chaleur.

La taille du lit, fermé lui aussi par des tentures, dénotait qu'il avait été conçu pour accueillir un homme. L'épaisse courtepointe qui le couvrait semblait si accueillante... Bronwyn se sentait lasse de lutter. S'allonger dans un lit bien chaud constituait soudain une tentation irrésistible.

— Vos cheveux sont magnifiques, *lass*.

Surprise, Bronwyn se raidit et sentit ses muscles endoloris protester. Elle se retourna et fit face à l'homme qu'elle avait épousé le matin même. Ses cheveux brillants prouvaient qu'il avait pris un bain lui aussi. Il ne portait à présent plus que son kilt. Près de la porte, il abandonna son épée contre un mur avant d'ajouter :

— J'aurais dû vous enlever à notre première rencontre.

— C'est de la folie.

Sa protestation manquait de conviction.

Cullen haussa les épaules.

— Peut-être, admit-il. Je ne nie pas que vous me faites cet effet-là.

Il la rejoignit et Bronwyn sentit aussitôt son corps répondre à sa présence. Son épiderme semblait s'éveiller. Ses seins sous sa chemise se firent plus sensibles et leurs pointes se dressèrent.

— Vous ne devriez pas dire des choses pareilles, protesta-t-elle faiblement.

Cullen tendit la main et caressa ses cheveux. Il y glissa ses doigts et ses yeux trahirent le plaisir que cela lui procurait.

— Il n'y a personne ici pour juger ce que nous pouvons dire, Bronwyn. Je me demande d'ailleurs souvent pourquoi l'Église fait si grand cas des secrets d'alcôve. Ce qui se passe entre un homme et une femme ne la regarde pas.

— Prenez garde, c'est presque un blasphème… le prévint-elle. Si vous ne faites pas plus attention à vos paroles, c'est vous qui allez vous retrouver au pilori.

— Peut-être. Je suppose que vous ne trouveriez rien à y redire, puisque c'est ce qui a failli vous arriver ce matin.

Bronwyn se mit à rire sans même s'en rendre compte.

— Vous pouvez être tellement gamin, parfois.

Il tira doucement sur ses cheveux et répliqua :

— Cela fait-il de moi un méchant garçon ? Je ne me sens pas d'humeur à me conduire correctement…

Bronwyn devait reconnaître qu'elle se trouvait dans le même état d'esprit. Son corps vibrait de besoins nouveaux qu'elle voulait voir satisfaits au plus vite. Elle voulait plus encore que ce qu'elle avait déjà obtenu. Cette fois, elle voulait pouvoir le toucher, le caresser tout à son aise. Le surcot lui tenait soudain trop chaud, et le frottement de sa chemise sur sa peau devenait insupportable.

Le besoin de toucher Cullen fut le plus fort. D'une main hésitante, elle dessina sous ses doigts les muscles saillants de sa poitrine. Sa peau était douce et chaude. Les petites pointes brunes de ses mamelons se dressèrent quand elle y porta ses doigts. Apprécierait-il autant qu'elle cette caresse si elle se penchait et y posait ses lèvres ? Son initiative le fit frissonner, ce qui la rendit plus entreprenante. Cédant à son désir, elle pencha la tête et l'embrassa à cet endroit.

— Doux Jésus ! s'exclama-t-il dans un souffle.

En grognant sourdement, il prit sa tête entre ses mains. Et lorsque du bout de la langue elle commença à le titiller, elle sentit ses doigts s'agripper à ses cheveux.

— Vous apprenez trop vite, Bronwyn.

Cullen mit fin à son entreprise en ramenant sa tête au niveau de la sienne. Leurs lèvres se touchaient presque.

— Je ne m'en plains pas, ajouta-t-il.

Il lui donna un baiser fougueux et il prit tout son temps, goûtant à ses lèvres, les effleurant des siennes jusqu'à lui couper le souffle. Bronwyn frissonnait de plaisir. Glissant ses mains sur ses épaules, elle le serra contre elle avec urgence. Et lorsque la langue de Cullen, conquérante, investit sa bouche, elle le laissa sans crainte caresser la sienne encore et encore.

Quand le baiser prit fin, le désir sans fard qui durcissait les traits de Cullen ne fit pas peur à Bronwyn. Au contraire, il l'excita. Son propre désir se manifestait à son entrejambe par une chaleur inaccoutumée et le sourd élancement de son clitoris entre les plis de son sexe.

— J'ai besoin de vous voir nue, avoua-t-il d'une voix rauque. Déshabillez-vous pour moi, Bronwyn.

Cet ordre ressemblait bien plus à une supplique. Jamais Bronwyn n'aurait imaginé qu'une faible femme puisse avoir un tel ascendant sur un guerrier tel que lui. Cette découverte la galvanisait et lui donnait l'envie d'explorer les limites de ce pouvoir qu'elle se découvrait.

Les boutons du surcot cédèrent facilement. Seuls les premiers avaient été attachés. En jouant des épaules, elle se défit lentement du vêtement. Parfaitement immobile, Cullen lui accordait toute son attention. Voyant qu'elle marquait une pause, il s'impatienta.

— Continuez !

Bronwyn passa devant lui et alla se positionner face à la cheminée. Elle savait que les flammes allaient ainsi dessiner les courbes de son corps à travers le fin tissu de sa chemise, et c'était précisément ce qu'elle recherchait. Les yeux ronds, Cullen faillit s'étrangler.

— Méfiez-vous, *lass*, dit-il d'un ton menaçant. À ce jeu-là, on peut être deux à jouer.

Avec un sourire moqueur, il tira sur l'extrémité de son ceinturon, qu'il déboucla en un tournemain. Il rattrapa prestement son tartan qui glissait sur ses hanches et le mit de côté. Bronwyn ne put s'en empêcher : son regard se porta aussitôt sur son sexe bandé qui pointait de son bas-ventre. La hampe de chair dressée, avec son extrémité cramoisie gonflée de sang, paraissait incroyablement épaisse et longue. Savoir qu'elle l'avait déjà accueillie en elle ne suffisait pas à la rassurer.

En deux longs pas, il franchit soudain la distance qui les séparait et emprisonna Bronwyn entre ses bras.

— Une distraction peut s'avérer fatale, dit-il en riant.

De nouveau, il pressa ses lèvres sur les siennes, cette fois pour un baiser exigeant et passionné. Sa langue allait et venait dans sa bouche, mimant sans vergogne ce que son corps exigeait. Puis, attrapant sa chemise par l'ourlet, il l'en débarrassa prestement.

— Voilà qui est mieux, grogna-t-il.

Mais il ne prit pas le temps d'admirer son corps nu. La soulevant dans ses bras, il la porta jusqu'au lit et l'y déposa après avoir repoussé au pied la literie.

— À présent, lança-t-il d'un ton triomphant, laissez-moi vous rendre la monnaie de votre pièce !

Cullen prit en coupe les seins de Bronwyn entre ses mains et lécha l'une après l'autre chacune de leurs pointes dressées. Sous l'intensité du plaisir, elle s'arc-bouta sur le lit et poussa un long cri passionné d'une voix qu'elle ne se connaissait pas. Cullen libérait en elle une force qu'elle ignorait posséder. Elle se tortilla sur le matelas, en proie à une fièvre sensuelle qui culminait au creux de son ventre. Son désir s'enflammait plus vite encore à présent qu'elle avait goûté à l'extase qu'il pouvait lui procurer. Tout en haut de ses cuisses qui s'ouvraient déjà, son clitoris semblait pulser sourdement dans l'attente d'être caressé.

Cullen parut comprendre le message. Sa main glissa le long de son corps sans s'attarder cette fois et n'hésita pas le moins du monde au sommet de son mont de Vénus. Ses doigts habiles allèrent droit au but et libérèrent entre les plis de son intimité le bourgeon de chair turgescent.

Au premier contact, Bronwyn sentit le plaisir fulgurer dans son ventre et poussa un long gémissement. Cullen se redressa et observa son visage sans cesser de la caresser. Le plaisir la submergea et elle dut fermer les yeux. L'intensité de ce qu'elle ressentait prenait toute la place en elle. Il lui était devenu impossible de penser.

— Est-ce que cela vous plaît, *lass* ?

Elle ouvrit les yeux de surprise. La question était si... intime. Cullen arborait son habituel sourire taquin. Il glissa son doigt entre les lèvres de son sexe jusqu'à l'ouverture. Elle découvrit une sensation nouvelle quand du bout du doigt il se mit à tracer de petits cercles autour. Comme d'elles-mêmes, ses hanches se soulevèrent pour accentuer ce contact.

— Vous ne m'avez pas répondu, constata-t-il.

— Je ne... je ne peux pas.

En riant doucement, Cullen reprit ses caresses sur son clitoris et constata :

— Au son de votre voix, on dirait bien que vous ne restez pas de marbre.

Il marqua une pause, laissant son doigt s'attarder sur le bourgeon de chair ultrasensible. Il ne la taquinait plus à présent. Elle connaissait l'expression de son visage : décidé à arriver à ses fins, il ne transigerait sur rien.

— Oui ! répondit-elle, exaspérée.

Il eut un petit rire et son doigt porta son désir à incandescence. Bronwyn mourait d'envie de goûter encore à la satisfaction qu'il avait si bien su lui offrir la veille.

— Me désirez-vous ? insista-t-il.

— Pourquoi me tourmentez-vous ainsi ?

Cullen parut se radoucir et demanda :

— Est-ce si difficile à imaginer que je puisse avoir envie de vous entendre dire que vous avez envie de moi ? Et pas uniquement parce que je sais où vous caresser.

Quelque chose dans sa voix lui alla droit au cœur. Sa main s'était immobilisée de nouveau, cette fois parce qu'il attendait d'elle une certitude qu'elle seule pouvait lui offrir. Serrant son visage entre ses mains, elle ouvrit plus largement les cuisses et le regarda droit dans les yeux avant de lui répondre :

— Oui, je vous désire.

Cullen n'eut pas besoin d'autre encouragement. Aussitôt son corps couvrit le sien, sans pour autant l'écraser. Elle sentit l'extrémité de son membre durci glisser entre les plis de son sexe.

— Moi, je ne fais pas que vous désirer, confia-t-il dans un souffle. Je suis fou de vous...

Sur ce, il s'introduisit lentement en elle. Bronwyn se sentait frustrée qu'il prenne tant de précautions. Elle aurait voulu qu'il la pénètre plus vite, plus fort, aussi fut-elle surprise de ressentir une sourde douleur.

— Ne vous inquiétez pas, murmura-t-il au creux de son oreille. Avec le temps, vous n'aurez plus mal du tout, je vous le promets.

Après s'être retiré légèrement, il plongea de nouveau en elle d'un coup de reins, cette fois beaucoup plus facilement et sans la faire souffrir.

— Et comme vous me l'avez déjà dit, répliqua-t-elle dans un souffle, vous tenez toujours vos promesses.

D'un souple mouvement du bassin, il reprit son va-et-vient et répondit :

— Exactement.

Bronwyn n'avait plus aucune envie de parler. Trop de sensations se bousculaient en elle pour le lui permettre. Partout où leurs corps étaient en contact, son plaisir augmentait. Elle roulait des hanches en rythme avec lui, chaque frottement de son sexe sur son clitoris l'amenant plus près de l'extase.

Le souffle de Cullen se fit court lorsqu'elle-même se mit à haleter difficilement. Elle se tendit de tout son corps vers lui, aspirant à la délivrance qui l'emporta enfin sans crier gare, dans une explosion de plaisir. La vague qui l'emporta était si forte qu'elle lui fit oublier tout le reste, la laissant pantelante et épuisée, dans un tendre abandon.

Cullen ne tarda pas à la rejoindre dans cet état. Au terme de quelques violents coups de boutoir, il se raidit au-dessus d'elle et se vida de sa semence. Un long râle rauque monta de ses lèvres, qui mit un baume sur la fierté malmenée de Bronwyn. Dans cet instant d'abandon, ils n'étaient l'un et l'autre que deux êtres humains esclaves de leur passion. Il n'en fallait pas plus pour que s'éteigne en elle le besoin de s'opposer à lui et au mariage qu'il lui imposait.

Il renaîtrait sans doute au matin, mais pour l'heure elle était satisfaite de ne plus s'y accrocher. Le lit semblait un sanctuaire où leur appartenance à leurs clans respectifs n'avait plus aucun sens.

Cullen se laissa rouler sur le côté et retomba à plat dos sur le matelas, qu'il ébranla fortement.

— Vous devez être une sirène venue me conduire au trépas, murmura-t-il, essoufflé.

Il se redressa pour tirer sur eux la literie et ajouta :

— Au moins, je mourrai heureux.

— Si je suis une sirène, répliqua-t-elle, alors vous êtes le marin destiné à mourir sur les rochers à mes pieds. Quel couple tragique !

Bronwyn regarda fixement le ciel de lit, luttant contre les larmes qui soudain montaient, lui brûlant les yeux.

Cullen soupira et objecta :

— Vous oubliez qu'en ce monde il est toujours permis d'espérer. Je préfère penser à cela plutôt qu'au sort tragique dont d'autres furent victimes. Je serai le marin qui vous enchantera si totalement que vous n'aurez pas le cœur de me regarder mourir…

— Ce n'est pas ainsi que se termine l'histoire.

— Peut-être, mais c'est un mythe et je suis un homme de mon temps, qui fixe à l'aventure ses propres règles.

— Il y a au moins une chose sur laquelle je peux être d'accord avec vous : vous ne jugez pas utile de vous plier aux règles des autres.

Et pour être honnête, c'était quelque chose qu'elle admirait en lui. Être désirée pour des raisons qu'elle pouvait trouver douteuses, c'était être désirée tout de même. Elle n'était plus aussi sévère avec elle-même.

Cullen passa un bras sous ses épaules et l'attira contre lui. Bronwyn se tortilla, s'efforçant de garder une distance entre eux. Il la maintint fermement.

— Laissez-vous faire, *lass*, protesta-t-il. Je promets de vous tenir chaud.

— Je ne peux tout de même pas dormir ainsi !

Il se mit à rire. Elle sentit sa poitrine tressauter sous sa joue.

— Et pourquoi pas ? rétorqua-t-il. Vous n'avez jamais essayé.

Ils étaient trop proches pour qu'elle puisse réellement lui faire mal, mais elle lui assena une tape sur la poitrine qui résonna dans le silence de la chambre. Un instant plus tard, une main ferme lui emprisonnait le poignet.

— Assez pour aujourd'hui, Bronwyn !

Elle remarqua alors qu'une délicieuse odeur s'élevait de la chair tendre et chaude contre laquelle elle était blottie. Elle poussa un soupir de satisfaction et ferma les yeux. L'état de béatitude dans lequel elle baignait était si total qu'elle se sentit aussitôt glisser vers le sommeil. Le fait de s'endormir sous le toit de l'ennemi n'avait plus d'importance pourvu qu'elle puisse rester dans ces bras accueillants serrés autour d'elle. Sa chair était comblée, ignorante de tout ce qui pouvait se cacher au fond de cet homme.

À cet instant, rien d'autre ne comptait.

Cour du roi d'Écosse

— McQuade demande encore à vous voir, Majesté...

Alarik McKorey n'avait pas cherché à cacher à son roi le mépris que lui inspirait Erik McQuade. Celui-ci lui avait suffisamment causé de soucis pour qu'il puisse se réjouir de ses mésaventures.

James Stuart poussa un soupir. La reine était assise à côté de son époux, entourée de ses suivantes. Dans le salon de réception privé du monarque, ces dames brodaient avec du fil de soie. Anne cousait elle-même les chemises de son mari, ce qui pour une noble dame était gage d'affection. Levant les yeux de son ouvrage, elle lui fit remarquer d'une voix égale :

— Je crois que nous avons suffisamment entendu parler de cet homme pour ne plus avoir à le recevoir.

— Je ne peux l'ignorer indéfiniment, répondit le roi. Si détestable soit-il, cet homme est un laird. Le traitement que je lui réserve est surveillé attentivement par les autres clans.

— Quel dommage qu'il n'ait pas fait preuve d'autant de délicatesse quand il a déconsidéré sa fille aux yeux de tous !

La reine n'avait pas élevé la voix – l'éducation qu'elle avait reçue l'en empêchait –, pourtant son dégoût subtilement distillé ne faisait aucun doute.

— Je pense que Bronwyn McQuade épousera bientôt McJames, assura le roi. Si ce n'est déjà fait.

La reine parut stupéfaite. Elle jeta autour d'elle un coup d'œil interrogateur et se rembrunit en ne découvrant que les têtes baissées de ses suivantes évitant son regard.

— Je comprends qu'il s'agit d'une coutume pour vos clans, dit-elle. Je dois confesser que je la trouve injuste. J'espère que vous comprendrez que je ne reste pas écouter cet homme se plaindre de l'enlèvement de sa fille. J'ai moi-même une fille.

La reine se leva et s'inclina devant son époux avant de quitter le salon d'un pas gracieux. Ses suivantes se hâtèrent de l'imiter. Seule Raelin McKorey s'attarda pour ranger les coûteux fils de soie qu'utilisait la reine dans le panier de broderie dont elle avait la garde.

— Le point de vue de ma reine n'est pas sans intérêt, convint le roi d'un air songeur.

Alarik lui sourit et objecta :

— Je suis sûr qu'aucun homme de ce royaume ne songerait à enlever la princesse Elizabeth.

James Stuart eut un petit rire caustique.

— Détrompe-toi, répliqua-t-il. C'est dans la nature de l'homme de désirer ce qui se trouve au-dessus de lui.

— Seul un roi y échappe.

D'abord surpris, James rit derechef avant d'approuver :

— Un point pour toi, l'ami. Il m'est arrivé d'envier la vie de ceux qui ne sont pas assis sur un trône.

Reprenant son sérieux, il lança à Alarik un regard sévère et ajouta :

— J'espère que le jeune McJames m'a écouté et qu'il a traité cette fille convenablement.

Alarik soutint le regard de son roi sans ciller. Raelin les observait à la dérobée. Un frisson lui remonta l'échine. Les hommes n'étaient pas tendres avec les femmes et les considéraient comme des objets utilisables à leur guise.

— Le laird McQuade ! annonça le héraut en frappant le sol de sa canne.

— Il peut entrer, répondit le roi. Seul.

Il y eut de l'agitation derrière les doubles portes donnant accès au salon, mais James ne se laissa pas fléchir. Dès que McQuade fut entré, les gardes recroisèrent leurs lances et le héraut referma la porte pour empêcher sa suite d'entrer.

— Seul, ou tu attendras que je sois d'humeur à te recevoir dans le hall public.

Dès qu'il l'aperçut, le nouveau venu lança un regard venimeux à Alarik. Le roi leva la main.

— Si tu me déranges dans mes appartements privés, tu dois accepter la compagnie qui s'y trouve avec moi.

Bien que tremblant de rage, McQuade s'inclina pour la forme et entra plus avant dans la pièce.

— Ce chien puant de McJames a volé ma fille ! éructa-t-il sans préambule. Je demande qu'il soit mis aux fers !

Son visage rouge de colère était tordu par la haine. Les gardes en faction derrière le monarque, qui n'appréciaient guère le ton qu'il avait employé, abaissèrent leurs lances.

— Je trouve intéressant qu'il ait jugé bon de l'enlever alors que tu as clamé sur tous les toits qu'il l'avait déjà faite sienne. Quelles sont ses motivations, d'après toi ? Pourquoi voler une femme qui n'a déjà plus rien à lui refuser ?

Écumant de rage, McQuade serra les poings.

— Si vous n'intervenez pas, menaça-t-il, je m'occuperai moi-même de ce voleur !

— Tu n'en feras rien !

James Stuart venait d'élever la voix et s'était adressé à lui d'un ton cassant. Seul un fou aurait défié son autorité.

— Tu as semé le vent et tu récoltes la tempête, reprit-il. Crois-tu pouvoir jeter le discrédit sur tes voisins sans qu'ils cherchent à se venger ?

— S'il était un Écossais digne de ce nom, il ne s'en serait pas pris à ma fille. C'est à moi qu'il serait venu réclamer des comptes.

Serrant fortement les accoudoirs de son fauteuil entre ses doigts, le roi répliqua :

— C'est toi qui as mêlé ta fille à cette querelle que tu entretiens entre les McJames et toi.

— Parce que Cullen McJames l'avait souillée et jetée comme une catin ! se justifia-t-il en écartant les bras. Je suis venu pour réclamer justice.

— Il me semble au contraire que Cullen est davantage désireux de garder ta fille que de la « jeter ». Un mariage suffira à rétablir la justice dans cette affaire.

— Je ne lui ai pas donné la permission de se marier ! Je suis son père et son laird !

McQuade criait à présent sans retenue. Alertés, les gardes en faction devant la porte de derrière vinrent voir ce qui se passait. Le roi, lui, demeurait calme.

— Et pourquoi ne se marieraient-ils pas ? s'enquit-il. Ils ne seraient pas les premiers à demander la bénédiction de l'Église après avoir consommé leur union.

— Cela ne suffirait pas à me rendre mon honneur !

James grogna de frustration.

— Alors que veux-tu ? s'impatienta-t-il. Que Cullen McJames aille pourrir dans un cachot ?

— Oui ! Et que ma fille me soit rendue et qu'elle rentre sur mes terres, qu'elle n'aurait jamais dû quitter.

— À quelle fin ? Tu veux qu'elle reste vieille fille et déshonorée toute sa vie ?

À ces mots, McQuade se radoucit et pesa soigneusement ses paroles.

— Je n'en sais encore rien, répondit-il enfin. Bronwyn nous a couverts de honte, moi et tout son clan. Je veux la ramener chez nous pour qu'elle serve d'exemple aux filles qui souhaiteraient désobéir à leur père.

Haussant un sourcil, le roi demanda :

— Et comment comptes-tu t'y prendre, au juste ? Je croyais t'avoir entendu dire qu'elle avait été enlevée…

McQuade s'empourpra et secoua la tête de rage.

— Je veux que vous ordonniez à ce voleur de McJames de me la rendre. Il vous obéira.

— Comment sais-tu que c'est McJames qui l'a enlevée ? intervint Alarik. Il y a plus d'un clan qui souhaiterait te forcer à une alliance en mariant ta fille à l'un des leurs.

À en juger d'après le regard que McKorey lui adressait en prononçant ces mots, il était facile de comprendre que lui-même en faisait partie.

Erik McQuade cracha sur le sol et répondit :

— J'ai des témoins. Et d'après eux, plus d'un clan était mêlé à cet enlèvement. Seul McJames a été reconnu quand il a enlevé ma fille.

Alarik haussa les épaules.

— Les McJames sont de bons amis à moi, dit-il. Si vraiment c'est Cullen qui a pris ta fille, il n'a pas dû manquer de volontaires pour l'aider, étant donné que tu l'as accusé de l'avoir déshonorée.

Un sourire vicieux enlaidit le visage de McQuade.

— Ah oui ? Eh bien, puisque tu sembles approuver ce genre de pratique, je vais peut-être songer à reprendre une épouse, moi aussi.

Son regard se porta sur Raelin, qui se redressa, saisie de panique, et fit tomber le panier de broderie à ses pieds.

— Ta sœur m'a l'air mûre pour se marier, et j'ai toujours préféré les gros seins…

Alarik bondit sur lui et lui agrippa la gorge avant que les gardes n'aient pu l'en empêcher. En se précipitant pour les séparer, ils piétinèrent les précieux fils de soie de la reine. Raelin fut repoussée contre un mur tandis que le combat faisait rage. Tremblante, elle assista de loin à la mêlée. Son frère était fou de rage. Conscient qu'il n'aurait pas le dessus face à un homme plus jeune que lui, McQuade dégaina un poignard.

La lame fendit l'air. En la regardant plonger vers la gorge de son frère, Raelin eut l'impression que le temps ralentissait son cours. Le poignard entaillant la chair fit jaillir un flot de sang vermeil. Rugissant de douleur, Alarik lâcha son agresseur et s'en détourna. Déstabilisé, McQuade tituba en avant en direction du roi toujours assis, le poignard rouge de sang brandi devant lui.

Il ne fallut qu'une seconde à l'un des gardes pour relever sa lance afin de protéger le monarque. Un bruit écœurant se fit entendre quand la pointe acérée de la lance traversa sans effort la poitrine du laird McQuade, emporté par son propre élan. Les autres gardes du roi l'entraînaient déjà à l'écart pour le mettre à l'abri. Les yeux écarquillés, le visage encore tordu par la rage, McQuade regardait son sang couler le long de la lance avant d'éclabousser le riche tapis. Après être tombé à genoux, il redressa la tête et croisa le regard horrifié de Raelin.

— Espèce de... stupide garce ! éructa-t-il. Les femmes ne sont... que source d'ennuis pour les hommes !

Un long râle monta de sa bouche, qui laissait échapper un bouillonnement sanglant. Dans un ultime effort, il fit basculer son bras en arrière et lança sa dague ensanglantée sur Raelin.

Alarik bondit afin de s'interposer mais il était trop loin d'elle pour y parvenir. Tétanisée, Raelin eut la certitude qu'elle ne pourrait s'écarter à temps. Elle en trouva la force à l'ultime seconde et la lame ne fit qu'effleurer sa joue, inondant de sang la soie dorée de sa robe.

— Seigneur !

Le temps parut reprendre son cours normal. D'autres gardes surgirent dans la pièce. Des lairds qui faisaient antichambre pour être reçus en profitèrent pour se mêler à eux. Liam et Sodac McQuade hurlèrent à faire trembler les murs en découvrant leur père effondré sur le sol, les yeux grands ouverts toujours fixés sur Raelin.

— Espèce de sorcière ! éructa Liam, fou de rage.

Les mains en avant, il bondit sur elle pour l'étrangler. Alarik réussit à le repousser violemment, et il fallut l'intervention des gardes pour l'immobiliser.

— Si tu veux du sang, viens plutôt le chercher ici, McQuade ! s'exclama Alarik, les yeux brillants de l'envie d'en découdre.

Liam cracha sur le tapis et demanda :

— Qu'est-ce que ta sorcière de sœur a fait à mon père, McKorey ?

— C'est ton père qui a tenté de la tuer, après l'avoir traitée comme une catin !

Le visage empourpré par la fureur, Liam reporta celle-ci sur Raelin.

— Tu l'as ensorcelé ! lança-t-il avec véhémence. Vil instrument du diable ! Qu'on la conduise au bûcher !

— Assez ! cria le roi, qui devait retenir ses propres gardes d'intervenir.

Il avait beau s'époumoner, il ne parvenait pas à couvrir les voix des hommes en colère qui s'invectivaient à travers la pièce. Des accusations étaient lancées. Un clan se dressait contre l'autre. Les hommes d'Alarik affrontaient ceux de Liam en un dangereux face-à-face. Et au milieu de cette cohue, les gardes royaux faisaient de leur mieux pour ramener un peu d'ordre et protéger leur monarque.

Raelin dut écouter, paralysée par l'horreur, les membres du clan McQuade la maudire. S'ils avaient pu parvenir jusqu'à elle, nul doute qu'ils l'auraient assassinée. Liam, lui, restait étrangement calme au milieu de la cohue. À présent très pâle, il dardait sur elle un regard haineux. Il était désormais de son devoir, comme de celui de chaque homme portant les couleurs de son clan, de venger la mort de son père en la rayant du nombre des vivants…

Plusieurs heures s'écoulèrent avant que les hommes du clan McQuade quittent enfin la cour, emportant le corps de leur laird enveloppé dans son tartan. La haine se lisait dans leurs yeux en dépit des explications que le roi leur avait données. Raelin les regarda quitter le palais depuis le balcon des appartements de la reine.

— Ce n'était pas ta faute, mon enfant, la consola celle-ci en posant une main sur son épaule.

C'était exact, pourtant rien n'aurait pu en convaincre les McQuade. En regardant la neige qui recouvrait la ville, Raelin frissonna. Non pas parce qu'elle avait froid, mais parce qu'elle savait qu'au printemps, lorsque la neige aurait fondu, le sang serait versé. Le sang des McKorey.

9

Sterling

— Eh bien ! On dirait que le lit de votre mari n'est plus pour vous déplaire…

Sur le seuil de la chambre, Helen souriait d'un air enjoué à Bronwyn, qui s'était réveillée en sursaut au son de sa voix. Elle avait dormi si profondément qu'il lui fallut quelques minutes pour se rappeler où elle était.

— Vous avez manqué le premier office et le petit déjeuner, reprit Helen, mais personne n'en tiendra rigueur à une jeune mariée.

La jeune femme qui l'accompagnait eut un petit rire complice. Habillée d'une solide robe en laine et d'une coiffe, elle ne portait cependant pas le long tablier des autres servantes. Deux d'entre elles écartèrent les rideaux pour laisser entrer le jour. Avant qu'elles aient pu ouvrir la fenêtre, la jeune servante sans tablier lança :

— Pas maintenant. Notre maîtresse n'est pas encore habillée.

D'un hochement de tête, Helen l'approuva et dit :

— Laissez-moi vous présenter Sybil. Elle sert dans cette maison depuis dix ans, comme l'a fait sa mère avant elle. Elle serait pour vous une bonne femme de chambre, si bien sûr elle vous convient.

— Je n'ai pas besoin de femme de chambre.

Helen se rembrunit. Les servantes échangèrent des regards gênés.

— Vous êtes à présent la femme d'un baron, fit valoir Helen d'un ton égal.

Sans paraître se formaliser de ses paroles, Sybil marcha jusqu'au lit et tendit sa chemise à Bronwyn.

— Nous avons beaucoup à faire, dit-elle, étant donné qu'il faut vous tailler toute une garde-robe.

Sous l'œil vigilant d'Helen, elle lui présenta le vêtement à la perfection pour qu'elle n'ait qu'à l'enfiler. Pendant ce temps, deux servantes rabattirent la literie avec une aisance qui trahissait leur habitude du travail en équipe.

Sybil prit même la peine de soulever les cheveux de Bronwyn et de les reposer sur sa chemise.

— Je comprends qu'il vous faudra du temps pour vous habituer à ce que je vous serve, assura-t-elle. Vous êtes une McJames, maintenant, et nous sommes fières de servir notre maîtresse.

— Je n'ai jamais eu personne pour me servir, expliqua Bronwyn. C'est tout ce que je voulais dire.

Des regards incrédules et quelques rires gênés accueillirent ces propos. Il était inconcevable qu'une fille de laird puisse les tenir.

— C'est vrai, je vous assure, insista-t-elle. À Red Stone, j'étais traitée comme toutes les autres femmes. Mon père n'aime pas l'oisiveté. Tout le monde doit travailler.

Sybil lui amena son surcot.

— Eh bien, si vous savez manier l'aiguille, dit-elle en l'aidant à enfiler le vêtement, cela pourrait nous être utile. J'ai envoyé quelqu'un à l'atelier de couture pour préparer les coupons qui nous serviront à tailler vos robes.

C'était un défi devant lequel on la plaçait pour voir si elle mentait. Bronwyn n'aurait aucun mal à le relever.

Helen avait déposé un peigne et quelques épingles à cheveux sur la table. Bronwyn s'empara du peigne et le passa dans ses cheveux. Sybil l'arrêta d'un geste quand elle fit mine de les natter.

— Peut-être me permettrez-vous de les relever sur votre tête, suggéra-t-elle gentiment. Ainsi, ils ne vous gêneront pas dans votre travail.

Helen tira un tabouret de sous la table. Bronwyn y prit place et accepta de rendre le peigne. À moins de se montrer désagréable, elle ne pouvait empêcher Sybil de la servir.

Elle se sentait pourtant étrangement touchée par les attentions qu'on lui portait. Elle n'aurait pas été surprise qu'on la laisse livrée à elle-même à Sterling. Depuis le temps que son père sévissait sur les terres des McJames, ceux-ci ne manquaient pas de raison de la détester à cause du sang qui coulait dans ses veines. Pourtant, les quatre femmes s'activaient autour d'elle sans montrer aucun signe d'animosité. Sybil était douce et ne lui faisait aucun mal en serrant ses cheveux à la française, en une couronne tressée autour de son crâne. Après avoir refait le lit, les autres servantes lui servirent son petit déjeuner, qu'elles avaient apporté sur un plateau d'argent.

Ensuite, elles allèrent se poster de chaque côté de la porte, prêtes à se rendre utiles.

Helen surveillait Sybil d'un œil attentif pour s'assurer qu'elle accomplissait sa tâche comme elle le souhaitait. En tant que servante attitrée de la comtesse, c'était à elle de décider qui occuperait des fonctions importantes. Cela faisait à n'en pas douter des années que Sybil s'entraînait à remplir son rôle, attendant l'opportunité qui s'offrirait à elle de s'élever dans la hiérarchie des domestiques.

Même en sachant cela, Bronwyn fut incapable de rester tranquille très longtemps. La nourriture restait coincée dans sa gorge. Elle n'était pas habituée à se faire servir. Alors que ces femmes restaient là à attendre ses ordres, elle ne savait comment se conduire.

— Allons-y, décréta-t-elle en reposant sa cuillère. Je suis pressée de me mettre au travail.

Helen et Sybil observèrent d'un œil critique la nourriture à laquelle elle avait à peine touché, mais Bronwyn s'était déjà levée. Voyant qu'elle s'apprêtait à prendre son plateau pour l'emporter hors de la chambre, Helen s'empressa de la devancer et lui lança un regard dans lequel l'irritation le disputait à l'étonnement.

Après avoir remis le plateau à l'une des servantes, elle se dirigea vers la porte et lança par-dessus son épaule :

— Si vous voulez bien me suivre.

Helen occupait ses fonctions avec plus de talent que Bronwyn n'aurait pu le supposer. Elle était parvenue à dénicher parmi les femmes du clan McJames les plus aimables pour s'occuper d'elle.

Mais dès qu'elle eut quitté le sanctuaire de la chambre de Cullen, Bronwyn dut faire face à une tout autre attitude. Les femmes qu'elle rejoignit dans l'atelier de couture masquaient à peine leur hostilité. Quelques-unes d'entre elles surveillaient même ouvertement ses moindres gestes d'un œil critique. Se savoir la cible de tous les regards mettait Bronwyn mal à l'aise. Elle était si tendue que sa nuque lui faisait mal. Quatre coupons de toile avaient été disposés sur l'une des trois grandes tables de travail. À présent que toutes les récoltes avaient été rentrées, les heures de travail d'hiver allaient pouvoir être consacrées au filage et au tissage de la laine. Il y avait dans un coin trois petits métiers à tisser. Ce qui retint tout de suite son attention, ce furent les deux grands métiers installés à l'autre extrémité de l'atelier. Ces engins familiers lui firent immédiatement l'effet d'un refuge contre l'hostilité qu'on lui témoignait.

Pour se donner une contenance, Bronwyn palpa l'une des étoffes qu'on lui présentait. La gorge serrée, elle ne put émettre le moindre commentaire. Un grognement sarcastique s'éleva dans la pièce silencieuse. Helen foudroya du regard la coupable, mais celle-ci ne se laissa pas intimider et maugréa :

— Je me fiche qu'une McQuade puisse apprécier mon travail ou pas. Qu'elle fasse mieux, si elle en est capable !

— Gerty ! protesta Sybil. La maîtresse n'a pas déprécié ton travail…

Un poing posé sur une hanche, l'intéressée fit la moue.

— S'il vous plaît, ne m'appelez pas ainsi, demanda Bronwyn.

L'attention collective se reporta sur elle.

— Vous appeler autrement serait irrespectueux, maîtresse ! protesta Sybil.

— Je m'appelle Bronwyn, insista-t-elle. Ces derniers jours ont été difficiles pour moi, à tel point que ce matin je ne sais même plus quel est au juste mon nom de famille.

Puis, s'adressant à Gerty :

— Votre maîtrise du grand métier est admirable.

La femme, sûre d'elle et plus âgée que Bronwyn, changea de posture et s'étonna :

— Vous avez déjà utilisé un métier ?

Le ton de sa voix indiquait qu'elle n'y croyait pas. Piquée au vif, Bronwyn redressa le menton. Son père était peut-être un homme insatiable qui exploitait les siens autant qu'il le pouvait, mais elle n'était pas quant à elle une fille de famille trop choyée tout juste bonne à enfanter et à donner des ordres. Elle était une McQuade.

— Oui, répondit-elle. Je sais m'en servir.

Avec un sourire de défi, Gerty répliqua :

— J'aimerais bien voir ça.

Son regard se porta sur le métier inutilisé.

— Vous devrez faire vous-même l'ourdissage des fils de chaîne, ajouta-t-elle.

— C'est la meilleure façon d'entamer le travail.

Sur ce type de métier, c'était aussi la partie la plus délicate à réaliser. Bronwyn ne demandait pas mieux que de relever le défi et de montrer ce qu'elle valait. Au terme d'une semaine passée à n'être rien d'autre que le butin de Cullen McJames, il lui tardait de redevenir elle-même – quelqu'un qui se suffisait dans l'existence, et qui méritait le respect pour cela.

Au moins, s'atteler à la tâche lui permit de se concentrer suffisamment pour oublier l'attention dont elle était l'objet. Ce n'était pas la première fois que quelqu'un mettait en doute sa capacité à se rendre utile. D'une certaine manière, cela avait commencé avec un père qui ne voulait pas d'elle, et cela se poursuivait avec un mari qui avait voulu d'elle parce qu'elle était la fille de son père.

Si elle n'avait été à ce point occupée à l'ourdissage de son métier, Bronwyn aurait pu rire de ce pied de nez du destin. Au bout d'un moment, la plupart des femmes étaient retournées à leur ouvrage sans plus s'occuper d'elle. Et lorsque sonna la cloche du repas de midi, elle était tellement absorbée dans son travail qu'elle décida de ne pas aller déjeuner. De toute façon, en se joignant au reste du clan dans la grande salle, elle ne trouverait qu'une autre assemblée hostile et décidée à le lui faire sentir. Elle n'avait pas assez faim pour supporter cela.

— Maîtresse, vous n'avez pas faim ? s'enquit Sybil.

Après avoir rangé son ouvrage, la jeune servante se leva.

— Tu peux y aller sans moi, répondit Bronwyn sans lever le nez de son métier. Je veux finir ceci.

Après avoir longuement hésité, Sybil finit par obéir et quitta la pièce. Bronwyn poussa un soupir de soulagement et constata en regardant autour d'elle qu'il ne restait plus personne dans l'atelier. Il lui semblait qu'elle n'avait plus été seule depuis une éternité. Ce n'était pas tant qu'elle aimait la solitude, mais elle appréciait de se sentir à l'aise dans son environnement. Toutes ces petites choses qui faisaient le quotidien avaient plus de valeur qu'elle ne l'aurait cru. Par exemple, savoir qui était mariée, qui avait un amoureux et risquait de l'être tôt ou tard, qui avait une sœur qui venait d'avoir un bébé et qui déplorait d'avoir une mère envahissante, qui avait un frère trop téméraire pour son propre bien et quels étaient les rêves que toutes partageaient durant leurs heures de travail.

À Sterling, ne rien savoir à propos de qui que ce soit rajoutait à l'isolement que lui valait son statut d'étrangère venue d'un clan ennemi. Sans commentaires taquins et sans plaisanteries, sans visages connus pour lui sourire, la vie lui semblait bien sombre. Quelle saveur avait l'existence quand il n'y avait autour d'elle que des gens aux regards durs qui épiaient chacun de ses gestes et la jaugeaient ?

Heureusement, il lui restait le tissage. Avec un regain de détermination, Bronwyn acheva le montage des fils de chaîne et testa leur tension. Elle avait choisi un beau bleu qui n'était pas sans lui rappeler… celui des yeux de Cullen.

Cette idée la prit par surprise. Cullen avait le don de s'inviter dans ses pensées sans crier gare. Elle sentit ses joues s'empourprer. Un sourd élancement se fit sentir entre les plis de son sexe. Des images de la nuit précédente affluèrent à sa mémoire, mettant à mal sa concentration. Au moins étaient-ce là des pensées agréables. Agréables, elle ne pouvait nier que ses caresses l'avaient été.

Bronwyn se sentit rougir de plus belle. Elle prit soudain conscience du fait qu'elle ne portait pas de corset, que ses seins demeuraient libres sous sa chemise, et que leurs pointes durcies frottaient désagréablement contre le tissu. Elle secoua la tête, agacée. Penser à Cullen suffisait donc à lui faire cet effet-là. Ayant achevé la préparation de son métier, elle se mit à tisser avec énergie. L'obsession qu'elle nourrissait pour cet homme n'avait aucun sens, mais elle n'avait aucun moyen d'y échapper.

— Méfiez-vous. Si vous montrez un talent particulier pour le tissage, vous allez vous retrouver enchaînée à ce métier.

Sous l'effet de la surprise, Bronwyn frappa trop fort sa pédale, qui alla percuter bruyamment le dallage de pierre. En venant se placer à côté d'elle, Cullen passa les doigts sur la bande de tissu qu'elle venait de produire.

— J'ai entendu dire que nombre de femmes détestaient ce métier, reprit-il.

Elle crut discerner dans ces propos une certaine forme de compliment. En reportant son attention sur lui, Bronwyn découvrit qu'il l'observait avec suspicion.

— Cela nécessite une certaine pratique, répondit-elle prudemment. Voilà tout.

Ses yeux bleus semblaient aussi durs que la glace.

— Quoi qu'il en soit, prévint-il d'une voix cassante, faites en sorte de ne pas manquer les repas. Il vous reste bien assez de temps pour tisser durant la journée. Vous n'avez pas besoin de vous affamer pour un peu de tissu.

Sybil se tenait près de la porte, en compagnie de trois autres servantes. Tête basse, elles s'efforçaient de ne pas regarder dans leur direction, mais elles ne pouvaient avoir manqué leur échange.

— Si vous manquez un repas, poursuivit Cullen, alors celles qui vous servent le manqueront aussi.

Il avait proféré cette menace sans élever la voix et avec une fermeté qui ne pouvait être ignorée. Bronwyn prit cette réprimande de plein fouet.

— Je n'ai pas besoin d'être choyée par des servantes qui ne me quittent pas d'un pas, dit-elle.

Cullen se rembrunit et répliqua :

— Moi, j'ai besoin de savoir où vous êtes, femme.

Il avait prononcé ce dernier mot avec une intensité qui ne put échapper à celles qui se trouvaient dans la pièce. Sa voix, tout comme son regard, trahissait sa suspicion. La colère de Bronwyn eut raison de sa patience.

Reposant sa navette dans un claquement sec, elle se leva et pour une fois, la haute stature de Cullen ne l'impressionna pas.

— Comme il vous plaira, *cher mari* ! lança-t-elle en le fixant droit dans les yeux.

Les traits de Cullen se durcirent quand il ajouta :

— C'est tout à fait exact. Je suis votre mari, et je ne vous laisserai pas vous enfuir pendant que vos servantes sont en train de déjeuner dans la grande salle.

— Vraiment ? Vous êtes donc là pour me lier à leur sort. Me menacer de les affamer si je ne vous obéis pas au doigt et à l'œil revient à m'enchaîner à un mur !

Cullen ne répondit pas immédiatement et soutint son regard sans ciller. Bronwyn refusa de baisser les yeux.

— Cela n'a rien à voir, dit-il enfin. J'espère pour vous que vous n'aurez jamais à connaître la morsure des fers dans votre chair. C'est pour votre bien que j'ai chargé Sybil de veiller à ce que vous ne vous aventuriez pas seule dans la neige et le froid.

Une certaine culpabilité vint tempérer la colère de Bronwyn. Cullen la regardait, imperturbable. Il était si différent de l'homme vers lequel ses pensées l'avaient menée quelques instants plus tôt. L'homme qui la serrait contre lui pour l'emmener sur les cimes du plaisir semblait étranger à celui qui lui faisait face. Celui-ci était un guerrier qui luttait contre sa famille. Il n'y avait aucune indulgence en lui, seule la volonté de la soumettre.

Elle avait effectivement cherché à s'enfuir, et elle ne pouvait le blâmer de craindre qu'elle ne recommence. Brusquement, elle fit volte-face et se dirigea vers la porte.

— Bronwyn ! lança-t-il dans son dos.

— Tranquillisez-vous, *cher mari* !

Au seuil de la pièce, elle se retourna et le foudroya du regard.

— Vous voulez que j'aille m'exhiber aux yeux des vôtres dans votre grande salle, c'est exactement ce que je vais faire.

Comme un trophée que je suis.

Les deux gardes en faction la regardèrent d'un air désapprobateur quitter l'atelier mais ne firent rien pour l'en empêcher. Leur présence la rendait plus furieuse encore. Elle empoigna son surcot qui l'entravait et accéléra le pas. Trébucher et tomber devant tout le monde serait sans doute la cerise sur le gâteau, et elle préférait s'en passer.

Le brouhaha des conversations dans la grande salle lui parvint avant même qu'elle n'y pénètre. Un grand silence se fit à son arrivée. Si elle s'était sentie épiée dans l'atelier de couture, ce n'était rien en comparaison de l'accueil que le clan réuni lui réservait.

Sybil pouvait s'acharner à l'appeler « maîtresse » tant qu'elle voulait, elle n'était rien de tel aux yeux de ceux qui se trouvaient là. Pas un homme ne porta la main à son bonnet pour la saluer. Il y eut même à son passage plus d'un ricanement désobligeant. D'un pas raide, elle traversa la salle et ne s'arrêta que devant une fenêtre dont le volet avait été ouvert pour laisser s'échapper l'excédent de fumée que la cheminée ne parvenait pas à contenir. Le dos tourné à ceux qu'elle refusait de rejoindre, elle se plongea dans la contemplation de la rivière qui coulait derrière la forteresse. Une croûte de glace de plusieurs pieds enserrait les berges et le courant charriait des glaçons. Des larmes lui brûlaient les yeux, qu'elle refusait de laisser couler. Il était ridicule d'attendre autre chose, dans sa situation, que ce qui lui arrivait. En inspirant fortement pour se calmer, elle s'efforça de reprendre la maîtrise de ses émotions.

— Assieds-toi, Cullen.

Brodick McJames paraissait fatigué. Cullen adressa à son frère un regard noir quand celui-ci ajouta :

— L'amener de force à cette table ne résoudra rien. Tu dois te montrer patient. Un pas à la fois.

Cullen fixa des yeux la forme immobile de son épouse campée devant la fenêtre. Rigide, elle avait le dos droit, le menton haut, et sa posture trahissait la défiance. Sa colère flamba de plus belle en lui. Elle l'avait bien rejoint dans la grande salle, mais elle refusait de manger à son côté. Son obéissance de façade froissait son orgueil.

S'adressant à Sybil, il précisa :

— Elle ne mangera pas tant qu'elle ne sera pas assise à cette table avec moi.

Il se montrait sévère et n'en avait cure. L'attitude de Bronwyn lui lançait un défi qu'il devait relever.

La servante s'inclina rapidement avant d'aller rejoindre la table des domestiques. Tout en engloutissant leur nourriture, ces dernières observaient nerveusement le couple.

— Je vous prie de m'excuser, lança Anne, qui venait de se lever.

Son mari tenta de la retenir par la main. Elle ne se laissa pas faire et poursuivit :

— Je ne resterai pas ici à vous regarder l'exposer comme un trophée de chasse !

Les sourcils froncés, Brodick regarda sa femme quitter la grande salle.

— Je te souhaite bonne chance, Cullen, dit-il. Je crois que tu vas en avoir besoin.

— Je n'ai pas été dur avec elle, frère.

Brodick hocha la tête et expliqua :

— Je crois qu'il existe une divergence d'opinions très nette entre hommes et femmes à ce sujet. Ma femme n'a pas apprécié que tu enlèves Bronwyn à sa famille.

— Est-ce si différent d'arranger avec le père d'Anne un mariage par procuration dont elle ignorait tout ?

Sous l'effet de la frustration, Cullen frappa la table de son poing.

— Les hommes diffèrent en tout des femmes, reprit Brodick d'un air pensif. Et j'ai négocié avec le père d'Anne pour le bien qui pouvait en résulter pour les McJames.

— Et c'est bien ce que je fais, moi aussi.

— Je n'ai pas dit le contraire... protesta Brodick en le dévisageant, un sourcil arqué. Si je désapprouvais ce que tu as fait, je l'aurais rendue à Jamie avec une lettre pour m'excuser et la promesse de te mettre au pas.

Cullen eut beau foudroyer son frère du regard, il n'en demeurait pas moins que celui-ci était le seul membre du clan McJames à pouvoir le forcer à renoncer à Bronwyn.

— Elle est ma femme, désormais ! s'exclama-t-il.

Dans un long soupir, Cullen s'efforça de dominer sa colère, car il avait conscience qu'il n'obtiendrait aucun résultat de la sorte. Le père de Bronwyn l'avait abreuvée pendant des années de la sienne sans réussir à la briser. Un sourire se dessina lentement sur ses lèvres. Il y avait un meilleur moyen d'obtenir son consentement : en se faisant une place dans son cœur.

— À quoi penses-tu ? demanda Brodick en le dévisageant d'un œil soupçonneux.

— Je pense que ma femme a besoin d'être courtisée.

Son frère lâcha un rire moqueur et répliqua :

— Il est manifeste qu'elle est réceptive et bien disposée à ton endroit.

Cullen lança un coup d'œil à celle qui était à présent son épouse, qu'elle le veuille ou non. Elle était sienne, et pas uniquement parce qu'il avait réussi à la ramener à Sterling. Ses droits sur elle s'enracinaient plus profondément, dans ces heures nocturnes au cours desquelles Bronwyn s'était tout entière livrée à lui. Quelque chose en lui le poussait à accepter le défi qu'elle lui lançait en lui tournant le dos. Il pouvait lui ordonner de venir s'asseoir près de lui, mais ce qu'il désirait vraiment, c'était qu'elle le rejoigne parce qu'elle considérait que telle était sa place.

— C'est en cela que nos cas diffèrent, dit-il en provoquant son frère d'un sourire railleur. Ton épouse anglaise n'a pas le même tempérament que mon Écossaise de femme...

— En cela, tu dois avoir raison.

Brodick se leva et prit quelques instants pour garnir de différents mets une grande assiette en bois, qu'il recouvrit d'un linge.

— Et je suis d'accord avec toi, reprit-il. Quelques tendres égards envers une épouse peuvent donner de grands résultats. Je te souhaite bonne chance, frère...

Sans rien ajouter, Brodick s'éloigna pour aller rejoindre Anne dans leur chambre. Cullen revint à Bronwyn et découvrit qu'elle-même se hâtait vers la sortie en compagnie de ses suivantes.

Son sourire se fit malicieux. Sa femme avait beau le fuir, cette fois il allait la déstabiliser grâce à une arme qu'elle ne l'imaginait même pas utiliser contre elle : son charme.

Le ventre de Bronwyn se mit à protester bien avant l'heure du dîner. Elle n'en poursuivait pas moins son travail vaillamment, bien décidée à ignorer sa faim. Elle regrettait de ne pouvoir ignorer de la même façon celui qui était à l'origine de tous ses problèmes.

Cullen demeurait au centre de ses pensées, en dépit de tous ses efforts pour l'en bannir. C'était à croire qu'il était devenu une obsession pour elle. La tension lui raidissait les épaules et sa lèvre inférieure devenait douloureuse à force d'être mordillée. Elle se sentait prisonnière des femmes qu'il avait placées autour d'elle pour la servir autant que des hommes qui montaient la garde à l'entrée de l'atelier. Ils étaient là pour la surveiller, et ce qu'ils proclamaient surtout aux yeux de tous, c'était que Cullen McJames ne faisait aucune confiance à son épouse.

Son épouse...

Ainsi, ce mot lui venait à présent tout naturellement à l'esprit. C'était une forme de résignation qu'elle aurait voulu pouvoir nier, mais elle n'en avait plus le courage.

Une douce odeur se fit soudain sentir. Bronwyn crut un moment que son imagination lui jouait des tours. Pourtant bien vite l'odeur se fit plus présente encore, et elle reconnut le fumet qu'exhale une pâtisserie juste sortie du four. Ses mains se figèrent sur le métier, ses pieds s'immobilisèrent sur les pédales. Elle sentit son mari venir s'asseoir derrière elle sur le banc, avant d'apercevoir son visage en tournant la tête.

Son ventre se mit à gronder plus fort encore tandis que l'odeur se faisait plus présente. Cullen avait enjambé le banc et placé ses jambes de part et d'autre des siennes. Il se retrouvait ainsi plaqué tout contre elle. Trop occupée à scruter le bol en bois qu'il venait de déposer devant elle, elle ne s'en offusqua pas. Dans le bol se trouvait un moule en céramique contenant un chausson qui dégageait un fumet à faire se damner une sainte. Deux cuillères en argent piquées dans la croûte dorée laissaient s'échapper une coulure de sirop et de fruit chaud.

— J'ai appris quelque chose, aujourd'hui.

Le ton taquin de Cullen la fit sourire malgré elle.

— Ah oui ? feignit-elle de s'étonner.

La divine odeur du chausson fit monter un nouveau grondement de son ventre vide.

— Oui. Je sais à présent pourquoi le printemps est la meilleure saison pour les mariages. Cela facilite les choses aux hommes pour s'éclipser avec leur nouvelle épouse en plein milieu de l'après-midi.

Saisissant une cuillère, il porta une bouchée de la pâtisserie aux lèvres de Bronwyn avant d'ajouter :

— C'est également plus facile pour convaincre la cuisinière de préparer un chausson aux pommes. Cette femme obstinée ne voulait pas entamer ses réserves. Elle disait qu'elle voulait les garder pour un jour de fête.

Bronwyn se souvint soudain qu'ils n'étaient pas seuls dans la pièce et sentit ses joues s'empourprer. La cuillère fumante de chausson était cependant trop appétissante pour qu'elle puisse y résister. Elle ouvrit la bouche et ne put réprimer un grognement appréciateur en mâchant lentement cette petite douceur parfumée et fondante. Rien ne lui avait jamais semblé aussi bon.

— Heureuse que vous ayez réussi à la convaincre, dit-elle après avoir dégluti.

Elle sentit dans son dos la poitrine de Cullen tressauter tandis qu'il riait doucement. Une autre cuillerée parvint à ses lèvres, et il continua ainsi à la nourrir comme une enfant, ne gardant que quelques bouchées pour lui. Quand il ne resta plus une miette dans le moule, il soupira et annonça :

— Je ne vais pas vous distraire plus longtemps. Mon frère pourrait me reprocher mon manque d'attention à la charge qui m'incombe.

Il se leva, emportant le bol avec lui. Bronwyn se tourna sur le banc pour le regarder. Un sourire ourlait ses lèvres, qui le rendait trop séduisant. Aucun homme n'aurait dû être aussi beau.

— Pour voir vos yeux briller, cela en valait la peine, *lass*, conclut-il en soulevant son bonnet pour la saluer. Peu m'importe que mon frère soit fâché.

— Il ne le sera pas, assura-t-elle en haussant les épaules. C'est l'hiver, à présent.

Cullen arqua un sourcil et protesta, pince-sans-rire :

— Peut-être, mais je préférerais que vous en soyez persuadée. Quel pourrait être l'intérêt de s'éclipser une petite heure pour faire une surprise à sa femme si cela ne devait entraîner aucune conséquence ?

Il lui fit un clin d'œil, appréciant manifestement le moment qu'ils passaient ensemble. Elle-même l'appréciait aussi.

Il fit volte-face et Bronwyn regarda son kilt tournoyer autour de ses jambes. Cullen était un homme jusqu'au bout des ongles. Au fond de lui survivait un gamin qui la touchait par ses jeux facétieux. L'homme qu'il était la touchait également, mais d'une autre manière… en lui échauffant les sens.

Lorsque Bronwyn se remit à l'ouvrage, ses mains tremblaient. Ce ne fut pas pour lui déplaire. Bien au contraire.

Ce soir-là Bronwyn se leva de son banc lorsque les cloches du dîner sonnèrent. Fière du travail accompli, elle admira la longueur de tissu qu'elle avait déjà produite. De loin, Gerty lui lança un regard critique mais s'abstint de toute réflexion. La lumière baissait et le travail ne pourrait reprendre avant l'aube. Déjà, il commençait à faire froid dans l'atelier, que l'on ne prenait pas la peine de chauffer.

Sybil l'attendait à la porte, le visage inquiet. En l'apercevant, Bronwyn sentit sa colère renaître. Lier à son sort celui de ses suivantes avait été une manœuvre indigne de la part de Cullen. Elle lui en voulait toujours, pourtant elle se dirigea avec les autres vers la grande salle. L'odeur de nourriture qui y régnait lui occasionna une crampe d'estomac qui lui fit porter la main à son ventre et grimacer légèrement.

— Vous vous sentirez mieux quand vous aurez le ventre plein, maîtresse.

Sybil s'efforçait de paraître enjouée, mais il y avait une certaine réserve dans le ton de sa voix qui n'y était pas le matin.

— Peut-être, répondit Bronwyn sans conviction.

Il était possible au contraire qu'elle s'étrangle avec ce qu'elle essaierait d'avaler… Comparée aux regards inamicaux qu'elle s'était attirés en arrivant dans la grande salle, la petite douceur que lui avait apportée Cullen dans l'après-midi était un souvenir agréable. Arrivée sur le seuil, elle marqua une pause puis se força à avancer en dépit de son inquiétude. Les regards narquois ou hostiles n'avaient pas disparu dans l'assemblée. D'autres jubilaient de la voir céder aux injonctions de Cullen.

Les servantes apportaient de la cuisine des plats de mets fumants. Bronwyn en avait l'eau à la bouche rien que de les regarder. Cullen était assis en compagnie de son frère à la table d'honneur. Tous deux la regardèrent remonter l'allée. Bronwyn gardait les yeux fixés sur Cullen, ne voyant rien d'autre que l'homme qui avait réussi à convaincre la cuisinière de se remettre aux fourneaux pour elle entre les repas. Il avait beau occuper une position élevée à Sterling, au fond de lui subsistait un gamin facétieux qu'elle appréciait de plus en plus.

Cullen, soudain, se renfrogna. Balayant du regard les convives, il éleva ses mains à plat au-dessus de la table et les abattit lourdement. Le bruit retentissant qui en résulta fit taire toutes les conversations. L'attention, focalisée jusque-là sur Bronwyn, se reporta sur lui. Il se leva et fit courir ses yeux sur l'assemblée, le visage sévère, avant de se mettre à parler d'une voix forte.

— Il semble que quelques-uns d'entre vous n'aient pas entendu dire que je me suis marié. Bronwyn McQuade et moi-même avons contracté une union qui doit apporter un meilleur avenir à nos deux clans. Elle est ma femme.

Cullen tendit la main vers elle. Bronwyn restait figée sur la marche menant à la table d'honneur. Ses paroles lui avaient amené les larmes aux yeux. Elle s'efforça de les retenir tandis qu'un murmure approbateur s'élevait au-dessus des tables. La main tendue de Cullen était un geste qui lui allait droit au cœur. En l'attendant, il restait debout, ce qui constituait une éclatante marque de respect. La seule personne à l'arrivée de laquelle il était tenu de se lever à Sterling, c'était son frère. Un geste était souvent plus éloquent qu'une parole.

Bronwyn s'avança enfin et s'arrêta au pied de l'estrade pour s'incliner longuement.

— Venez vous asseoir près de moi, Bronwyn.

Plus troublée que jamais, elle s'exécuta et le rejoignit. Il l'avait enlevée et ne méritait que son mépris, mais il lui témoignait aussi du respect. Même des lairds rivaux étaient tenus de se respecter en public. Une chaise confortable fut tirée à son intention. Quand elle laissa son regard se porter de nouveau sur la salle, plusieurs hommes soulevèrent leur bonnet pour la saluer. Ce revirement semblait si incroyable qu'elle cligna les paupières, certaine d'avoir rêvé. Peu à peu, les conversations reprenaient tandis que les servantes poursuivaient le service.

Cullen lui prit la main sur la table et se pencha sur elle pour murmurer :

— Vous êtes une énigme pour moi, Bronwyn.

— Je pourrais vous retourner le compliment…

Elle fit une tentative pour récupérer sa main qu'il tenait fermement. Leurs regards se croisèrent et il la dévisagea un long moment. Ses yeux brillaient de malice. Ses lèvres se retroussèrent en un sourire taquin. Bronwyn sentit son estomac se serrer comme la première fois qu'ils s'étaient rencontrés. Les doigts de Cullen caressèrent la peau fine de son poignet. La sensation qui en résulta était si intense qu'elle s'agita sur son siège. Sans la quitter des yeux, il se rapprocha davantage.

— Et si je flirtais un peu avec vous ? susurra-t-il. Me récompenseriez-vous en rougissant comme vous savez le faire de si charmante manière ?

De nouveau, elle tira sur sa main, et tout ce qu'elle y gagna fut un rire moqueur. Le regard de Cullen se porta sur ses lèvres et le désir flamba dans ses yeux bleus. Comme en écho, celui de Bronwyn se réveilla également.

— Cessez de me taquiner, gémit-elle.

— Je vous assure, Bronwyn, que je ne vous taquine pas.

Il lui caressa une nouvelle fois le poignet, puis ses doigts descendirent jusqu'au creux de sa paume. Elle n'aurait jamais imaginé que sa main puisse être si sensible. Le souffle coupé, elle sentit un frisson le long de son dos.

— Vous n'avez pas répondu à ma question, reprit-il en se rapprochant d'elle. Si je vous fais la cour, allez-vous vous adoucir et succomber à mon charme ?

— Je me suis déjà donnée à vous.

Le rouge lui monta aux joues et un petit gémissement lui échappa lorsqu'elle réalisa ce qu'il lui avait fait dire à la table d'honneur. Cullen lui souriait mais il n'y avait cette fois rien d'innocent dans la manière qu'il avait de le faire tout en continuant de lui caresser le poignet.

— Nous avons à peine commencé d'explorer l'art et la manière de nous donner l'un à l'autre, assura-t-il.

C'était une promesse qu'elle pouvait désormais lire dans ses yeux. Elle était fascinée par l'intensité du désir qu'elle y découvrait. Une certaine impatience se fit jour en elle. Elle humecta ses lèvres soudain sèches et vit son regard se focaliser sur sa langue. Cullen rougit violemment, trahissant sa propre excitation. Une surprenante et toute nouvelle confiance en elle lui vint quand elle comprit qu'elle lui faisait autant d'effet qu'il lui en faisait lui-même.

Une servante vint soudain déposer un plat devant eux, les tirant abruptement de leur tête-à-tête.

— Vous avez réussi à me distraire, reconnut-il en portant sa main à ses lèvres pour y déposer un baiser. Je crois que ce repas va être le plus long de mon existence.

Le cœur de Bronwyn se mit à battre plus fort. C'était une réponse disproportionnée à quelques paroles anodines, mais elle ne pouvait l'ignorer.

Un long grondement monta soudain de son ventre. Il n'en fallut pas plus pour la tirer de la fascination dans laquelle elle était plongée. Cullen fronça les sourcils et tendit le bras pour s'emparer d'un couteau. Il le planta dans une tranche de porc rôti dans le plat et servit la viande dans l'assiette de Bronwyn.

— Mangez ! lança-t-il. Ne laissez pas votre fierté vous entraîner dans une bataille que vous ne pouvez gagner.

— Je me demande comment vous réagiriez si je vous demandais d'ignorer votre propre fierté.

Elle s'était exprimée si bas qu'il avait dû se pencher sur elle pour l'entendre. Une drôle d'expression flottait sur son visage, plus proche de l'admiration que de l'agacement qu'elle s'était attendue à y trouver.

— Sans doute pas aussi bien que vous l'avez fait, *lass*, reconnut-il.

Ce disant, il puisa dans un autre plat pour achever de garnir l'assiette de Bronwyn avant d'ajouter :

— C'est un fait que vous supportez cette tempête entre nos deux familles mieux que je n'aurais pu l'espérer.

Cet aveu ne la laissa pas de marbre. Peut-être était-ce téméraire de sa part d'y croire, mais il paraissait sincère, et cela mettait du baume sur ses blessures. Bronwyn reporta son attention sur son assiette et ces paroles l'apaisèrent au moins le temps qu'elle calme sa faim.

Alors qu'elle mangeait, elle sentit qu'il l'observait et se mit à rougir de plus belle. Elle dut résister au besoin de le regarder. Dans la salle, de trop nombreuses paires d'yeux étaient fixées sur eux. L'animosité qu'avaient nourrie les McJames à son égard avait fait long feu. Elle n'aurait pas été jusqu'à prétendre qu'ils la considéraient de manière amicale, mais au moins ne la condamnaient-ils plus d'emblée.

C'était déjà quelque chose, un socle sur lequel s'appuyer pour regarder vers l'avenir avec – peut-être – davantage d'espoir. Peut-être.

10

Les bras serrés contre elle, Bronwyn se demandait ce qui la rendait si nerveuse. Sybil, depuis la porte de la chambre, observait les deux servantes qui préparaient le lit pour la nuit. La jeune femme connaissait bien son travail et ne négligeait rien quand il s'agissait de vérifier que tout était fait au mieux pour le confort de sa maîtresse.

Voir qu'on ouvrait la literie dans l'attente de ses occupants suffit à lui donner la chair de poule. C'était ridicule de sa part de se montrer aussi sensible à la perspective de la nuit à venir. Elle n'était plus vierge et le lit conjugal lui avait déjà dévoilé une partie de ses mystères. Pour être honnête avec elle-même, elle devait reconnaître que les paroles de Cullen l'avaient troublée. Imaginer qu'il leur était possible de faire dans ce lit bien plus encore que ce qu'ils avaient déjà fait l'excitait. Et si c'était du vice de sa part, elle était prête à aller brûler en enfer…

Les servantes, leur tâche achevée, s'inclinèrent devant elle et s'éclipsèrent. Sybil s'attarda un instant et demanda :

— Y a-t-il autre chose pour votre service, maîtresse ?

— Appelle-moi Bronwyn, s'il te plaît.

Sans lui répondre, Sybil se renfrogna.

— Bonne nuit, Sybil, intervint Cullen en pénétrant dans la pièce. Ta maîtresse n'a plus besoin de toi.

Ses cheveux étaient encore humides. Sa chemise lui collait au torse là où il n'avait pas pris le temps de s'essuyer.

— Bonne nuit.

Sybil fit la révérence avant de partir. Cullen referma la porte derrière elle et lança aussitôt à Bronwyn :

— Pourquoi refuser qu'elle vous appelle « maîtresse » ? Vous préférez qu'on vous manque de respect ?

— On ne m'a jamais appelée ainsi, se justifia-t-elle.

— Repoussez-vous Sybil parce qu'elle est une McJames ?

Il avait posé la question sans élever la voix, mais non sans une certaine colère.

— Non, répondit-elle spontanément. Ce serait vraiment faire preuve de méchanceté.

Cullen parut soulagé, pourtant il demeura sur ses gardes.

— Je suppose que je dois vous croire sur parole, dit-il. Sans quoi, je ne pourrais attendre de votre part que vous fassiez de même à mon égard.

La suspicion que trahissaient ses paroles la piqua au vif. Relevant le menton, elle soutint son regard et répondit :

— Je le suppose moi aussi.

Le regard qu'il lui lança la rendit cruellement consciente de l'état de vulnérabilité dans lequel il la trouvait. Au sortir du bain, elle avait rejeté sa chevelure dans son dos pour la faire sécher à la chaleur des flammes de l'âtre. Elle ne portait que sa chemise sur sa peau fraîchement lavée et particulièrement sensible. Une fois de plus, elle se retrouvait à la merci de son ravisseur, mais ce soir, loin de l'effrayer, cela l'excitait. Un frisson de plaisir anticipé lui remonta l'échine. Déjà, le désir lui tenaillait le ventre.

Cullen l'admira longuement, détaillant avec lenteur tout son corps de la tête aux pieds. Son expression changea progressivement, le soupçon faisant place à un désir brûlant.

— Sterling n'est pas un mauvais endroit pour vivre, dit-il. Donnez à ceux qui y habitent le temps de vous satisfaire.

Sur ce, il tira sur l'extrémité de son ceinturon pour le déboucler. Son tartan glissa le long de son corps. Il le saisit, le déposa au dos d'une chaise et n'eut plus lui aussi que sa chemise sur le dos.

— Pour vous donner du temps à vous aussi, bien sûr.

Bronwyn s'était exprimée d'une voix tremblante. Plus que jamais, elle se sentait vulnérable, comme s'il lui était impossible de refuser quoi que ce soit à Cullen dès qu'il s'agissait de sentiments. La facette de lui-même qui se manifestait derrière la porte close de leur chambre avait le don de la toucher en plein cœur.

— Oui, reconnut-il dans un sourire. Quel mal y a-t-il à espérer que vous finirez par m'apprécier ?

— Nous sommes déjà mariés.

— Exact. Et vous vous imaginez que cela me suffit ?

Il franchit en quelques pas la distance qui les séparait et lui caressa doucement la joue. Elle frissonna tandis que ce premier contact suscitait en elle un torrent de sensations.

— La première fois que je vous ai vue, reprit-il, j'ai eu envie de vous conquérir et de vous faire mienne. Cela n'a pas changé depuis.

Ses lèvres se rapprochèrent des siennes.

— Nous sommes toujours les deux mêmes personnes. Nous n'avons pas changé depuis que par cette belle soirée d'automne le hasard a fait naître des étincelles entre nous. Avouez que vous avez eu envie que je vous embrasse.

Un sourire coupable se dessina sur les lèvres de Bronwyn.

— Peut-être, répondit-elle. Mais n'ayant jamais été embrassée auparavant, peut-être le redoutais-je aussi.

Cullen haussa un sourcil étonné :

— Jamais ? J'imaginais qu'il y aurait eu au moins un homme portant les couleurs de votre père prêt à braver sa colère pour pouvoir goûter à vos lèvres.

Ses yeux se portèrent sur sa bouche et il poursuivit :

— Moi-même, j'étais prêt à défier mon roi pour vous.

Elle eut à peine le temps d'entrouvrir les lèvres pour protester qu'il l'embrassa avec passion. Enroulant son bras autour de sa taille, il l'attira pour la serrer avec force contre lui. Son sang se mit à courir plus vite dans ses veines tandis que ses lèvres s'entrouvraient pour laisser sa langue investir sa bouche. C'était la plus douce des invasions, qu'elle encouragea en s'y prêtant avec enthousiasme, taquinant sa langue de la sienne en retour. Ses mains remontèrent vers les épaules de Cullen, contrariées dans leur mouvement par le tissu de sa chemise.

— Je ne pourrais vous approuver davantage, gémit-il.

En un tournemain, il l'eut débarrassée de sa chemise, qui alla atterrir sur le sol. Les deux mains posées sur ses hanches, il la tint à bout de bras et détailla son corps nu.

— Je vais ordonner qu'on pousse chaque soir le feu dans ma chambre, dit-il. Pour pouvoir vous admirer nue.

Il fit remonter ses doigts le long de ses flancs et prit ses seins en coupe dans ses paumes. Le creux de ses mains s'adaptait parfaitement aux globes de chair dont il caressait de ses pouces les pointes dressées.

Bronwyn mourait d'envie de le caresser lui aussi. Elle se fichait de savoir si c'était correct ou non, permis ou pas. Les règles qu'on lui avait apprises n'avaient plus cours. Ce qu'on attendait d'elle depuis toujours ne s'appliquait pas à l'instant qu'ils étaient en train de vivre. Comme il était trop grand pour qu'elle puisse lui retirer sa chemise ainsi qu'il l'avait fait pour elle, elle se baissa et glissa ses mains sous l'ourlet. Un soupir d'aise lui échappa quand sous ses paumes elle sentit sa chair nue. Les muscles de ses cuisses durcissaient sous ses doigts.

— Touchez-moi, demanda-t-il.

L'urgence qu'elle avait perçue dans le ton de sa voix la surprit. Comprendre que ses caresses lui faisaient un tel effet la rendait intrépide. La faiblesse qu'elle avait pour lui était acceptable tant qu'il ne restait pas lui-même insensible à ses caresses.

— Touchez-moi ! répéta-t-il d'une voix plus rauque.

Déjà, les mains de Bronwyn remontaient sous la chemise de Cullen en réponse, caressant sa peau satinée jusqu'à trouver sous ses doigts la bourse de chair fripée qui pendait sous son sexe. À ce contact, il tressaillit et se figea.

— Encore ! supplia-t-il, les yeux mi-clos.

Bronwyn s'enhardit, poursuivant son ascension avant d'empoigner son sexe dressé. La longue hampe de chair épaisse était dure et se cabrait par à-coups sous ses doigts. Son autre main se joignit à la première. Cullen frissonna et poussa un long gémissement de plaisir.

D'un geste souple, il fit passer sa chemise pardessus tête et s'en débarrassa. Les flammes de l'âtre nimbaient son corps nu d'une lueur écarlate.

— À présent, caressez-le !

C'était un ordre, et il ne déplaisait pas à Bronwyn d'y obéir. Avec une assurance grandissante, elle fit aller et venir ses doigts serrés sur toute la longueur de son sexe. Un muscle commença à palpiter sur la mâchoire de Cullen. Les yeux clos, il avait rejeté la tête en arrière. Le voir apprécier les caresses qu'elle lui prodiguait fit à Bronwyn l'effet d'un aphrodisiaque. Une vague de chaleur se répandit en elle et dans son propre sexe, le besoin se fit sentir d'accueillir celui qu'elle sentait palpiter entre ses doigts.

La poitrine de Cullen se soulevait en rythme avec son souffle pantelant. Bronwyn le caressa plus vite, plus fort. Il joua des hanches pour mieux aller et venir entre ses mains. Baissant la tête, il ouvrit les yeux et la fixa longuement.

— Chacun son tour, lâcha-t-il enfin, les dents serrées.

Après s'être baissé pour la saisir par les hanches, il la souleva sans effort et alla la déposer sur une table appuyée contre un mur. Puis, écartant ses cuisses à deux mains, il lui ordonna :

— Placez vos mains derrière vous.

— Pou… pourquoi ? balbutia-t-elle.

— Cela mettra vos seins en valeur.

Troublée par cette idée, Bronwyn écarquilla les yeux.

— C'est… vicieux.

— Nous sommes mariés, répliqua-t-il. Je ne vois rien de mal au fait de jouir des corps que Dieu nous a donnés.

— Alors, si Dieu l'a voulu !

Sa voix rauque la surprit autant que l'audace de ses propos. Depuis quand était-elle devenue… libertine ?

Cullen se mit à rire et laissa ses mains remonter le long des cuisses de Bronwyn. Si ce qu'il était en train de lui faire était un vice, c'était aussi la chose la plus excitante qu'on lui ait jamais faite. Là où leurs épidermes étaient en contact, le plaisir irradiait. Comme d'elles-mêmes, ses mains allèrent se placer dans la position qu'il lui avait demandée. Quand elle les posa à plat sur la table derrière elle, son dos se cambra, propulsant ses seins vers l'avant. Cullen fit glisser ses mains jusqu'à eux et les empoigna doucement. Penché au-dessus d'elle, il suçota la pointe dressée d'un de ses mamelons. Bronwyn lâcha un petit cri étranglé. Après avoir caressé son aréole sous sa langue, il se redressa et dit :

— Maintenant, je vais vous montrer quel avantage il y a à obéir à son mari.

Il s'accroupit entre ses cuisses écartées, son visage à hauteur du sexe de Bronwyn offert à ses regards. Sous l'effet de la surprise, elle se redressa sur les coudes et protesta faiblement :

— Cullen…

Une main posée sur chacune de ses cuisses afin de les écarter plus largement encore, il avoua :

— J'aime vous entendre m'appeler par mon nom.

Il reporta son attention sur les plis de son intimité et lorsqu'il se pencha, elle sentit son souffle caresser sa chair.

— Cullen, reprit-elle d'une voix sourde, vous ne pouvez tout de même pas…

— Je vous assure que si.

Bronwyn n'eut pas l'occasion d'en dire plus. Cullen venait de déposer sur son clitoris un baiser qui la fit se tordre de plaisir. Sans renoncer à son entreprise, Cullen lui empoigna fermement les hanches et la maintint dans la position souhaitée. La pointe de sa langue s'insinua entre les plis de son sexe, remontant lentement jusqu'au clitoris. Bronwyn se mit à gémir doucement. Elle n'aurait su dire si c'était sous l'effet du plaisir ou de l'agonie. Tout ce qu'elle savait, c'est qu'elle ne voulait pour rien au monde qu'il arrête ce qu'il avait commencé.

Et s'ils se complaisaient tous deux dans le vice, alors elle voulait bien être damnée, car elle n'était pas prête à s'en passer. Le plaisir des sens la dominait plus fortement encore qu'il ne l'avait jamais fait. Cullen fit rouler sous sa langue le petit bourgeon de chair ultrasensible, encore et encore. Sans même s'en rendre compte, elle s'était mise à haleter doucement. Ses doigts s'accrochèrent au rebord de la table. Pantelante, elle sentait tous les muscles de son ventre durcir et bientôt, elle joua du bassin pour mieux se prêter à l'action diabolique de sa langue.

Soudain, tout s'arrêta. Cullen releva la tête sans lui lâcher les hanches. Le besoin qu'il continue était si fort qu'il en devenait presque douloureux. Bronwyn cria de dépit, toute fierté oubliée.

— Regardez-moi, ordonna-t-il.

Rouvrir les yeux lui semblait impossible. Elle ne voulait rien d'autre que replonger dans le tourbillon de désir et de passion dans lequel il l'avait plongée. Un bref et léger coup de langue la força néanmoins à s'exécuter.

— Appelez-moi « mon époux ».

Une détermination inébranlable se lisait dans son regard. Cullen lâcha une de ses hanches et laissa sa main descendre jusqu'à son ventre. À l'approche de ses doigts, elle sentit son clitoris la démanger, en manque de cette caresse qui suffirait à lui procurer l'apaisement. Lorsqu'il se décida à agir, il le fit si doucement qu'elle se sentit plus frustrée encore.

Il ne céderait rien. Elle le lisait dans ses yeux.

— Mon époux, dit-elle tout bas.

— Vous le dites, mais y croyez-vous vraiment ?

Cullen se redressa, magnifique dans la lueur du feu de bois, chaque détail de son corps musclé souligné par un jeu d'ombres et de lumière. Sa force virile affolait Bronwyn. Même son orgueil était séduisant, car c'était une part de lui qui en faisait l'homme qu'il était : intransigeant, implacable.

— Je me demande… commença-t-il.

Sans la quitter des yeux, il alla s'asseoir dans un des fauteuils au piétement en X et lui lança :

— Venez ici, femme. Votre époux vous demande.

En se redressant, Bronwyn le foudroya du regard : par sa faute, son corps lui semblait être un volcan sur le point d'exploser. Le sexe de Cullen, dressé et palpitant, indiquait clairement qu'il en allait de même pour lui.

— Vraiment, *mon époux* ?

— Vraiment.

Elle se glissa au bas de la table et y demeura immobile un bon moment. Cullen la dévorait des yeux. Le tic qui faisait se contracter un muscle sur sa mâchoire avait repris. Le constater rendit Bronwyn intrépide. En reportant son attention sur son sexe, elle se demanda s'il serait aussi sensible que le sien aux caresses buccales. C'était osé, pourtant il lui était difficile d'ignorer cette tentation.

Après s'être approchée lentement, elle s'arrêta devant lui et laissa doucement ses doigts remonter le long de son sexe. À peine eut-il le temps de pousser un hoquet de surprise qu'elle se pencha pour le titiller entre ses seins.

— Pourriez-vous me laisser user de vous à ma guise, mon époux ?

Un grognement rauque précéda la réponse de Cullen.

— Comme il vous plaira… mon épouse.

Au ton de sa voix, elle comprit qu'il la mettait au défi. Un défi qu'elle se sentait prête à relever. Elle s'agenouilla devant lui et empoigna son sexe. Sous ses doigts, sa chair était dure et chaude, d'une douceur de satin. L'odeur virile qui lui chatouillait les narines était irrésistible. Penchée sur lui, elle passa le bout de sa langue sur la couronne charnue qui formait la base de son gland.

— Doux Jésus ! s'exclama-t-il dans un souffle.

Cullen attrapa la tête de Bronwyn à deux mains et empoigna ses cheveux. Elle leva les yeux vers lui et vit qu'il la regardait fixement. La surprise se lisait sur ses traits, ainsi qu'un désir forcené qui l'incita à prendre l'initiative. Baissant la tête, elle fit courir sa langue tout le long de son sexe.

— Prenez-moi... dans votre bouche !

Sa voix n'était qu'un murmure rauque. De la part d'un guerrier tel que lui, sa demande était aussi proche d'une supplique qu'elle pouvait l'être. Bronwyn ouvrit grand la bouche et la referma sur l'extrémité de son sexe. Elle sentit les doigts de Cullen se serrer dans ses cheveux. La faible douleur qu'elle en éprouva l'encouragea à aller plus loin. Elle se rapprocha encore entre ses cuisses écartées afin de pouvoir en baissant de nouveau la tête l'engloutir plus profondément en elle. Cullen souleva son bassin pour l'y aider et poussa de sourds gémissements de plaisir.

— Assez ! lança-t-il d'une voix étranglée.

Bronwyn se redressa et fit glisser ses doigts le long de son membre encore humide de salive. Leurs regards se croisèrent. Il avait les lèvres pincées. Ses yeux étaient réduits à deux minces fentes.

— Assez joué, Bronwyn, ajouta-t-il.

— Oui, approuva-t-elle.

À cet instant, il n'y avait plus ni ravisseur ni captive, seulement un homme et une femme ayant désespérément envie l'un de l'autre.

— Levez-vous !

Bien que lui donnant des ordres, il avait l'air subjugué par elle, à sa merci. Lorsqu'elle s'exécuta, les yeux de Cullen coururent sur le corps nu de Bronwyn. Jamais elle ne s'était sentie aussi jolie.

Visiblement, il aimait ce qu'il voyait.

— Assez joué ! répéta-t-il.

Il se pencha, l'attrapa par les hanches, puis il la souleva sans effort et l'installa sur son giron. Elle agrippa ses larges épaules pour préserver son équilibre et eut un petit hoquet de surprise en sentant le sexe de Cullen se loger contre le sien. L'assise du siège était assez large pour qu'elle puisse s'agenouiller de part et d'autre de ses hanches.

— Avez-vous déjà chevauché à califourchon, femme ?

L'image que cette question suscita dans son esprit lui coupa le souffle. Les mains de Cullen s'étaient posées sous ses fesses, qu'il caressait.

— Oui, approuva-t-il. Je vois que vous me comprenez.

— Mais...

— Pas de « mais ».

Ses mains la soulevèrent. Le sexe de Cullen se redressa quand elle fut suffisamment haute. Elle sentit son membre se présenter à l'orée de sa vulve. Il commença à la laisser descendre, l'empalant sur ce pieu de chair dressé. Un long râle bas et rauque lui échappa tandis que le fourreau du sexe de Bronwyn gainait le sien.

Un frisson de pur plaisir la secoua. Bronwyn ne pouvait se contenter de cela. D'elle-même, elle se redressa au-dessus de lui jusqu'à ce qu'il ne reste que l'extrémité de son sexe en elle.

— Oui, Bronwyn... l'encouragea-t-il.

Emprisonnant ses hanches entre ses mains, Cullen la fit redescendre. Bronwyn poussa un petit cri tandis qu'une vague de plaisir lui transperçait le ventre. De nouveau, elle se désengagea sans qu'il ait besoin de l'y inciter. Le sexe de Cullen frottait sur toute sa longueur contre son clitoris lorsqu'elle se penchait vers lui. Parfaitement maîtresse de ce qui était en train de se passer, elle se mit à aller et venir au-dessus de lui, à un rythme de plus en plus soutenu.

— C'est cela ! s'enthousiasma-t-il, le souffle court. Chevauchez-moi !

— À vos ordres, mon époux…

La voix de Bronwyn était devenue si grave qu'elle ne la reconnut pas. Les doigts de Cullen sur ses hanches se crispaient, s'enfonçant dans sa chair. Chaque fois qu'elle s'abattait au-dessus de lui, il jouait du bassin pour venir à sa rencontre. Son désir s'intensifia en elle, jusqu'à former une boule dense, au creux de son ventre, qui explosa dans une déflagration de plaisir. Elle perdit le rythme quand celui-ci inonda tout son être. Ses muscles internes jouaient spasmodiquement autour du sexe de Cullen, qui prit la relève aussitôt. En la faisant aller et venir au-dessus de lui, il jouait du bassin simultanément. Bientôt, dans un long cri, il plongea en elle de toute la longueur de son sexe et se figea, la retenant fermement en place. Bronwyn sentit sa semence jaillir dans sa matrice en jets puissants tandis qu'elle luttait, essoufflée et tremblante, pour reprendre ses esprits.

Quelques instants plus tard Cullen déposa dans son cou un doux baiser, puis un autre encore. Ses mains se décrispèrent sur ses fesses et remontèrent le long de son dos. Ces tendres caresses libérèrent en elle des émotions plus tendres encore. Il n'était pas obligé de se montrer ainsi avec elle après avoir obtenu d'elle ce qu'il voulait. Pourtant, il le faisait. Peut-être était-elle une idiote de se laisser émouvoir ainsi, mais à cette minute, elle était incapable de se défendre.

Cullen serra le visage de Bronwyn entre ses mains et l'embrassa longuement. Ses lèvres titillaient les siennes. Sa langue explorait sa bouche en lentes incursions qui lui procuraient des frissons de plaisir.

Une sonnerie de cloche vint soudain briser la magie de l'instant. Cullen redressa la tête, mettant fin au baiser. Une seconde cloche, puis deux autres, tintèrent dans la nuit et firent écho dans la forteresse silencieuse.

Cullen se leva aussitôt. Il prit le temps de déposer Bronwyn en douceur sur ses jambes avant d'aller s'habiller en hâte. Elle le suivit sans hésiter. Une telle alerte signifiait un danger imminent et chaque homme devait au plus vite rejoindre son poste. Elle se sentait aussi concernée que tous ceux qui vivaient dans l'enceinte du château : si Sterling était investi, elle subirait le même sort que ses habitants.

Sans même prendre le temps de s'habiller, Bronwyn s'empressa de plisser le tartan de Cullen. Dans une bataille, ses couleurs empêcheraient ses hommes de le confondre avec l'ennemi.

— C'est quelque chose que je ne m'attendais pas à vous voir faire...

Tout occupée qu'elle avait été, Bronwyn s'était laissé surprendre par la voix de Cullen. Le tartan, parfaitement plissé au-dessus du ceinturon qu'il bouclerait autour de sa taille, n'attendait plus que lui.

— Je sais ce que ces cloches signifient, dit-elle. Il n'y a pas une minute à perdre.

En chemise, déjà chaussé de ses bottes, il prit son visage en coupe entre ses mains et lui donna un nouveau baiser.

— Oui, répondit-il. Je ne suis pas si pressé que je ne puisse vous dire à quel point cela me fait chaud au cœur de vous voir plisser mon kilt.

Au-dehors, une grande agitation régnait dans la cour. Cullen se pencha en arrière par-dessus la table et attrapa les deux extrémités de son ceinturon qu'il boucla habilement avant de se redresser.

— Habillez-vous, lui ordonna-t-il. Dépêchez-vous, *lass*. Vous ignorez où les femmes se rassemblent en cas d'alerte. J'aurais dû vous le montrer...

Se cacher ne servirait à rien si l'ennemi parvenait à entrer, car les murailles n'étaient pas défendues. Au lieu de lui obéir, Bronwyn alla ramasser l'épée de Cullen et la lui tendit.

En le voyant hésiter, elle comprit qu'il n'aimait pas qu'elle soit encore nue avant que lui ne rejoigne ses hommes. S'il la laissait, il n'y aurait plus personne pour la défendre.

— Allez-y... l'encouragea-t-elle. Ne vous occupez pas de moi. Je trouverai bien le chemin toute seule.

— Je ne doute pas que vous le pourrez.

Dans son regard, elle lut qu'il redoutait autre chose : qu'elle puisse ne pas se joindre aux autres femmes, voire chercher à profiter de la confusion pour s'échapper. Les cloches qui n'en finissaient pas de sonner finirent par avoir raison de ses réticences. Sa discipline de guerrier et son entraînement se rappelaient à lui. La défense de la forteresse devait passer avant toute autre considération.

— Très bien, *lass*. Nous verrons bien si je peux vous faire confiance.

Il sortit en laissant la porte grande ouverte. Bronwyn alla bien vite ramasser sa chemise et se couvrit. Elle se sentait écartelée entre le devoir et l'envie. Le besoin de s'enfuir pour rentrer chez elle l'avait abandonnée. Elle se sentait coupable, car elle le vivait comme une trahison envers les siens.

Elle ne pouvait pourtant se mentir. Tout ce qui la motivait à présent, c'était le besoin de rester avec Cullen.

Certes, l'homme était têtu et arrogant, mais il avait aussi en lui des réserves de tendresse et de douceur. Depuis qu'elle était née, il n'y avait eu que son frère Keir pour la traiter aussi gentiment. La plus extrême confusion régnait toujours en elle quand elle acheva de s'habiller.

Revenir auprès d'un père qui la traitait de catin, ou rester près d'un mari qui ne lui faisait pas encore tout à fait confiance ? À bien y réfléchir, le choix était vite fait.

Ce qui la surprenait le plus, c'était de constater à quel point l'idée de quitter Cullen lui était douloureuse. Ce dilemme lui fit perdre quelques précieuses minutes au cours desquelles elle aurait pu aller s'abriter avec les autres femmes.

Bronwyn avait l'impression de sentir encore sur ses lèvres le baiser qu'il lui avait donné après avoir assouvi son désir. Elle en gardait le souvenir au fond de son cœur. Il y remplissait le vide qu'avaient laissé les sordides accusations de son père. Elle était certes une McQuade, mais elle était désormais également la femme d'un McJames.

Elle irait donc rejoindre dans leur abri les autres femmes du clan.

— Les cavaliers de McKorey en approche ! s'écria une sentinelle.

Du haut de la plus haute muraille, Cullen regardait le groupe de cavaliers approcher. Ils chevauchaient à bride abattue, poussant leurs montures au-delà du raisonnable. Cela ne ressemblait pas à Alarik d'arriver ainsi, même au cœur de la nuit. L'homme n'avait pas peur du noir.

— Gardez la porte fermée pour le moment, ordonna-t-il.

Ces hommes arboraient bien les couleurs des McKorey, mais il ne pouvait encore distinguer leurs visages. Il aurait été imprudent de ne se fier qu'à leurs tartans. Le cavalier de tête leva une main, signal auquel le dernier de la troupe dressa en l'air une oriflamme portant le blason d'Alarik. Aucun Écossais digne de ce nom n'aurait usurpé un blason pour s'introduire par ruse dans une forteresse. Jamie avait fait mettre au cachot ceux qui s'y étaient risqués.

Pourtant, cela n'aurait pas empêché les McQuade de s'y essayer, Cullen en aurait parié son épée. Quelques mois de prison n'étaient pas pour effrayer Erik McQuade si cela pouvait lui permettre de frapper un grand coup à Sterling.

— Archers, en position !

La voix profonde de Brodick, qui venait de rejoindre Cullen, suscita un écho le long de la muraille.

— Crois-tu que ton nouveau beau-père nous rend une petite visite sous de fausses couleurs ?

Cullen porta une lunette à son œil et la dirigea vers la troupe de cavaliers, qui avaient modéré leur allure.

— L'idée ne me semble pas farfelue, mais je ne vois qu'une cinquantaine d'hommes, annonça Cullen.

— Pas assez pour une invasion.

Brodick prit à son frère la lunette pour scruter à son tour les cavaliers.

— Suffisamment pour occasionner des pertes sévères si nous ouvrons, ajouta-t-il.

— Oui, approuva Cullen. C'est à craindre, en effet.

La tension était palpable et ne retomba que quand les cavaliers furent assez proches pour que l'on puisse distinguer leurs traits. Cullen poussa un soupir de soulagement dès qu'il reconnut le visage d'Alarik McKorey dans la lunette.

— Pourquoi ce pli sur ton front ? s'étonna Brodick. Y a-t-il une raison que j'ignore pour laquelle je devrais quand même m'inquiéter de cette visite nocturne ?

Cullen secoua négativement la tête.

— Pas que je sache, répondit-il. Simplement, je trouve qu'Alarik mène ses chevaux bien vite.

— J'avais remarqué.

Brodick fit signe au capitaine de la garde d'ordonner l'ouverture de la lourde porte et ajouta :

— Cela n'explique pas cette étrange expression sur ton visage, frère...

— C'est juste que... je n'aurais pas aimé verser le sang des McQuade.

— Ah ? s'étonna Brodick, un sourcil levé. On doit pourtant s'attendre à de nouvelles attaques de leur part...

— Je le sais bien, pourtant j'espère toujours que la paix viendra, à présent que nous sommes liés par le mariage.

La porte s'éleva dans un long bruit de chaînes qui se fit entendre dans toute la forteresse. En gagnant les escaliers pour aller rassurer les autres membres du clan, Brodick répondit :

— Nous pouvons l'espérer, en effet. Il faudra sans doute que Jamie tape du poing sur la table pour que McQuade renonce à ses raids punitifs.

Même si cela ne lui plaisait guère, Cullen ne pouvait le nier. Son mariage forcerait cependant le roi à intervenir.

Il avait une bonne raison pour renâcler à présent à verser le sang des McQuade, et cette raison s'appelait Bronwyn. Il y avait parmi ces assaillants qui risquaient de les attaquer des parents, des amis auxquels elle devait tenir. Pour la première fois de son existence, Cullen envisageait les membres du clan ennemi autrement que comme une masse anonyme et hostile. Plus que tout encore, il ne voulait pas voir sa femme pleurer par sa faute. S'il le pouvait, c'était une peine qu'il souhaitait lui épargner.

McKorey venait de faire son entrée dans la cour intérieure.

— McJames, j'ai des nouvelles ! lança-t-il.

Brodick, qui se tenait sur le perron de la tour principale, lui répondit en forçant la voix :

— Comme si je ne l'avais pas déjà deviné ! Elles ont intérêt à en valoir le coup, l'ami. J'ai dans mon lit une femme douce et charmante que tu m'as forcé à quitter précipitamment pour t'accueillir.

Alarik mit pied à terre et tira de son pourpoint une pièce qu'il donna au palefrenier venu s'occuper de sa monture.

— Pour ta peine, mon garçon ! lui lança-t-il. Et pour t'avoir tiré du lit.

Le garçon lui sourit largement, exhibant le trou noir d'une dent manquante. Plusieurs de ses camarades à moitié habillés sortaient précipitamment de l'écurie, s'approchant des chevaux dans l'espoir de semblables récompenses. Sterling offrait l'hospitalité à ses visiteurs, mais lorsque ceux-ci arrivaient au cœur d'une nuit glaciale, il était avisé de leur part d'adoucir par quelques largesses l'humeur de ceux qui les servaient.

McKorey lança à Cullen un regard grave et ajouta :

— J'ai des nouvelles pour ton épouse.

— Tout dépend des nouvelles que tu as à lui annoncer, répliqua Cullen. Inutile de lui saper le moral en lui répétant le dernier ragot que son père aura été répandre à la cour. C'est moi qui l'ai enlevée. À moi d'en assumer les conséquences.

En sa compagnie, Alarik rejoignit Brodick sur le perron et approuva :

— Étant donné le traitement que lui a infligé son père à la cour, je ne peux te blâmer d'être prudent.

Ils rejoignirent le rez-de-chaussée de la tour principale, reliée aux autres par de longs corridors longeant la muraille d'enceinte. Aux étages se trouvaient les appartements du laird et de sa famille.

— Je n'ai ménagé ni mes hommes ni mes chevaux pour arriver ici au plus vite, expliqua Alarik.

Il s'était campé face à ses hôtes, et au ton de sa voix, il était facile de deviner la gravité de l'affaire qui l'amenait.

— Erik McQuade est mort, annonça-t-il. C'est un garde du roi qui l'a tué.

Le premier effet de surprise passé, Cullen demanda :

— Qu'est-il arrivé au juste ?

Les poings serrés, Alarik expliqua :

— Je dois reconnaître que quand cela s'est produit, je tentais moi-même de lui briser le cou à mains nues. Ce salaud menaçait d'enlever Raelin pour l'épouser…

Les traits figés par la colère, Alarik marqua une pause avant de poursuivre :

— McQuade a dégainé un poignard.

Tirant sur le col de son pourpoint, il montra une vilaine estafilade sur son cou.

— Et quand j'ai feinté pour lui échapper, il a trébuché, poignard en avant, en direction du roi.

Cullen laissa fuser un juron en gaélique.

— Bon sang, l'ami ! s'exclama-t-il. Il n'en aurait pas fallu plus pour te faire pendre…

— J'ai bien de la chance de pouvoir être ici pour vous le raconter, reconnut Alarik. L'un des gardes a transpercé McQuade de sa lance, et j'ai craint sur le coup de devoir subir le même sort.

— Cela n'a pas été le cas. Je suppose donc que Jamie a démêlé toute l'histoire.

— Tu supposes juste. Mais les McQuade n'ont rien voulu savoir. Ils ont fait porter la faute sur ma sœur, Raelin, en l'accusant d'être une sorcière. Je suis venu vous l'annoncer au plus vite, dès que j'ai pu, parce que les fils d'Erik sont rentrés chez eux en criant vengeance.

Reportant son attention sur Brodick, il conclut :

— Si vous comptez sur la dot de Bronwyn, vous avez tout intérêt à aller plaider votre cause auprès de Jamie avant que Liam McQuade récupère le titre de son père.

Les trois hommes se dirigèrent vers la grande salle, où un rapide souper devait être servi à Alarik McKorey et ses hommes. Bronwyn se tenait dans le hall opposé, tapie dans l'ombre. Elle s'appuya contre le mur pour ne pas tomber.

Mort.

Elle ne savait que penser de ce mot si définitif. Elle ignorait même ce qu'elle ressentait. L'homme qui venait de mourir l'avait détestée toute sa vie. Il n'en demeurait pas moins son père. Le détester en retour revenait à haïr une partie d'elle-même.

Elle tourna les talons et se mit à errer dans le labyrinthe des sombres corridors du château. Il s'était produit tant d'événements en si peu de temps. Deux mois plus tôt, son existence semblait écrite d'avance ; aujourd'hui plus rien ne restait de sa vie d'avant.

Délaissant l'escalier qui menait à la chambre de Cullen, elle obliqua en direction de l'atelier où se trouvait le métier devant lequel elle venait de passer la journée. Personne n'y dormait, raison pour laquelle on ne prenait pas la peine de le chauffer, contrairement à Red Stone où les servantes utilisaient le moindre espace disponible pour y installer leurs paillasses.

Une fois de plus, le grand atelier vide fit à Bronwyn l'effet d'un refuge. Elle le traversa lentement, guidant ses pas à la faible lueur qui tombait des fenêtres. Après s'être assise sur son banc, elle caressa du bout des doigts le fruit de ses efforts. S'il lui fallait trouver une chose dont elle était redevable à son père, c'était son habileté au tissage. Sans la nécessité qu'il lui avait imposée de gagner sa vie comme toutes les autres femmes du clan, peut-être ne se serait-elle jamais installée devant un métier. Sous ses doigts, la toile de laine était douce.

Ses larmes ne se décidaient pas à couler. Bronwyn les attendit longuement. Elle n'éprouvait aucun chagrin pour la perte de ce père qui ne l'avait pas aimée. Elle en ressentait une certaine culpabilité, mais elle n'en avait pas honte au point de pleurer. La seule chose qui l'attristait véritablement, c'était de n'avoir pas eu de véritable père dont elle aurait pu pleurer la disparition. Alors que sa mère, qui avait toujours eu pour elle un cœur aimant, continuait de lui manquer cruellement. Telle était, plus que les liens du sang, la richesse véritable d'une famille : l'amour qui circulait entre ses membres.

Tout ce que son père lui avait laissé, c'était un talent pour le tissage. Bronwyn se pencha sur son ouvrage et posa la joue contre la douceur réconfortante du tissu. Si elle n'éprouvait aucun chagrin, elle avait bien l'âme en peine. Elle se sentait lasse de la lutte constante qu'était devenue son existence, si lasse de l'incertitude du lendemain.

Les larmes perlèrent enfin de ses paupières closes. Ce n'était pas son père qu'elle pleurait, mais l'affection qu'il ne lui avait jamais donnée, et celle qu'elle n'avait pu lui offrir en retour. Sans même s'en rendre compte, Bronwyn sombra dans un sommeil sans rêve, la joue posée contre ce tissu de laine qui constituait à ce jour son seul bien sur cette terre.

Les membres du clan McJames regagnèrent leurs paillasses étalées sur le dallage de la grande salle. Cullen et Brodick y tenaient compagnie à Alarik, tandis que leur hôte et ses hommes avalaient un souper de pain, de fromage et de viande froide rapidement préparé. Ceux-ci ne s'en plaignaient nullement. Ils mangeaient avec l'appétit que seule une journée en selle peut donner à un homme. Quelques servantes, encore coiffées de leurs bonnets de nuit, restaient debout pour effectuer le service, et le reste de la maisonnée s'était empressé de profiter des rares heures de sommeil qui restaient avant le lever du jour.

Sybil fit son entrée, sommairement habillée, dans la grande salle. En la voyant se diriger vers lui, Cullen sentit son estomac se serrer.

— Je vous demande pardon de vous déranger, s'excusa la servante après s'être brièvement inclinée. Je n'arrive pas à trouver ma maîtresse.

La colère de Cullen flamba tel un brasier. Il parvint à la garder sous contrôle et demanda :

— Elle ne s'est pas jointe aux autres femmes ?

Brodick, qui le connaissait bien, ne se laissa pas tromper par son calme apparent et le dévisagea avec inquiétude.

Sybil secoua négativement la tête et précisa :

— Je suis allée voir dans votre chambre. Elle n'y est pas non plus.

Le visage figé, Cullen serra les poings sur la table. *Je lui ai pourtant fait confiance*, songea-t-il amèrement.

— Elle ne doit pas être très loin, assura Brodick en posant une main apaisante sur son avant-bras. La porte n'est restée ouverte que le temps de laisser entrer Alarik et ses hommes.

— Là n'est pas la question, lâcha Cullen en se levant. Elle a trahi ma confiance.

Cette fois, la colère émanait si clairement de ses paroles que Sybil écarquilla les yeux et recula d'un pas.

— Elle s'est peut-être perdue, suggéra-t-elle faiblement.

— Et peut-être aurais-je dû me douter qu'elle mentait en m'assurant qu'elle rejoindrait les autres femmes.

— Du calme, intervint Brodick en se levant à son tour. Ne la condamne pas avant que nous ayons découvert pour quelle raison elle est introuvable.

— Je vais vous aider à la chercher, annonça Alarik en s'essuyant la bouche et en se dressant sur ses jambes. C'est en partie ma faute, après tout, si elle a disparu.

— Moi je vais la retrouver, et c'est une promesse ! renchérit Cullen.

Il se faisait fort d'apprendre à sa femme qu'il ne renoncerait jamais à cette promesse-là. Sa fierté blessée le faisait souffrir, et il refusait pour l'instant de laisser libre cours à autre chose qu'à la colère que lui inspirait cette trahison. Il ne se laisserait pas attendrir par Bronwyn McQuade.

Ceux qui venaient à peine de se rendormir furent réveillés. Ils ne se privèrent pas de marmonner quand ils apprirent quel était l'objet de leur recherche. Ce ne serait pas la première fois qu'une McQuade les tiendrait éveillés une partie de la nuit, et c'était précisément pour cette raison qu'ils honnissaient ce nom.

On alluma des chandelles et des lampes dans toutes les pièces. Les servantes qui dormaient encore furent réveillées quand on illumina leur visage pour les identifier. Chaque pièce fut fouillée. Aucune porte ne fut laissée fermée. Et durant toutes les recherches, Cullen serra les dents, parce que nul à Sterling n'ignorait plus à présent que sa femme l'avait trahi. Son orgueil en prit un coup.

Il fallut encore deux heures pour fouiller chaque tour, de même que la cour et les dépendances. Si bien que lorsque l'on finit par découvrir Bronwyn endormie sur son métier à tisser, le ressentiment des uns et des autres avait eu le temps de tourner à la colère.

Bronwyn fut réveillée en sursaut lorsque des mains la saisirent pour l'entraîner sans ménagement à travers les halls et corridors du château. Tout en s'efforçant de ne pas tomber et de suivre le rythme infernal qu'on lui imposait, elle tenta en vain de comprendre ce qui se passait. Les hommes qui la maintenaient fermement l'emmenèrent dans la grande salle, refusant de la libérer.

Elle eut beau se débattre et protester, ces brutes ne lui prêtaient pas attention et ne la lâchèrent pas avant que Cullen les eut rejoints. La fureur contractait son visage, et elle lut dans le regard glacial qu'il posait sur elle qu'il l'avait déjà condamnée.

Les hommes la poussèrent brutalement vers lui, la faisant trébucher.

— Assez ! s'exclama Cullen. Il n'est pas nécessaire de maltraiter ma femme.

Au ton de sa voix, il était facile de deviner qu'il était hors de lui. Il la dévisagea longuement avant de lancer, l'index pointé vers elle :

— Vous m'avez trahi ! Vous deviez rejoindre les autres femmes.

— Ce n'était plus nécessaire, se justifia Bronwyn, sincèrement surprise. Je vous ai vu accueillir McKorey dans le hall.

Sa réponse eut sur lui un effet immédiat. Son expression changea du tout au tout, et l'espace d'un instant, elle eut devant elle l'homme qu'elle n'avait plus envie de quitter.

Cela ne suffit pas cependant à éteindre la colère qui peu à peu avait monté en elle. La grande salle au sol couvert de paillasses abandonnées était pleine de monde. Tous les présents ne perdaient pas une miette de leur dispute.

Les deux hommes qui l'avaient amenée là *manu militari* se tenaient toujours derrière elle. Tournant le dos à Cullen, Bronwyn fit volte-face et les défia du regard, mais leurs yeux étaient dirigés vers Cullen. Ils attendaient sa permission pour la laisser partir. Et lorsqu'il la leur donna, ils lui emboîtèrent le pas.

Cette insulte ajoutée à l'injustice lui poignarda le cœur.

De retour dans leur chambre, elle regarda le lit, des larmes plein les yeux, puis le fauteuil. Avait-elle rêvé ce qui venait de s'y passer ? L'auto-apitoiement qu'elle s'efforçait d'éviter lui tomba dessus d'un coup. Bronwyn sombra dans un profond désespoir. La suspicion que Cullen jetait sur elle réduisait à néant la complicité qu'elle avait cru trouver à ses côtés. À cette minute, sa vie ne ressemblait à ses yeux qu'à une lutte sans fin.

Bonnie demeurait silencieuse. Nul ne prêtait attention à elle. Elle y était habituée et faisait tout, en réalité, pour qu'il en soit ainsi. La scène à laquelle elle assistait la faisait frémir, mais elle se forçait à n'en rien perdre. Il y avait une leçon à en tirer, et elle était déterminée à l'assimiler.

— Vous devriez partir. Ce qui se passe ici n'est pas un spectacle pour quelqu'un d'aussi jeune que vous.

Bonnie sursauta et parvint à réprimer un petit cri de frayeur. Elle n'avait pas vu Alarik McKorey se glisser à côté d'elle. Il la dévisageait d'une manière bien trop familière à son goût.

— Je suis mariée.

L'annoncer d'emblée aux hommes qui s'intéressaient à elle d'un peu trop près suffisait en général à les faire fuir, et c'était bien la seule chose à laquelle son mari pouvait lui servir…

— Vous dites cela pour vous débarrasser de moi ?

McKorey paraissait plus amusé qu'ennuyé.

— Pas du tout, mentit-elle. Je vous dis cela pour vous mettre en garde et vous empêcher de transgresser les commandements divins.

L'impressionnant Écossais grogna sourdement. Il était d'une tête plus grand qu'elle, et deux fois plus large pour ce qui était des épaules. Il avait des cheveux noirs comme la nuit, des yeux verts. Sans plus s'occuper de lui, Bonnie reporta son attention sur la dispute qui se déroulait sous leurs yeux. Une main ferme se posa sur son avant-bras et la fit sursauter. Se tournant vers lui, elle s'efforça de se libérer, mais il l'entraîna hors de la grande salle sans se laisser impressionner avant de la lâcher.

— Comme je vous le disais, *lass*, il n'est pas nécessaire que vous entendiez ce qui se dit là-bas.

Bonnie le foudroya du regard. Il se tenait devant elle, les mains posées sur les hanches, et l'empêchait de passer.

— De la part d'un homme, voilà qui ne m'étonne guère, maugréa-t-elle.

— Pourquoi cela, je vous prie ?

Bonnie se redressa fièrement et soutint son regard avant de lui répondre.

— Parce que vous vous arrangez, vous autres les hommes, pour duper les femmes par vos belles paroles, afin qu'elles consentent au mariage et ne se soucient pas trop de ce qui se passera ensuite. Une fois que vous êtes arrivés à vos fins, vous pouvez laisser libre cours à votre véritable nature et vous montrer cruels.

— Cullen ne se montre pas cruel, objecta Alarik. Ce n'est rien qu'un accès de colère sans conséquence, et sa femme y survivra. Elle a autant de tempérament que lui.

— Solidarité masculine. Vous êtes un homme. Vous le défendriez quoi qu'il ait fait.

Bonnie inclina la tête pour observer ce qui se passait dans la grande salle. Ils étaient à présent trop loin pour qu'elle puisse entendre quoi que ce soit. Au fond, décida-t-elle, peu importait. Elle en avait assez entendu pour se faire une opinion. En outre, l'Écossais qui lui barrait le chemin lui prouvait que les hommes utilisaient les femmes sans tenir compte de leurs désirs. Sans merci, ils les pliaient à leurs volontés.

— Vous faites erreur, affirma Alarik. Je prends sa défense parce que je sais que cette union améliorera le sort de bien des gens dans leurs deux clans.

— C'est juste.

Il fit un pas en avant. Bonnie tourna les talons et le laissa derrière elle sans demander son reste. À quoi bon discuter encore avec cet homme ? Il prendrait toujours le parti des siens. Tout ce qu'il avait à lui offrir, c'était la preuve que les femmes avaient tout intérêt à les éviter. Elle n'avait aucune envie de devenir une épouse soumise. Bronwyn McQuade avait toute sa sympathie.

Cullen s'adossa à son siège en soupirant, un verre de whisky à la main.

— Cela ne servira pas à grand-chose, l'ami.

Alarik s'exprimait en sourdine, afin de ne pas gêner les hommes qui autour d'eux essayaient de dormir.

— Te voilà devenu expert en questions matrimoniales ? grommela Cullen sans aménité. Comment se fait-il que je n'aie pas entendu dire que tu t'es marié ?

Secouant la tête, Alarik eut un petit rire moqueur.

— Rassure-toi, répondit-il. Apparemment, je ne comprends pas davantage les femmes que toi.

Une certaine frustration assombrissait le visage de son ami. Cullen lui tendit le pichet de whisky en terre cuite. Alarik saisit un gobelet et se servit.

Ils burent en silence, ce qui convenait parfaitement à Cullen, qui ne cessait de penser à Bronwyn. L'installer à Sterling en tant qu'épouse représentait un défi plus grand qu'il ne l'avait imaginé, mais ce n'était pas ce qui le chagrinait. Ce qu'il ne supportait pas, c'était de la savoir malheureuse. L'affection qu'il portait à son frère et à sa belle-sœur lui était naturelle, et le fait d'avoir vu naître l'amour entre ces deux-là ne l'avait pas préparé à éprouver de tendres sentiments pour une femme. Pourtant, c'était bien cela qu'il éprouvait et qui colorait la moindre de ses pensées. Il l'avait blessée avec ses soupçons, et cela lui brisait le cœur.

— Tu as raison, finit-il par reconnaître. Ce whisky ne sert à rien. Je me suis montré trop dur avec elle.

Sans rien ajouter, Cullen se leva. Alarik le regarda s'éloigner, étonné de le découvrir si résolu après l'avoir vu si abattu.

— Tu te trompes, mon ami, murmura-t-il pour lui-même. Ce whisky est utile. Pour moi…

Alarik versa ce qui restait du verre de Cullen dans le sien et se radossa à son siège. L'alcool allait l'aider, certes. Il allait l'aider à se tenir éloigné d'une jeune fille encore trop tendre et innocente pour ce qu'il attendait d'elle. Avec ses cheveux blonds et ses yeux bleus, elle était un ange trop pur pour ses caresses.

Même si son sexe n'était pas d'accord sur ce point.

Bronwyn se redressa en sentant le lit bouger. Elle avait mal à la tête. Ses yeux brûlaient d'avoir trop pleuré. Il faisait noir dans la chambre. Elle reconnut l'odeur de Cullen et en eut la chair de poule. Elle était incapable de maîtriser les réactions de son propre corps. En colère contre elle-même, elle se détourna.

Cullen suivit le mouvement et la prit dans ses bras, posant même une jambe sur ses cuisses.

— Laissez-moi, Cullen, gémit-elle. J'ai assez lutté pour aujourd'hui.

Sans lui répondre, il l'embrassa dans le cou et la serra plus fort contre lui. Bronwyn était allée au lit dans sa chemise, lui était totalement nu.

— Je ne vous laisserai jamais, répondit-il enfin. Vous avez raison sur un point : nous avons passé beaucoup trop de temps à nous affronter. Je suis désolé de vous avoir parlé si durement dans la grande salle. Vous ne m'avez pas trahie, je le sais à présent.

Il fit glisser ses mains le long des bras de Bronwyn, éveillant à nouveau ses sensations. Épuisée comme elle l'était, se laisser aller contre son corps si chaud représentait une tentation irrésistible.

— Laissez-moi, répéta-t-elle néanmoins. Vous êtes déjà arrivé à vos fins avec moi cette nuit.

Cullen soupira et déposa un autre baiser dans son cou avant d'avouer :

— Je dois admettre que vous savez vous montrer plus sage et avisée que moi. Je vous suis reconnaissant d'être partie plutôt que de me remettre à ma place dans la grande salle, comme vous en auriez eu le droit.

— Vous l'auriez bien mérité.

À son tour, Bronwyn poussa un soupir. Il était évident, au ton de sa voix, qu'elle se montrait bien trop indulgente avec lui. Si elle n'y prenait garde, il allait finir par la mener par le bout du nez.

— J'en suis conscient, reconnut-il humblement.

Le regret qu'il manifestait n'était pas feint, Bronwyn le sentait. Elle s'agita entre ses bras, et il refusa de la laisser mettre la moindre distance entre eux.

— J'ai compris pourquoi vous n'avez pas fait ce dont nous étions convenus, ajouta-t-il.

Bronwyn lui donna un coup de coude dans les côtes. Il gémit sourdement, sans pour autant relâcher sa prise.

— Vous n'avez rien compris du tout, protesta-t-elle. Sans quoi nous ne serions pas en train de nous disputer.

Cullen roula soudain sur le dos, l'entraînant avec lui. Il fit encore une autre roulade sans la lâcher, jusqu'à se retrouver allongé au-dessus d'elle.

— Vous avez raison, reconnut-il. Mais vous n'êtes pas la seule à vous être récemment mariée. Je ne l'ai jamais été moi non plus. Il est normal que nous fassions tous deux des erreurs.

Dans le noir, il n'était qu'une ombre, et le sentir tout contre elle compensait le manque de lumière. En appui sur ses avant-bras, il la soulageait d'une partie de son poids, et Bronwyn découvrait qu'elle adorait le sentir peser sur elle. Comme si une part d'elle-même appréciait de le savoir physiquement plus fort qu'elle.

— Je suis désolé de ne pas vous avoir fait confiance jusqu'au bout, poursuivit-il. Mais je ne m'excuserai pas de vouloir vous garder.

Cullen se pencha sur elle. Bronwyn sentit bientôt son souffle caresser ses lèvres et retint le sien. Même dans le noir, elle avait l'impression de voir ses yeux briller.

— Je vous désirais lorsque je vous ai enlevée, confia-t-il dans un souffle. À présent, j'ai besoin de vous, Bronwyn.

Il lui donna un léger baiser qui progressivement se fit plus pressant. De nouveau elle tenta de le repousser. Il insista, l'embrassant avec une passion sans violence, pleine de tendresse.

Bronwyn sentit sa résolution chanceler. Son orgueil lui-même ne faisait pas le poids face à la nuit qui les entourait. Dans le noir, il n'y avait personne pour la juger. Et dans ce lit, il n'y avait que le corps chaud et ferme de son amant. Les baisers de Cullen l'apaisaient. Ses doigts se crispaient dans ses cheveux. Son sexe durcissait contre sa cuisse. Le désir qu'il réveillait en elle faisait naître à son entrejambe une douce impatience. Cette attente lui était agréable, à présent familière, et d'une certaine façon réconfortante. Elle sentit les lèvres de Cullen descendre le long de son cou et rejeta la tête en arrière pour mieux se prêter à ses baisers.

Il glissa une main sous sa chemise et remonta celle-ci jusqu'à dénuder ses seins. Et quand il se mit à les caresser, le flot de sensations délicieuses qu'il lui procurait arracha à Bronwyn de petits cris de plaisir. Fiévreusement, elle chercha sa peau sous ses mains. Elle était douce et chaude et ses muscles avaient la dureté de l'acier. Chaque caresse qu'ils échangeaient était tendre à présent. Pas plus qu'elle

Cullen n'éprouvait le besoin de se presser. Il la caressait d'une main sûre qui ne négligeait aucun endroit de son corps. Après avoir parcouru ses côtes, ses doigts descendirent le long de son ventre et se mêlèrent aux boucles de son pubis.

Cullen les caressa un moment avant d'ouvrir sous ses doigts les plis de son intimité protégeant son clitoris. Ses lèvres s'emparèrent de nouveau des siennes en un baiser qui cette fois se voulait conquérant. Et tandis que sa langue pénétrait profondément dans sa bouche, son index fit de même dans son sexe. Comme d'elles-mêmes les cuisses de Bronwyn s'écartèrent et son bassin se souleva pour mieux l'accueillir.

Alors, enfin, Cullen la pénétra. Serrant son visage entre ses mains, d'une lente poussée il fit entrer son sexe en elle sur toute sa longueur. Bronwyn sentit monter au creux de son ventre un plaisir intense qui ne tarderait pas, elle le sentit, à la conduire à l'extase. Le sommier de corde se mit à gémir en rythme lorsque son amant commença à aller et venir en elle, augmentant peu à peu la fréquence et la force de ses coups de reins. Alors que son être semblait se contracter autour de ce pieu de chair qui la fouaillait, Bronwyn fut secouée par un grand frisson et se remit à gémir. Elle roula des hanches afin de mieux se prêter à cette danse immémoriale des amants. Elle avait juste besoin qu'il la pénètre un peu plus vite, un peu plus fort.

Son cri de plaisir, doux et féminin, résonna longuement entre les tentures du lit. L'extase fit fleurir dans son ventre un bouquet de sensations extraordinaires qui peu à peu l'envahirent jusqu'à occuper tout son être. Elle sentit Cullen se raidir et s'enfoncer d'un dernier coup de reins au plus profond d'elle-même. Le flot saccadé et chaud de sa semence inonda sa matrice. Bronwyn sentit son sexe se contracter autour du sien dans leur jouissance commune.

Quand elle finit par reprendre ses esprits, Cullen prenait appui sur ses coudes pour la soulager de son poids. Ils étaient tous les deux pantelants. Tendrement, il déposa un baiser sur sa joue, puis un autre sur sa tempe.

— Je te le promets, Bronwyn, dit-il d'une voix douce. J'apprendrai à devenir un meilleur mari.

Elle poussa un murmure approbateur et ouvrit les yeux. Dans le noir, elle ne put voir son visage, mais il s'était exprimé d'une voix rauque qui trahissait son émotion.

Cullen tenait toujours ses promesses, et à présent elle lui faisait confiance.

Il roula sur le dos en l'entraînant avec lui. D'une main, il saisit la courtepointe rejetée sur le côté et, sans lâcher Bronwyn de l'autre, il les recouvrit tous deux.

— Je ne peux pas dire que je suis désolé que ton père soit mort, ajouta-t-il. Je suis désolé pour ta peine.

Il lui caressait si tendrement le dos que Bronwyn sentit les larmes perler à ses paupières. Celles-ci coulèrent sur la poitrine de Cullen avant qu'elle n'ait pu les lui cacher. Elle sentit sa main se poser sur sa nuque. Doucement, il attira sa tête contre son cou, où elle put enfin pleurer tout son soûl.

La jalousie lui mordait les tripes.

Cullen en était étonné et émerveillé à la fois. Bronwyn sanglotait entre ses bras. Il lui caressait le dos tendrement pour tenter de la réconforter. Il était jaloux de ces larmes qu'elle versait pour un autre que lui. Il ne servait à rien de le nier, il avait besoin qu'elle tienne suffisamment à lui pour le pleurer ainsi. Et si lui-même ressentait ce besoin, c'était évidemment parce qu'il tenait à elle plus que tout.

Il aurait pu en rendre responsable l'heure tardive, ou la tension de l'épuisante journée qu'ils venaient de vivre, mais cela n'aurait été que pur mensonge.

Il la tint donc serrée contre lui, écoutant son souffle se faire peu à peu plus profond, plus régulier. Elle était à présent parfaitement détendue entre ses bras, endormie. Pour la première fois de son existence, il comprit pour quelle raison il n'avait jusqu'alors gagné son lit que lorsque l'épuisement s'emparait de lui.

Jusqu'à ce que Bronwyn l'y rejoigne, son lit lui avait semblé froid et sans attrait. Ce n'était pas tant ses baisers et ses caresses qui avaient réchauffé sa couche que l'intimité qu'il y partageait avec elle.

Pourtant, son bonheur ne serait complet que lorsqu'il aurait la certitude qu'elle lui rendrait l'affection qu'il avait pour elle. Le sommeil le gagnait, et avant de s'endormir il eut le temps de se promettre de gagner le cœur de sa femme. Et c'était une promesse qu'il comptait tenir.

Le laird Erik McQuade gagna sa dernière demeure sur ses terres, son clan réuni autour de lui pour l'y conduire. Ses trois fils, raides et solennels, se tenaient au premier rang tandis que les cornemuses jouaient un dernier adieu.

En regardant les pelletées de terre glacée recouvrir le cercueil de son père, Keir McQuade songea que c'était approprié. Peut-être était-il un mauvais fils de penser cela, mais l'auteur de ses jours avait toujours eu le cœur froid.

Dès que cela lui fut possible, Keir s'éloigna des abords de la tombe fraîchement creusée. La colère ne le quittait plus, et elle n'avait pas la même origine que celle qui faisait jurer ses frères en permanence. Ce qu'il voulait, c'était le retour de sa sœur parmi eux. Peu lui importait le fait que Bronwyn n'était que sa demi-sœur. Il n'y avait jamais prêté attention. De toute sa famille, elle était la seule à tenir à lui et à lui témoigner de l'affection.

En venant le rejoindre, Liam et Sodac le tirèrent de ses pensées.

— Il serait temps que tu fasses preuve d'un peu de courage ! s'exclama son frère aîné en lui tapant durement sur l'épaule. Nous devons nous venger de ces McKorey. Je suis heureux de te voir si pressé de t'y mettre.

Keir se retourna et fit face à ses frères. Ils empestaient tous deux le whisky. Depuis la mort de leur père, Liam se faisait fort de démontrer qu'il n'avait plus de comptes à rendre à personne. Il buvait où et quand il le voulait, forniquait avec toutes celles qui lui tapaient dans l'œil.

— C'est Bronwyn que je veux retrouver, annonça Keir.

L'espace d'un instant, une certaine confusion s'empara de Liam, qui répondit :

— Père nous a mis en garde. Pour que ses terres restent nôtres, il ne faut pas qu'elle ait d'enfant.

— Quelles terres ?

Liam haussa les épaules.

— Sa mère a apporté en dot des terres censées revenir à Bronwyn et à ses rejetons. Ces terres ne seront acquises aux McQuade que si elle meurt sans descendance.

De rage, Keir cracha sur le sol. La cupidité avait rongé le cœur de son père bien avant que la lance d'un garde royal vienne lui transpercer la poitrine. À cause des terres dont il souhaitait la spolier, il avait toute sa vie traité sa propre fille à peine mieux qu'une servante.

C'était une bonne chose qu'Erik McQuade soit déjà mort, sans quoi il se serait fait un devoir de lui régler son compte de ses propres mains.

Liam et Sodac regardèrent leur frère s'éloigner. Sodac tira une flasque de son pourpoint et en but une rasade avant de marmonner :

— J'avais complètement oublié Bronwyn. Qu'allons-nous faire pour régler le problème ? Cullen McJames ne tardera pas à lui remplir le ventre.

Il eut un petit ricanement et ajouta :

— Je n'aurais moi-même rien contre le fait de m'amuser un peu avec Raelin McKorey avant de lui trancher la gorge.

Liam partit d'un rire gras et renchérit :

— Raelin mérite de souffrir avant que nous lui réglions son compte.

Il subtilisa la flasque de son frère et en but une longue rasade avant de poursuivre :

— Il ne faut pas compter sur Cullen McJames pour tuer Bronwyn, même si elle est la fille de son pire ennemi. Ça, nous allons devoir nous en charger nous-mêmes.

— Faut-il vraiment la tuer ?

Liam acquiesça d'un hochement de tête.

— Je ne veux pas perdre mon temps à la surveiller pour qu'elle n'aille pas se faire sauter dans le foin. De toute façon, elle a peut-être déjà dans le ventre le bâtard qui nous dépouillera de nos terres.

Sodac dévisagea son frère d'un air grave et suggéra :

— C'est toi le laird, à présent. Demande au roi qu'elle nous soit rendue.

— Pour quoi faire ? Nous rendre suspects en la tuant dès son retour chez nous ?

Comme s'il allait le punir de n'y avoir pas pensé, Liam leva la main sur Sodac mais retint son geste.

— De toute façon, reprit-il, Jamie est cul et chemise avec ces satanés McJames. Il n'a même pas fait pendre Raelin McKorey pour avoir causé la mort de notre père. Non. Si nous voulons conserver ces terres qui nous reviennent, nous devons nous occuper nous-mêmes de Bronwyn.

Liam McQuade avala une nouvelle lampée de whisky. Oui, c'était lui le laird, désormais. Il allait lui falloir mettre au point un plan. Peu lui importait que Bronwyn soit sa demi-sœur. Chaque McQuade devait servir son laird – au prix de sa vie si nécessaire. Il attendait que chaque membre du clan se plie à cette loi, tout comme son père l'avait fait. Et il ne se laisserait pas attendrir par le fait que Bronwyn soit une femme. Il trouverait un moyen de neutraliser la menace qu'elle représentait. Définitivement.

11

L'aube survint bien trop vite. Bronwyn se frotta les yeux et grogna sourdement en se redressant. Les tentures du lit n'étaient pas tirées et n'avaient pas empêché la lumière du jour qui se glissait par la fenêtre de la réveiller.

— Entièrement d'accord, approuva Cullen.

Son mari bâilla longuement avant de s'asseoir au bord du matelas. Bronwyn ne put s'empêcher de le suivre des yeux quand il se leva. Elle n'avait jamais songé qu'un homme puisse être attirant, et celui qui s'étirait devant elle l'était indubitablement. Chaque muscle qui jouait sous sa peau était un régal pour les yeux.

— Tu ressembles à une sirène venue me charmer pour que je regagne mon lit… s'amusa-t-il.

Bronwyn se sentit rougir. Elle se leva à son tour, appréciant à sa juste valeur le sourire qu'il lui adressait. Rien ne l'obligeait à la taquiner, à se montrer aimable, à passer du bon temps avec elle, et pourtant il le faisait.

— Les journées sont à présent trop courtes pour que l'on perde du temps à traîner au lit, dit-elle.

Après avoir enfilé sa chemise, Cullen répliqua :

— Si c'est une promesse que tu m'ouvriras les bras dès que le soleil sera couché, il va me tarder qu'il le soit.

— Cesse donc de me taquiner...

Bronwyn traversa la pièce pour aller ramasser son surcot. Cullen l'attrapa par la taille et l'attira contre lui.

— Pourquoi ferais-je une chose pareille ? fit-il mine de s'étonner. Mes taquineries font rosir tes joues et briller tes yeux de charmante façon.

Sur ce, il enfouit son visage dans son cou et y déposa quelques baisers qui firent courir dans le dos de Bronwyn un frisson d'excitation. Ce petit jeu tendre lui arracha un rire joyeux.

— Arrête ! protesta-t-elle. Tu n'es donc qu'un gamin ?

— Cette nuit, dans le noir, répondit-il, il me semblait bien que tu appréciais l'homme que ce gamin est devenu.

Bronwyn gloussa. Avec un rire satisfait, Cullen lui mordilla le lobe de l'oreille avant de continuer :

— Et que tes cris étaient doux à ses oreilles quand cet homme-là te faisait jouir dans ce lit...

D'un regard entendu, il désigna la cheminée et ajouta :

— ... ou dans ce fauteuil.

Bronwyn assena une tape sur le bras qui la retenait, mais celle-ci manquait de force.

— Assez, maintenant, protesta-t-elle.

Cullen la serra fort contre lui une dernière fois avant de se résoudre à la lâcher. Son tartan déjà plissé l'attendait sur la table et il alla s'en vêtir ; quand il se redressa, ses yeux bleus brillaient de malice et de détermination.

— Ce n'est pas assez, rectifia-t-il. Ce ne le sera jamais. J'ai l'intention de te taquiner encore et encore.

— Pour quelle raison ? s'étonna-t-elle.

La fraîcheur matinale incita Bronwyn à enfiler son surcot, en dépit du dégoût que lui inspirait à présent ce vêtement. Il lui tardait vraiment d'avoir à nouveau une robe à se mettre sur le dos.

Cullen ajusta son bonnet celtique en biais sur son crâne et se dirigea vers elle. Bronwyn le regarda la rejoindre sans pouvoir se départir d'une certaine fascination. L'homme qu'elle avait sous les yeux n'était pas son ravisseur, et en même temps il l'était encore. Ce qui l'étonnait le plus, c'était d'apprécier d'être la cible de ses taquineries.

Il prit son menton dans sa main chaude et répondit :

— Peut-être parce que j'aime ton rire et que je veux entendre ce doux bruit le plus souvent possible ?

Peu sûre de ce qu'elle ressentait, Bronwyn détourna le regard. Cullen mêla ses doigts à ses cheveux et la força doucement à le fixer au fond des yeux.

— Bronwyn, murmura-t-il, j'espère te donner autant de raisons que possible d'être heureuse.

Elle était tentée d'y croire. Trop peut-être.

— Tu as obtenu de moi ce que tu voulais, objecta-t-elle.

— Et tu t'imagines que j'ai le cœur assez dur pour n'attendre rien d'autre de notre mariage ?

— C'est ce dont la plupart des couples se contentent.

Il déposa doucement sur ses lèvres un baiser.

— Peut-être, admit-il. En ce qui me concerne, ce n'est pas assez.

— Tu es pour moi une énigme, McJames.

— C'est également ce que je me suis dit à ton propos en te voyant plisser mon tartan – le tartan des McJames – hier soir.

Après lui avoir fait un clin d'œil, il la lâcha et alla ouvrir la porte toute grande en concluant :

— Il nous faudra patienter avant de découvrir ce que nos cœurs cherchent à nous dire.

Restée seule, Bronwyn retourna dans sa tête ses dernières paroles. Ce que leurs cœurs cherchaient à leur dire ? Cela n'avait aucun sens. Ne l'avait-il pas enlevée ? Mais enlevée à quoi ? La vie qu'elle avait menée à Red Stone n'était pas si rose. Elle s'en rendait compte à présent qu'elle en découvrait une autre. Sa fierté avait été trop malmenée pour qu'elle puisse déjà avoir tout oublié, il n'en demeurait pas moins qu'elle était troublée. Elle ne se sentait plus prisonnière. Au cours de cette nuit qu'elle avait passée dans les bras de son ravisseur, une barrière qui les empêchait d'être tout à fait détendus ensemble était tombée. Peut-être la mort de son père avait-elle facilité les choses. Il arrivait que les querelles les plus anciennes suivent au tombeau celui qui les entretenait.

Soudain, l'avenir qui s'ouvrait devant eux lui apparaissait riche de possibles.

Sybil finit par arriver, accompagnée de deux servantes, l'empêchant de se perdre davantage en conjectures. Elles s'activèrent dans la chambre comme tous les matins, et Sybil insista pour lui natter de nouveau les cheveux.

— Je suis si heureuse que vous n'ayez pas tenté de vous enfuir la nuit dernière, maîtresse Bronwyn.

Les deux servantes, occupées à changer les draps et à refaire le lit, marquèrent une pause, l'oreille aux aguets. Tout en travaillant, Sybil reprit d'une voix suffisamment forte pour se faire entendre d'elles :

— Désormais, la question est réglée de savoir si l'on peut vous faire confiance.

— Je pense que ceux que l'on a réveillés la nuit passée pour me chercher ont désormais bien pire à me reprocher, plaisanta Bronwyn.

Sybil mit une dernière épingle à cheveux en place.

— Détrompez-vous ! répliqua-t-elle. Nous ne sommes pas en Angleterre. Un brin de caractère n'est pas à déplorer chez une femme. Accordez à votre mari une obéissance trop aveugle, et il ne tardera pas à vous fouler aux pieds comme une carpette. Et quel sera notre sort, à nous autres femmes du clan, je vous le demande ? Chaque homme attendra de nous le même comportement servile.

L'une des servantes se mit à rire. Un grand sourire avait fleuri sur le visage de l'autre. Sybil haussa les épaules et conclut d'un air fataliste :

— Il est certaines choses sur lesquelles hommes et femmes ne tomberont jamais d'accord.

De la part d'une femme du clan McJames qui n'avait pas plus qu'elle choisit l'endroit de sa naissance, c'était une offre de paix appréciable. La tension et l'hostilité qu'elle avait senties la nuit précédente autour d'elle avaient disparu, et c'était un soulagement.

— Je suis en train de m'en rendre compte, Sybil, approuva Bronwyn. Merci d'avoir natté mes cheveux. Nous devrions y aller à présent. Il ne faudrait pas manquer le petit déjeuner.

Sybil lui répondit d'un sourire approbateur.

La trêve, même fragile, qui venait de se conclure permit à Bronwyn de se diriger d'un pas plus léger vers la grande salle. En dépit de la glace qui ourlait les fenêtres, les murs qui l'entouraient ne lui semblaient plus aussi froids.

Cullen avait pris place avec son frère et sa famille à la table d'honneur. Alarik McKorey semblait avoir mal à la tête et Bonnie, de la place qu'elle occupait à côté de sa sœur, jetait régulièrement un regard noir dans sa direction. Mais Bronwyn fut surtout sensible à la façon qu'avait son mari de la regarder. Ses yeux demeuraient rivés aux siens. Un sourire facétieux jouait sur ses lèvres, celui-là même qui lui avait tant plu à leur première rencontre.

Par la grâce de ce sourire, l'hiver lui paraissait moins froid. Peut-être, contrairement à ce qu'écrivait Shakespeare, l'affection entre hommes et femmes n'était-elle pas une si mauvaise chose. Peut-être, également, n'avait-elle plus toute sa tête à elle...

La journée s'achevait. Bronwyn avait les épaules endolories. Son ouvrage était terminé et serait dès le lendemain taillé et cousu pour devenir une robe. Sybil et les autres servantes, de leur côté, avaient bien travaillé pour lui fournir des sous-vêtements. Une culotte longue vint restaurer sa pudeur et la prémunir du froid. Étant donné que ses règles s'annonçaient, elle arrivait à point nommé.

Ce soir-là, elle ne partagerait pas le lit de Cullen. Cette perspective aurait dû la combler, pourtant elle en concevait au contraire un profond désappointement.

La cloche du dîner vint la tirer de ces sombres pensées. Elle devait décidément ne pas avoir toute sa tête à elle, songea-t-elle. Il ne pouvait y avoir d'autre explication à son humeur mélancolique. N'aurait-elle pas dû être soulagée de constater qu'aucun enfant ne viendrait dans l'immédiat consolider cette union ? Au lieu de cela, elle redoutait à présent de dormir seule, ce qui était absurde, puisqu'elle ne le faisait plus que depuis très peu de temps.

Bronwyn se tint trop tranquille durant tout le repas, et plus d'un convive de la table d'honneur s'en rendit compte et l'observa à la dérobée. Elle s'efforça de chasser son humeur morose, pourtant la perspective de la nuit solitaire qui l'attendait continua de lui peser.

Avec un soupir résigné, elle s'éclipsa aussitôt qu'elle le put, laissant Sybil informer Cullen qu'il dormirait seul cette nuit-là. En tant que femme de chambre, elle devait s'acquitter de cette tâche. Bronwyn se sentait rougir rien que d'y penser. Elle avait toujours été la seule à se soucier de son corps, et devoir révéler à d'autres des détails si intimes la concernant la mettait mal à l'aise.

Il lui fut plus difficile encore de rejoindre la chambre qu'elle partageait avec Cullen, mais elle n'avait pas d'autre endroit où aller. Irait-il dormir dans un autre lit ? Ou l'enverrait-il dormir ailleurs jusqu'à ce qu'elle soit de nouveau propre ?

Les parents de Bronwyn n'avaient jamais partagé la même chambre. Chaque fois qu'il était d'humeur à la bagatelle, Erik McQuade envoyait un de ses hommes demander à la femme de chambre de son épouse si cette dernière était disponible. Bronwyn le savait systématiquement, car dans ces occasions on l'envoyait dormir à la cuisine avec une servante.

Quand elle entendit la porte de la chambre s'ouvrir, elle se retourna pour faire face à Cullen qui venait d'entrer. Sans doute dut-il lire sur son visage l'état d'esprit dans lequel elle se trouvait, car il s'exclama aussitôt :

— Pitié, ne fais pas cette tête-là ! Je jure que j'ai dû voir des visages plus aimables sur le champ de bataille.

Cullen tint la porte ouverte à Sybil, qui arrivait chargée d'un plateau. Elle le déposa sur la table puis fit la révérence.

— Bonne nuit, maîtresse Bronwyn.

Cullen se mit à rire dès que la porte se fut refermée.

— Je vois que Sybil a trouvé une solution pour concilier tes souhaits et les siens, dit-il.

— Elle est formidable, reconnut-elle. Veux-tu que j'aille dormir ailleurs ?

— Tu dormiras ici avec moi.

Au ton de sa voix, il était manifeste qu'il ne plaisantait pas. Sa détermination ne faisait aucun doute.

— Sybil ne t'a pas dit que…

— Si, elle me l'a dit, répondit-il en accrochant son bonnet à une patère.

Il s'était un peu radouci, mais elle lut dans ses yeux la même résolution que celle dont il avait fait preuve quand il l'avait enlevée.

— Je garde près de moi ce que j'ai volé, ajouta-t-il.

— Vraiment ? fit-elle, le menton fièrement dressé.

La colère de Bronwyn renaissait de ses cendres. Cullen la désamorça en lui adressant un sourire éclatant.

— Oui, répondit-il. Je n'ai jamais rien volé d'autre que toi, il me semble.

Il la taquinait. Elle lui adressa un regard noir, aussi amusée qu'agacée par son attitude.

— Ton père envoyait-il ta mère dormir ailleurs quand elle était indisposée ? demanda-t-il.

— Mon père ne partageait pas la chambre de ma mère. Il ne venait l'y rejoindre que quand il était d'humeur à…

Bronwyn laissa sa phrase mourir sur ses lèvres en réalisant qu'elle révélait des informations à un homme que son père avait considéré comme un ennemi. Il y avait quelques jours de cela, elle aurait été horrifiée de lui livrer de telles confidences. Ce soir, elle se sentait simplement désorientée. Les repères qui avaient été les siens depuis sa naissance étaient bouleversés. Où se situait désormais la frontière entre ce qui relevait de leurs personnes et la fidélité qu'ils devaient à leurs clans ?

— … la chevaucher ? conclut-il pour elle.

Bronwyn sentit ses joues s'empourprer et détourna le regard en acquiesçant d'un signe de tête.

Cullen se rembrunit et maugréa :

— Puisque l'homme n'est plus de ce monde, je garderai mes commentaires pour moi.

— Tu veux dire, s'étonna-t-elle, qu'il est normal qu'un couple partage la même chambre ?

Cullen haussa les épaules et poussa un des fauteuils près de la table.

— Mes parents le faisaient, répondit-il. Tout comme le font Brodick et Anne à présent.

Un peu de son habituelle humeur badine reparut sur son visage quand il ajouta :

— Et ils semblent très satisfaits de cet arrangement.

— Je vois.

Ce n'était pas vraiment le cas, pourtant elle sentit d'un coup le poids qui pesait sur ses épaules s'évanouir.

— Assieds-toi, ordonna Cullen. Alarik nous a apporté un cadeau de mariage.

Un sourire fleurit sur les lèvres de Bronwyn. Elle ne put s'en empêcher. L'hydromel était le présent traditionnel que les amis offraient aux jeunes mariés. Ainsi ces derniers pouvaient-ils juger de leur popularité. Un couple qui buvait de l'hydromel chaque jour durant le premier mois de son mariage pouvait s'estimer grandement apprécié... C'était une boisson savoureuse et délicate au palais qui rappelait le printemps en plein cœur de l'hiver.

— C'est très aimable à lui, commenta-t-elle.

Après avoir humé le contenu du gobelet qu'il lui tendait, Bronwyn en but une gorgée et sourit de bonheur.

— Je subodore qu'il cherche simplement à s'excuser, rectifia Cullen. Pour avoir prêté la main à ton enlèvement.

Bronwyn le foudroya du regard et protesta, pendant qu'il se servait à son tour :

— Ce n'est pas un sujet dont on peut s'amuser !

— Tu ne me feras pas croire que chez les McQuade les hommes sont si différents de nous qu'ils ne plaisantent pas entre eux à ce propos !

Les yeux plissés, Bronwyn soutint son regard. Elle ne pouvait réellement prendre ombrage de sa remarque : sur ce point, il avait raison.

— Les hommes, reconnut-elle. Pas les femmes.

— Ah... je suis un homme !

— J'avais cru remarquer.

Il n'avait pas le triomphe modeste. Son sourire illumina son visage et fit pétiller ses yeux.

— Heureux de te l'entendre dire, se réjouit-il. Bien sûr, je serai ravi de te le rappeler aussi souvent que nécessaire.

Plongeant la main dans le plateau, il y ramassa un jeu de dés qu'il fit s'entrechoquer dans sa paume.

— Qu'as-tu l'intention de faire avec ça ? demanda-t-elle.

— Chercher à te connaître un peu mieux, Bronwyn McQuade, répondit-il en arquant un de ses sourcils blonds de manière arrogante.

Sa réponse la fit rire, mais l'intrigua également.

— Avec des dés ?

— Nous ne vivons toi et moi que pour relever les défis qui s'offrent à nous. Nous jouerons donc pour le droit à une réponse honnête à chaque coup gagnant.

Elle cessa presque de respirer en entendant cette proposition. C'était bien un défi alléchant qui comportait des risques, dont celui d'avoir à lui avouer ses secrets les plus intimes si la chance ne lui était pas favorable. Mais elle ne pouvait laisser passer la chance d'apprendre quel homme il était véritablement si le sort décidait de la favoriser.

Cullen lui adressa un sourire où se mêlaient l'arrogance et la malice.

— À moins que tu ne sois trop craintive pour tenter ta chance avec moi ? la provoqua-t-il.

Bronwyn tira le deuxième fauteuil près de la table et s'y assit face à lui.

— Sûrement pas ! répondit-elle. Tu ne me fais pas peur.

Elle comprit soudain qu'il ne l'avait jamais effrayée, ce qui était réellement surprenant, car elle n'avait pas manqué de raisons de le craindre. Quelque chose l'avait pourtant toujours empêchée de le redouter. C'était ancré au plus profond d'elle-même, en cet endroit secret où l'on ne peut décider ce que l'on ressent.

— Je n'ai même jamais eu peur de toi, renchérit-elle.

Son visage se fit soudain sérieux.

— Tu aurais pourtant dû, souligna-t-il.

— Ce n'était pas le cas.

Bronwyn s'aperçut alors qu'elle se présentait devant lui tel un livre ouvert. Ses yeux perçants ne manquaient rien. Il lisait en elle sans difficulté. Elle battit des paupières en détournant le regard et murmura :

— Je crois que je suis trop fatiguée pour ça.

Cullen eut une mimique dubitative et reposa les dés sans insister.

— Je suppose que ce doit être vrai, dit-il.

Elle se leva et alla suspendre son surcot. Sybil lui avait trouvé plusieurs chemises, si bien qu'elle pouvait au moins en changer chaque jour. Le lit lui tendait les bras et ne lui avait jamais semblé aussi accueillant. Cullen souffla la bougie sur la table avant de la rejoindre. Le matelas tangua et le sommier de corde craqua quand il s'allongea près d'elle.

Bronwyn ne put retenir un petit cri étranglé quand elle le sentit l'attirer contre lui. Elle heurta son menton avec son crâne, lui arrachant un gémissement de douleur. Ses bras se refermèrent aussitôt autour d'elle. Il usait de sa force pour la retenir, mais parvenait toujours à la contrôler à la perfection. Jusqu'à présent, il ne lui avait pas vraiment fait mal. Il ne consentit à relâcher son étreinte que quand il la sentit se détendre contre lui.

— Cullen... protesta-t-elle d'une voix incertaine.

— Assez parlé, Bronwyn.

— Mais...

Il se trémoussa de manière à se lover plus étroitement en cuillère dans son dos, de la tête à la pointe des pieds.

— Tu dormiras dans mon lit, Bronwyn, assura-t-il. Et dans mes bras. Toujours.

Il s'était exprimé d'un ton impérieux, une fois encore. Mais à la place de son ravisseur, c'était à un guerrier qu'elle avait affaire ce soir. Un homme d'honneur qui méritait son respect.

— J'attends davantage de mon épouse que le plaisir que je trouve entre ses cuisses, dit-il d'une voix ensommeillée.

Il soupira dans ses cheveux et déposa un baiser sur sa tempe avant d'ajouter :

— J'espère qu'avec le temps il en ira de même pour toi.

Il avait dit cela avec une certaine émotion et un doute perceptible qui lui allèrent droit au cœur. Il lui était impossible d'en faire fi, et à la vérité, elle n'en avait pas envie. Pour la première fois depuis ce qui lui semblait une éternité, elle se sentait rassurée, bien au chaud, en sécurité. Bronwyn n'avait rien ressenti de tel depuis l'époque où elle avait encore une mère aimante qui adoucissait pour elle les aspects les plus violents de l'existence.

Elle baignait dans son odeur virile. Elle se sentait si bien qu'elle ne tarda pas à se détendre tout à fait contre lui, lui caressant doucement les avant-bras.

Bientôt le sommeil l'emporta sans qu'elle cherche à lui résister. Un contentement profond l'habitait, qui faisait taire en elle toute envie de lutter.

Sybil posa sur la table le corsage de la robe auquel elle travaillait et annonça en se levant :

— Voilà, c'est terminé.

— Tes points sont très réguliers, la complimenta Bronwyn en caressant le vêtement du bout des doigts.

— Sybil a toujours eu la main sûre avec une aiguille, intervint Gerty.

Elle parlait d'une voix forte. Pourtant, le ton cassant des débuts avait disparu. Gerty se pencha pour examiner les différents éléments de la robe de Bronwyn en cours d'assemblage et hocha la tête d'un air impressionné.

— Vous avez la main sûre avec le grand métier, ajouta-t-elle. Un travail impeccable.

Bronwyn la remercia d'un sourire et tourna sur elle-même pour faire virevolter sa jupe. Les deux manches étaient déjà prêtes et n'attendaient plus que d'être cousues au corsage. Un pourpoint était également en cours d'achèvement. Durant toute la semaine, Sybil s'était arrangée pour se faire aider dans la confection de sa garde-robe par deux servantes.

Dès le lendemain, Bronwyn aurait une nouvelle robe. Elle se sentait aussi excitée qu'une enfant sur le point de recevoir un présent. Plus jamais elle ne tiendrait pour acquis le fait d'avoir des vêtements à elle. Sa joie lui fit esquisser un pas de danse sur le dallage.

Aucune robe en soie damassée n'aurait pu lui faire plus plaisir.

La raison en était simple : cette robe serait entièrement la sienne. Elle en avait tissé elle-même la toile et avait aidé à la tailler et à la coudre. Les femmes qui l'entouraient n'étaient plus des inconnues pour elle. Elle les appelait par leur prénom et avait appris à les connaître. En somme, bien plus qu'un retour à la normale, cette robe symbolisait pour elle le début d'une nouvelle vie à Sterling.

Sybil la rejoignit pour lui faire essayer le corsage. Elle le passa et le laça bien volontiers. On amena les manches.

— Je n'aurais pas imaginé qu'il puisse être si bon de porter une robe, dit-elle en se prêtant à l'essayage.

— Attendez de devoir porter un surcot à longueur de temps quand vous aurez un bébé dans le ventre.

Bronwyn se retourna pour faire face à Gerty. Celle-ci la considérait d'un air entendu où se lisait l'expérience de la vie.

— Vu la façon dont le jeune McJames vous regarde, poursuivit-elle, je doute que cette robe vous ira encore au printemps.

Elle n'avait pas cherché à se montrer désagréable, cependant Bronwyn sentit sa bonne humeur s'assombrir. L'incertitude continuait de lui peser sur les épaules et ne disparaissait que lorsque Cullen la serrait contre lui dans leur lit. Quand les tentures fermées du baldaquin formaient autour d'eux un cocon, il était facile d'imaginer qu'elle était heureuse. Et, dès que le soleil se levait, les doutes revenaient.

Son mari se montrait-il si gentil et si prévenant avec elle uniquement parce qu'il voulait qu'elle tombe enceinte ? En aurait-il terminé avec elle une fois qu'elle lui aurait donné cet enfant qui rendrait leur mariage permanent ? Ces questions la hantaient.

Telle était la vie qu'avait menée sa mère. Elle avait dû apprendre à vivre dans un endroit où elle n'avait sa place qu'à cause de sa dot et des relations que par son mariage elle apportait à son mari. Jamais le clan McQuade ne l'avait véritablement acceptée. Le laird venait l'honorer quand bon lui semblait mais n'avait jamais jugé utile de lui être fidèle. Erik McQuade ne s'était pas privé de faire siennes les femmes du clan qui lui plaisaient. Il avait usé de son titre comme un permis de faire ce qui lui plaisait.

Le monde n'y trouverait rien à redire si Cullen décidait de se conduire de la même façon. Qui plus est, c'était le père de Bronwyn qui par sa conduite avait fait en sorte que son vieil ennemi veuille l'enlever. Cette idée déprimante entamait la joie de vivre qu'elle avait récemment retrouvée. À présent que ses règles étaient passées, elle ne pouvait exclure la possibilité d'une grossesse prochaine. Suivre les élans de son cœur, qui la poussaient vers Cullen, pouvait avoir des conséquences qui ne la concernaient plus seule.

Le doute était un poison insidieux. La passion qu'ils partageaient pour l'heure pouvait fort bien s'éteindre, et elle mènerait alors la même vie que sa mère : celle d'une épouse délaissée.

— Ce bleu met parfaitement en valeur vos cheveux, commenta Sybil. Votre mari va apprécier.

Elle lui présentait un coûteux miroir dans lequel elle put vérifier que la jeune femme disait vrai. Elle avait les joues roses comme au printemps, et la blondeur de ses cheveux éclatait sur le bleu de la robe.

Bronwyn n'avait jamais été coquette, mais elle se surprit à sourire à son reflet. Elle se sentait jolie, et savoir que Cullen pouvait être du même avis était enivrant.

Elle décida de faire table rase de sa mélancolie. Après tout, il ne servait à rien de s'inquiéter d'un avenir qui restait incertain. Si elle était destinée à devenir une épouse délaissée, elle n'en apprécierait que mieux ce jour où elle s'était sentie désirable, et chérirait ce souvenir.

D'un regard, Anne intima à sa sœur, Bonnie, de rester impassible. Ce n'était pas facile, mais elle parvint elle-même à demeurer parfaitement sérieuse en partant à la recherche du seul recueil de sonnets qu'elle possédait.

— Ah, le voilà ! se réjouit-elle enfin. J'espère que tu l'apprécieras.

Cullen lui lança un regard noir qui eut raison de son détachement.

— Ne te moque pas de moi ! protesta son beau-frère.

— Bien sûr que non, Cullen. Pourquoi le ferais-je ?

Bonnie feignit une quinte de toux afin de porter sa main à sa bouche et dissimuler son sourire. Cullen se rembrunit et saisit le petit tome relié qu'il examina quelques instants d'un air perplexe. Puis, prenant conscience qu'il était observé, il secoua la tête et lança un remerciement sonore avant de tourner les talons.

Anne attendit que le bruit de ses pas se soit estompé au bout du couloir pour laisser libre cours à son hilarité. Prise d'un fou rire, Bonnie se tenait les côtes. Il était vraiment drôle d'imaginer son beau-frère lire des sonnets d'amour et tellement touchant qu'elle ne tarda pas à reprendre son sérieux.

— Je l'ai mal jugé, semble-t-il, dit-elle d'un air pensif. Peut-être arrivera-t-il à faire quelque chose de ce mariage.

Bonnie se calma à son tour et se redressa sur son siège. Toute trace d'amusement avait disparu de son visage.

— Il l'a quand même enlevée, commenta-t-elle.

— Certes, mais je n'aurais jamais imaginé voir un jour Cullen m'emprunter des sonnets…

En adressant un sourire réjoui à sa sœur, Anne ajouta :

— Cela prouve qu'il a l'intention de séduire son épouse, pas de la réduire à l'obéissance par la force.

— N'empêche qu'il l'a enlevée, insista Bonnie, qui s'était faite la championne de la cause de Bronwyn. Sans se préoccuper de ce qu'elle ressentait.

Anne poussa un soupir. En tant que cadette de la famille, Bonnie avait toujours été choyée et protégée des réalités les plus dures de l'existence. Elle croyait encore aux chevaliers prêts à se battre jusqu'à la mort pour défendre l'honneur de leur dame. De telles histoires étaient bonnes pour égayer les longues soirées d'hiver au coin du feu, et il ne fallait s'attendre à rien de tel dans la vraie vie. La véhémence de sa sœur, son air de dignité outragée n'étaient pas sans l'inquiéter. Son idéalisme allait finir par lui attirer des ennuis si personne ne se chargeait de lui remettre les pieds sur terre. Et comme leur mère se trouvait en Angleterre, c'était à elle que cette tâche incombait.

— Bonnie, il va falloir accepter de grandir, déclara-t-elle d'une voix à la fois douce et ferme. Ce mariage est une bonne chose. Le roi lui-même l'a approuvé. Mieux vaut fonder une union sur des raisons solides plutôt que sur les volatiles élans du cœur.

— Toi-même, tu *aimes* Brodick, protesta Bonnie d'une voix chagrinée. Il est venu à ton secours à Warwickshire et...

— ... et nous sommes bénis de Dieu de nous aimer ainsi. Mais c'est par intérêt, à cause des avantages que son clan pouvait en retirer, qu'il a négocié ce mariage.

Les poings serrés, Bonnie se rembrunit. Et quand elle se leva, elle tremblait de colère.

— Eh bien moi, décréta-t-elle, je ne laisserai jamais aucun homme me toucher si je ne l'aime pas de tout mon cœur. J'en fais le serment !

— Bonnie...

La réprimande d'Anne fit long feu – Bonnie se précipita vers la porte et sortit en la claquant violemment derrière elle. Anne soupira en se demandant ce qu'elle allait pouvoir faire d'elle. À seize ans, le temps de la maturité était venu. Et si elle refusait de le reconnaître, elle risquait fort de tomber de haut. Brodick lui-même venait d'envoyer sa propre sœur à Warwickshire pour l'hiver afin qu'elle s'habitue à diriger une grande demeure. Plus important encore, elle allait y apprendre à avoir confiance en elle en dehors du rassurant cocon familial. Telles étaient les attentes qui pesaient sur les épaules d'une jeune fille noble.

Bonnie devrait dès l'année suivante se faire une place dans une maison où elle ne bénéficierait pas de l'indulgence de sa famille. Cela pouvait paraître dur, mais c'était ainsi que les jeunes filles devenaient femmes.

Cullen ne se présenta pas au repas du soir. Le siège voisin de celui de Bronwyn demeura vide. Elle vécut difficilement cette absence ; son mari lui manqua vraiment. Les autres convives firent quelques tentatives pour l'inclure dans leurs conversations. Elle sentit son appétit s'évanouir. Elle essaya de se forcer à achever son repas et en fut incapable.

— Si vous voulez bien m'excuser, finit-elle par murmurer en se levant.

Elle quitta la grande salle aussi dignement que possible, mais une certaine nervosité la mettait sur des charbons ardents. Cullen allait-il avoir envie d'elle ce soir ? Quant à elle… elle se languissait déjà de lui.

Bronwyn rougit. Il lui était impossible d'échapper à l'excitation qui faisait courir son sang plus rapidement dans ses veines. Après avoir erré sans but précis dans le château, elle se retrouva dans la salle d'eau. Elle fut choquée de constater à quel point elle avait envie que Cullen lui fasse l'amour. Elle y pensait inconsciemment, guidée par son instinct et les appels de son corps au-delà de toute volonté.

— Excellente idée, maîtresse Bronwyn ! se félicita Sybil en arrivant, un peu essoufflée, derrière elle. Un bain vous fera le plus grand bien.

Elle se sentit un peu coupable de déranger la servante pendant son repas.

— Je suis désolée, Sybil, s'excusa-t-elle. Je n'ai pas réalisé en quittant la grande salle que tu étais en train de dîner.

La jeune femme lui adressa un sourire rassurant en s'attelant à la préparation du bain.

— Ne vous en faites pas pour ça, maîtresse Bronwyn. La perspective de rejoindre un si bel homme me rendrait nerveuse moi aussi.

— Que veux-tu dire ?

Sybil alla chercher un pain de savon dans la réserve et parut ne pas comprendre le sens de sa question.

— Je... j'ai annoncé à votre époux ce matin que vos règles étaient terminées, expliqua-t-elle.

Naturellement... Il était de la responsabilité d'une femme de chambre attitrée de le faire, et ce d'autant plus que Cullen avait chargé Sybil de garder Bronwyn à l'œil quand il n'était pas près d'elle.

Une colère sourde se réveilla en elle, que vint tempérer l'excitation qu'elle ressentait. S'il lui fallait en vouloir à quelqu'un, c'était à elle autant qu'à Cullen. Il n'était pas le seul que la reprise de leurs activités sexuelles intéressait.

Après s'être rapidement déshabillée avec l'aide de Sybil, Bronwyn se laissa glisser dans le bain avec un soupir d'aise. Une certaine confusion lui embrouillait l'esprit. En quoi était-il anormal d'avoir envie de son mari ? Parce que son père avait fait de lui son ennemi ? Elle refoula cet argument, qu'elle rejetait totalement.

Il t'a quand même enlevée... C'était vrai, et de son côté elle s'était naïvement laissé convaincre qu'elle ne se marierait jamais. Elle était fille de laird. En dépit de la volonté farouche d'Erik McQuade de conserver chaque pièce d'or qu'il possédait, il était du pouvoir d'un roi de veiller à ce qu'elle soit mariée.

Cullen n'était pas une brute. Son père l'avait poussé à bout en portant de fausses accusations contre lui. Telle était la vérité.

Bronwyn soupira de plus belle en laissant Sybil lui rincer les cheveux. Cullen aurait été négligent de ne pas s'enquérir de la fin de ses règles. Lui faire un enfant achèverait de consolider leur union.

— Allez vous asseoir près du feu, suggéra Sybil après qu'elle se fut rhabillée. Vos cheveux sécheront mieux. Je vais les brosser.

Bronwyn se laissa faire et releva la tête, appréciant la chaleur de l'âtre. Sybil lui brossa les cheveux en longues passes régulières. Sa chevelure coula bientôt dans son dos tel un flot de soie dorée. À chaque coup de brosse son cœur battait un peu plus vite. La tension née de l'attente nouait peu à peu tous ses muscles. Sa robe lui parut soudain trop serrée, et contre son corset tout neuf, les pointes de ses seins dressées frottaient désagréablement. Attendre sans s'impatienter que Sybil ait achevé de lui brosser les cheveux relevait de la torture. La bataille était en quelque sorte perdue d'avance, car plus elle luttait contre le besoin de rejoindre Cullen au plus vite, plus ce besoin semblait s'enraciner au creux de son ventre.

Elle ne tenait plus en place quand elle put enfin se lever.

— Merci, Sybil.

Il faisait trop clair à son goût dans la grande salle quand elle dut y passer pour regagner sa chambre. La pénombre aurait davantage convenu à son humeur. À présent que le dîner était achevé, on avait débarrassé les tables. À cause de la couche de neige qui était tombée, de nombreux membres du clan s'attardaient encore et faisaient passer le temps.

Certains jouaient aux cartes ou aux dés. Dans un coin, des femmes jouaient de la musique, que quelques fausses notes ne rendaient pas moins délicieuse à entendre.

Les conversations s'interrompirent progressivement quand Bronwyn traversa la salle. Cette fois, c'était bien plus des sourires réjouis que des mines réprobatrices qu'elle suscitait sur son passage. Les hommes portaient la main à leur bonnet pour la saluer. Des femmes soufflaient des baisers dans sa direction en guise de porte-bonheur.

Bronwyn avait l'impression d'être une future mariée se rendant à l'autel, dans l'ambiance joyeuse caractéristique des noces. Plus important encore, c'était de son plein gré et avec joie qu'elle rejoignait son époux. Elle avait les joues rouges, non parce qu'elle était mortifiée de savoir que tous ces gens n'ignoraient rien de ce qu'elle allait faire en compagnie de Cullen, mais parce qu'elle avait elle-même une envie irrésistible de rejoindre le lit conjugal. Ce soir, ce n'était pas dans les bras de son ravisseur qu'elle allait dormir, mais dans ceux de son mari.

Cullen en effet l'attendait dans leur chambre éclairée par des chandelles à la cire d'abeille, dont la douce senteur de miel flottait dans l'air. Elle huma également l'odeur du romarin que diffusait un brûle-parfum. Cette plante aromatique était traditionnellement associée aux nuits de noces. Selon les sages-femmes, elle avait le pouvoir d'accroître la fertilité et de stimuler la passion des amants.

Sybil et ses aides, qui l'avaient suivie, ne pénétrèrent pas dans la chambre et la saluèrent depuis le couloir.

— Bonne nuit, maîtresse Bronwyn.

Bronwyn n'entendit pas réellement Sybil, trop fascinée qu'elle était par l'homme qui l'attendait.

Cullen était plus magnifique que jamais. Bronwyn admira sa haute stature, ses larges épaules. Il ne portait rien d'autre que sa chemise et son tartan. Le pourpoint qui l'avait protégé des rigueurs de l'hiver durant la journée était accroché derrière lui. Il avait également enlevé son bonnet, libérant ses cheveux qui bouclaient légèrement à leur extrémité. Ce qui retint surtout l'attention de Bronwyn, ce fut le regard qu'il posait sur elle. Dès l'instant où la porte se fut refermée dans son dos, Cullen vint vers elle. Son corps se mouvait comme celui d'un puissant animal. Elle n'aurait jamais imaginé qu'observer un homme en mouvement puisse être aussi impressionnant qu'admirer un cheval au galop.

Il la dévorait des yeux, son regard s'attardant sur sa chevelure dénouée. Il tendit la main, un mince sourire aux lèvres, et y glissa les doigts. Sans avoir prononcé un mot, il faisait en sorte qu'elle se sente belle, plus belle qu'elle ne l'avait jamais été de toute son existence. Et à en juger par l'expression de son visage, plus belle encore qu'elle ne l'avait constaté dans le miroir.

— Tu es magnifique, Bronwyn, murmura-t-il. Si belle que j'ai presque peur de te toucher, de crainte que tu ne disparaisses comme dans un rêve.

Elle posa une main un peu tremblante sur son avant-bras. Ses manches étaient roulées jusqu'aux épaules. Ses doigts glissèrent doucement sur sa peau tiède et elle en éprouva un petit frisson. Cullen retenait son souffle.

— La chambre est très belle, commenta-t-elle.

Et c'était lui qui s'était donné la peine qu'il en soit ainsi. Cette attention la toucha.

Cullen se rembrunit et répondit :

— J'avais prévu de te courtiser dans les règles galantes, pour changer, mais je ne comprends rien à ces sonnets.

Il ramassa un livre ouvert sur la table et le désigna d'un regard noir, manifestement agacé par son contenu.

— Pour un vers joyeux, reprit-il, il y en a dix qui suivent tristes comme la pluie.

— Les poètes sont des êtres mélancoliques, reconnut-elle. C'est du moins ce que je me suis laissé dire.

En lui prenant le volume des mains, elle le referma doucement et ajouta :

— C'est très gentil à toi d'avoir fait l'effort de te pencher sur le sujet.

Ses yeux se plissèrent avec méfiance. Bronwyn détourna le regard pour cacher son amusement et posa le livre de sonnets sur la table.

— Tu ris de moi, constata-t-il froidement.

— Non, répondit-elle innocemment. Pas du tout.

Elle s'éloigna de lui et il lui emboîta le pas. Une course-poursuite joueuse s'engagea entre eux. Dès qu'elle s'arrêtait, il faisait de même. Aussitôt qu'elle repartait, il l'imitait.

— Oui, répliqua-t-il. Ça se voit. Tes yeux brillent.

Bronwyn haussa les épaules et précisa :

— Mais je ne ris pas de toi.

— N'empêche que tu ris ! insista-t-il triomphalement.

Vif comme l'éclair, il la rattrapa et la ceintura d'un bras. Bronwyn poussa un petit cri lorsque leurs corps entrèrent en contact. Un torrent de sensations se déversa en elle, libérant d'un coup tous les besoins qu'elle avait mis sous le boisseau.

Lui adressant un regard chargé de reproches, Cullen poursuivit :

— Il n'est pas très charitable de ta part de te moquer de mes tentatives malheureuses pour te séduire.

Bronwyn lui caressa la joue. Cullen ferma les yeux à demi, appréciant manifestement ce geste de tendresse.

— Je ne voulais pas me montrer désagréable, se justifia-t-elle. Simplement, tu ne m'as jamais semblé être le genre d'homme à apprécier la poésie.

Les yeux brillants d'une lueur malicieuse, il eut un rire sarcastique.

— Sur ce point, dit-il, je ne peux qu'approuver, *lass*.

En la soulevant sans effort, il la cala à hauteur de la taille sur son épaule.

— Je suis davantage un manuel, reprit-il. J'aime mettre la main sur la femme qui fait battre mon cœur.

Après lui avoir assené une légère tape sur les fesses, il se mit à tourner de plus en plus rapidement sur lui-même. La tête lui tournait, mais Bronwyn se sentait gagnée par une excitation communicative. Prenant appui de ses deux bras sur ses reins, elle s'insurgea néanmoins.

— Repose-moi tout de suite, brute !

— Nous revoilà une fois de plus au même point. Mais j'aime savoir qu'il te tarde de te retrouver sur le dos.

En quelques pas, il gagna le lit et la jeta dessus. Bronwyn y atterrit dans un méli-mélo de membres, de jupes et de cheveux. Revenue de sa surprise, elle le foudroya du regard et se sentit rougir parce qu'elle se retrouvait sur le dos, comme il le lui avait promis. C'était très agaçant... mais en même temps très excitant. Et Cullen paraissait bien trop satisfait à son goût.

— Tu vas abîmer ma nouvelle robe ! protesta-t-elle.

— Certainement pas.

Il empoigna l'ourlet et d'un grand geste rabattit le jupon sur le ventre de Bronwyn, dénudant ses jambes.

— J'ai entendu les femmes dire le plus grand bien de la qualité de ton tissage, reprit-il. Crois-moi, la laine de Sterling résiste à n'importe quelle partie de jambes en l'air dans le foin...

— C'est toi qui vas finir au pilori si tu continues à parler comme ça ! lança-t-elle d'un ton accusateur.

Elle n'avait jamais entendu aucun homme s'exprimer aussi librement sur les choses du sexe. Ce devait être mal, à n'en pas douter, mais Bronwyn sentit son clitoris réagir, trahissant son excitation.

Il lui répondit d'un rire diabolique qui ne fit qu'augmenter son trouble.

— Si cela doit me permettre de coucher avec toi, dit-il, je veux bien rester une éternité au pilori.

Empoignant les genoux de Bronwyn, il lui écarta les cuisses et renchérit :

— Et une telle vision est bien trop tentante pour se laisser ignorer.

Un frisson remonta lentement l'échine de Bronwyn. Un courant d'air frais caressait les plis de son intimité.

Dans cette position, elle se retrouvait totalement exposée à ses regards. Cullen se pencha au-dessus d'elle et lui maintint les cuisses écartées. Elle le vit reporter son attention sur l'entrejambe offert à ses regards, et dans ses yeux, un désir sans fard succéda à l'amusement. À mi-voix, il murmura :

— En fait, je ne pense pas être le seul à être en proie à de tels désirs.

Ses doigts glissèrent le long des cuisses de Bronwyn jusqu'à atteindre les plis de sa vulve. Il lui arracha un petit gémissement en titillant son clitoris. Le plaisir explosa. Son cœur battait à coups redoublés. Les yeux clos, elle serra les poings.

— N'est-ce pas, ma douce, ma passionnée Bronwyn ?

Elle sursauta en sentant sa bouche se poser sur son sexe. D'elles-mêmes, ses cuisses se refermèrent autour de sa tête et elle tenta de le repousser.

— *Cullen !*

Il redressa brièvement la tête pour la regarder dans les yeux. Une volonté inflexible faisait briller les siens. De nouveau, il écarta ses cuisses et lui sourit.

— Aurais-je trouvé le moyen de t'apprivoiser, *lass* ? se réjouit-il.

Du bout de son pouce, il caressa doucement le clitoris de Bronwyn, dont le souffle se fit court. Un flot de plaisir brûlant déferlait en elle, telle une coulée de lave emportant tout sur son passage.

— Tu aimes ce que je te fais, n'est-ce pas ?

Il aurait été vain de prétendre le contraire. Une sourde plainte monta de la poitrine de Bronwyn quand elle le vit contempler son sexe offert à ses regards. Elle aurait voulu fermer les yeux mais ne pouvait s'empêcher de regarder. Elle sentit son souffle sur sa chair la plus intime avant que ses lèvres s'y posent.

Incapable de contrôler quoi que ce soit, elle rejeta la tête en arrière. Son corps se contorsionnait sous les caresses de sa bouche. Le plaisir intense qu'elle ressentait lui semblait irréel. Il la brûlait tout entière, ses flammes léchant chaque parcelle de son être. Un besoin irrépressible de compléter cette union, de le sentir en elle, lui mordait les tripes. Cullen s'amusait sans merci à titiller son clitoris, passant sa langue dessus encore et encore. La tension qui naissait sous ses lèvres devenait insupportable. Elle souleva son bassin pour accentuer la pression de ses lèvres, pressée d'en finir.

Loin d'exaucer ses vœux, Cullen cessa bientôt ses caresses buccales et redressa la tête. Bronwyn s'entendit gémir de dépit et ne reconnut pas sa voix. Jamais un tel son – rauque, plaintif, indécent – n'avait franchi le seuil de ses lèvres. Elle avait envie de lui, et attendre passivement qu'il se décide finissait par la mettre hors d'elle. Se redressant au bord du lit, elle tendit les bras pour l'attraper. Cullen fut plus rapide et s'assit près d'elle pour la serrer dans ses bras.

Prenant les devants, Bronwyn l'embrassa en serrant sa tête entre ses mains. Elle sentit, de manière surprenante, qu'il lui laissait prendre l'initiative, se prêtant au baiser sans chercher à s'imposer. Enhardie par son attitude, elle lécha sa lèvre inférieure afin de l'inciter à ouvrir la bouche. Mais dès qu'il sentit sa langue venir se lover contre la sienne, Cullen reprit la direction des opérations. Une de ses mains se glissa dans ses cheveux, à l'arrière du crâne, provoquant de menues douleurs qui ne firent qu'ajouter à l'excitation du moment. Quelque chose en elle appréciait de sentir sa force.

Les plis du tartan de Cullen et ceux de sa propre robe l'empêchaient d'accéder à ce dont elle avait le plus envie. En s'efforçant de déjouer ces pièges de tissu qui se dressaient entre eux, elle poussa un grognement de frustration.

— Un problème ? plaisanta-t-il. Tu le constates, rouler dans le foin pour quelques galipettes réclame une certaine expérience. La première fois peut être assez frustrante... Mais je suis ravi de constater qu'on ne t'a pas appris l'art de soulever ta jupe pour un petit impromptu coquin.

Après l'avoir repoussée doucement, Cullen empoigna le bord de son kilt et le releva, dénudant son sexe bandé qui pointait avec arrogance de son bas-ventre, raide et gonflé de sang. Refusant de se laisser intimider, Bronwyn chercha son regard avant d'insinuer :

— Tu me sembles quant à toi connaître cet art sur le bout des doigts... Comme c'est typique des hommes ! Ils exigent d'épouser une vierge, et ils ne se privent pas d'aller faire des galipettes dans les foins avant le mariage !

Les traits de Cullen se durcirent quand il lui répondit :

— Je t'ai désirée au premier regard, et les ragots qui te disaient déshonorée ne m'ont pas empêché de vouloir faire de toi ma femme. Quant aux galipettes dans les foins, il n'y a rien de déshonorant à cela. Goûter l'un à l'autre au printemps est le meilleur moyen, pour un homme et une femme, de savoir s'ils s'accorderont tout l'hiver.

— Ah oui ? rétorqua-t-elle. Eh bien moi, je n'ai aucune envie de savoir combien de fois tu es allé rouler dans le foin.

Elle s'exprimait comme une femme jalouse et s'en rendait compte. Cela ne l'empêcha pas de conclure :

— Quant à celles avec qui tu es allé faire des galipettes au printemps dernier, tu as tout intérêt à leur dire que tu es à présent marié !

Cullen se mit à rire gaiement. Sans lui répondre, il la saisit par les hanches et l'attira dans son giron. Cette fois, son sexe pénétra les plis lubrifiés du sien sans difficulté. Plongé en elle jusqu'à la garde, il la fixa au fond des yeux.

— Eh bien, eh bien, chère Bronwyn, susurra-t-il. Serais-tu jalouse ?

— Peut-être. N'en ai-je pas le droit ? Je suis ta femme.

Elle joignit les mains derrière sa nuque pour ne pas perdre l'équilibre. Sans lui lâcher les hanches, Cullen la souleva jusqu'à ce que seule l'extrémité de son sexe reste en elle. Attendre qu'il se décide à la faire redescendre fut pour elle une douce torture. Il le fit en donnant un coup de reins pour se porter simultanément à sa rencontre. Son sexe la pénétra sur toute sa longueur, en une seule poussée qui arracha un petit cri d'extase à Bronwyn. Le plaisir inondait son ventre.

— D'accord, reprit Cullen. Je devrai donc me contenter de faire des galipettes avec toi désormais.

Il s'efforçait de paraître enjoué, pourtant le désir rendait sa voix rauque. Il commença à aller et venir en elle, les yeux mi-clos, le visage tendu par l'effort.

— Je peux toujours espérer, commenta Bronwyn.

Cullen rouvrit les yeux et la regarda fixement. Il cessa tout mouvement et la maintint fermement en place au-dessus de lui.

— Tu peux y compter ! rectifia-t-il. Je vais faire en sorte que tu cries de plaisir jusqu'à ce que la moitié de Sterling t'ait entendue.

Sur ce, il se désengagea et, après l'avoir assise sur le lit à côté de lui, il poursuivit :

— Si tu dois être celle avec qui je roulerai désormais dans le foin, il faut nous entraîner un peu pour pouvoir faire les choses correctement.

— Tu es complètement fou.

Cullen lui fit un clin d'œil.

— Pas du tout, objecta-t-il. Je suis un obsédé qui veut faire des galipettes avec toi. Espérons que nous ne nous ferons pas attraper.

Bronwyn ne put se retenir et pouffa de rire. Combien de fois avait-elle entendu les servantes parler de ces choses-là ? Rouler dans le foin était une des activités favorites de la jeunesse, et il n'était pas rare qu'une future mariée se présente devant l'autel le ventre rond.

— Qu'est-ce à dire, cher mari ? fit-elle mine de s'étonner. Craindrais-tu le pilori ?

— J'y monterai fièrement à tes côtés, *lass*.

Bronwyn fit la moue.

— Tu n'es qu'une brute ! protesta-t-elle. N'es-tu pas supposé endosser le châtiment afin de protéger mon nom ?

Il lui adressa un nouveau clin d'œil et répondit :

— Impossible. Ce serait à cause de tes cris que nous aurions été attrapés.

Cullen se pencha et caressa de son index le sexe de Bronwyn, s'insinuant entre les plis jusqu'à trouver le bourgeon de chair de son clitoris. Sous ses caresses expertes, toute envie de badinage la déserta et elle ne tarda pas à se retrouver pantelante. Un désir impérieux de jouir enfin s'emparait d'elle, qui ne souffrait aucun délai.

Passant un bras autour de sa taille, Cullen la retourna sans effort sur le lit. Elle se retrouva à plat ventre, et avant qu'elle n'ait pu se redresser, il lui souleva les hanches et la mit à genoux, exposant ainsi son fessier. Puis, d'une main lascive, il caressa longuement l'un des deux hémisphères, avant de lui donner une petite tape.

— Cullen...

Sous une nouvelle caresse, il fit disparaître la faible douleur qu'il avait fait naître.

— Ah, tu es une gourmande, pas vrai ? susurra-t-il. Aucune patience pour les préliminaires. Tu veux tout de suite pouvoir danser autour du mât de cocagne...

— *Cullen McJames !*

Il se mit à genoux derrière elle et lui saisit les hanches. Bronwyn sentit les plis de son kilt couvrir ses fesses. De nouveau, son sexe se glissa en elle, lui arrachant un long gémissement de plaisir.

— Qu'y a-t-il ? feignit-il de s'étonner. N'est-ce pas ce que symbolise ce mât : la fertilité ?

À coups de reins puissants qui ébranlaient le lit, il commença à aller et venir en elle. Trop heureuse de pouvoir enfin se laisser emporter par le raz-de-marée du plaisir, Bronwyn ne prêtait plus attention à ce qu'il disait.

— Les fêtes de mai sont l'un des meilleurs moments de l'année pour aller rouler dans le foin, Bronwyn. Il me tarde que nous y soyons, pour aller faire des galipettes avec toi à l'ombre propice des granges.

— Mmmm… oui.

Peu lui importait ce qu'il disait du moment qu'il ne cessait pas ce à quoi il s'activait derrière elle. Chaque fois qu'il pénétrait en elle de toute sa longueur, le sexe de Bronwyn se resserrait autour du sien. Et chaque fois qu'il se retirait, elle en aurait pleuré de frustration. Elle mourait d'impatience de connaître de nouveau l'extase qu'il lui avait déjà offerte. Elle voulait encore se laisser anéantir par elle, et au plus vite…

— C'est bien, approuva-t-il d'une voix tendue. J'aime entendre ce mot dans ta bouche : « oui ». Je veux te l'entendre me le répéter, encore et encore.

De nouveau, Bronwyn se sentit soulevée, et cette fois elle se retrouva sur le dos. Elle n'avait pas encore fini de rebondir sur le matelas qu'il la couvrit.

— Tout comme je veux te voir m'ouvrir les cuisses, ajouta-t-il. Encore et encore…

Après s'être positionné, il la pénétra de nouveau en une longue et fluide poussée. Un râle tomba des lèvres de Bronwyn, puis un autre, plus puissant encore. Fermant les yeux, elle cambra les reins. Cullen se mouvait au-dessus d'elle à un rythme grandissant. Elle se sentait remplie par lui, dilatée comme elle ne l'avait jamais été, et cela comblait ses désirs au-delà de tous ses espoirs.

— Laisse-toi aller. Laisse-toi crier pour moi, gémit-il tout bas.

Dans cette position, le sexe de Cullen frottait de toute sa longueur contre son clitoris, à chaque intromission. Il était désormais impossible à Bronwyn de contenir le plaisir qui jaillissait en elle. Gémissante et essoufflée, elle verrouilla ses jambes autour des hanches de son amant, soulevant son bassin pour se porter à sa rencontre. Il ne fallut pas plus que quelques instants pour que se libère enfin le flot de plaisir qui s'était lentement accumulé dans son ventre. L'extase l'emporta, lui coupant le souffle et lui ôtant toute faculté de penser. Cullen ne tarda pas à la suivre, retenant sa tête entre ses mains et buvant ses râles à ses lèvres tandis que la jouissance les emportait tous deux.

Quand tout fut terminé, Cullen roula sur le dos à côté de Bronwyn, aussi pantelant qu'elle l'était elle-même. Sur le drap, sa main chercha la sienne et leurs doigts se mêlèrent.

— Dire que je voulais te séduire, dit-il, désolé.

Cullen se redressa sur son séant et l'incita à faire de même. Un petit soupir lui échappa, puis il se leva et se retourna pour aider Bronwyn à se lever.

— Vraiment, insista-t-il. Je voulais prendre le temps de faire les choses comme il faut.

Un à un, il défit les boutons de la robe de Bronwyn.

— J'avais prévu de te déshabiller lentement, d'embrasser une à une chaque partie de ton corps que j'aurais dénudée avant de passer à la suivante.

Après avoir fait glisser la robe le long de son corps, il la lui fit enjamber et la rejeta sur le côté. Bronwyn protesta :

— C'est ma nouvelle robe que tu jettes par terre !

Elle se précipita pour la récupérer. Un grognement de protestation se fit entendre. Bronwyn ne se laissa pas impressionner.

— Qu'est-ce que tu crois ? dit-elle en se retournant. Je ne pourrai pas t'accompagner aux fêtes de mai, si je n'ai pas une robe pour y aller.

Cullen ne plaisantait plus. Il la dévisageait d'un air réprobateur.

— Pour que tu prennes tant soin d'une simple robe, maugréa-t-il, tu n'as pas dû en avoir beaucoup dans ton existence. Je connaissais l'avidité de ton père, cependant je ne me doutais pas qu'il te traitait aussi mal.

Bronwyn se détourna. Cullen la rattrapa et la prit par l'épaule pour l'obliger à lui faire face. Décidée à ne pas avoir honte d'elle-même, elle soutint son regard.

— Ma vie a fait de moi ce que je suis, répliqua-t-elle fièrement. Préférerais-tu une femme fragile et délicate, incapable de se débrouiller par elle-même ? La femme de ton frère ne me semble pas en être. Je ne l'ai jamais vue claquer des doigts pour se faire servir, et elle travaille aux côtés de ses servantes.

— Anne est bien ainsi, c'est un fait, reconnut-il.

Son regard s'assombrit dangereusement quand il ajouta :

— Sa belle-mère avait fait d'elle une servante dans la propre demeure de son père, avant de lui faire prendre la place de sa fille que mon frère devait épouser. La vie d'Anne avant d'arriver ici n'avait rien de reluisant, et de ce point de vue, vous vous ressemblez. Vous êtes l'une et l'autre capables, autonomes, et vous préférez faire les choses vous-mêmes plutôt que d'avoir à demander.

Bronwyn sentit sa gorge se serrer.

— Je ne vois pas en quoi c'est important, dit-elle. Je suis en bonne santé et donc capable de pourvoir à mes propres besoins. Il n'y a aucune honte à ça.

Sans lui laisser le temps de répliquer, elle se détourna et alla accrocher soigneusement sa robe à une patère, de manière qu'elle ne puisse se froisser. Elle sentit Cullen s'approcher d'elle dans son dos et vit ses mains apparaître devant elle et délacer son corset.

— C'est important parce que je sais à présent que tu ne voulais pas insulter Sybil en refusant son aide, et que tu ne cherchais pas à t'échapper.

— Je t'avais pourtant dit que je n'avais pas eu de domestique à mon service, lui reprocha-t-elle sans chercher à cacher son amertume.

— C'est exact. Apparemment, je ne t'ai pas écoutée très attentivement, préférant me baser sur des présomptions et sur ce que je pensais connaître de toi.

En douceur, Cullen la débarrassa de son corset, qu'il prit la peine d'accrocher à une autre patère.

— Nous devons tous deux apprendre à faire confiance à l'autre, constata-t-elle.

— Je ne te laisserai jamais manquer de rien, Bronwyn. Tu n'as pas à t'inquiéter pour cela. Il ne manque pas de mains ici pour coudre tes vêtements, à présent que l'hiver est là.

— Les femmes de Sterling ont assez de travail comme ça, répliqua-t-elle. Je peux pourvoir à mes propres besoins.

Cullen poussa un soupir et la débarrassa de sa chemise, qui alla rejoindre le corset. Bronwyn sentit contre l'arrière de ses cuisses la laine de son tartan et frissonna en prenant conscience qu'elle était nue devant lui.

— Je ne te laisserai jamais manquer de rien, Bronwyn, répéta-t-il. Même si tu t'entêtes à ne pas le comprendre, je ne renoncerai pas et parviendrai à t'en convaincre. Tu dois prendre en compte le besoin de reconnaissance de celles qui t'entourent. Accepte de porter un vêtement taillé dans une toile tissée par une McJames, et tu verras davantage de sourires autour de toi. Elles n'auront plus à craindre que tu imagines le fruit de leur travail indigne de toi. Même si tu es une excellente tisserande.

Cullen la souleva dans ses bras et la porta jusqu'au lit. Il avait sur le visage une expression solennelle qui lui donna le frisson. Après l'avoir déposée, il alla se poster au pied du lit et la regarda se glisser sous les couvertures.

— C'est une bonne idée, reconnut-elle.

Une idée qu'elle aurait pu avoir elle-même, si elle n'avait été à ce point obsédée par la nécessité de pourvoir à ses propres besoins, comme elle le faisait à Red Stone depuis qu'elle était toute petite.

— Peut-être est-ce une bonne chose que l'hiver soit là, reprit Cullen en débouclant son ceinturon. Nous aurons quantité de longues nuits froides pour apprendre à nous connaître l'un l'autre.

Se détournant du lit, il acheva de se dévêtir et alla plisser son tartan sur la table, au-dessus de son ceinturon, afin d'être prêt à s'habiller à la moindre alerte. Puis, après avoir soufflé les chandelles, il la rejoignit dans le lit.

Dans le noir, la vie était bien plus simple aux yeux de Bronwyn. Elle y avait tout ce dont elle avait besoin. Les mains de Cullen sur son corps étaient chaudes et ses lèvres brûlantes. Elle lui rendait caresse pour caresse, baiser pour baiser. Dans le noir ne pouvait subsister aucun soupçon. Il n'était plus question des couleurs des tartans ou des vieilles rancunes entre clans.

Au bout d'un moment, Cullen la fit rouler sous lui. D'instinct, elle écarta les cuisses pour l'accueillir.

Cette fois, ils prirent tout leur temps et laissèrent le plaisir avoir raison d'eux sans le brusquer.

— J'espère que l'hiver sera long, murmura Cullen quand ils n'eurent plus qu'à reprendre leur souffle.

— Je l'espère aussi.

Bronwyn le laissa la prendre dans ses bras. Lovée contre lui, elle s'endormit bercée par les battements de son cœur.

Il allait la chérir.

Cullen resta longtemps éveillé après que sa femme se fut endormie contre lui. Il ne voulait perdre aucun de ces rares moments où il la sentait détendue entre ses bras. Il voulait en savourer chaque seconde, se délecter de sa douce odeur qui lui flattait les narines, apprécier de la sentir se lover contre lui.

Tout ce qui avait pu l'inciter à la faire plier à sa volonté n'avait plus d'importance. Une seule chose importait : elle était venue à lui en laissant ses cheveux flotter librement dans son dos, ainsi qu'une femme qui rejoint son mari doit le faire. Ce cadeau qu'elle lui avait fait le rendait humble, et il emplissait également son cœur de tendresse.

Il restait encore beaucoup à faire le lendemain. Après s'être levée tôt, Bronwyn s'attela à la confection d'une nouvelle robe. Pour ce faire, elle choisit une étoffe d'un rouge brique que Gerty avait tissée. La tisserande ne chercha pas à cacher sa satisfaction.

— Vous avez bon goût, reconnut-elle.

— Pour une McQuade ?

Il y eut quelques exclamations de surprise dans l'atelier, suivies de petits rires amusés lorsque Bronwyn sourit à Gerty. Celle-ci, plus âgée qu'elle, lui rendit son sourire, faisant naître de fines pattes-d'oie au coin de ses yeux.

— Heureuse de constater que vous avez le sens de l'humour, dit-elle en posant une main sur sa hanche. Je m'inquiétais un peu. Rien de pire qu'un hiver passé jour après jour en compagnie d'une femme maussade.

Plusieurs femmes acquiescèrent d'un hochement de tête. Chacun savait ce qu'il en coûtait de travailler dans une mauvaise ambiance alors que les journées étaient longues et le temps glacial.

Le temps s'écoula ainsi sous les meilleurs auspices. Il régnait toujours une agréable atmosphère de camaraderie féminine lorsque Bronwyn, en fin d'après-midi, entendit une voix mâle l'interpeller dans son dos.

— Maîtresse Bronwyn ?

Pivotant sur ses talons, elle se retrouva face à l'un des capitaines de Cullen. Elle reconnaissait l'homme, à présent, pour l'avoir souvent vu en compagnie de son mari.

— Pourriez-vous me suivre ? demanda-t-il en touchant le coin de son bonnet pour la saluer. Le comte et son frère souhaiteraient vous voir dans l'armurerie.

La question était de pure forme, en dépit du ton cordial qu'il avait utilisé. C'était une convocation, comme en attestaient les deux hommes qui se tenaient derrière lui, les yeux fixés sur elle.

— Naturellement, répondit-elle.

Reportant son attention sur Sybil, qui se levait derrière elle, l'émissaire de Cullen ajouta :

— Vous pouvez rester là.

Sybil parut hésiter un instant, puis elle se rassit et se remit à l'ouvrage.

Le capitaine prit les devants. Bronwyn lui emboîta le pas avec une certaine appréhension, suivie des deux hommes. L'épée qu'ils portaient dans le dos constituait un rappel saisissant qu'au-dehors des murailles de Sterling, le monde n'était pas sûr. La paix régnait à l'intérieur uniquement parce qu'elle était garantie par des hommes tels que ceux-ci, prêts à sacrifier leur vie.

L'ordre était nécessaire, sans quoi la souffrance s'imposerait. La forteresse de Sterling était construite pour assurer la sécurité du clan. Ses membres en avaient érigé les murs eux-mêmes. Les couloirs étaient percés de meurtrières, des cloches étaient disposées tous les cent pas pour signaler toute attaque inopinée. À n'en pas douter la demeure était sûre.

Après avoir traversé la grande salle, Bronwyn et son escorte prirent la direction de la tour voisine, au rez-de-chaussée de laquelle se trouvait l'armurerie. Le long des murs s'alignaient les casques posés sur des étagères. En dessous se trouvaient les cuirasses et les cottes de mailles qui complétaient l'armement. Par les fenêtres aux volets ouverts se faisait entendre le martèlement métallique d'un maréchal-ferrant au travail.

Ici se déroulaient les réunions que tenaient les hommes pour garantir la sécurité du château. C'était un endroit dans lequel les femmes de Sterling ne s'aventuraient pas, sauf quand on les y invitait. Des décisions cruciales et parfois implacables étaient prises en ce lieu. Une longue table en bois toute simple, entourée de bancs et de chaises, longeait le mur du fond. Brodick McJames y était assis avec Cullen et leur cousin Druce, que Bronwyn n'avait plus revu depuis leur départ de White Tower.

Tous trois interrompirent leur conversation en la voyant arriver. Ils la suivirent des yeux tandis que le capitaine l'escortait jusqu'à eux. Bronwyn sentit son appréhension atteindre des sommets. Les derniers pas furent difficiles à franchir.

— Vos frères ont proposé de vous rendre visite.

Brodick McJames s'était exprimé posément, mais le ton qu'il avait employé trahissait son appréhension.

Surprise, Bronwyn garda le silence. Cullen dardait sur elle un regard inflexible.

— Ils affirment que votre père était le seul à vouloir entretenir la querelle entre nos deux clans, reprit le laird.

— C'est tout à fait vrai, affirma Bronwyn.

Toute sa vie, elle l'avait entendu maudire le nom des McJames.

Brodick McJames fronça les sourcils et insista :

— Qu'est-ce qui est vrai ? Que votre père était le seul à vouloir notre perte ?

Bronwyn se sentait écartelée entre deux clans. Née McQuade, elle était désormais par alliance une McJames. Cullen, à qui son silence ne plaisait manifestement pas, intervint dans la conversation.

— Tes frères sont-ils des hommes honorables ?

Elle eut l'impression que sa question demeurait suspendue entre eux. De nouveau, Cullen la considérait avec suspicion, ranimant sa colère. Une fois de plus, elle était une McQuade, et lui un McJames. Pourtant, l'espoir continuait à brûler au fond de son cœur qu'ils ne resteraient pas éternellement séparés par leurs noms de famille. Elle s'y accrochait, refusant de laisser la méfiance de Cullen l'éteindre. Les souvenirs de la nuit précédente affluaient à sa mémoire comme autant d'arguments en faveur de son amant contre la rage qui bouillait en elle. Qui plus est, les hommes qui se tenaient devant elle avaient eu, au fil des ans, à se défendre l'arme au poing de la violence des McQuade. Elle ne pouvait les blâmer de se montrer prudents quand ces mêmes hommes venaient frapper à leur porte avec des paroles de paix, demandant à être reçus.

— Mon frère Keir est un homme honorable, répondit-elle enfin. C'est tout ce dont je peux être sûre. Liam et Sodac sont les fils de leur père. Je les connais mal et ne peux répondre d'eux.

Les trois hommes se détendirent visiblement. Ils se consultèrent du regard, puis le comte hocha la tête à l'intention de Bronwyn.

— Merci, dit-il.

On lui donnait congé. Bronwyn s'inclina et, avant qu'elle se relève, elle vit les yeux de Cullen se poser sur elle. Elle n'aurait su deviner ses pensées sur son visage, pareil à un masque de pierre, mais elle perçut dans son regard une lueur de satisfaction qui lui fit froid dans le dos. Il n'hésiterait pas à l'utiliser contre son clan : voilà ce qu'elle lisait clairement dans son regard.

Bronwyn pivota sur ses talons et sortit de l'armurerie. Le capitaine et ses hommes ne lui emboîtèrent pas le pas. La conversation reprit dans la pièce tandis qu'elle en passait le seuil. Pour la première fois depuis son arrivée à Sterling, elle se retrouva seule. Et habillée.

Il lui était difficile d'ignorer la tentation qui se présentait, mais elle était partagée. Liam et Sodac n'avaient jamais été tendres avec elle. Elle n'avait pas oublié les accusations qu'ils lui avaient jetées à la face le jour où elle avait fait la connaissance de Cullen. Se retrouver entre leurs mains ne semblait pas être une bonne idée… et choisir de rester à Sterling n'en était pas forcément une non plus.

Le bruit du marteau sur l'enclume lui indiquait dans quelle direction se trouvait l'écurie. S'approchant d'une porte ouverte, elle vit dans la cour le maréchal-ferrant en train de mettre en forme un fer rougi sous ses coups de marteau. Non loin de lui, un jeune lad tenait un cheval par la bride. Les portes de l'écurie restaient ouvertes durant le jour. Elle pouvait se glisser dans la cour pleine de gens vaquant à leurs occupations sans se faire remarquer. Une telle opportunité ne se représenterait peut-être jamais.

Des larmes lui venaient aux yeux à l'idée de s'enfuir. Reculant d'un pas, elle finit par renoncer. Il lui était trop douloureux de partir.

Elle se retournait pour regagner l'atelier quand elle heurta de plein fouet un grand corps ferme qui lui barrait le passage. Poussant un cri de frayeur, Bronwyn lutta pour se libérer des bras forts qui venaient de se refermer autour d'elle.

— Du calme, *lass*. Tout va bien.

Bronwyn poussa un soupir de soulagement en reconnaissant la voix de Cullen.

— Espèce de brute ! gémit-elle en tapant du poing contre sa poitrine pour l'avoir effrayée.

Il la tint fermement contre lui, emprisonnant ses bras contre son torse. Relevant le menton, elle voulut le foudroyer du regard, mais les larmes lui montèrent aux yeux. Quand elle vit l'approbation dans ses yeux, les siens s'embuèrent de plus belle et les larmes coulèrent le long de ses joues. Cullen les essuya gentiment sous ses doigts et expliqua, d'une voix que l'émotion rendait rauque :

— Il me fallait te suivre, *lass*. Je ne voulais pas t'effrayer.

— Je te l'ai déjà dit, Cullen McJames… protesta-t-elle dignement. Je n'ai pas peur de toi.

Elle vit son expression s'adoucir.

— Pourquoi cela, Bronwyn ? s'étonna-t-il. J'en ai pourtant fait bien assez pour que tu me craignes.

Elle fit une tentative pour le repousser, mais il la maintenait trop serrée contre lui.

— Ce n'est pourtant pas le cas, c'est tout, répondit-elle. Tu ne penses pas que mon père te détestait suffisamment comme ça ? Prendrais-tu plaisir à savoir qu'on te craint ou qu'on te déteste ?

— Je prends plaisir à savoir que tu ne me détestes pas, et que tu n'as pas peur de moi, même si tu aurais de bonnes raisons pour cela.

— Tu ne m'as jamais fait de mal, dit-elle d'une voix au bord de l'extinction.

Un sourire de satisfaction apparut sur les lèvres de Cullen. Bronwyn s'en délecta, heureuse de sa réaction.

— La confiance ne s'arrache pas de force, dit-il en lui caressant tendrement la joue. Celle que tu m'accordes est un cadeau que tu me fais, Bronwyn, et que j'apprécie grandement.

Bronwyn songea qu'il avait amplement mérité la sienne. Cullen n'avait pas manqué d'occasions où il aurait pu la réduire à l'obéissance par la force. Il ne l'avait pas fait. C'était en cela qu'on reconnaissait un homme d'honneur. Il s'était montré digne de son respect.

— Même à présent que mon père est mort, reprit-elle, je doute que ce mariage te rapporte grand-chose.

Le désappointement qu'elle en concevait elle-même était perceptible dans le ton de sa voix.

— Je suis désolée, ajouta-t-elle.

— Moi je ne le suis pas, répliqua-t-il avec une ferme conviction. Je t'ai désirée la première fois que je t'ai vue.

— Ce n'est pas sur ces fondements qu'un mariage doit se conclure.

Le sourire de Cullen s'élargit encore.

— Est-ce de l'affection pour moi que trahissent tes paroles ? s'enquit-il.

— Non, mentit-elle. Je comprends juste que tu puisses être désappointé. Liam et Sodac ressemblent à mon père.

En secouant la tête, il insista :

— Pourquoi t'en fais-tu autant pour moi ? En quoi le fait que je puisse ne pas être satisfait t'importe-t-il ?

Elle n'avait rien à répondre à cela. Qu'il puisse imaginer qu'elle avait de l'affection pour lui, elle ne savait qu'en penser. Pourtant, une chose était sûre : elle se sentait pleine de joie, pour la première fois depuis des années sans doute.

Par la porte ouverte dans son dos, elle prit conscience d'une certaine effervescence dans la cour intérieure. Le maréchal-ferrant avait cessé de travailler. Elle entendait des hommes courir. Cullen soupira et relâcha momentanément l'étreinte de ses bras.

— Il nous faut remettre à plus tard la suite de cette discussion, dit-il. Tes frères sont ici.

— Quoi ?

Elle s'agita entre ses bras. Il ne la lâcha pas et la fixait intensément du regard.

— Ils ont envoyé un messager alors qu'ils approchaient de Sterling. Je dois avouer que j'étais surpris de voir en plein jour un détachement armé de McQuade en terres McJames…

— Cela me surprend aussi.

Elle avait parlé sans réfléchir, mais elle avait vu dans les yeux de Cullen une lueur qui lui fit chaud au cœur.

Cullen, qui scrutait son visage avec attention, se renfrogna et ouvrit les bras.

— Tu es heureuse que ta famille soit là, constatat-il non sans un certain dépit. Je suppose que je ne peux pas te le reprocher.

Néanmoins, il le faisait. À son intonation, il n'y avait pas à s'y tromper. Bronwyn se mordilla la lèvre en pesant soigneusement sa réponse. C'était un fait qu'elle ne faisait pas confiance à Liam et Sodac. Cullen ne les laissait entrer à Sterling qu'à cause d'elle. Cela faisait peser sur ses épaules une lourde responsabilité. Une captive ne se serait pas souciée de ce qui pouvait arriver à son ravisseur. Or, une vive inquiétude l'habitait.

— Keir ! lança-t-elle enfin. Seul Keir me manque. C'est un homme bon, Cullen. Je le jure !

Le visage de Cullen se durcit.

— Seulement lui, dis-tu ?

Son père pouvait bien venir la hanter, elle ne mentirait pas juste parce que Cullen était un McJames. Lui aussi était un homme bon, qui méritait qu'on soit honnête avec lui.

— Keir tiendra parole, assura-t-elle. S'il la donne, il la tiendra.

Les cloches se mirent à sonner, avertissant tous les occupants de la forteresse de la menace imminente. Cullen se figea. D'un geste vif, il la reprit dans ses bras et la serra contre lui avec force. Sa bouche prit possession de la sienne pour un baiser exigeant, passionné. Bronwyn joignit ses mains derrière la nuque de Cullen, se prêtant totalement à ce baiser. Elle oublia tout ce qui n'était pas lui. Entre ses bras, il n'y avait à trouver que le plaisir, la sécurité, bien loin de l'incertitude et de la dureté du monde réel.

Soudain, quelqu'un s'éclaircit la voix près d'eux. Cullen interrompit le baiser et redressa la tête, contrarié.

— Désolé de vous interrompre.

Mais Brodick McJames ne semblait pas se repentir le moins du monde. Guignant avec un sourire moqueur son frère, il ajouta pour elle :

— Désolé, *lass*. Je rends juste à mon frère la monnaie de sa pièce. Il ne s'est pas gêné pour nous titiller quand nous nous embrassions, ma femme et moi.

— Pas vraiment le moment, maugréa Cullen.

— Au contraire, répliqua Brodick. Le moment semble tout indiqué, puisqu'un groupe de McQuade est en train de passer les portes de Sterling. Nous ferions mieux de sortir et d'aller montrer le bon exemple à nos hommes. Sans quoi nos femmes devront nous rendre visite dans le cachot où Jamie nous aura fait jeter pour avoir provoqué une bataille.

Bronwyn tourna la tête et lança un coup d'œil à travers la porte ouverte. Liam, Sodac et Keir, juchés sur leurs montures, venaient de s'arrêter au milieu de la cour. Cela semblait si incroyable qu'on aurait dit un rêve. Pourtant, ils étaient bien là, aussi sûrement qu'elle se trouvait elle-même dans les bras de Cullen.

Ses frères l'observaient. À travers la porte ouverte, ils ne pouvaient la manquer. Liam et Sodac ne cachaient pas leur mécontentement. Le visage de Keir était impénétrable.

— Je déteste que tu m'utilises ainsi, Cullen ! lança-t-elle en tournant la tête vers lui. Vraiment, je déteste ça !

Il ne la lâcha pas pour autant et soutint son regard sans ciller. Sûr de son fait, il répliqua :

— Que cela te plaise ou non, Bronwyn, je veux qu'il soit clair pour tout le monde que tu es ma femme.

Bronwyn tenta une nouvelle fois de se libérer, et cette fois il ne l'en empêcha pas. Elle aurait dû rougir d'avoir été ainsi exhibée aux yeux des hommes de son clan, mais ce n'était pas le cas. Sans doute, tout simplement, parce qu'elle n'avait pas honte. La loyauté qu'elle avait envers son mari supplantait désormais celle qu'elle aurait dû avoir envers son clan.

Keir fut le premier à mettre pied à terre. En renonçant à sa position en hauteur, il consentait un geste de bonne volonté que les hommes du clan McJames apprécièrent comme tel. Un murmure d'approbation parcourut la petite foule de ceux qui assistaient à la scène. D'un pas décidé, Keir s'avança jusqu'au perron. La tension était à son comble. Après avoir marqué une pause au bas des marches, il les gravit et fit face à Cullen et Brodick.

Bronwyn sentit la main ferme de Cullen saisir son poignet et la placer un peu en retrait. Sauf à se donner en spectacle en luttant avec lui, elle ne pouvait lui échapper.

— On dirait que le mariage te réussit ! lança Keir en la toisant de pied en cap.

Lui paraissait fatigué. Elle ne l'avait jamais vu ainsi.

— En effet, répondit Cullen.

Il avait pris les devants pour répondre avec un peu trop d'assurance et de fierté au goût de Bronwyn. Elle vit son frère se renfrogner. D'une voix coupante, il répliqua :

— J'aimerais entendre ma sœur le confirmer, si cela ne vous dérange pas.

— Cela me dérange.

— Assez !

Bronwyn parvint à libérer son poignet et à s'interposer entre les deux hommes avant que la situation ne dégénère.

— Ce mariage est censé mettre un terme aux querelles, reprit-elle. Alors n'allez pas mettre le feu aux poudres, tous les deux !

Keir la dévisagea, levant les sourcils de surprise.

— Je suis soulagé de constater que tu ne te prosternes pas, soumise, à ses pieds… fit-il remarquer. À cela, j'aurais trouvé à redire.

Un silence s'ensuivit, au terme duquel Cullen maugréa :

— Vraiment, McQuade ?

— Vraiment, McJames. Ma sœur est une McQuade et je n'aurais pas supporté de la voir se conduire autrement.

Cullen haussa les épaules.

— Cela ne m'empêche pas de vivre.

Keir répondit d'un grognement indistinct que Cullen et Brodick parurent parfaitement comprendre. Bronwyn reporta son attention sur ses deux autres frères. Liam et Sodac n'étaient toujours pas descendus de cheval. Liam le premier nota qu'elle le regardait. Ses lèvres se retroussèrent en un rictus de dégoût. Un mauvais pressentiment envahit Bronwyn.

Elle ne devait faire confiance qu'à Keir. À lui seul.

12

Quelque chose ne tournait pas rond. Cullen faillit en rire. Alors que les fils de McQuade dînaient à la table d'honneur où son père avait si longtemps pris ses repas, comment aurait-il pu en être autrement ?

Il avait consolé des femmes pleurant des maris et des fils assassinés par ceux-là mêmes qui se trouvaient assis à côté de lui. Un silence inhabituel régnait dans la grande salle où le dîner était servi. Même les servantes posaient les plats sur les tables avec précaution. Cullen avait désormais une raison supplémentaire de respecter son roi. Dîner avec ses ennemis réclamait plus de doigté et d'abnégation qu'il n'aurait pu le supposer.

Sa femme avait eu raison sur un point : son frère Keir était différent des deux autres fils d'Erik McQuade. Tandis que la soirée avançait, Cullen en vint à regretter qu'il ne fût pas l'aîné. Keir était différent de son père – ce qui ne signifiait pas pour autant qu'il avait de l'indulgence pour lui. Plus d'une fois, Cullen le surprit en train de lui lancer à la dérobée des regards meurtriers.

— Assez ! s'exclama soudain Keir en se levant et en repoussant son siège. Je veux avoir une conversation avec ma sœur. En privé.

Il lançait à Cullen un regard le mettant au défi de refuser. En voyant Bronwyn se lever, Cullen l'imita.

— Allons à la chapelle, suggéra-t-elle.

Cullen acquiesça d'un hochement de tête, sans pour autant quitter Keir des yeux. Il ne pouvait refuser à sa femme de voir son frère en privé, mais l'appréhension lui tordait les tripes.

Alors qu'elle passait près de lui, il l'attrapa par la main pour la retenir. Soutenant son regard, elle dit tout bas :

— Tu vas devoir me faire confiance, Cullen.

Il ne voulait pas. Bronwyn le lisait dans ses yeux.

Une certaine angoisse la gagna. Il y aurait toujours une part de lui-même qui le pousserait à ne pas lui faire confiance, à se méfier du sang de son père qui coulait dans ses veines. Bronwyn trouvait cela injuste, mais en même temps, c'était pour cette raison qu'il l'avait enlevée.

Cullen suivit le frère et la sœur. Le brouhaha des convives dans la grande salle diminua derrière eux, jusqu'à ce qu'elle n'entende plus que leurs pas sur le dallage de pierre. Le cœur de Bronwyn se mit à battre plus fort au fur et à mesure qu'ils se rapprochaient de la chapelle. Lorsqu'ils y seraient parvenus, elle aurait à faire un choix…

Keir allait sans doute lui demander si elle souhaitait rester avec Cullen. Elle le savait, tout comme elle savait qu'au fond d'elle-même elle demeurait partagée. Ses doutes la harcelaient. Son dilemme se fit déchirant jusqu'à ce que, à l'approche de la chapelle, tous les motifs qu'elle avait de partir lui semblent triviaux.

Toute jeune mariée devait gagner la confiance de son mari. De même, elle devait se faire une place dans son nouveau foyer en luttant contre les idées préconçues que l'on pouvait y nourrir à son égard. Et toute jeune mariée aspirait également à gagner l'affection de son époux. Bronwyn se raidit et ralentit l'allure tandis que son esprit reconnaissait enfin la plus grande des trahisons dont elle se rendait coupable envers son père.

Elle était amoureuse de Cullen McJames.

Bien sûr, il était exaspérant. C'était un homme têtu qui allait susciter sa colère à longueur de temps, mais elle ne pouvait nier ce qu'elle éprouvait pour lui. L'amour qu'elle lui portait s'enracinait et prospérait en elle comme une chose vivante. Elle n'avait aimé que deux personnes dans sa vie, mais elle savait en quoi ce sentiment consistait. Il était impossible de lui échapper. Sa mère lui manquait encore chaque jour, alors qu'elle n'avait pas pensé à son père depuis sa mort.

L'amour, c'était cela, et plus encore.

Elle se tourna d'un coup, faisant voler dans son élan la jupe de sa robe autour de ses jambes. Cullen et Keir firent halte brusquement.

— Je suis sa femme, déclara-t-elle fermement en fixant son frère dans les yeux. Fais la paix avec lui, Keir, c'est un homme bon. Je lui ai dit la même chose à ton propos.

Elle n'aurait su dire qui des deux parut le plus surpris. Cullen écarquilla les yeux autant que Keir, et ni l'un ni l'autre ne put produire le moindre son.

— Je serai dans la chapelle. Je vous laisse vous expliquer entre hommes.

Se tournant vers Cullen, elle ajouta :

— Mais quand ce sera fait, je veux disposer de *toute* ta confiance, et pouvoir parler à mon frère en tête à tête.

Bronwyn n'attendit pas sa réponse. Elle fit volte-face et pénétra dans la chapelle. Des cierges brûlaient dans l'édifice même quand celui-ci était vide. En marchant vers l'autel, elle sentit une certaine paix tomber sur elle. Elle demeurait inquiète, mais elle était résignée à se satisfaire de son sort.

Elle n'aurait pas davantage pu quitter Cullen qu'arrêter de respirer. Il l'avait enlevée, et désormais il avait dérobé jusqu'à son cœur.

— Ma sœur a raison. Nous avons à parler, tous les deux.

Keir donnait l'impression d'être sur le point d'exploser. Cullen ne valait pas mieux. Il avait devant lui le seul homme que Bronwyn aimait, ce qui suscitait sa jalousie.

— Et comment ! répliqua-t-il. Finissons-en.

Ils sortirent dans la cour par une porte de service. Le soleil se couchait et nul ne leur prêta attention. La neige amassée au pied des murs incitait chacun à rentrer se mettre au chaud.

— L'as-tu violée ? s'enquit Keir, les poings serrés. Je le saurai tôt ou tard, McJames. Je jure de t'arracher la queue si tu as levé la main sur ma sœur ! Ce n'est pas sa faute si mon père était un pingre et une ordure.

— Et tu penses que je ne le sais pas ?

— Tu l'as enlevée ! Si tu l'as violée…

— Je ne l'ai pas violée. Mais il est vrai que je l'ai enlevée contre son gré.

Les poings serrés, Keir secouait la tête, le corps raidi par la fureur. Cullen lui faisait face et soutenait son regard sans éprouver la moindre frayeur.

— Sur mon honneur, poursuivit-il, je l'ai séduite, j'ai vaincu ses réticences et j'ai peut-être tiré avantage de son innocence, mais je ne l'ai pas violée.

L'index pointé en l'air, il ajouta :

— J'ai aussi essayé de l'épouser avant de lui prendre sa virginité.

— Comment ça, « essayé » ?

Dans un haussement d'épaules, Cullen répondit :

— Elle a refusé.

Une expression de méfiance passa sur le visage de Keir.

— Est-ce après cela que tu as « vaincu ses réticences » ?

Cullen ne tenta même pas de réprimer le sourire triomphant qui lui vint aux lèvres. Il était trop satisfait de la savoir sienne pour tenter de le cacher.

— Puisque mon cousin et l'évêque Shaman nous ont surpris au lit le lendemain matin, conclut-il, ta sœur a dû accepter de m'épouser. Je ne l'ai pas violée. Sens-toi libre d'aller le lui demander.

Un grondement menaçant monta des lèvres de Keir. Un instant plus tard, son poing percuta le menton de Cullen, qui bascula en arrière, grondant de colère lui aussi.

— Puisque tu ne l'as pas violée, maugréa le frère de Bronwyn, je vais utiliser mes poings plutôt que ceci.

Détachant son épée, il la posa de côté et conclut :

— Pour te punir d'avoir séduit ma sœur avant qu'elle accepte de t'épouser, je vais réduire en bouillie ta petite gueule d'ange.

Imitant son exemple, Cullen posa son épée contre un mur. Souriant de nouveau, il répliqua :

— Tu m'as eu par surprise, mais à présent, à moi de te rendre la monnaie de ta pièce pour avoir laissé ton père traiter ma femme comme une servante pendant des années.

Ils commencèrent à se battre en se tournant autour dans la neige. Leurs corps massifs se percutaient dans un concert de grognements étouffés.

Du seuil de la porte par laquelle ils étaient sortis, Liam les regarda se battre quelques instants. Keir facilitait parfaitement ses plans. Tout ce dont il avait besoin, c'était de quelques minutes pour faire en sorte que Bronwyn ne puisse plus jamais menacer ce qui lui appartenait. Sodac s'occupait de distraire le laird tandis que lui-même avait saisi le prétexte de se rendre au cabinet d'aisance. Son père avait vu juste sur toute la ligne. Les McJames n'étaient que des idiots. Des idiots trop confiants.

Il y avait pourtant une chose sur laquelle Liam n'était pas d'accord avec l'auteur de ses jours. Bronwyn aurait dû être étouffée au berceau. Chaque menace contre le clan McQuade devait être anéantie sans pitié. Elle n'était qu'une fille inutile. Un laird n'avait pas à s'encombrer d'une descendance féminine qui ne servait qu'à vider les coffres au profit d'un autre clan quand il fallait conclure un mariage. Il était possible pour un laird avisé de nouer des alliances en mariant ses fils aux filles d'autres lairds. De telles unions rapportaient de l'argent autant que des relations et de l'influence. Liam allait faire en sorte que ses filles, s'il en avait, n'atteignent jamais leur premier anniversaire. Et il en irait de même pour ses nièces. Être laird imposait de savoir faire face à ses responsabilités.

Il se retourna pour se diriger vers la chapelle où son devoir l'attendait. Liam refusait de considérer Bronwyn comme sa sœur. Tout ce qu'elle représentait, c'était une menace sur ses terres. Plongeant la main dans son pourpoint, il tira d'une poche intérieure une petite boule de la taille d'une groseille. L'homme qui la lui avait vendue assurait qu'elle contenait de quoi foudroyer trois hommes. C'était un poison rapide, qu'il suffisait d'avaler.

Exactement ce dont il avait besoin. Une telle mort paraîtrait suffisamment suspecte pour qu'il puisse en faire porter le chapeau aux McJames, et leur déclarer la guerre. Ainsi l'honneur de son père serait-il vengé.

De quoi pouvaient-ils bien discuter ?

Dans la pénombre de la chapelle, Bronwyn se frotta les yeux. La tension qui l'habitait s'était transformée en migraine qu'elle sentait battre derrière son front. Debout devant l'autel, elle arrangea les plis de sa jupe. Elle n'osait se retourner, car alors la tentation serait trop grande de passer outre à sa discipline et d'aller voir où Cullen et Keir en étaient.

Ils étaient les deux seules personnes qu'elle aimait en ce monde. Elle avait désespérément besoin qu'ils s'entendent et fassent la paix. Dans un soupir, elle se résigna à attendre encore. Les hommes devaient se retrouver entre eux, hors de la présence des femmes, pour régler leurs affaires.

Soudain, elle sentit une main ferme se plaquer sur sa bouche, y introduisant de force quelque chose. Paniquée, elle commença à se débattre, mais une autre main lui tira cruellement les cheveux, inclinant son cou à un angle inconfortable.

— Avale ça, sœurette.

Liam n'attendit pas qu'elle veuille bien lui obéir. Il enfonça deux doigts dans sa bouche pour y pousser ce qu'il y avait introduit. Bronwyn eut un haut-le-cœur, mais il retira ses doigts à temps et elle avala par pur réflexe. Quoi que cela ait pu être, cela glissa le long de sa gorge avant qu'elle n'ait pu se reprendre. La longue inspiration qu'elle prit ensuite pour ne pas étouffer acheva d'expédier la boulette vers son estomac.

Liam se débarrassa d'elle en la projetant violemment contre l'autel. Une vive douleur fulgura dans le flanc de Bronwyn lorsque sa hanche alla heurter le bois sculpté. Les larmes affluèrent à ses yeux, mais elle parvint à les retenir et fit face à son frère.

Liam arborait un rictus qui le rendait effrayant. La haine luisait dans son regard.

— Qu'est-ce que c'était ? demanda-t-elle d'une voix blanche.

Il eut un petit rire satisfait avant de lui répondre :

— Une solution qui aurait évité bien des problèmes à notre famille si elle avait été administrée à temps.

Une vive appréhension donna la chair de poule à Bronwyn.

— Que veux-tu dire, Liam ?

Lentement, elle fit le tour de l'autel pour le placer entre elle et lui. Le besoin de s'enfuir la tenaillait. Une peur abjecte lui tordait soudain les tripes.

— Père aurait dû s'occuper de toi quand tu étais petite, répondit-il. En t'épargnant, il n'a fait que me laisser le problème sur les bras.

Une intense satisfaction se lut sur ses traits quand il ajouta :

— Peu importe, à présent. C'est fait. Du moment que Sodac joue son rôle et se charge de distraire l'aîné des McJames, d'ici peu j'aurai rempli le mien en t'amenant à comparaître devant ton créateur.

Liam posa les yeux sur le grand crucifix accroché derrière Bronwyn.

— L'endroit ne peut être mieux indiqué, tu ne crois pas ? demanda-t-il. Mais je doute que Dieu te pardonne d'avoir trahi ta propre famille.

Il reporta son attention sur elle avant de poursuivre :

— Moi, je ne pardonne pas. Comme j'ai hâte de pouvoir expliquer à Keir combien il m'a été utile en gardant ton mari occupé. Keir est trop tendre avec toi. Sodac et moi avons dû renoncer à le convaincre de la nécessité de t'empoisonner.

Avec horreur, Bronwyn le dévisageait en secouant la tête, les yeux écarquillés, le souffle coupé. La haine dont elle était l'objet ne laissait que peu de place à l'espoir. Dans son ventre, elle sentit la brûlure du poison qui commençait à faire effet. L'instinct de survie la fit réagir. Elle tenta de fourrer deux doigts dans sa bouche pour se faire vomir mais Liam, qui avait anticipé son geste, la rattrapa et l'en empêcha.

Il lui tordit sans ménagement les deux bras derrière le dos et la plaqua contre l'autel, en s'appuyant sur elle de tout son corps. Elle tenta de se débattre, mais c'était peine perdue. Elle sentit sa grande main se refermer autour de son cou, qu'il serra si fort que la vision de Bronwyn commença à s'assombrir.

— Juste un peu de patience, petite sœur. Ce poison m'a coûté une fortune, mais il la vaudra s'il te conduit au trépas et me permet de rejeter la faute sur les McJames. Sois une brave petite McQuade. Accepte ton sort pour que je puisse accuser le clan de ton mari de t'avoir assassinée.

Ses doigts se resserrèrent encore.

— Mais ne va pas te faire d'illusions. Je n'hésiterai pas à t'écraser la gorge de mes propres mains si le temps vient à manquer.

Enfin, il desserra sa prise, permettant à Bronwyn de prendre une longue inspiration.

— Liam... gémit-elle. Je suis ta sœur !

— Un fait qui m'oblige à mettre fin à tes jours. Ta garce de mère t'a laissé des terres qui doivent aller à ta descendance. Voilà pourquoi tu dois mourir. Je suis ton laird, et ces terres sont à moi.

— C'est là où tu te trompes, intervint une voix glaciale. C'est toi qui vas mourir ce soir.

Liam n'eut pas le temps de se retourner pour voir sa mort venir. Cullen lui empoigna les cheveux et lui tira la tête en arrière avant de l'égorger avec le poignard qu'il gardait toujours dans sa botte. La lame trancha la gorge de Liam d'une oreille à l'autre, faisant jaillir une cascade de sang sur sa poitrine. Mais il n'avait pas lâché Bronwyn et elle sentit sa main se crisper sur son cou tandis qu'il vivait ses derniers instants, broyant ses os et l'empêchant encore de respirer.

Keir agrippa les doigts de son frère, s'efforçant de les arracher au cou de Bronwyn. Dans les ultimes spasmes de la mort, Liam avait encore une force inattendue. Les doigts de Keir, en se glissant sous les siens, aggravèrent encore la sensation d'asphyxie. La vision de Bronwyn s'assombrit, le vertige la gagnait.

Un moment encore et Liam lâcha prise, avant de s'effondrer sur le sol. Aussitôt, Keir attrapa Bronwyn sous les aisselles et la fit passer par-dessus l'autel, cognant au passage ses genoux contre le rebord sculpté. Elle n'eut pas le temps d'enregistrer la douleur qui en résulta. Lorsqu'elle ouvrit la bouche pour enfin faire entrer l'air dans ses poumons, elle sentit Keir y introduire profondément ses doigts. Elle ne put réprimer l'envie de vomir qui lui souleva l'estomac lorsque ceux-ci touchèrent le fond de sa gorge.

Deux minutes plus tard, l'humiliation le disputait en elle à la souffrance. À quatre pattes sur le sol derrière l'autel, elle frissonna, ébranlée par les dernières secousses qui venaient de lui vider le ventre. L'odeur métallique du sang assaillait ses narines, ce qui raviva son envie de vomir. Si elle n'avait déjà eu l'estomac vide, celui-ci se serait vidé quand elle réalisa, à la moiteur qui poissait sa poitrine, pourquoi son corsage était trempé.

Elle baignait dans le sang de son frère.

Cela acheva de la rendre plus malade encore. En hoquets bruyants et douloureux, elle n'eut plus à rendre qu'un flot de bile brûlante. Dès qu'elle eut terminé, Cullen la releva. Bronwyn se lova avec reconnaissance contre lui. Elle sentit que ses bras refermés sur elle tremblaient légèrement. À l'extérieur, une cloche se fit entendre. L'alerte était enfin donnée aux autres membres du clan.

— Je vais bien, finit-elle par murmurer faiblement.

— Non, tu ne vas pas bien ! hurla Cullen, suffisamment fort pour faire trembler les vitraux. J'aimerais pouvoir tuer ce bâtard une deuxième fois !

— Il reste un rat à neutraliser, gronda Keir.

— Tu ne peux pas tuer Sodac ! protesta Bronwyn. Elle se débattit pour se libérer mais Cullen refusa de la lâcher.

— C'est ton frère ! fit-elle valoir. Tout le monde pensera que c'est pour devenir laird à sa place que tu l'as tué.

— Parfait, se réjouit Cullen. Cela veut dire que ce salaud est pour moi.

Cullen alla confier Bronwyn aux bras de Keir. En s'accrochant à sa chemise, elle refusa de le laisser partir.

— Mieux vaut le faire comparaître devant le roi ! cria-t-elle. C'est lui qui doit rendre justice.

Il parut hésiter. Un muscle faisait palpiter sa mâchoire. Bronwyn parvint à échapper aux bras de son frère et le rejoignit. Une rage meurtrière flambait dans ses yeux. Dieu lui pardonne, elle aimait qu'il en soit ainsi. Elle comptait réellement pour lui... Suffisamment pour que la menace à laquelle elle venait d'échapper l'ait rendu fou de rage.

— S'il te plaît, Cullen, plaida-t-elle en se lovant contre lui. Si tu le fais pendre ici, à Sterling, personne ne voudra croire ce qui s'est passé réellement. On t'accusera d'avoir tout manigancé.

Cullen laissa fuser un grondement sourd. Ses mains encadrèrent le visage de Bronwyn.

— Je constate que tu as décidé de me rendre la vie impossible, dit-il d'une voix que l'émotion faisait trembler. Cela t'est facile, à présent que tu sais que mon cœur t'appartient.

— C'est toi qui me compliques l'existence. Voilà déjà longtemps que tu es entré en possession du mien.

Cullen lui caressa doucement le visage, glissant les mèches de cheveux qui s'y accrochaient derrière ses oreilles.

— J'ai bien l'intention de le garder, *lass*, susurra-t-il. Et c'est une promesse que je te fais.

— Alors je suis heureuse que tu tiennes toujours tes promesses.

Un petit rire amusé fusa de ses lèvres, mais le regard de Cullen demeurait implacable. Un bruit de bottes se fit entendre sur le dallage de la chapelle. Les membres du clan McJames arrivaient, l'épée au poing. Ils entourèrent Keir, et la suspicion durcissait leurs traits. Cullen abandonna Bronwyn pour aller le protéger et expliquer la situation à ses hommes. Elle le regarda faire, le cœur empli d'un bonheur fou tel qu'elle n'en avait jamais connu.

Et si c'était bien là une folie, alors elle en était la victime consentante.

Sodac avait filé.

Bronwyn pressa le pas pour ne pas se laisser distancer par Keir et son mari. On avait rapidement constaté l'absence de Sodac dans la grande salle. Il devait avoir filé en douce dès que les cloches avaient retenti, ce qui ne faisait que confirmer sa culpabilité.

Keir jurait tout bas en regagnant la cour.

— Il n'y a pas une seconde à perdre, maugréa-t-il. Je dois rattraper ce salaud si je ne veux pas avoir à faire le siège de ma propre forteresse…

— Je t'accompagne, annonça Cullen, qui ne le quittait plus d'un pas.

Brodick les rejoignit, de même que Druce.

Une activité intense transforma la cour du château en ruche bourdonnante. Hommes et palefreniers s'activaient pour sortir en hâte les chevaux de l'écurie. Keir n'attendit pas que sa monture soit sellée. Il sauta à cru sur son étalon et se dirigea vers la porte, suivi de trois membres du clan McQuade. Cullen le suivait immédiatement. Bronwyn s'empara du premier cheval qui passait à sa portée sans se soucier de savoir à qui il appartenait. Il était hors de question pour elle de ne pas les accompagner.

Ils découvrirent le gros des troupes amenées par Liam à Sterling au-delà de la première colline. La confusion la plus extrême semblait régner. Sodac n'était nulle part en vue, mais sur la crête de la colline suivante, on apercevait un petit groupe de cavaliers lancés au galop. Keir s'arrêta le temps de haranguer ses hommes.

— Sodac est un traître et un assassin qui avait comploté avec Liam d'empoisonner notre sœur ! Je l'ai constaté de mes propres yeux. Il faut sauver notre clan. Que ceux qui sont des hommes d'honneur me suivent !

La stupéfaction figea les membres du clan McQuade dans un silence de mort pendant un long moment. Puis l'un d'eux aperçut Bronwyn et la désigna du doigt. Soudain cible de tous les regards, elle rassembla son courage et lança d'une voix forte :

— Mon mariage ramènera la paix entre nos deux clans et la prospérité au clan McQuade !

Des hourras saluèrent sa réplique. Keir éperonna sa monture comme s'il avait le diable aux trousses et tous se lancèrent derrière lui à la poursuite des fuyards. Cullen s'attarda près de Bronwyn. Il tendit le bras pour tenter de s'emparer de ses rênes.

— Tu n'as rien à faire ici, Bronwyn.

Une fureur noire figeait ses traits, à laquelle se mêlait la peur qu'il éprouvait de la savoir en danger.

— C'est aussi mon combat, Cullen, lui répondit-elle calmement. Notre combat. Nous ne le gagnerons que côte à côte.

Un juron retentissant jaillit des lèvres de Cullen. Ses yeux se portèrent sur la troupe des McQuade qui s'éloignait. D'un ordre bref, il lança celle des McJames derrière elle. Les hommes de son mari entourèrent Bronwyn, décidés à assurer sa protection.

Elle se laissa faire, satisfaite de rester dans la course. Ses yeux restaient fixés sur Cullen, qui réduisit rapidement la distance qui les séparait de Keir. Argyll donnait toute sa puissance, et bientôt les tartans des McJames et ceux des McQuade se mêlèrent en une seule force tendue vers un même but.

Sodac se retournait de temps à autre pour surveiller la progression de ses poursuivants. La plupart disposaient de montures plus puissantes et il n'avait pas assez d'avance sur eux pour parvenir à les distancer. La lune éclairait le paysage nocturne de sa clarté laiteuse que le manteau neigeux faisait scintiller. Il n'y avait plus dans la lumière argentée de McJames et de McQuade – seules deux forces brutes qui s'affrontaient.

Lorsque la jonction se fit, Sodac se résigna à la confrontation et renonça à fuir. Les deux groupes de cavaliers se firent face dans un silence tendu, leurs leaders respectifs se défiant du haut de leurs montures. Bronwyn ne put sortir du groupe qui la protégeait.

— Pardonnez-moi, maîtresse Bronwyn... s'excusa l'un de ses anges gardiens. Je ne peux vous laisser vous mettre en danger.

Elle n'eut pas le temps de se rebeller. Pointant son épée vers son frère, Keir s'exclama d'une voix de stentor :

— Rends-toi, Sodac ! Je t'accuse d'avoir comploté d'assassiner de notre sœur. Je l'ai entendu de mes propres oreilles !

— Tu es un traître au clan McQuade, Keir ! répliqua-t-il en dégainant son épée. Elle a couché avec un McJames, ce qui fait d'elle une McJames. Il est de notre devoir de la tuer avant que le roi ne nous ordonne de verser sa dot. Ce mariage fera des terres des McQuade les terres des McJames.

Quelques-uns de ceux qui lui restaient fidèles parurent troublés par ces paroles. Il y en eut même pour secouer la tête d'un air désapprobateur, manifestement en désaccord avec leur chef. Keir fit avancer son cheval et riposta :

— Le mariage de Bronwyn va mettre fin à des décennies de guerre larvée qui ont vidé les coffres de notre clan ! Elle fait honneur à son statut de fille de laird en faisant passer le bien de tous avant le sien. C'en est fini de voir nos fils, nos frères, nos camarades rejoindre leur tombe avant l'heure !

Un murmure d'assentiment s'éleva, venu des rangs de ceux qui suivaient Keir autant que de celui des hommes restés fidèles à son frère.

— Une ère nouvelle va s'ouvrir, conclut Keir. Cullen McJames est désormais mon beau-frère et un allié précieux et fidèle pour notre clan !

— *Traître !*

Fou de rage, Sodac chargea Keir en hurlant un flot d'obscénités, n'entraînant que peu d'hommes dans son sillage. Bientôt on n'entendit plus dans la nuit que le fracas des armes qui s'entrechoquaient et les cris des hommes qui luttaient. Il ne fallut pas plus de deux minutes pour venir à bout de Sodac et de ses derniers fidèles, dont les corps ensanglantés allèrent s'affaler dans la neige. Quand tout fut terminé et que le silence revint, les cavaliers qui entouraient Bronwyn s'écartèrent enfin pour la laisser passer. Le cœur serré, elle guida sa monture parmi les cadavres qui constituaient le dernier héritage de son père. Elle se jura qu'il n'y en aurait pas d'autres. Pour la première fois de son existence, être la fille d'Erik McQuade lui apparaissait comme un atout.

Bronwyn alla rejoindre son mari, dont l'épée dégouttait encore de sang, tout comme celle de Keir. Les deux hommes reprenaient leur souffle après la bataille, laissant fuser dans l'air nocturne des nuages de vapeur.

Consciente des regards qui pesaient sur elle, Bronwyn alla se poster fièrement à côté de son mari. En certaines circonstances, le geste était plus probant que la parole.

— Je dois rejoindre la cour au plus vite, annonça Keir. Jamie doit entendre toute l'histoire de ma propre bouche.

— Oui, approuva Cullen. Ce droit t'appartient… frère.

Portant la main à sa tête, il souleva pour faire bonne mesure le coin de son bonnet. Ce geste de respect lui valut un concert d'acclamation de la part des McQuade qui assistaient à la scène. Keir le lui rendit, et cette fois ce fut aux McJames d'exprimer leur enthousiasme.

Bronwyn n'eut ensuite pas le temps de réaliser ce qui se passait. Sans effort, son mari la fit passer de sa selle sur la sienne. Des rires virils saluèrent cette manœuvre. Cullen lui-même ne fut pas le dernier à s'en amuser. Après l'avoir entourée de ses bras et serrée contre lui, il fit faire demi-tour à Argyll et prit la direction de Sterling.

Agacée, Bronwyn songea qu'il aurait pu au moins la laisser rentrer sur sa propre monture, puis elle se moqua de son excès d'amour-propre. Oui, il l'aurait pu, songea-t-elle en se lovant contre lui. Mais c'était tellement plus agréable qu'il ne l'ait pas fait…

Plus tard, cette nuit-là, Bronwyn versa toutes les larmes de son corps.

— Ne pleure pas comme ça, *lass*, supplia Cullen. Je ne le supporte pas. Après tout, ce n'est qu'une robe.

Adossé à son siège, le visage livide, il paraissait fatigué. Brodick s'était montré intraitable. Pour éviter tout risque d'empoisonnement, il avait ordonné qu'un vomitif soit administré à ceux qui avaient dîné à la table d'honneur. Et même si elle s'était elle-même déjà débarrassée du contenu de son estomac, Bronwyn avait dû se résoudre à avaler l'infâme décoction préparée par la cuisinière.

Il ne lui restait plus à présent une once d'énergie. À bout de nerfs, elle versait des larmes amères sur sa robe ruinée. Le sang s'était incrusté dans l'étoffe du corsage et de la jupe. Il ne servirait à rien de la faire tremper. Rien ne tachait davantage que le sang.

— C'était ma seule robe, gémit-elle de plus belle.

Cullen soupira, manifestement à bout.

Deux nouvelles grosses larmes roulèrent des yeux de Bronwyn quand elle ajouta :

— Je vais encore devoir me rendre à la cour dans ce satané surcot ! Nous n'aurons pas le temps de coudre une nouvelle robe.

— Ne pleure pas, *lass*, ça me brise le cœur.

Il se leva et se rendit dans l'antichambre. Il réapparut un instant plus tard, chargé d'une malle en bois cadenassée. Après l'avoir ouverte d'un tour de clé, il en tira la robe verte que Bronwyn avait portée à White Tower.

— Tu l'as emmenée ? s'écria-t-elle.

Elle tint le vêtement serré contre elle un long moment, quelque peu surprise d'accorder tant de prix à ce qu'elle avait autrefois méprisé.

— Mon orgueil en a pris un coup de te voir m'épouser en chemise… maugréa Cullen. J'avoue qu'ensuite, il ne m'a pas déplu que tu dépendes de moi pour te vêtir.

Un sourire coupable aux lèvres, il précisa :

— J'étais même jaloux de mon cousin qui t'avait trouvé une robe…

Son sourire se fit éclatant.

— Mais quand nous serons arrivés à Édimbourg, conclut-il, je serai ravi de t'ensevelir sous les plus belles robes qui soient.

Après lui avoir pris le vêtement et l'avoir déposé sur le dos d'un fauteuil, il lui tendit la main en un geste gracieux qui lui alla droit au cœur. Sûre de son pouvoir sur lui, Bronwyn y posa la sienne avec un sourire enjôleur. Cullen lui adressa un clin d'œil avant de se pencher pour la soulever sur son épaule.

En riant, il la lança sur le lit où elle alla atterrir dans un enchevêtrement de bras et de jambes. Il l'y rejoignit et la couvrit de ce corps merveilleusement chaud et fort dont elle ne parvenait pas à se rassasier. Ses lèvres s'emparèrent des siennes, en un baiser fougueux qui fit disparaître de l'esprit de Bronwyn tout ce qui n'était pas leur bonheur.

13

1603

Alors que l'hiver recouvrait le pays de sa chape blanche, la cour de James d'Écosse retenait son souffle. Elizabeth Tudor était malade. Les rumeurs annonçant sa mort pullulaient. Chaque cavalier arrivant au palais était l'objet de toutes les supputations. La souveraine avait régné plus longtemps que n'importe quel monarque – en Angleterre aussi bien qu'en Écosse – mais sa fin était proche. Sa mort accomplirait un dernier grand dessein en unissant deux pays qui se faisaient la guerre depuis des siècles. James Stewart ceindrait les deux couronnes pour n'en faire qu'une seule.

Dans l'attente que son mari ait obtenu l'autorisation de paraître devant le roi, Bronwyn s'était installée dans la résidence des McJames à Édimbourg.

— Maîtresse Bronwyn, vint la prévenir Sybil. Le tailleur est arrivé.

Elle s'inclina avant de faire entrer dans la pièce un groupe d'hommes chargés d'étoffes précieuses qui commencèrent à s'activer autour d'elle. Ils avaient apporté des soies françaises, du damassé, des velours rares et du brocart. Des coupons de dentelle furent exposés à ses yeux. Des bobines de passementerie qui avaient nécessité des mois de travail furent soumises à son inspection.

— Je n'ai pas besoin d'un tel luxe, finit-elle par protester.

Mais sa voix manquait de conviction. Incapable de résister à la tentation, Bronwyn tendit une main hésitante et caressa une soie de toute beauté.

— Moi, j'en ai besoin.

C'était Cullen qui venait d'intervenir depuis le seuil de la pièce, provoquant un soupir de soulagement chez le tailleur et son entourage. Ses yeux bleus se rivèrent aux siens à travers la pièce avant qu'il précise :

— J'ai grand besoin que ma femme paraisse à la cour à mon bras, habillée aussi richement qu'une lady de Sterling doit l'être.

Il franchit la distance qui les séparait et lui prit la main. L'élevant à ses lèvres, il y déposa un baiser si tendre que Bronwyn se sentit instantanément devenir écarlate. Après avoir observé un instant son visage empourpré, il ajouta :

— Nous avons une revanche à prendre.

— Qu'entends-tu au juste par là, cher époux ?

Cullen lui adressa un clin d'œil et se retourna pour jeter une bourse en cuir sur la table encombrée d'étoffes. Elle y atterrit dans un bruit de pièces d'or entrechoquées qui fit scintiller les yeux du tailleur.

— J'entends faire taire la rumeur, chère épouse. Nous devons offrir aux commères du neuf à se mettre sous la dent à notre sujet. Songe au choc que nous allons causer à la cour en y arrivant tous les deux, somptueusement vêtus, moi fier comme un prince, toi radieuse comme une princesse et affichant un sourire éclatant...

— Tu te laisses gagner par la folie des grandeurs ?

Cullen tendit la main et tenta de glisser ses doigts dans les cheveux de Bronwyn, mais la natte savamment tressée par Sybil ne le lui permit pas.

— Tant pis, dit-il avec une grimace de dépit. Je devrai attendre ce soir.

Ce disant, il avait dans le regard une lueur qui ne trompait pas et qui donna le frisson à Bronwyn.

Elle appréciait de plus en plus que son mari soit un homme de parole...

Avant de sortir, Cullen lança au tailleur un regard sévère et ordonna :

— Taillez-lui quelque chose qui convienne à une jeune mariée et qui suscite l'admiration. Peu importe le prix. Nous serons reçus dans deux jours.

Quelle brute ! songea-t-elle.

Mais en le regardant sortir, Bronwyn se surprit à sourire. Cullen McJames avait effectivement tout d'une brute arrogante, mais il était aussi bien plus que cela. Il était un mari attentif et aimant, qui prenait soin d'elle et de tous les siens. Et un homme d'honneur. C'était peut-être là ce qui en lui la séduisait le plus. L'honneur ne prenait pas de rides, et demeurerait à jamais sa plus grande richesse.

Deux jours plus tard, Bronwyn fit son entrée à la cour au bras de son époux. À la lumière des candélabres du salon d'honneur, sa robe en soie brillait et bruissait à chacun de ses pas. Les éventails de dentelle s'ouvraient à leur passage et les murmures se multipliaient derrière eux.

À l'extrémité du salon, James Stewart les attendait en compagnie de la reine. La princesse Elizabeth se tenait près de sa mère, souriante, affichant l'insouciance propre à l'enfance.

Bronwyn marqua un temps d'arrêt dans l'allée en apercevant dans l'assistance un visage connu. L'évêque Shaman croisa son regard et inclina la tête pour la saluer.

— Je constate que ton évêque est toujours là où il faut, murmura-t-elle à l'intention de son mari.

Cullen se troubla à peine et répondit sur le même ton :

— Jamie m'avait fait promettre que je ne te forcerais pas à consentir à ce mariage. Et il voulait un témoin.

— Que tu ne me forcerais pas, hein, répéta-t-elle, pince-sans-rire.

Le sourire insouciant du gamin qu'il restait au fond de lui reparut sur les lèvres de Cullen.

— N'es-tu pas impressionnée par mon habileté ? fit-il mine de s'étonner.

— Tu n'es qu'une brute !

— Oui, mais je tiens mes promesses.

Il l'attira contre lui, sans se soucier des murmures des courtisans qui augmentèrent lorsqu'il déposa un baiser sur ses lèvres sous les yeux de l'assistance.

— Et je promets de t'aimer jusqu'à mon dernier souffle, Bronwyn McQuade.

— Une promesse que je risque de te rappeler.

— J'y compte bien, *lass*.

Amour ou folie, qu'importe ! Tout était parfait.

AVENTURES & PASSIONS

1er avril

Katharine Ashe
Trois sœurs et un prince - 1 - J'ai épousé un duc
Inédit

Eleanor, Arabella et Ravenna, trois sœurs orphelines, font naufrage à bord du bateau qui les conduit en Angleterre. Leur mère leur a laissé une bague en or sertie d'un gros diamant. Une diseuse de bonne aventure leur prédit que la vérité sur leurs origines réside dans cette bague qui appartenait à un prince que l'une d'elles épousera...

✦

Brenda Joyce
Une enquête de Francesca Cahill - 4 - Une terrible menace

Francesca n'a d'yeux que pour Rick Bragg, mais c'est Calder, le demi-frère qui la courtise. Et c'est avec Rick que la jeune femme enquête sur une nouvelle affaire : l'atelier de peinture de son amie Sarah Channing a été vandalisé et un portrait a été dérobé.

✦

Elizabeth Hoyt
Les fantômes de Maiden Lane - 7 - Cher monstre
Inédit

Accusé d'un meurtre qu'il n'a pas commis, Apollon Greaves s'est échappé de l'asile de Bedlam. Il se cache dans le jardin d'un théâtre et va rencontrer Lily Stump, une comédienne. Tous les deux vont peu à peu s'apprivoiser. Mais le passé d'Apollon va le rattraper.

✦

Robin Schone

Les anges - 2 - La femme de Gabriel

Inédit

Victoria Childers est persécutée par un homme sans pitié qui l'a réduite à la misère. Elle va tomber sous le charme étrange et obscur de Gabriel. Sa compassion suffira-t-elle à sauver Gabriel, celui qui rêvait d'être un ange?

15 avril

Mary Balogh

Le club des survivants - 1 - Une demande en mariage

Inédit

Anobli grâce à sa bravoure lors de la guerre d'Espagne, Hugo Emes souhaite se marier. Un jour, sur la plage, il rencontre lady de Muir. Tous deux viennent de mondes différents, voire opposés. L'attirance qu'ils éprouvent l'un pour l'autre sera-t-elle suffisante pour bâtir une relation forte ?

✦

Eloisa James

Les duchesses - 1 - La débutante

Inédit

Roberta St. Giles est sûre que le duc de Villiers est l'homme de sa vie, encore faut-il le convaincre, et elle sait que cela ne sera pas facile. Heureusement, sa cousine, Jemma, duchesse de Beaumont, a un plan pour l'aider.

✦

Eloisa James

Les sœurs Essex - 4 - Le plaisir apprivoisé

Joséphine est la dernière des sœurs Essex. Moquée à cause de ses rondeurs, elle pense qu'aucun homme ne voudra d'elle. Le comte de Mayne, ami de la famille, décide de lui apprendre l'art de la séduction. Très rapidement, l'élève remporte un franc succès… y compris auprès de son professeur.

BEST FRIEND

1er avril

Kristin Von Kreisler
Une grâce inattendue
Inédit

Lila est gravement blessée lors d'une fusillade perpétrée dans les locaux de son entreprise. Son existence s'en trouve bouleversée. Incapable de se débrouiller seule, elle est hébergée par Cristina, sa meilleure amie. Celle-ci a adopté provisoirement Grâce, une chienne martyre sauvée par son ami Adam. Or, Lila a une peur phobique des chiens. Mais, lorsque Cristina lui confie sa maison pour quelques mois, Lila est obligée de cohabiter avec Grâce. Dans un premier temps, tout à son traumatisme, elle rejette la pauvre chienne. Et ne remarque même pas le séduisant Adam qui surveille discrètement la jeune femme et la chienne blessées…
Lila se laissera-t-elle apprivoiser par l'homme et l'animal ?

PROMESSES

15 avril

Rachel Gibson
Courir vers toi
Inédit

Stella Leon est barmaid au Ricky's à Miami. Un soir, elle remarque un client qui ne fait pas partie de ses habitués. Quand, à la fin de son service, elle se fait importuner à la sortie du bar par son patron aviné, le mystérieux client l'assomme, sans autre forme de procès. Beau Junger, vient de mettre KO un membre de la mafia.
Stella n'a alors d'autre choix que s'enfuir avec lui…

Passion intense

1er avril

Beth Kery
Jeux de séduction
Inédit

Passer des nuits sensuelles au côté de son ténébreux voisin, quelle folie ! Niall ne s'imagine pourtant pas sans Vic Savian ni sans l'incroyable passion qui les lie l'un à l'autre. Grace à lui, elle découvre un monde de volupté qu'elle n'avait jusque-là jamais connu. Mais c'est sans compter sur son passé… Or, pour vivre pleinement cette délicieuse idylle, il lui faudra tôt ou tard oublier les fantômes d'autrefois…

CRÉPUSCULE

15 avril

Bec McMaster

Londres la ténébreuse - 1 - La fugitive de Whitechapel

Inédit

En se réfugiant à Whitechapel, un obscur quartier de Londres, Honoria Todd espère échapper à Lord Vickers. Mais trouver refuge en ce lieu pourrait aussi la jeter tout droit entre les mains du légendaire et redoutable Blade. Or, pour sauver sa vie, Honora est prête à tous les sacrifices… Blade, qui voue une haine féroce au duc, trouvera-t-il en la jeune femme une vengeance idéale contre Vickers, ou sa seule chance de rédemption ?

Romantic Suspense

15 avril

Julie Ann Walker

Forces d'élite - 3 - En pleine course

Inédit

Michelle Carter n'a jamais pu oublier Jake Sommers, celui qui l'a soi-disant aimée, puis lâchement quittée. Si aujourd'hui elle le ne porte pas dans son cœur, il lui faut pourtant ravaler sa rancune et lui confier sa propre vie. Car depuis que Frank, le frère de Michelle et patron des Black Knights, s'est mis à dos un gangster peu scrupuleux, la jeune femme court un grand danger. Un danger que seul Jake est capable d'écarter…

Et toujours la reine du roman sentimental :

Barbara Cartland

« Les romans de Barbara Cartland nous transportent dans un monde passé, mais si proche de nous en ce qui concerne les sentiments. L'amour y est un protagoniste à part entière : un amour parfois contrarié, qui souvent arrive de façon imprévue.
Grâce à son style, Barbara Cartland nous apprend que les rêves peuvent toujours se réaliser et qu'il ne faut jamais désespérer. »

Angela Fracchiolla, lectrice, Italie

Le 1er avril
Comme une blonde fée